D0874355

LE COMÉDON

La réalisation de cet ouvrage a été rendue possible grâce à des subventions du ministère des Affaires culturelles du Québec et du Conseil des Arts du Canada.

Composition et montage : Motamo Laser + inc.
Maquette de la couverture : Raymond Martin
Distribution : Diffusion Prologue

ISBN : 2-89031-172-4
Dépôt légal : B.N.Q. et B.N.C., 4e trimestre 1993
Imprimé au Canada

François Landry

LE COMÉDON

Triptyque

à Ralph

I

RÉMY ET LA LAMPE MERVEILLEUSE

Mens agitat molem
L'esprit meut la masse.

Virgile, *L'Énéide*.

ANTE REM *

Sur son cœur qui saigne, meurtri,
Une marguerite fleurit
Et dépérit
Sur son cœur qui saigne, meurtri.

De ce cœur d'or jauni s'épanchent,
Vibrant au vent comme des anches,
Des larmes blanches
De ce cœur d'or jauni s'épanche

Un instrument à vent qui s'use,
Son cœur, subtile cornemuse,
Dont le son fuse
Un instrument à vent qui s'use...

Et qui cueillera cet or blanc?
Est-ce toi, tombe de bois franc
Pressant ses flancs

Qui recueillera cet or blanc?

* Extrait du recueil de Rémy

CHAPITRE 1

UN MATIN COMME LES AUTRES

J'habitais New York, dans un secteur relativement calme du quartier de Brooklyn. Ce matin-là, une sérénité dominicale enveloppait mon appartement. Une oreille inexercée, à tout le moins inattentive, s'y serait laissé tromper, mais déjà j'entendais les enfants jouer aux morts. Ce jeu, qui fait les délices des enfants du parc situé derrière chez moi, consiste à rester immobile et à se taire le plus longtemps possible sans quoi le premier qui bouge ou émet un son devient immédiatement vivant, et il meurt... C'est bête comme jeu, mais comme disent les enfants : «C'est le jeu!»

Ma bouche, bête elle aussi comme chaque matin, poussa un cri de guenon en rut. Et après avoir entendu les enfants crier «T'as parlé, t'es mort!», j'étirai le bras pour fermer mes rideaux, une précaution que je prends avant de me lever d'un bond car je dors toujours les rideaux ouverts et il arrive que certains matins, grâce à un jeu de lumière insidieux, l'intérieur de ma chambre soit visible à tous les badauds qui se promènent dans le parc. Je pense que je ne me serais jamais rendu compte du phénomène si un jour une nonne qui traversait le parc n'avait crié au pervers en m'apercevant en train de faire mes exercices matinaux en tenue d'Adam... Elle avait fait une de ces têtes quand elle m'avait vu sortir sur le balcon, complètement nu : «Je donne des cours d'anatomie et de sexualité aux enfants du parc, lui avais-je lancé. Si vous désirez vous joindre à moi dans cette noble tâche, vous êtes la bienvenue!» Elle avait déguerpi en hurlant au fou. Peu après, j'avais reçu la visite des policiers à mon appartement et j'avais pris la résolution de toujours fermer mes rideaux à l'avenir.

Ce matin-là, le soleil était remarquable, mais il n'y eut pas d'exception à la règle que je m'étais fixée : je fermai les rideaux. Je ne renonçai pas cependant à mon soleil matinal : après mes exercices, j'allai me regarder quelques minutes dans le miroir de la salle de bains; là, je fis des grimaces pour ne pas perdre de vue que l'homme descend du singe et que le miroir, qui n'arrête pas de singer tout ce que je fais, me renvoie avec fidélité l'image de mes ancêtres. Après quoi, histoire d'aller plus loin dans cette quête anthropologique, je me fis cuire un œuf au miroir. «Miroir, miroir, allai-je jusqu'à dire en essayant de me voir le blanc des yeux dans le jaune d'œuf, dis-moi qui est le plus beau?» Normalement, c'est à travers la bouilloire ou le grille-pain que je me regarde le plus longtemps : il m'arrive même de tomber dans la lune et c'est soit le sifflement de l'eau qui bout, soit le sursaut des toasts qui me ramène à la réalité. Ce matin-là, ce furent les toasts. Je mis la table et me versai un grand verre d'eau. J'adore l'eau, car elle possède des propriétés réfléchissantes et lorsque je mets un sous-verre noir, il est possible de m'y contempler. Ne dit-on pas qu'un certain Narcisse avait à peu près les mêmes manies? Bref, je m'apprêtais à manger quand je fus dérangé par la sonnerie du téléphone.

Je déteste le téléphone. J'ai un numéro confidentiel et, pour ma part, il est rare que je me serve de l'appareil : je n'ai pas d'amis, pas de famille, enfin si peu. Aussi, quand le téléphone sonne, il s'agit la plupart du temps d'un faux numéro ou d'un mauvais plaisant. Je réponds parfois, cela dépend de mon humeur, mais le plus souvent je laisse sonner en prenant un malin plaisir à compter le nombre de coups. Au lieu du carnet d'adresses habituel, j'en tiens un dans lequel je note la date, l'heure et la durée des plus longues sonneries, un genre de passe-temps qui me permet, une fois le nombre noté, d'élaborer des théories sur la provenance des appels. Par exemple : dix-neuf coups, commis d'un magasin en faillite qui veut à tout prix rejoindre un client; vingt-cinq, personne déprimée qui désire parler à quelqu'un; trente-trois, dispute amoureuse (lui, voulant à tout prix lui parler et sachant très bien qu'elle est là; elle, faisant la sourde oreille), etc. Le record est de quatre-vingt-neuf. C'est arrivé un soir d'octobre, je m'en souviens encore très bien, un de ces soirs gris et monotones qui éveillent chez le premier dépressif venu la témérité de l'alpiniste amateur. La personne qui avait appelé devait en avoir gros sur le cœur, mais je n'avais pas bronché. Peut-être, sans le savoir, avais-je lu son nom le lendemain sous la rubrique des décès.

Enfin, ce matin-là, je n'avais pas une miette de patience et décidai de répondre. Quelle ne fut pas ma surprise d'entendre un inspecteur de police m'annoncer qu'on venait de ramener sur une des berges de Jamaica Bay un noyé qui était, semblait-il, un membre de ma famille, un certain Edgar Roschildren. L'inspecteur désirait que je passe à la morgue le plus rapidement possible pour procéder à l'identification du corps. Je raccrochai le combiné, non sans avoir dit auparavant que je n'y manquerais pas, puis me laissai choir dans le fauteuil le plus proche.

CHAPITRE 2

L'ONCLE ROSCHILDREN

L'idée que mon oncle Roschildren pût être mort ne suscitait chez moi aucune émotion, pas même la plus petite affliction : j'avais été surpris, voilà tout. Or pourquoi m'appelait-on, moi? Aux dernières nouvelles, Roschildren habitait toujours Londres et je ne l'avais pas vu depuis belle lurette. Je ne m'en portais que mieux, je dois le dire, car j'avais de la difficulté à soutenir la vision de son horrible figure. «Comédon la Poire», disait-on dans la famille pour souligner cette particularité – que dis-je? – cette difformité faciale : des yeux globuleux et vitreux, roulant dans leur orbite comme ceux d'un poisson et s'attachant à vous comme de la glu; des oreilles veineuses et ondulées qui suscitaient l'envie de les mordre, histoire de les arracher une fois pour toutes; et une bouche – grand Dieu! – pourvue de lèvres amarante et humides qui donnaient l'impression qu'il parlait toujours avec une tranche de tomate entre les dents. Si j'encadre le tout d'un front étroit et de grosses bajoues d'écureuil, donnant justement à sa tête la forme d'une poire, et complète l'ensemble d'un comédon gros comme un grain de poivre, je viens de dresser un portrait très ressemblant de mon oncle : une nature morte! En fait, seul le nez jouissait d'un aspect normal sur ce visage qui, dès son approche, faisait fuir les enfants. Nouveau-né, j'avais mis deux jours selon ma mère à me remettre d'une crise de larmes qui m'avait pris subitement quand cette tête monstrueuse s'était penchée au-dessus de mon berceau. Adolescent, j'avais des nausées juste à penser à son comédon. Comme plusieurs, je rêvais de lui dire en pleine face : «Ce n'est pas un grain de beauté que vous avez sur votre joue, mon oncle. C'est un comédon! Et, à l'aide d'une légère pression, ça s'enlève, mon oncle, ça s'enlève!»

Sans doute pour faire contrepoids à sa laideur naturelle, Comédon la Poire collectionnait avec un goût certain les belles choses. Je parle ici des antiquités et surtout des meubles anciens. Riche et reconnu comme l'un des plus grands antiquaires de Londres, son expérience et son érudition dans le domaine dépassaient toutefois les limites de cette appellation car il joignait à sa passion la pratique de l'ébénisterie, une discipline dans laquelle il était passé maître par l'invention de plusieurs mélanges d'huiles, de cires, mais surtout d'un vernis spécial qui était à l'origine de sa fortune et de sa célébrité. Dans le milieu des antiquaires, les connaisseurs affirmaient que le vernis Roschildren donnait aux meubles des finis incomparables qui duraient jusqu'à cinq fois plus longtemps que n'importe quel autre produit. La composition de ce vernis était un secret bien gardé : comme les anciens ébénistes qui travaillaient dans la pénombre et la suie de leur vieil atelier en gardant pour eux seuls leurs secrets, Roschildren était la seule personne au monde à connaître la composition exacte de son vernis miracle. Grâce à l'analyse microscopique du produit, plusieurs rivaux, avec l'aide d'experts en chimie, s'étaient lancés dans la course à la reproduction du fameux vernis, mais ils s'étaient heurtés, outre à la présence de certains ingrédients difficilement identifiables – on parlait même d'une substance inconnue! –, à l'épineux problème du dosage des quantités. Bref, il manquait toujours aux succédanés qui sortaient sur le marché ce lustré qui, chez Roschildren, faisait ressortir la patine du meuble dans tout son éclat.

Mon oncle possédait de nombreuses boutiques dispersées un peu partout dans le monde, les plus courues étant situées à Londres, New York et Singapour. Il possédait également plusieurs ateliers spécialisés dans la réparation, l'importation et l'exportation de vieux meubles, sans compter une usine qui fabriquait des meubles modernes. Bref, le chiffre d'affaires de sa compagnie s'élevait à plusieurs millions de dollars.

Enfin, je n'ai pas envie de faire ici l'apologie de l'oncle Roschildren. J'aimerais plutôt vous faire part d'un événement qui le concerne avant d'entreprendre le récit de ma visite à la morgue. Je sais que, pour de nombreux Anglais, mon oncle représente une fierté nationale à laquelle il est dangereux de s'attaquer, fût-il mort. Le faire revient à s'attirer le courroux des institutions qui ont grâce à lui assis leur prestige – British Museum, reine d'Angleterre, etc. Mais l'anecdote est à ce point puérile qu'on ne m'en tiendra assurément pas rigueur. De toute façon, je prends l'entière responsabilité de mon indiscrétion. Après tout, Roschildren n'est pas seulement mon oncle, il est également mon parrain. Voici les faits.

J'avais douze ans quand mon oncle vint passer les vacances de Noël parmi nous. Il désirait se ressourcer quelque temps en famille pour oublier le roulement très exigeant de ses affaires. Personne ne l'attendait pour l'occasion : fidèle à son habitude, il était arrivé à l'improviste. À cette époque, nous habitions à Londres dans une vaste maison de style victorien dont Roschildren admirait l'architecture extérieure et les nombreuses boiseries fines – en vérité, je crois même qu'il la préférait à nous et que c'était sa façon à lui de se ressourcer en famille. Or, la veille de son départ, ma mère lui demanda aimablement s'il pouvait faire quelque chose pour la vieille commode anglaise de tante Berthe qui pourrissait dans le grenier. Cette antiquité, qui avait fait le tour de la famille en arrachant sur son passage des cris d'horreur et d'indignation, avait finalement échoué chez nous comme un vieux bateau fantôme, fatigué d'avoir hanté les nombreuses mers du monde. Personne n'en voulait! Personne, sauf ma mère qui s'était prise d'affection pour le vieux meuble et désirait à tout prix le sauver.

Pour faire plaisir à ma mère, mon oncle lui promit d'aller examiner l'antiquité avant son départ. Or le même soir, alors que tout le monde dormait, Rémy vint me trouver dans ma chambre.

— Petit frère, dit-il en empruntant un ton solennel. Quelqu'un profane en ce moment notre sanctuaire. Viens! Nous allons le surprendre et frapper, telle la main de Dieu!

Trop heureux de l'aubaine, je sautai hors du lit et suivis Rémy qui, déjà, s'engageait dans l'immense corridor du premier étage.

J'adorais ces expéditions nocturnes; elles avaient quelque chose de surnaturel et même de «sacré». Tard dans la nuit, Rémy entrait dans ma chambre comme un fantôme et me soufflait à l'oreille des paroles bizarres, dans le genre : «Belzébuth est en cabale, petit frère. Lève-toi! Nous sommes invités à un immense festin!»

«Abraxas, galla, galla, tsé, tsé!» ajoutait-il parfois en faisant de curieux gestes du poignet et du bras. Alors, je me réveillais et le suivais partout où il m'entraînait en véritable somnambule. Malgré ses quinze ans, mon frère avait une force physique et une imagination extraordinaires, et ses cheveux blonds, ses yeux noirs, provoquaient dans la noirceur un tel effet qu'on aurait dit un ange ou un démon, ou encore un extra-terrestre sorti tout droit d'une soucoupe volante! Bref, l'étrangeté qui émanait de tout son être me fascinait et, parfois, j'aimais m'imaginer qu'il n'était pas réellement humain. Pour ma part, je n'avais rien d'extraordinaire. J'étais plutôt malingre pour mon âge, et mes cheveux noirs et mes yeux gris-bleu accentuaient le contraste qui existait entre nous. Je surnommais mon frère «Rem», car je trouvais ce diminutif plus joli; lui, il m'appelait «Wil», au lieu de William ou Willy comme tout le monde.

Rémy me racontait toutes sortes d'histoires abracadabrantes à travers lesquelles il était difficile de faire la part du vrai et du faux. Certaines, manifestement inventées de toutes pièces, me laissaient indifférent, alors que d'autres étaient racontées avec de tels accents de vérité que je restais souvent perplexe. Par exemple, mon frère m'affirma un jour que papa n'était pas notre vrai père, qu'il avait été tué par l'oncle Roschildren qui avait installé un sosie à sa place et que maman n'y avait vu que du feu. Cette histoire invraisemblable m'amena à regarder mon père comme un imposteur pendant plusieurs années. Oui, vraiment, Rémy me racontait de bien curieuses choses...

— Où va-t-on, Rem? demandai-je ce soir-là à mon frère en le suivant dans l'immense corridor.

— Je te l'ai dit, au sanctuaire!

Rémy donnait ce nom au grenier. Vaste et divisé en quatre parties orientées selon l'ordre des points cardinaux, on y accédait par un escalier en colimaçon qui débouchait au centre d'une salle qui comptait quatre portes en bois d'ébène sur lesquelles étaient sculptés des signes ressemblant à des hiéroglyphes égyptiens. Derrière chaque porte, il y avait une pièce de forme géométrique :

la pièce nord était carrée; la pièce sud rectangulaire; celle de l'est triangulaire et celle de l'ouest en forme de losange. De l'extérieur, ces formes donnaient au toit de la maison un aspect pittoresque... Au-dessus de la rampe d'escalier, qui formait un demi-cercle s'ouvrant sur la porte nord, une lampe étrange ressemblait à une araignée suspendue dans les airs par son fil de soie. En vérité, cette lampe faisait plutôt penser à une barre de navire, à cause des rondins de bois sculptés qui ornaient sa circonférence. Une fois allumée, il était possible de voir en son milieu une boussole transparente dont l'ombre des lettres se dessinait sur les marches de l'escalier. La lampe éclairait non seulement l'escalier, mais dirigeait sur chacune des quatre portes un faisceau de lumière colorée : bleu au nord, rouge au sud, jaune à l'est et vert à l'ouest. «Un spectacle admirable!» disait tonton Comédon qui qualifiait l'objet de pur joyau.

Mes parents, quant à eux, trouvaient cette lampe plutôt excentrique et la nommaient autrement :

— C'est... comment dire..., avait cherché à dire mon père à court de mots.

— Une horreur! avait sèchement lancé ma mère qui s'était attiré le regard courroucé de Comédon la Poire.

À vrai dire, la fonction véritable et les origines de cette lampe étaient un mystère. L'ancien propriétaire de la maison, le vieux Gilmord, affirmait qu'il s'agissait réellement d'une barre de navire, laquelle proviendrait de l'un des trois galions espagnols qui avaient accompagné le Nuestra Señora de Guadalupe dans le Triangle des Bermudes en 1750. Ce dernier, le Nuestra Señora et cetera, s'était rendu à bon port, mais les trois autres navires avaient mystérieusement disparu derrière lui, sans laisser de traces. Comment la barre était-elle arrivée ici, transformée de cette façon? Tout le monde l'ignorait. «Tout ce que je sais, nous avait confié Gilmord, c'est qu'à la tombée de la nuit, cette lampe attire les spectres de tous les marins disparus dans le Triangle du Diable! Ha! Ha! Ha!» «Bah», avait ajouté mon frère qui croyait à une histoire inventée de toutes pièces par Gilmord pour nous faire peur. Selon lui, nous étions en présence d'un objet d'origine extra-terrestre capable de faire voyager des hommes et des choses dans le temps et l'espace. Ma foi, la lampe suscitait toutes sortes d'hypothèses dont il serait fastidieux de dresser ici la liste. Son étrangeté reposait néanmoins sur trois faits bien concrets : premièrement, elle ne brûlait jamais d'ampoules; deuxièmement, il y avait sur son côté une ouverture bizarre, de douze centimètres environ, presque aussi mince qu'une feuille de papier, dont nous ne comprenions pas la présence et la fonction; troisièmement, personne ne savait de quel matériau elle était constituée. Sa texture extérieure se rapprochait du bois verni. Mais en était-ce? Si oui, de quelle essence? Roschildren lui-même demeurait perplexe et renonçait, de peur de l'abîmer, à prélever un échantillon pour l'examiner.

Ces étrangetés avaient contribué à animer une crainte qui, depuis notre emménagement, avait pris au fil des jours plus d'ampleur. Un jour, ma mère s'était exclamée :

— Ce doit être une chose abominable fabriquée par le vieux Gilmord pour faire de la magie noire. Il était sans doute le prédicateur d'une secte satanique!

— Voyons, Germaine! avait aussitôt gémi mon père qui trouvait ennuyeux l'intérêt que nous portions à cette lampe.

— Mais si! Mais si! avait renchéri Rémy. Seulement attention : elle ne sert pas à faire de la magie noire, mais à espionner le genre humain. Elle a été installée là par des extra-terrestres qui...

— Ça suffit! avait tranché papa avec rage.

Mais mon père ignorait à ce moment-là qu'il serait la prochaine victime de la fascination que cette lampe exerçait sur nous. L'événement arriva un jour d'octobre. Ma mère avait réussi à mettre mon père en colère à cause d'une lubie : elle voulait à tout prix expédier la commode anglaise de tante Berthe aux ateliers Roschildren. Mon père trouvait l'entreprise coûteuse et inutile, mais il avait fini par céder. Comble de malheur, il s'était retrouvé chargé de la besogne. Il était parti en direction du grenier en maugréant. Arrivé au bas de l'escalier tournant, il avait poussé l'interrupteur de la lampe si brutalement qu'il l'avait cassé. La lampe avait alors fait entendre un son bizarre : «Semblable à celui d'un évier qui se débouche», avait dit mon père. Intrigué, il était immédiatement monté voir ce qui se passait; rendu en haut, il avait entendu la lampe prononcer ces mots : «Nord, sud, est, ouest... Faites votre choix!» Pris de panique, il avait tourné les talons et fait boule de neige dans l'escalier. Quelques minutes plus tard, nous l'avions ramassé, couvert de contusions et répétant sans cesse : «Elle est vivante! Elle est vivante!»

En cassant l'interrupteur, mon père avait sans aucun doute activé un mécanisme qui était jusqu'alors resté bloqué. À partir de ce jour, la lampe adopta un comportement saugrenu : une fois allumée, elle jouait une musique mignarde pendant que nous montions l'escalier et, quand nous étions rendus en haut, elle disait d'une voix sensuelle les mots qu'elle connaissait. De plus, chaque fois qu'elle prononçait l'un des quatre points cardinaux, le faisceau lumineux correspondant à ce point clignotait et diminuait en intensité; aux mots «Faites votre choix», toutes les lumières devenaient très brillantes et retombaient, l'espace d'une demi-seconde, dans un état de clarté normale. Si les enfants, et en particulier Comédon la Poire, goûtaient avec délices les charmes de ce nouveau rituel, mon père redoubla de haine envers l'objet insolite. Cette exécration prit la tournure d'un véritable conflit de personnalité entre la lampe et lui. Toute son énergie fut désormais orientée à percer l'énigme qui l'entourait et, moins d'une semaine après sa mésaventure, il nous exposait sans détour ce qu'il considérait comme l'unique hypothèse valable. Selon lui, nous avions affaire à la Perruche Bavarde (surnom qu'il donna à la lampe et qui devait lui rester) d'un capitaine dépravé qui avait transformé son grenier en bordel. Cela expliquait en partie la musique mignarde et la voix sensuelle. «Nord, sud, est, ouest, FAITES VOTRE CHOIX!» soulignait alors mon père triomphalement en pensant que, derrière chaque porte, se trouvait une putain destinée à satisfaire les désirs des marins qui se présentaient. Évidemment, personne ne crut à cette hypothèse farfelue. Seul mon père resta convaincu du bien-fondé de sa théorie et, ironie du sort, des archives trouvées plus tard dans le grenier semblèrent lui donner raison, du moins en partie, car nous apprîmes grâce à elles qu'un capitaine au long cours avait justement été propriétaire de la maison avant Gilmord et que son navire – était-ce un hasard? – comptait dans ses périples de nombreuses escales dans les Bermudes. Ces renseignements apportaient du poids non seulement à l'hypothèse de mon père mais surtout à celle de Gilmord.

Voilà pour le mystère de la lampe. Mais je veux m'en tenir à l'essentiel de mon récit.

Vu le caractère secret de notre expédition, Rémy et moi sommes montés sans allumer Perruche Bavarde. Une noirceur de poix aurait dû régner dans la pièce centrale, mais la porte nord n'avait plus de poignée et un filet de lumière cylindrique allait se jeter dans l'escalier. Quelqu'un se trouvait dans la pièce nord. Rémy s'accroupit au bas de la porte et me fit signe de le rejoindre. J'allai m'asseoir en face de lui, de telle sorte que nous fûmes séparés par le faisceau lumineux. De sa main, il coupa la trajectoire du faisceau et la salle tomba aussitôt dans une obscurité profonde. Avec ses doigts, il exécuta devant le rayon des signes étranges qui ressemblaient, maintenant que j'y pense, à l'alphabet du langage des sourds. C'était, me confia-t-il, pour conjurer le mauvais sort et assurer notre fuite si jamais les choses tournaient mal. Il colla ensuite son œil sur l'ouverture de la porte et ses lèvres esquissèrent un sourire : la pertinence de ses soupçons se trouvait sûrement confirmée. «Regarde!» me dit-il. La scène en valait le coup d'œil : Roschildren était arc-bouté sur la commode anglaise de tante Berthe et, son pantalon baissé jusqu'aux chevilles, il s'y frottait en se masturbant. C'était pousser un peu loin l'amour des vieux meubles! Un fauteuil rouge de style victorien m'empêchait de voir correctement le haut de son corps, mais je devinais la présence d'un magazine que feuilletait Comédon la Poire tout en faisant ses mouvements. Enfin, le plus drôle, c'était la vision singulière des deux énormes fesses qui montaient et descendaient en cadence : et hop! et hop hop hop!

Pauvre tante Berthe! Comment pouvait-on traiter son meuble de cette façon? Était-ce là le fameux secret du vernis pour bois Roschildren? À cette pensée, j'eus de la difficulté à réprimer un fou rire. «Chut! me dit sévèrement Rémy. Nous allons passer à l'action!» À ces mots, il se leva d'un bond et ouvrit la porte comme un grand coup de vent.

De ma vie, je ne reverrai sans doute jamais la stupeur s'imprégner sur une figure humaine avec autant de fidélité : les yeux de Comédon la Poire, déjà globuleux, devinrent immenses et son visage passa du rose au rouge puis à l'écarlate en quelques secondes. Il remonta sa culotte avec une rapidité phénoménale.

— Tiens?! s'exclama-t-il, titubant sous le coup de la surprise. Vous n'êtes pas encore couchés? Vous devriez avoir honte de faire peur aux gens de la sorte!

Nous? Nous n'éprouvions nulle honte! En fait, l'oncle ne savait visiblement pas quoi dire. Sa bouche béait, pareille à celle d'un gros poisson qui s'apprête à gober un ver. Rémy prit aussitôt la parole :

— Ma chambre est juste en dessous, lui dit-il. Je pensais que les rats étaient en train d'endommager la commode anglaise de tante Berthe.

Mais c'était inutile. Roschildren n'était vraiment pas d'humeur à entamer la discussion et, tout confus, il avait déjà franchi le seuil de la porte en nous souhaitant bonne nuit.

— Surtout, la prochaine fois, méfiez-vous des pièges à rats, ajouta mon frère. J'en ai posé un peu partout avec papa!

Nous entendîmes l'escalier craquer sous le poids de tonton Comédon, puis, plus rien. Rémy s'empara aussitôt du magazine oublié sur la commode et alla s'assurer que Roschildren était bien parti. L'air léger, il revint et s'assit dans le fauteuil rouge de style victorien. J'allai le rejoindre et les deux coudes appuyés sur le bras du fauteuil, j'attendis qu'il tourne les premières pages de la revue.

Cette revue était d'un genre particulier. Composée de photographies collées çà et là sur de vieilles pages lustrées, elle représentait des jeunes filles et des jeunes garçons nus, parfois accompagnés d'adultes, dans des positions plutôt équivoques. Nous avions de la difficulté à en croire nos yeux; cependant une fois notre stupeur passée, certaines scènes que nous trouvions tantôt ridicules, tantôt carrément obscènes, nous firent rigoler comme des fous. Ce Roschildren quand même, quel vicieux! Et surprise! je sentis tout à coup une main sur ma fesse.

«Ça vous plaît?» demanda l'oncle, dont la figure, empruntant une moue aguichante, venait de passer par-dessus le dossier du fauteuil.

Nous avions été si absorbés par le contenu du magazine que nous ne l'avions pas entendu revenir. Avant qu'il eût le temps d'ajouter quoi que ce soit, Rémy lui balança son poing en pleine figure. Roschildren vacilla, puis s'écroula contre la porte. Il ne devait pas se réveiller de sitôt et nous fûmes obligés de le déplacer afin de pouvoir sortir de la pièce. Ce soir-là, comme tous les autres soirs où Rémy me faisait participer à ses aventures, j'allai coucher dans sa chambre, et après avoir barricadé la porte dans la crainte d'éventuelles représailles, nous nous endormîmes, blottis l'un contre l'autre.

Le lendemain matin, un froid glacial régnait à l'intérieur de la chambre. Je le sentais sur le bout de mon nez, mais je l'apercevais surtout grâce à la fine buée qui s'échappait de ma bouche. Une fois de plus, la chaudière, qui était capricieuse à cette époque, avait dû tomber en panne durant la nuit. Rémy dormait encore. Je mis ma robe de chambre et courus regarder à la fenêtre le temps qu'il faisait. Une neige copieuse était tombée au cours de la nuit, une neige si belle, si fine, si immaculée qu'elle ressemblait à une épaisse couche de crème fouettée. À travers cet univers appétissant, le temps semblait s'être figé, tel le givre sur la vitre. Un seul, un seul et unique son vint subitement troubler la douceur de cet instant. Il s'agissait d'un cri, d'un cri horrifiant qui venait de retentir à travers tout le premier étage. Un silence oppressant lui succéda, suivi d'un tumulte dans le couloir : des bruits de pas se mêlèrent bientôt à des geignements à la fois sourds et aigus.

— C'est fermé à clé! fit la voix agitée de mon père. Vite, Germaine, va me chercher le passe-partout!

Je sortis dans le couloir avec Rémy et j'aperçus mon père qui essayait d'enfoncer la porte de la chambre dans laquelle couchait l'oncle Roschildren. Derrière celle-ci, nous entendions désormais avec plus de clarté les gémissements.

Rémy alla porter secours à notre père. Je mis quelques secondes de plus que lui à réagir, mais moins d'une minute plus tard je m'élançais avec eux de toutes mes forces contre la porte.

— Oh, my God! Oh, my God! s'écria alors ma mère en remontant l'escalier à toute vitesse. Le passe-partout est introuvable, introuvable!

Mais sous notre poussée les gonds avaient cédé et, d'un bond, nous fûmes dans la pièce.

La scène qui s'offrit alors à nos yeux avait de quoi donner le vertige. Étendu sur un lit dont le désordre montrait tous les signes d'une nuit de fièvre et de délire, Roschildren poussait des cris de veuve éplorée en fixant le bout de son pied gauche coincé dans un piège à rat. Un flot de sang vermeil coulait le long du sommier et allait former sur le parquet une mare à moitié coagulée. Dans la chambre, les photos du magazine de la veille étaient affichées partout : sur les murs, le plafond, le plancher; une de ces photos fut même retrouvée collée sous le piège à rat!

«Oh, Lord!» s'écria ma mère, plus impressionnée par les photos que par les contorsions du pauvre tonton.

«What's this mess?» s'exclama pour sa part mon père qui sembla, un moment, oublier le fait que Roschildren pissait le sang comme l'eau d'une fontaine.

Pour finir le tableau, je vomis et tombai dans les pommes.

Mon père fut le premier à reprendre ses esprits et à prêter secours au pauvre Roschildren, mais ce fut peine perdue car, avec un sadisme calculé, l'auteur de cette farce cruelle avait soudé des clous d'environ quatre centimètres sur la tige de métal qui sert habituellement à casser le cou de l'animal. Sous la force de l'impact, ils avaient traversé le pied de bord en bord et s'étaient fichés dans le bois, rendant toute tentative pour secourir le malheureux extrêmement précaire. En fait, il fallut une opération chirurgicale de trois heures pour libérer et sauver le pied de Comédon la Poire.

Il sortit boiteux de cette mésaventure.

CHAPITRE 3

VISITE À LA MORGUE

L'infirmier qui m'accompagnait depuis quelques minutes à travers les corridors sinistres de l'hôpital ne faisait rien pour faciliter la pénible épreuve qui m'attendait : son pas était rapide, son visage impassible. J'avais bien remarqué tout à l'heure ce crâne à moitié dégarni, cet œil perçant, ce nez aquilin et ce menton fuyant : il appartenait en effet à la race des vautours; toujours à l'affût du moindre malaise, toujours prêt à se charger de la triste besogne, mais parfaitement indifférent à la souffrance d'autrui.

J'étais à bout de souffle lorsque nous sommes entrés dans la pièce. J'avais la gorge nouée, des crampes à l'estomac, bref, j'avais la trouille. De chaque côté de la salle, les réfrigérateurs me surplombaient, semblables à des têtes de robots pourvues de gueules immenses prêtes à avaler tout ce qui était humain. Au fond, il y avait un homme en train d'examiner un cadavre; il semblait si absorbé par son travail qu'il ne remarqua même pas notre présence. Notre... J'étais seul. L'autre m'avait quitté sans même me présenter. Je n'étais pas certain d'avoir devant moi l'inspecteur qui m'avait parlé au téléphone. Il portait un imperméable brun clair démodé, un pantalon de tweed gris défraîchi et des chaussures italiennes marron. Ce dernier détail me le rendit sympathique puisque je chaussais sensiblement les mêmes. Néanmoins, je n'osais m'approcher de lui car je craignais que le macchabée qu'il était en train d'examiner ne fût mon oncle, et, si jamais c'était le cas, je ne me sentais pas suffisamment préparé à affronter la vision de son horrible figure. J'avançai tout de même vers l'homme et rassemblai le peu de souffle qui me restait au fond des poumons.

— Bonjour, dis-je. Je m'appelle William...

— Un instant! m'interrompit l'homme d'une voix brusque. Je suis à vous dans une seconde!

Cet accueil brutal me laissa coi. L'individu ne s'était même pas retourné pour me regarder. Et pendant qu'il continuait d'examiner ce qui semblait être le visage du macchabée, il se mit subitement à parler à voix haute :

— Vous allez venir mes petits dégueulasses, vous allez venir, hein? Ne soyez pas capricieux! Venez, venez!

Son attitude me vexait au plus haut point. J'étais au bord de l'emportement.

— Mais voulez-vous bien me dire ce que vous faites là?!

— Approchez! répondit l'homme sur un ton qui ressemblait nettement à un ordre.

Je m'approchai et aperçus une grosse joue blanchâtre traversée par une coupure. Le reste du cadavre, à mon grand soulagement, se trouvait dissimulé sous un épais drap blanc à peine soulevé.

— Regardez, continua l'homme. J'essaie d'extraire de cette coupure les minuscules morceaux de verre qui s'y sont logés.

— Mais c'est le travail du médecin légiste que vous faites là, dis-je. Vous êtes embaumeur?

— Hé, hé, non! me répondit-il en riant. Je suis inspecteur. Et j'ai horreur des médecins légistes : ils ne prennent aucun soin. Je préfère opérer moi-même, voyez-vous. C'est plus pratique et même plus propre.

— Plus propre? fis-je dégoûté. Mais... Mais... on pourrait vous poursuivre pour outrage à un mort!

— Et qui oserait faire ça? Vous?

— Certainement. Je n'hésiterais pas une seule seconde si, par exemple, la joue dans laquelle vous jouez en ce moment était celle de mon oncle.

— Allons donc! s'écria l'inspecteur qui n'était nullement impressionné par ma remarque et qui demeurait concentré sur ce qu'il faisait. Vous ne feriez pas une telle chose! Je vois tout de suite à votre figure et à votre comportement que, s'il s'agit de votre oncle, il n'occupe pas une très grande place dans votre cœur.

— Et qu'a-t-elle de si particulier ma figure que vous n'avez même pas regardée et qui vous permet malgré tout de tirer de pareilles conclusions?

— Elle a que vous êtes fraîchement rasé – je sens d'ici le parfum de votre crème à raser –, que vos yeux ne sont pas rougis par la douleur mais plutôt exorbités par la peur, que vous êtes très bien habillé et que votre cravate est nouée de façon impeccable.

— Et cela vous permet d'affirmer que je ne porte pas mon oncle dans mon cœur?

— Disons que vous n'êtes pas bouleversé par l'événement.

— Et mon comportement?

— La seule pensée que je sois en train de m'amuser avec le corps de votre oncle devrait, normalement, vous horrifier. Or si vous aviez un certain respect pour lui, vous m'arrêteriez dans ce que je fais.

— Bravo! Seulement, je ne sais même pas si le corps dans lequel vous jouez est celui de mon oncle.

— Exact. Cela vous laisse un jeu émotionnel plutôt large face aux responsabilités que vous avez envers lui, votre famille et votre propre conscience.

— C'est bien dit, remarquai-je. Cependant, un détail m'échappe : comment avez-vous fait pour tirer toutes ces conclusions alors qu'en aucun moment je ne vous ai vu me regarder?

— C'est très simple. Depuis quelques minutes, vous êtes tout simplement fasciné par ce que je fais. Or, au début, toute votre attention était orientée en ce sens. J'en ai donc profité, l'espace de quelques secondes, pour vous observer à votre insu.

— C'est très simple, en effet. J'ai lu une chose semblable dans un livre de Sherlock Holmes.

— D'Arthur Conan Doyle, vous voulez dire, l'écrivain qui a créé Sherlock Holmes.

— Précisément.

— Dites, vous avez un mouchoir?

— Oui.

— Vous me le prêtez?

— Voilà.

— Merci.

L'inspecteur passa mon mouchoir sur la blessure du défunt, sans doute dans le but de recueillir les morceaux de verre plus fins qui auraient pu lui échapper, puis il glissa le fruit de son travail dans un minuscule sac de plastique.

— Voilà! s'exclama-t-il en se relevant d'un air satisfait. Voyez-vous, l'examen et le rapport du médecin légiste prennent beaucoup trop de temps pour quelqu'un qui, comme moi, cherche à en gagner. J'irai donc faire analyser ces échantillons et les remettrai ensuite au médecin légiste qui, lui, une fois son examen terminé, remettra son rapport à la police. Or la police en question, c'est moi. Je procède donc à un exercice dont les résultats arriveront dans mes mains inévitablement. Mais d'ici là, j'aurai peut-être gagné un temps fou qui me permettra de remonter la piste d'un assassin éventuel, de le capturer à la veille de perpétrer un autre crime ou de s'exiler à l'étranger.

— En d'autres mots, vous prenez un raccourci! Pourtant les médecins légistes sont réputés pour faire un boulot propre et rapide.

— En effet, dit l'inspecteur, mais quand il s'agit du docteur Walter Manson, rien n'est moins sûr.

— Mais vous faites néanmoins une tâche pour laquelle vous n'avez aucune compétence... Vous n'avez jamais eu d'ennuis avec vos supérieurs?

— Franchement non, m'avoua l'inspecteur d'une voix bonasse. On connaît mes méthodes et personne n'en fait de cas. Par exemple, dès que j'en aurai terminé avec vous, j'irai au laboratoire le plus proche et exigerai qu'on examine ces échantillons immédiatement sous prétexte que je suis de la police et que c'est urgent.

— Ne me dites pas qu'on vous obéira?

— Bien sûr. On obéit toujours à un poulet qui montre sa carte d'inspecteur. Je serais bien sot de ne pas utiliser cette tactique.

— Savez-vous que vous commencez à m'être antipathique?

L'inspecteur emprunta le ton du dépit sans pour autant en éprouver vraiment :

— C'est normal, dit-il. Tout le monde est allergique au poulet. Tenez, voici votre mouchoir... et veuillez excuser mes manières un peu brutales. Je suis une nature brusque et sans façon. Mais je me présente tout de même : inspecteur Mourhu, de la criminelle.

— William Roschildren. Et, si vous voulez savoir, je ne récupère pas un mouchoir qui vient tout juste de toucher à... Enfin, c'est dégueulasse!

— Euh, en effet! s'excusa Mourhu qui enfouit d'un geste rapide le mouchoir dans une de ses poches. Voulez-vous que nous procédions tout de suite à l'identification de votre présumé oncle?

— Le plus tôt possible sera le mieux, en effet, répondis-je d'une voix sèche. Mais auparavant, j'aimerais savoir pourquoi vous m'avez appelé, moi, plutôt qu'un autre membre de ma famille?

— Eh bien, à part le nom du défunt, il ne restait dans son portefeuille qu'un seul autre nom que l'eau n'avait pas totalement effacé. À ce nom était joint un numéro de téléphone. De toute évidence, c'était le vôtre.

— Je l'aurais parié, dis-je tout bas.

— Pardon?

— Je dis : je me demande comment ce salaud a fait pour se procurer mon numéro de téléphone confidentiel, mais il l'a eu, il l'a eu! C'est sûrement mon oncle, ça ne peut être que lui : je reconnais sa façon de faire. De toute façon, le cadavre devant lequel nous sommes correspond exactement à sa corpulence.

— Oh! vous savez, dit Mourhu, après avoir mariné un certain temps dans l'eau, ils deviennent tous gros.

Comme l'inspecteur s'apprêtait à soulever le drap, je l'arrêtai de la main. Je cherchais à me faire rassurer :

— Il n'est pas trop horrible au moins?

— Une vraie beauté! fit-il en grimaçant.

— Bon, tant pis. Alors allez-y!

Dire que je fus surpris serait en deçà de la vérité. Ce que je vis me renversa et, pendant quelques secondes, j'eus de la difficulté à retenir une nausée qui me monta jusqu'aux lèvres. En fait, le visage de Roschildren n'était pas horrible, ni dégoûtant, mais monstrueux. Formidablement bouffi par un séjour prolongé dans l'eau, il en était presque méconnaissable. Je dis presque... car, à mon grand étonnement, j'aperçus au sommet de sa joue gauche son inextirpable COMÉDON. Je l'aurais cru à jamais disparu sous les replis de cette peau grasse, molle et boursouflée. Mais non! Il pointait toujours, arrogant. Je me mis à le contempler, fasciné par la pensée que la nature elle-même n'avait pu venir à bout d'une telle abomination.

— Est-ce votre oncle? demanda Mourhu, sans trop de conviction.

— C'est bien lui, dis-je. Ça ne fait aucun doute.

— Comment pouvez-vous en être aussi sûr?

— À cause de ça.

Je pointai du doigt le gros comédon.

— Quoi : ça? fit l'inspecteur en se penchant si près du visage de mon oncle qu'on aurait dit qu'il allait l'embrasser.

— Ça, là! insistai-je.

— Quoi : ça là?

— Mais, ça! Bon Dieu! Ça! criai-je, excédé. Vous êtes aveugle ou quoi? Ça, ça, ça!

Avec l'aide de mes deux mains, je pressai de toutes mes forces autour du gros comédon. Ce geste se fit spontanément, machinalement, et, sous la pression, le comédon fut expulsé de la joue comme un ver qui sort d'une pomme pourrie. Il tomba sur le rebord de la plaque qui servait à soutenir le cadavre.

— Prodigieux! s'écria Mourhu. Prodigieux!

Il se rua dans le corridor pour trouver une infirmière. Au bout d'un moment, je l'entendis dire :

— Allez me chercher immédiatement un contenant avec du formol et une pincette. Vite, c'est urgent!

Il revint, tout agité.

— L'envie de l'extraire devait vous habiter depuis longtemps.

— Depuis ma plus tendre enfance! dis-je, comme soulagé d'un poids émotionnel.

— Ah, grand Dieu! Pour qu'un comédon de cette grosseur aille se loger de cette façon dans la peau, il faut que le pore soit extraordinairement dilaté.

Je constatai avec lui le trou laissé sur la joue par le comédon.

— À qui le dites-vous!

Mourhu s'empara du contenant de formol qu'on venait tout juste de lui apporter et, avec la pincette, il prit le comédon long d'environ cinq bons centimètres et le déposa dans le récipient.

— Incroyable! soupira-t-il en le regardant à travers le formol, fasciné. Je croyais qu'il s'agissait d'un grain de beauté.

— Appelez plutôt cela un grain de laideur, dis-je maladroitement, voulant ajouter à l'événement un soupçon d'humour.

Mais l'heure était plutôt à la nausée. Elle me prit par surprise. Je m'agrippai à la plaque qui soutenait le cadavre et vomis comme un bon. Ma réaction n'affecta aucunement Mourhu qui s'approcha de moi et me tapa dans le dos.

— C'est ça, mon vieux, c'est ça. Il faut que ça sorte. Ne vous en faites pas pour moi, j'ai l'habitude. Videz-vous!

L'inspecteur sortit un mouchoir de sa poche et me le tendit. À peine m'étais-je essuyé les lèvres que je pensai...

— Ce n'est quand même pas le mouchoir...

— Oh, excusez-moi!

— Haaaa, non!

Je vomis de plus belle.

— Mais c'est très efficace! fit Mourhu, tout joyeux. Ça va vous permettre de vous vider complètement.

J'aurais voulu le frapper, mais il était déjà parti chercher une infirmière qui arriva bientôt avec un bassin et une serviette d'eau froide. Je m'épongeai le visage et la nuque. L'infirmière repartie, un petit homme à la mine morose survint et commença à ramasser les dégâts d'un air dégoûté, s'interrompant parfois dans son travail pour me dévisager d'un air belliqueux. Il semblait dire : «T'aurais pas pu te retenir jusqu'aux toilettes, hein, dégueulasse?» J'étais rouge comme une pivoine et si j'avais pu rentrer complètement dans mes chaussures, je l'aurais fait.

Mourhu m'interpella :

— Vous savez ce que tout cela signifie?

Indifférent à la conversation qu'il désirait de toute évidence entamer, je répondis que je l'ignorais. En fait, je ne pouvais détacher mon regard du petit homme à la mine morose qui secouait la tête et poussait, çà et là, de gros soupirs. Il était facile de deviner ses pensées : «Incroyable! devait-il se dire. Est-ce possible d'avoir à ce point mangé? Œufs, bacon, jambon, fromage... Tiens, un morceau de crêpe? Quel cochon!»

Cochon? Oui, en effet, j'étais un vrai porc. Nullement affecté par la probabilité du décès de mon oncle, j'avais déjeuné ce matin-là aussi copieusement que d'habitude et même davantage. Je ne sais trop pourquoi, cette mort probable m'avait donné de l'appétit. La gêne et l'humiliation que j'éprouvais présentement étaient sans aucun doute le prix à payer pour tant d'indifférence au sort de Roschildren.

— Dites, vous m'écoutez? fit tout à coup Mourhu.

Je répondis distraitement que oui, mais en vérité je continuais d'observer le petit homme qui venait de s'arrêter brusquement dans son travail. De toute évidence, il était pris d'un malaise, et c'est d'un œil amusé que je le vis se précipiter en vomissant vers la sortie. J'éprouvai, sur le coup, l'étrange satisfaction de quelqu'un qui vient d'être vengé.

— Décidément, c'est une manie, observa Mourhu.

— N'est-ce pas? Mais vous disiez?

— Je disais? ...Ah, oui! Eh bien, je disais qu'il existe des similitudes entre vous et le comédon de votre oncle.

— Que voulez-vous dire?

— Je veux dire qu'en enlevant le comédon emprisonné dans le pore dilaté, ce serait un peu comme si vous aviez libéré une partie de vous-même, disons quelque chose qui serait resté emprisonné en vous et que vous auriez transposé symboliquement, voire inconsciemment, dans le corps de votre oncle. Autrement dit, le comédon libéré, ce serait vous, votre malaise, la libération d'une partie de vous-même. La preuve : le vomi.

— Sans blague?

— Mais oui, mais oui! reprit vivement Mourhu. Dites, à tout hasard, vous ne seriez pas une nature renfermée avec des tendances exhibitionnistes? Cela confirmerait mes déductions.

Cette dernière remarque me laissa interdit. En effet, je me considérais justement comme une nature renfermée qui avait des tendances à l'exhibitionnisme, mais pour arriver à cette affirmation, l'inspecteur Mourhu était passé par une série de réflexions qui me dépassaient carrément. Après quelques secondes d'hébétude, je retrouvai un certain aplomb et lui dis :

— Écoutez, vous êtes libre d'effectuer les rapprochements que vous jugez nécessaires à la bonne marche d'une enquête. Ici, ce n'est pas le cas. Alors veuillez laisser mon intimité tranquille.

— Je ne voulais pas vous blesser, s'excusa Mourhu. Seulement, faire des rapprochements, qu'ils soient d'ordre psychologique ou autres, fait partie de mon métier.

Cette réplique m'agaça.

— Peut-être, dis-je. Mais dans mon cas, auriez-vous l'obligeance de vous en abstenir?

— Comme vous voudrez.

— Bon. Avez-vous encore besoin de mes services?

— Vous êtes libre. Néanmoins, je vous demande de rester disponible. Une fois l'autopsie officielle terminée, j'aurai peut-être quelques questions à vous poser.

— Rien de sérieux, j'imagine?

— Ça dépend de l'autopsie.

— Au fait, s'agit-il d'un accident ou d'un meurtre?

J'avais prononcé la dernière partie de cette question avec une certaine appréhension. En fait, j'aurais dû m'enquérir de cette formalité depuis longtemps. Ce manque de curiosité, ou plutôt cette indifférence face au sort de mon oncle ne semblerait-elle pas bizarre à l'inspecteur? Peut-être, mais en vérité je ne m'en inquiétais pas. Mon appréhension était feinte : c'était un jeu, un exercice de style, car je sentais une étrange complicité entre cet homme et moi et, si jamais il était question d'un meurtre, en aucun moment je n'avais senti des soupçons peser contre moi.

— On ne sait pas, se contenta-t-il de répondre. Mais tout porte à croire qu'il s'agit d'un suicide.

Je ne pus m'empêcher d'être cynique :

— Un suicide? Vous m'en voyez déçu. Je ne vous cacherai pas que j'aurais aimé serrer la main de son assassin.

— Vous ne l'aimiez vraiment pas, votre oncle.

— L'aimer? sifflai-je avec ironie. Ce satyre a failli me violer à l'âge de douze ans!

— Vraiment?

— Je vous le dis. Aussi, je ne vois pas comment je pourrais faire autrement que de le détester.

— Ça vous regarde... Dites-moi, que faites-vous comme métier?

— Je suis comptable. Pourquoi?

— Pour rien.

Et, comme j'allais partir :

— Oh, j'allais oublier, dit Mourhu. Nous avons trouvé ceci sur le corps de votre oncle. Ça vous dit quelque chose?

L'inspecteur Mourhu venait de dégager d'un papier mouchoir une sorte d'écusson en plastique qu'il me fourra entre les mains. Ça ressemblait à un insigne que l'on épingle sur un veston lors de réunions ou de cérémonies officielles. Le dessin sur l'insigne était simple et même un peu grossier : il représentait le soleil ou une étoile quelconque pourvue de six rayons. C'était peut-être bien l'insigne d'un colloque sur l'astronomie, bien que je n'eusse pas souvenance que mon oncle se fût intéressé de près ou de loin à cette discipline. Je faillis me blesser avec l'épingle qui était mal engagée dans le fermoir.

— Ça ne me dit rien, dis-je en remettant l'objet à l'inspecteur.

Il le réenveloppa dans le papier mouchoir comme si c'eût été un bijou de grande valeur.

— Autre chose, ajouta-t-il. Votre oncle portait un complet rouge. Vous ne trouvez pas cela bizarre?

— Mon oncle était un type excentrique qui avait bien le droit de s'habiller comme il le voulait, non?

— En effet... Que doit-on faire du corps?

— S'il n'en tenait qu'à moi, je dirais qu'il faut l'expédier à la fête foraine la plus proche. Empaillé, un énergumène pareil attirerait les foules! Mais ça ne me regarde pas... Tenez, voici le numéro de téléphone de mon père : il se chargera de tout. Quant à moi, j'espère ne plus être mêlé de près ni de loin à cette histoire. Je vous salue.

— Attendez, dit Mourhu. Germaine Bastin, qui est-ce?

Il tenait entre ses mains la carte de visite que je venais de lui donner. Je lui répondis que c'était ma mère.

— Votre mère?

— Mais oui. Elle est dans les affaires avec mon père. Elle a tout simplement gardé son vrai nom, rien d'étonnant là-dedans. Elle possède une compagnie qui fait des bas. Regardez, c'est écrit sur la carte. Mon père fabrique des chaussures et ma mère, elle, des chaussettes. Charmant, n'est-ce pas?

— En effet, voilà deux personnes qui se complètent très bien.

— Si vous voulez dire qu'ils rentrent l'un et l'autre dans leur argent, oui.

— Je ne veux pas dire ça. J'aimerais connaître la nationalité de votre mère, française?

— Non, canadienne-française, ou plutôt québécoise comme on dit là-bas. Cependant, mes grands-parents sont originaires de Toulon, vous connaissez?

— Si je connais! s'exclama subitement Mourhu dans un français impeccable qui me laissa pantois. Mon père est un Bastin et je suis né à Toulon!

— Vous voulez rire? dis-je à mon tour en français.

— Pas du tout!

— Mais alors, si votre père est un Bastin, d'où vient le nom ridicule que vous portez?

— Mourhu? ...C'est une longue histoire. Écoutez, je vous invite à prendre un café; nous pourrions bavarder de tout ça. Vous intéressez-vous à la généalogie?

— Non. Les églises et les cimetières me laissent plutôt froid. Quant à votre proposition, je n'ai pas le temps, je...

— Tut, tut, tut! répliqua Mourhu, puisque je vous invite. Ce n'est pas tous les jours que j'ai la chance de rencontrer quelqu'un qui parle français à New York.

— Bon, très bien, dis-je un peu malgré moi. Mais je vous préviens : pas plus d'une heure...

Je passai finalement toute la matinée en compagnie de l'inspecteur Mourhu. Mourhu... Le nom est idiot, mais il transpirait de cet homme une expérience de vie qu'on imaginait profonde : une espèce de sagesse désinvolte, entremêlée de brusques sursauts d'humeur à la fois tendres et passionnés. De là provenait son côté un peu brusque et sans façon. Tout comme son expérience, ses connaissances ne passaient pas inaperçues, du moins pour tout ce qui touchait la physiologie et la psychologie de l'être humain : il parvenait ainsi à vous sonder les tripes avec une efficacité qui aurait rendu jaloux le plus compétent des psychiatres. Toutefois, cette façon d'aller chercher en vous la petite bête noire le rendait souvent agaçant et plus d'une fois je dus l'arrêter dans ses allusions indiscrètes. Enfin, une des choses qui frappaient le plus chez le bonhomme était la texture presque plâtreuse de son visage, un peu comme si les nombreuses années passées dans la police criminelle et la vue des atrocités de toutes sortes l'avaient rendu insensible à la douleur humaine. Ses sourcils étaient également frappants : épais et broussailleux, ils semblaient servir d'auvents à ses yeux, noirs et luisants. Des yeux de croque-mort, à bien y songer. Or, je n'allais justement pas tarder à découvrir le goût morbide de Mourhu pour les cadavres.

CHAPITRE 4

RÉMY ET LA LAMPE MERVEILLEUSE

Une musique aux accents familiers me réveilla lentement, furtivement, comme un lointain appel... Je sortis des limbes du sommeil dans lesquels j'étais plongé depuis plusieurs heures et ma raison, sans juger nécessaire le concours de mes yeux, chercha automatiquement à trouver la source de cet appel, cependant qu'une autre partie de moi-même, celle-là plus paresseuse, m'invitait à ne rien faire : «Dors!» me dit-elle. Mais c'était trop tard. Je venais tout juste de faire le lien : il s'agissait de la *Sixième symphonie* de Beethoven que Rémy utilisait souvent pour me réveiller quand il désirait me faire participer à ses jeux nocturnes. Mon frère avait mis au point un mécanisme capable de faire fonctionner, dans un intervalle de temps choisi, n'importe quel appareil électrique, un peu l'équivalent de ce qu'on appelle un «interrupteur temporisé». Tous les radios-réveils sont pourvus de ce genre d'instrument aujourd'hui, mais l'invention de Rémy était plus artisanale, quoiqu'en avance sur son temps. Il la branchait sur un tourne-disque portatif qu'il glissait sous mon lit, et le tourne-disque, dont le bras avait été préalablement placé sur le microsillon, se mettait en marche à l'heure qu'il avait sélectionnée.

En ouvrant les yeux, la première chose que je vis fut une flèche indicatrice d'un bleu luminescent collée sur le mur qui me faisait face. Je me mis lentement sur mon séant et me frottai les yeux, pensant rêver encore ou être la victime d'une quelconque hallucination... Mais non, c'était bien réel. J'écartai mes draps d'un coup sec et allai examiner le phénomène de plus près. Au toucher, la matière de la flèche adhérait à mon doigt; elle ne dégageait pas d'odeur, et pourtant un parfum enivrant régnait dans l'ensemble de la pièce. Comment avais-je fait pour ne pas la remarquer plus tôt? Une chandelle parfumée jetait ses pâles reflets sur la commode de ma chambre; à ses côtés, une clochette argentée ainsi qu'une lettre adressée à mon nom. En moins de deux, je déchirai l'enveloppe et commençai à lire le billet qui se trouvait à l'intérieur. Je reconnus tout de suite l'écriture de Rémy :

Cher Watson,
Je viens de faire une découverte extraordinaire. En fait, je pense bien être sur l'affaire la plus brillante de ma carrière. Accourez donc au plus tôt! Je vais sûrement avoir besoin de vos précieux conseils. Pour me rejoindre, vous n'avez qu'à suivre les flèches phosphorescentes qui vous mèneront directement au lieu de notre rendez-vous. Avant de vous mettre en route, ayez l'obligeance d'utiliser la clochette, don d'un vieil ami hindou, et de sonner trois coups. Cela devrait éloigner les esprits maléfiques et enlever toute embûche de votre chemin. À bientôt!

Sherlock Holmes

La flèche indiquait la sortie de ma chambre. Je sonnai trois coups de clochette, et me mis en route. Le spectacle qui m'attendait dans le couloir me laissa abasourdi : pas moins d'une dizaine de flèches luminescentes jalonnaient le plancher de bois franc du premier étage, m'offrant spectacle grandiose, féerique... J'avançai sur ce pavé céleste comme un somnambule, inconscient du véritable endroit où me mènerait ce périple. D'ailleurs, je ne m'en souciais pas vraiment. Les prochaines indications m'invitaient à descendre l'escalier et j'obtempérai, docile, suivant un tracé labyrinthique qui me fit passer par les endroits les plus poussiéreux du rez-de-chaussée. Je reconnus bien Rémy et sa façon de s'amuser à mes dépens. Finalement, j'aboutis à la cave.

La cave... C'était là, habituellement, que se déroulaient les jeux d'un caractère particulier. Elle était traversée par un long corridor dont chaque côté était pourvu d'une porte : l'une donnant sur la chaufferie, l'autre sur l'atelier de mon père. Au bout du corridor se trouvait une autre porte, difficile à apercevoir, car la lumière du couloir ne se rendait pas dans cette partie de la cave. Derrière, l'ancienne chambre de Rémy, une pièce baroque, à l'allure et l'atmosphère quasi médiévales, qui représentait à elle seule une véritable propriété privée. Il s'agissait d'une salle sombre au plafond très haut dont les fenêtres, elles aussi très hautes, étaient masquées par de riches tentures aux motifs finement travaillés. Une immense bibliothèque couvrait la totalité du mur de droite et, juste au centre, un foyer en marbre rouge se dressait, majestueux; en face, deux canapés capitonnés, en cuir rouge, reposaient sur un tapis oriental coloré, tandis qu'entre les deux une table de verre, basse, supportait une lampe toujours allumée. Un peu plus loin, vers le mur de gauche, un énorme lit à baldaquin et une table de travail encombrée d'une multitude de papiers, de livres et d'inventions biscornues. J'ai dit «l'ancienne chambre de Rémy», car pour des raisons de commodités, mon père lui suggéra d'emménager avec tout le monde à l'étage. Mon frère n'avait accepté cette suggestion qu'à condition que tout y demeure inchangé, qu'il puisse en faire une sorte de bureau où il pourrait venir se reposer, lire et travailler. Mon père avait respecté cette volonté... J'étais mal à l'aise à chaque fois que je pénétrais dans cette chambre : la noirceur y régnait en maîtresse absolue et j'avais la désagréable impression que chacune des tentures dissimulait une porte qui débouchait sur un endroit insolite ou encore que, dans les recoins les moins éclairés, se tapissaient d'immondes créatures prêtes à me saisir et à m'entraîner dans d'étranges profondeurs. Bref, je n'y entrais jamais seul.

La dernière série de flèches menait directement à l'ancienne chambre de Rémy, dont la porte était marquée d'un «x» phosphorescent. Je frappai.

— What do you want, Watson? demanda aussitôt derrière la porte une voix que j'imaginais mal appartenir à mon frère.

— Euh... To come in!

— Mais non, mais non! vociféra la voix en français. Le mot de passe!

— Le mot de passe? dis-je à mon tour en français. Quel mot de passe?

— Celui qui est écrit au bas du billet!

Heureusement, j'avais gardé dans une des poches de mon pyjama le billet en question. En le relisant, j'aperçus à la fin un minuscule post-scriptum où il était dit de répondre à la question qui me serait posée : «Watson wants to be witness.»

— Alors? gémit la voix avec agressivité. What do you want, Watson?

— Humm... Watson wants to be witness.

J'attendis quelques secondes. Soudain, le loquet glissa et la porte s'ouvrit.

— Ha, mon cher Watson! s'exclama Rémy en ouvrant les bras pour me donner l'accolade. Je commençais à être inquiet. Euh, veuillez excuser la façon brutale avec laquelle je viens de vous accueillir, mais avec tous les meurtres qui sévissent à Londres ces temps-ci, on ne se montre jamais assez prudent.

— En effet, Holmes, vous avez parfaitement raison! fis-je en entrant d'un bond dans la chambre.

Rémy était ravi de me voir rentrer dans le jeu si rapidement. Il enchaîna :

— Quelle triste mine vous avez là, mon bon Watson. Vos vêtements sont en loques! Le voyage a été pénible?

Lui, il portait des vêtements des années 1850. Ils étaient très soignés et dans le plus pur style «english». Sur le portemanteau, j'aperçus le célèbre manteau de tweed et la casquette. Je répondis, feignant d'être vexé :

— À qui le dites-vous! Pourquoi m'avoir fait passer par des endroits aussi saugrenus, Holmes?

— Simple précaution. On aurait pu vous pister.

— Eh bien, dans ce cas, personne n'aura de difficultés à me retrouver, avec les traces qu'il y a derrière moi...

— Ne dites pas de bêtises, mon cher ami, je ne suis pas négligent au point de laisser derrière vous une piste que tout le monde pourrait suivre. Regardez!

Je me retournai. La cave était tombée dans une obscurité profonde; il ne restait plus aucune trace des flèches qui, il n'y avait même pas deux minutes, reluisaient sur le plancher.

— Comment as-tu fait ça? dis-je, complètement abasourdi.

Puis, me rappelant qu'avec Rémy il ne fallait jamais décrocher du jeu pour en connaître la suite, j'ajoutai aussitôt :

— Euh... Qu'est-ce à dire, Holmes? C'est de la sorcellerie!

— Allons, allons, Watson! Vous savez que je n'en suis pas à mes premières armes en chimie.

— En effet, seulement j'ignorais...

— Tenez, voici des vêtements de rechange, m'interrompit Rémy-Holmes. Changez-vous, Watson! Pendant ce temps, je vais chercher le thé.

Mon frère partit en direction du coin le plus obscur de la chambre, si bien qu'au bout de quelques pas je ne le vis plus. Encore ébranlé par la disparition subite des flèches phosphorescentes, je mis le pardessus et la casquette qu'il m'avait donnés sur le portemanteau et j'enfilai le reste des vêtements avec rapidité. Bon Dieu! Les souliers étaient trop petits! Je courus m'asseoir en claudiquant sur le canapé le plus proche.

— Ha! dit Rémy-Holmes, en arrivant avec le thé. Ces vêtements vous vont à ravir. Mais, est-ce vraiment la bonne taille?

— Tout à fait, répondis-je. Exception faite de la pointure des souliers. Je chausse des six et non des cinq. Vous auriez dû le savoir, Holmes.

— En effet, en effet... Euh, j'ai pris la liberté d'apporter un peu de scotch. Alors, désirez-vous du thé ou du scotch?

— Hum... Du scotch, bien sûr!

— Soit! Au diable le thé! Nous le boirons plus tard.

Rémy-Holmes versa le scotch parcimonieusement dans de minuscules verres ciselés et je trinquai avec lui. Croyant avoir affaire à du jus de pommes et voulant, somme toute, faire comme dans les films, j'avalai mon verre d'un trait. Je m'étouffai aussitôt et Rémy se mit à rigoler de bon cœur. J'aurais dû m'en douter : il ne faisait jamais rien à moitié.

— Vous avez perdu l'habitude, mon cher Watson. Un autre verre?

Pour le garçon de douze ans que j'étais, l'alcool avait un goût horrible, mais si Rémy était capable d'avaler son verre sans s'étouffer, j'estimais être en mesure d'en faire autant. J'acceptai le second verre avec défi et, cette fois, je tins le coup.

— La découverte que j'ai faite est extraordinaire, mon cher Watson. Mais elle n'est que partielle : elle m'a fait aboutir à une énigme que j'espère éclaircir grâce à votre précieux concours.

— Vous pouvez compter sur moi, Holmes. De quoi s'agit-il?

— Voici : vous vous souvenez de ce père de famille désespéré, venu me consulter au sujet d'une lampe bizarre qui lui causait un tas de soucis?

— Oui, je m'en souviens parfaitement.

— Eh bien, le pauvre homme croit avoir résolu le mystère de lui-même! Ce qui est faux. Car avant qu'il ne retire sa demande, j'ai été voir cette lampe bizarre accrochée au plafond d'un grenier. Bien que j'aie trouvé son aspect des plus singuliers, je vous ai dit n'avoir rien trouvé d'intéressant. Vous vous souvenez?

— Exactement.

— Je vous ai menti.

— Holmes!

— Oh, excusez-moi mon bon Watson, mais dans mon métier le mensonge est parfois bien tentant. En vérité, j'ai trouvé quelque chose... Banal il est vrai au tout début, mais au fur et à mesure de mes déductions, ce quelque chose s'est mis à prendre des proportions insoupçonnées.

— De quoi s'agit-il?

— Il s'agit d'une enveloppe, trouvée sur le dessus de la lampe. Je dois dire que je serais passé à côté si je ne m'étais rendu compte que la lampe n'avait jamais été époussetée. Or cela, mon cher Watson, m'a semblé bizarre.

Rémy-Holmes s'arrêta. Il se versa un verre de scotch qu'il but aussitôt avec avidité. Avant de poursuivre, il se remplit un autre verre.

— Vous vous souvenez de la description des lieux?

— Bien sûr.

— Je ne reviendrai donc pas là-dessus. Me sentant l'âme d'un acrobate, j'ai mis un pied sur la rampe et je me suis accroché à la lampe. Nous avons balancé tous les deux quelques secondes avant de nous immobiliser. C'est à ce moment que j'ai aperçu l'enveloppe : elle était maintenue sur le dessus de la lampe par le fil électrique, qui la traversait de part en part. Pour la récupérer, j'avais deux options : demander au propriétaire de décrocher la lampe – ce qui me permettrait de récupérer l'enveloppe en bon état –, ou bien, justement, l'abîmer en tirant dessus. Mon amour de la discrétion m'a fait pencher pour la seconde option. Mais le papier était beaucoup plus vieux que je ne l'imaginais et, devant sa faible résistance, j'ai failli tomber à la renverse.

Rémy-Holmes sortit une enveloppe de son veston; elle était très jaunie et à moitié déchirée au milieu. Je l'ouvris et retirai un billet, jauni lui aussi, que j'étalai sur la petite table de verre.

— Il s'agit d'un poème, dit Rémy-Holmes. Vous remarquerez qu'il est écrit en français et que son sens est plutôt difficile à cerner.

ECLIPSIS

On ne voit bien qu'avec le cœur.
L'essentiel est invisible pour les yeux.
Antoine de Saint-Exupéry

De tes yeux précieux j'aperçois les sosies,
Dans les prés d'une île où, superbes, s'extasient
Des marguerites d'or, aux pistils prolongés
De soyeux pétales de couleur orangée.

Mon cœur, un papillon, visite la plus belle
Et voit l'astre de nuit au soleil se croiser.
De leur amour, volage et pur, naît un rosé
Semblable aux propres fleurs : la corolle est jumelle!

Mais, comme un papillon autour d'une chandelle
Qui fait des tourbillons et va droit sur la flamme

Ta splendeur m'irradie et consume mon âme!
Car tu es cet amour qui noircit les ocelles
Du cœur, brûlant l'iris, la prunelle, les yeux!
La Beauté foudroyante au regard malicieux!

— Au début, continua Rémy-Holmes en s'envoyant une autre lampée de scotch derrière la cravate, je n'ai pas accordé une très grande importance à la contribution possible de ce poème pour m'aider à résoudre le mystère de la lampe, à savoir ses origines et sa véritable fonction... Mais ensuite, j'ai fait une découverte qui tendait à signifier le contraire.

— Vu l'endroit et la manière dont l'enveloppe était dissimulée, les liens possibles entre le poème, la lampe et la solution du mystère auraient dû vous sauter aux yeux.

— Pas nécessairement. Cela pouvait bien être l'œuvre d'un quelconque plaisantin. En fait, en lisant le poème, son contenu semble n'avoir aucun lien précis avec la lampe.

Je relus le poème et j'acquiesçai d'un signe de la tête.

— Du moins, reprit Rémy, aucun lien apparent. Seulement, rappelez-vous la citation qui précède le poème.

— On ne voit bien qu'avec le cœur. L'essentiel est invisible pour les yeux?

— Exact. Cette citation m'a mis la puce à l'oreille et m'a convaincu que le poème devait renfermer une énigme : quelque chose qui était invisible pour les yeux et qui avait, justement, un certain rapport avec la lampe. J'ai donc procédé à son analyse et, sans pour cela y aller uniquement avec le cœur, une chose m'a subitement sauté aux yeux : ce poème n'est pas un véritable sonnet. Bien sûr, il en a la forme : quatorze vers répartis en deux quatrains et deux tercets. Mais la règle du genre exige de ne jamais utiliser le même mot plus d'une fois. Or le poème contient quatre mots qui se répètent tous à deux reprises. Je tenais sans doute là mon indice. Je les ai donc retranscrits aussitôt sur une feuille et j'ai cherché leur sens et leur origine dans plusieurs dictionnaires. Mais je n'ai rien découvert d'intéressant. J'ai alors opté pour une exploration plus concrète. À l'aide d'une lame, j'ai découpé sur la feuille originale chaque mot qui se répétait. J'espérais obtenir ainsi, grâce à l'espace laissé par les coupures, une forme significative. Mais l'opération n'a donné aucun résultat. J'ai passé la feuille sous un faisceau lumineux dans l'espoir de créer une forme plus concrète. Sans plus de succès. J'étais sur le point d'abandonner quand mon regard est tombé sur les morceaux de papier que je venais de découper et sur lesquels se trouvaient toujours les mots du poème. Au hasard, ces morceaux avaient emprunté une forme qui, avec quelques modifications de ma part, semblait enfin dire quelque chose. En réalité, il s'agissait d'une disposition de mots avec laquelle il était possible de créer d'autres formes. Je me suis donc amusé à faire plusieurs dessins qui ont donné les résultats que voici...

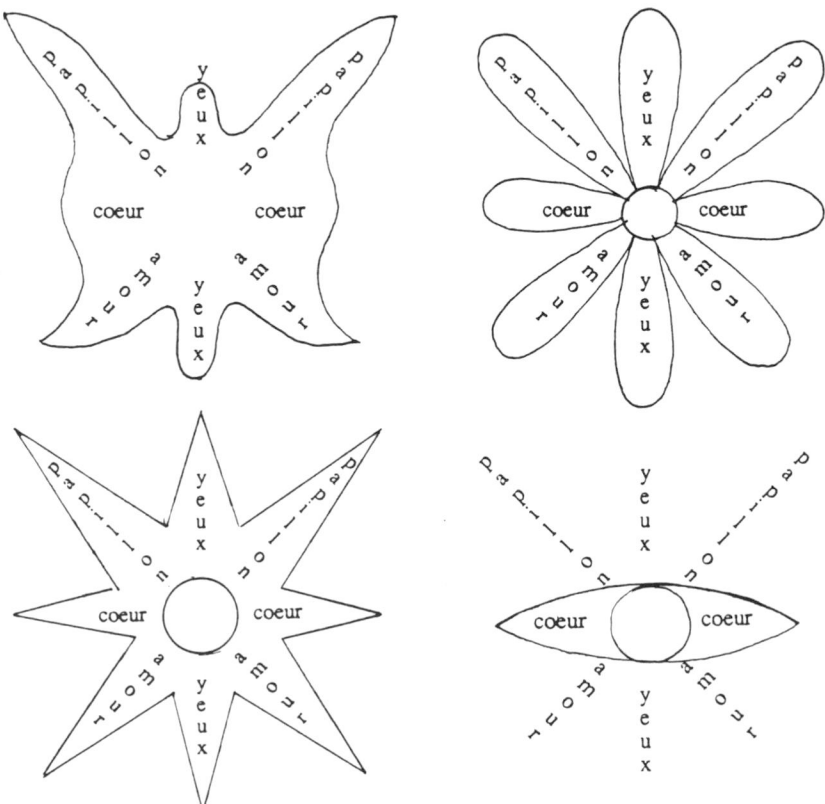

— Les dessins produits à l'aide de cet arrangement des mots résument visuellement la plupart des images projetées par le poème.

— En effet, c'est... c'est tout simplement fantastique!

— Je ne vous le fais pas dire! Or l'auteur du poème n'a sûrement pas créé cela dans le seul but de jouer avec les mots. À mon avis, il l'a fait pour une autre raison... J'ai donc continué de tracer mes petits dessins pour finalement en arriver à ceci :

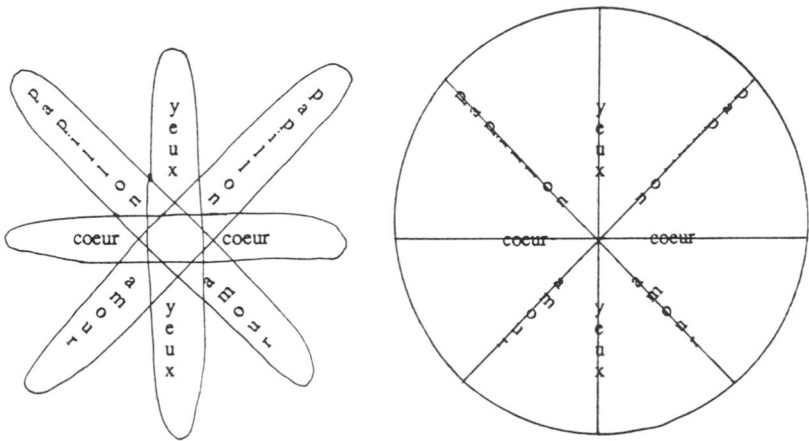

Rémy se versa à nouveau du scotch pendant que j'examinais les deux derniers dessins avec grand intérêt. Son comportement m'irritait un peu. Je savais qu'à l'occasion il lui arrivait de consommer de l'alcool, mais je ne me souvenais pas de l'avoir vu en prendre autant. Toutefois ce que j'avais sous les yeux s'avérait tellement passionnant que je ne m'en formalisai pas.

— Que signifie le dernier dessin?

— Un instant! s'indigna-t-il. D'abord, arrêtons-nous au premier : l'atome. Il s'agit là d'un symbole universellement connu; symbole de force, de vie et de mort, de compréhension et de domination par l'homme des lois de la nature. En fait, ce symbole représente l'élément de base de toute forme de vie. Ce dessin exprime donc l'essence même de la vie, la force créatrice de l'être humain, le talon d'Achille du poète : sa quête de l'absolu et de la vérité.

Rémy s'arrêta, comme s'il voulait me laisser le temps de bien assimiler ses paroles, puis il poursuivit :

— Quant au dernier dessin, vous aurez remarqué qu'il n'est pas terminé, et je l'ai fait exprès. Je désirais compléter avec vous ses derniers éléments, soit les lettres correspondant aux quatre points cardinaux; les quatre lignes restantes étant là pour les variantes nord-est, sud-ouest, etc.

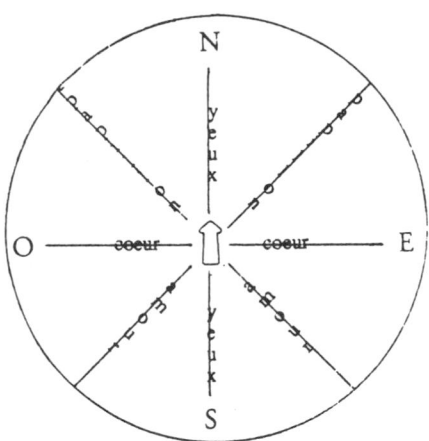

— En d'autres mots, ajouta Rémy-Holmes, nous avons là une boussole. Une boussole semblable à celle qui se trouve encastrée dans la lampe; une lampe pourvue de huit rondins de bois qui correspondent, assurément, aux huit mots répétitifs avec lesquels j'ai fait ces dessins. Étonnant, non?

— C'est extraordinaire! Mais, maintenant, comment combiner tout cela et résoudre le mystère de la lampe?

— Ah ça! J'ai ma petite idée là-dessus... Watson, je vais avoir besoin de vos services!

À ces mots, Rémy-Holmes s'empara de la bouteille de scotch et en vida le contenu à même le goulot. Après quoi, il se précipita vers un des coins obscurs de la pièce. Il revint au bout de quelques secondes avec un rouleau de ruban adhésif et une lampe de poche.

— Que comptez-vous faire?

— Disons que nous allons tenter quelque chose qui repose davantage sur l'intuition que sur la déduction. Selon moi, la lampe fonctionne comme un micro-ordinateur pourvu de données secrètes. Pour y avoir accès, il faut connaître le code. Or les dessins que je viens de vous montrer représentent à mon avis ce code.

— Comment comptez-vous procéder?

— En plaçant chaque dessin que j'ai produit devant les rayons lumineux de la lampe lorsque nous l'allumerons.

— Mais il n'y a que cinq faisceaux lumineux, alors qu'il y a six dessins.

— C'est exact. Je laisse tomber le dessin de la boussole. Selon moi, il n'est là que pour nous situer. Nous prendrons soin de centrer et de fixer, à l'aide du ruban adhésif, un dessin sur chaque porte. Ensuite, vous irez vous installer avec le dernier dessin sous le rayon lumineux qui éclaire l'escalier; vous le maintiendrez au-dessus de votre tête afin que le faisceau de lumière arrive en plein dessus. Chaque rayon doit être muni d'une cellule photo-électrique ultra-sensible; les dessins devront donc être maintenus continuellement en place tout le long du rituel d'éclairage. C'est très important car le décodeur effectue sans doute une photo de l'ensemble des dessins lorsque, aux mots «Faites votre choix», toutes les lumières augmentent en intensité. Il faudra donc être attentif et ne bouger sous aucun prétexte.

Là-dessus, nous avons enfilé manteaux et couvre-chefs, puis nous sommes partis en direction du grenier.

Arrivés au bas de l'escalier tournant, nous avons monté chaque marche dans un silence religieux, n'ayant, pour tout éclairage, que le faisceau de notre lampe de poche. En haut, nous avons fixé les dessins aux quatre portes : celui du papillon sur la porte nord, celui de la marguerite sur la porte est, celui de l'œil sur celle de l'ouest et celui de l'étoile sur celle du sud. J'allai ensuite m'installer dans l'escalier en emportant avec moi le dernier dessin. Rémy était déjà à côté de l'interrupteur. Il attendit encore quelques secondes, comme quelqu'un qui hésite à commettre un acte lourd de conséquences. Enfin, il me demanda si j'étais prêt. Je fis signe que oui. C'était parti! On entendit la petite musique mignarde et le premier rayon jaillit au-dessus de ma tête. Puis ce fut le tour des quatre portes... Mes mains tremblaient. Je me demandais bien pourquoi : tout cela était prévu, planifié, organisé par Rémy depuis le début, comme d'habitude. Mais justement, quelque chose me chipotait : «Et si Rémy avait réellement trouvé l'enveloppe et le poème là où il l'a dit et qu'il était en train de jouer avec moi, en apparence, un jeu dont il ne connaît pas lui-même l'aboutissement?» Qu'avais-je dans la tête? Ce n'était pas le moment de décrocher et de tout gâcher. Aux mots «Faites votre choix», je tendis mes bras pour arrêter le tremblement. Or, au lieu de retomber dans un état de clarté normal, la pièce devint subitement noire. Je demandai à Rémy ce qui se passait. Il me répondit en haussant les épaules. Deux à deux, nous montâmes les marches de l'escalier du grenier et nous vîmes que la lampe, devenue phosphorescente, émettait une lumière d'un bleu cuivré.

— Ah bravo! C'est réussi comme effet! dis-je à mon frère pour me donner de l'assurance.

— Mais je n'y suis pour rien! rétorqua-t-il.

Au lieu de m'ébranler, ce démenti me donna la conviction que cela faisait partie du jeu. Je répliquai avec ironie :

— Vraiment? Vous me décevez beaucoup mon cher Holmes!

— Chut! La lumière change de couleur.

En effet, le bleu de la lampe venait de pâlir et une lumière aux couleurs de l'arc-en-ciel se répandit dans l'escalier. La lampe se mit alors à parler :

— Vous avez répondu correctement au code, dit-elle d'une voix qui semblait avoir perdu sa douceur et sa sensualité. Ordonnez et j'obéirai.

Cette fois la farce allait trop loin. Rémy devait avoir dissimulé un magnétophone sur la lampe ou dans un des recoins de la pièce. Je m'approchai de la lampe et dis avec cynisme :

— Ah, vraiment? Qu'en pensez-vous, Holmes? N'avez-vous pas envie de petites vacances? Pourquoi n'allons-nous pas nous baigner dans la mer, marcher sur une plage de sable chaud, hum? Et tout cela sur une autre planète. Oui, une autre planète! Pourquoi pas?

Rémy vint pour me répondre, mais la lampe projeta aussitôt un rayon de lumière rouge vif sur la porte sud, laquelle s'ouvrit avec fracas. Une bouffée de chaleur m'arriva en plein visage, faisant gonfler mes cheveux dans les airs; j'entendis le bruit de la mer et vis des vagues d'un vert émeraude déferler sur un rivage de grains de sable blancs et rouges; une odeur saline, mêlée à un parfum que j'étais incapable d'identifier, s'engouffra dans mes narines et m'enivra jusqu'à l'étourdissement.

— Alors, c'est... c'est toujours arrangé? bafouilla Rémy.

J'avançai vers la porte dans l'espoir de trouver une explication logique à ce que je voyais. Je pensai à une toile fixée à l'encadrement de la porte sur laquelle la lampe aurait projeté un film; mais les odeurs, l'air chaud, le vent... Ma main passa si facilement à travers l'encadrement que le reste de mon corps faillit suivre complètement. Le sol se trouvait bien cinq ou six mètres plus bas : ce que j'avais devant moi était bien réel.

— Viens! dit Rémy. Allons nous baigner!

Je ne fis aucun mouvement. Je demeurai agrippé au cadre de la porte.

— Qu'est-ce qui se passe, Wil? D'habitude, tu ne te fais pas prier pour entrer dans le jeu.

— Mais Rem, dis-je en me laissant glisser sur le parquet, ce n'est pas un jeu : c'est la réalité! Tu te rends compte?

Il se mit à rire :

— Et quelle différence y a-t-il entre la réalité et le jeu? Nous vivons dans un monde d'illusions, mon pauvre Wil. La vie est un jeu!

Était-ce tout le scotch qu'il avait ingurgité qui lui donnait autant d'audace et de non-sens? Son comportement devenait inquiétant. Je le sentais prêt à sauter. Je tentai de l'en dissuader :

— Si jamais tu sautes, tu vas te casser les deux jambes!

— Mais non... Regarde!

Et, avant que je puisse faire quoi que ce soit, il s'élança dans le vide. Je m'attendais à le voir atterrir avec fracas sur le sable, or il se mit à descendre lentement, si doucement qu'il se permit même de m'envoyer la main en effectuant deux pirouettes avant de toucher le sol. J'étais à nouveau debout. J'avais les yeux exorbités.

— Saute, Wil!

Sa voix m'arrivait assourdie par la distance qui nous séparait désormais. Mais je n'osais pas sauter. Je restais pétrifié sur place, complètement dépassé par les événements, tout à fait incapable de faire le moindre mouvement tandis qu'au fond de moi-même je voulais sauter. Alors la porte sud se referma derrière moi, et dans une vaine tentative pour agripper la poignée, je glissai et tombai dans le vide. J'eus aussitôt l'impression de traverser une espèce de gélatine invisible et chaude qui freinait ma chute. Mon frère m'attrapa au vol et je mis mes bras autour de son cou. Subjugué par ce qui nous arrivait, je me mis à pleurer.

— Allons, ne pleure pas, me murmura Rémy à l'oreille. Nous venons de faire une découverte extraordinaire, ce n'est pas le moment!

Il me déposa par terre, glissa sa main dans la mienne et mes pleurs cessèrent presque simultanément. Une joie enivrante m'envahit tout à coup, chassant toute inhibition, me faisant rire à gorge déployée et escalader en moins d'une minute la butte de sable qui nous séparait de la plage. Sur la crête, je m'arrêtai, essoufflé, et regardai le panorama surnaturel qui s'offrait à mes yeux... Une mer d'une limpidité incroyable s'étalait sous un ciel orangé et un soleil rosé : elle scintillait comme une émeraude, et l'écume de ses vagues avait la couleur et la texture du lait malté. Nous étions dans une crique qui devait mesurer à peu près un demi-kilomètre. Sa plage, blanche comme du sel et mouchetée de grains de sable rouges, s'étendait sur toute cette longueur avec une régularité parfaite, bordée de chaque côté par des rochers bleu foncé. Chaque trait, chaque ligne d'horizon et de contour se découpait avec une netteté stupéfiante. Des oiseaux d'une espèce inconnue, aux coloris abondants, tournoyaient dans les airs en décrivant de longs cercles; et les plantes étaient mauves, violettes, indigo, agrémentées de petites fleurs roses et rouges; et il y avait là des couleurs que je ne connaissais même pas, qu'il m'est impossible de décrire parce qu'elles n'ont pas de références terrestres. Si le Jardin d'Éden avait jamais existé, il y avait ici de quoi l'imaginer.

— Viens! s'écria Rémy. La mer nous attend!

Je dévalai avec Rémy le reste de la butte jusqu'à la plage. Là, mon frère déchira littéralement ses vêtements et s'élança dans les vagues, entièrement nu. Je l'imitai en toute hâte. La mer était chaude et c'était une véritable jouissance que de sentir sur nos corps une eau si fine dont la texture, légèrement sirupeuse, glissait sur nous en ne laissant aucune trace, un peu comme l'aurait fait un métal liquide, le mercure par exemple. Après avoir fait une multitude de cabrioles à travers les vagues, nous partîmes explorer le côté gauche de la crique, là où se découpaient de magnifiques rochers bleus. À cet endroit, nous avons rencontré des créatures si bizarres, si cocasses que nous n'avons pu retenir nos éclats de rire. L'une d'elles se trouvait pourvue, comme une étoile de mer, de nombreux tentacules, mais elle possédait en plus une queue tellement longue et tellement rigide qu'on pouvait s'en servir comme brosse de bain. Rémy l'attrapa et mit les fins tentacules en contact avec ma peau. C'était doux au toucher, mais extrêmement chatouillant. J'en eus la chair de poule.

Normalement, nous aurions dû craindre la présence de dangers, d'éventuels prédateurs, mais la beauté des lieux était si exceptionnelle et les créatures que nous avions rencontrées jusqu'à maintenant si inoffensives que nous n'éprouvions absolument aucune crainte. Ce fut donc avec frayeur que j'aperçus tout à coup, entre les rochers, une tête monstrueuse en train de nous épier. Se sentant découverte, la tête disparut comme par enchantement.

— Qu'est-ce que tu as? demanda aussitôt Rémy en lisant sur ma figure toute l'horreur qui venait de s'y dessiner.

— Là, derrière les rochers, il y a un monstre en train de nous épier!

Rémy partit en direction de l'endroit que je venais d'indiquer. Il s'arrêta, examina attentivement les alentours. À tout moment, j'avais peur de voir l'horrible chose surgir et le ravir sous mes yeux. Mais ce que j'appréhendais ne se produisit pas et Rémy revint vers moi, le visage inquiet.

— Es-tu certain d'avoir vu quelque chose?

À bien y penser, je n'étais plus très sûr de ce que j'avais vu, tant la laideur de ce monstre contrastait avec toutes les merveilles qui nous environnaient.

— Je ne sais pas, dis-je. Je ne saurais même pas dire à quoi cela ressemblait. Tout ce que je sais, c'est que c'était horrible.

— Retournons à la plage. Si jamais cette chose se montre de nouveau, nous aurons le temps de la voir venir.

Nous revînmes à la plage et, plus que jamais hypnotisé par la beauté de l'endroit, j'en vins à oublier l'incident. L'air ambiant devait sûrement contenir un euphorisant ou quelque chose de ce genre car la peur me quitta complètement et j'eus bientôt la ferme conviction d'avoir été victime d'une hallucination. Seul Rémy semblait manifester encore une certaine inquiétude; par moments, il me regardait d'une drôle de façon, d'un regard où je crus lire à plusieurs reprises de la gêne et même du remords.

Le temps passa, et le soleil commençait à baisser lorsque, épuisé par toutes mes cabrioles, je fermai les yeux et me laissai choir sur le sol; je roulai plusieurs fois sur moi-même avant de m'immobiliser, sur le dos. Alors, pour la première fois, une peur réelle s'empara de moi.

— Comment allons-nous faire pour revenir chez nous? demandai-je à Rémy qui, étendu à côté de moi, s'amusait à faire des dessins sur le sable.

— Je l'ignore.

Je regardai en direction de l'endroit par où nous étions arrivés.

— Rem! La porte n'est plus là!

— C'est maintenant que tu t'en aperçois? Pour ma part, ça fait un bon moment que j'ai observé le phénomène!

— Et tu ne m'as rien dit?

— Pour rien au monde je n'aurais voulu gâcher ton plaisir!

Il y avait dans ces paroles un ton de reproche et d'ironie.

— Mais t'es complètement timbré ou quoi? Comment allons-nous faire, maintenant, pour revenir à la maison?

— Du calme, répondit posément Rémy. La lampe nous a conduits jusqu'ici; il est normal, voire logique, qu'elle nous fasse revenir. Nous n'avons qu'à lui demander, nous verrons bien.

Et nous avons appelé, et nous avons exigé, et nous avons imploré... sans aucun résultat. À la fin, Rémy demanda à être seul pour réfléchir. J'allai me baigner dans la mer pour essayer de me calmer. Ce qui nous arrivait m'apparaissait tellement invraisemblable que j'avais l'impression de faire un cauchemar dont je me réveillerais d'une minute à l'autre. Après un moment, Rémy vint me rejoindre, le visage tout souriant.

— Je crois que j'ai trouvé le moyen de revenir chez nous, dit-il, en se renversant sur le dos pour faire la planche. Ne te moque surtout pas de moi car, malgré les apparences, ce que je vais te dire est très sérieux.

— Que faut-il faire?

— S'endormir!

Je restai quelques secondes interdit. En vérité, je ne savais pas si mon frère était sérieux ou non. Il se remit debout et me regarda gravement : ses yeux noirs pétillaient.

— Quand tu fais un rêve qui se transforme en cauchemar, qu'arrive-t-il le plus souvent?

— Je me réveille.

— Maintenant, si tu veux, inversement, quitter la réalité quotidienne dans laquelle tu vis, que fais-tu?

— Je m'endors...

— Et tu rêves! entonna Rémy. Donc, lorsque la réalité s'apparente au rêve, ou plutôt lorsque le rêve devient une réalité, comme maintenant, il n'y a qu'à appliquer le processus inverse pour le quitter, c'est-à-dire essayer de s'endormir au lieu de se réveiller.

Je le dévisageai, incrédule, tandis que lui était manifestement très fier de son idée.

— C'est sûrement ça! reprit-il. Ça ne peut être que ça! Écoute. La lampe est un objet capable de réaliser nos désirs, de nous faire vivre nos rêves. Il n'y a nul besoin, pour nous comme pour elle, d'arrêter présentement un processus logique : la fatigue, l'épuisement va s'en charger.

Nous étions revenus sur la plage. Le soleil n'était plus qu'un demi-cercle coupé par la ligne d'horizon. Chaque chose commençait à revêtir une teinte mauve et violacée. Je me couchai sur le dos. Rémy s'étendit à côté de moi.

— Ça ne marchera pas, dis-je.

— En tout cas, ça ne coûte rien d'essayer. Voyons... Tu seras le premier à en faire l'essai. Comme ça, je pourrai observer ce qui se passe et intervenir si quelque chose d'anormal survient. Ferme tes yeux, voilà... Détends-toi maintenant.

La fatigue me tenaillait déjà depuis plusieurs minutes, aussi écoutai-je avec docilité.

— Ne pense plus à rien, poursuivit mon frère. Laisse-toi aller. Dors, dors...

— Ça ne marchera pas, dis-je en ouvrant les yeux. Ça ne marchera pas!

Mais déjà les choses commençaient à s'obscurcir autour de moi et, bientôt, je ne vis plus que deux points noirs qui me fixaient avec intensité : les yeux de Rémy, inquiétants, mystérieux comme les ailes déployées d'un corbeau qui glisse silencieusement dans un ciel crépusculaire...

*

*   *

Il régnait une noirceur de poix lorsque je m'éveillai dans mon lit, tout transi. «Qu'est-ce qui ne marchera pas? ne cessait de se répéter mon esprit tourmenté. Qu'est-ce qui ne marchera pas?» Je n'en avais aucun souvenir. J'allai chercher une couverture supplémentaire et me recouchai en essayant de faire le point. Il s'était passé quelque chose dont je n'avais plus souvenance, quelque chose de merveilleux et d'angoissant tout à la fois. Était-ce un rêve, un cauchemar? Je me retournai plusieurs fois dans mon lit en réfléchissant à la question. Ce rituel dura plusieurs minutes et j'étais sur le point de me rendormir quand, remuant mes orteils, je sentis sous mes draps la présence d'une substance râpeuse. J'allumai ma lampe de chevet et l'approchai de mes pieds. Du sel! Il y avait du sel sous mes draps! Je rapprochai la lumière encore davantage et examinai attentivement l'interstice de mes orteils où j'aperçus, avec le sel, quelque chose qui ressemblait à des grains de poivre rouges. «La plage composée de grains de sable blancs et rouges», souffla alors une voix à l'intérieur de moi. Et tout me revint à l'esprit jusque dans les moindres détails.

Je sautai hors du lit et courus vers la chambre de Rémy.

— Ton truc a marché! dis-je en sautant sur son lit. Regarde, nous sommes revenus chez nous; tu es dans ton lit!

— Hein? Qu'est-ce qui se passe? marmonna-t-il, à moitié endormi. Bien sûr que je suis dans mon lit, où voudrais-tu que je sois?

— Comment? Tu ne te souviens plus? Réveille-toi, mon vieux! Réveille-toi!

Alors je lui narrai toute notre aventure. À la fin, Rémy me regarda comme quelqu'un qui se trouve en face d'un fou.

— Mon pauvre Wil, dit-il. C'est une bien belle histoire que tu me racontes là, mais je n'ai pas eu la chance de la vivre avec toi : tu l'as rêvée!

Sa remarque me surprit.

— Voyons, tu dis ça pour rire, tu le fais exprès, avoue?

— Mais pas du tout! rétorqua-t-il avec sérieux.

— Tu veux dire que tu ne te souviens de rien?

— D'absolument rien! Puisque tu as rêvé.

Je restai interdit. Je ne savais plus quoi dire ni quoi faire.

— Allons, va te recoucher, me conseilla Rémy. Nous reparlerons de tout cela demain, plus calmement.

Je quittai mon frère complètement atterré. Arrivé dans ma chambre, je me mis au lit, la rage au cœur.

— Non! dis-je en me relevant. Je n'ai pas rêvé!

J'examinai ma commode dans l'espoir de trouver des preuves de mon aventure et ne découvris aucune trace de cire ou bout de papier. Je regardai alors sous le lit : pas de tourne-disque; sur les murs, aucun résidu des flèches phosphorescentes. Je descendis dans la cave et pénétrai dans l'ancienne chambre de Rémy où, dans ma rage d'être incapable de trouver quoi que ce soit, je fouillai partout, oubliant la peur instinctive que j'avais de cette pièce. Je découvris qu'une des lourdes tentures dissimulait une porte, fermée à clé, que je tentai de forcer sans y parvenir. Essoufflé par tant de hâte et de précipitation, je me laissai finalement tomber sur un des canapés. Tout à coup, je pensai à la lampe et montai au grenier à toute vitesse pour inspecter la pièce sud, ainsi que les autres pièces. Mais toutes les choses étaient à leur place habituelle et cette normalité me déçut à un point tel que j'eus envie de pleurer. Soudain, je songeai au poème et courus chercher du papier et un crayon. La disposition des mots me revint assez facilement, mais pour les dessins ce fut un peu plus difficile. Enfin, au bout d'une quinzaine de minutes, je plaçai mes croquis sur chaque porte et allai m'installer avec le dernier dessin dans l'escalier où, à l'aide d'une ficelle, j'actionnai l'interrupteur à distance. À la fin du rituel, rien ne se produisit. J'ouvris chaque pièce dans l'espoir de trouver des changements : néant. Alors je me mis à pleurer, à m'arracher les cheveux, à crier des ordres et des bêtises à la lampe, bref je fis une crise.

— Qu'est-ce qui se passe, Willy? dit tout à coup mon père dont la tête aux cheveux tout ébouriffés venait de surgir derrière les barreaux de la rampe. Tu es somnambule?

Mon père me ramena dans ma chambre. J'étais inconsolable. Il essaya de me réconforter, me posa une foule de questions auxquelles je ne répondis même pas. Enfin, il me quitta. Et, soudainement, l'existence des grains de sable blancs et rouges me revint à l'esprit. Dans ma précipitation, je les avais complètement oubliés.

Pourquoi avoir cherché partout comme un fou une preuve de mon aventure alors qu'elle se trouvait juste à côté de moi, dans mon lit? J'écartai les draps : la preuve était bien là, scintillant à la lumière de ma lampe de chevet. Avec une patience de fourmi, je recueillis chaque grain de sable et les déposai dans un petit contenant transparent. À mes yeux, ils étaient beaucoup trop précieux pour que j'en perde ne fût-ce qu'un seul. Mon travail terminé, je regardai le contenu avec satisfaction. Cette fois, Rémy serait bien obligé de se rendre à l'évidence.

Mais, comme je m'apprêtais à retourner dans sa chambre, je m'arrêtai.

Pourquoi aller voir Rémy? Sherlock Holmes, le poème, la lampe, ne serait-ce pas lui qui aurait une fois de plus tout élaboré du début à la fin comme d'habitude? Bien sûr! Avec la différence que cette fois-ci, à cause de l'alcool notamment, il aurait été trop loin et se serait fait prendre à son propre jeu. L'affreuse vision que j'avais eue dans les rochers l'avait sans aucun doute dégrisé d'un coup et, en s'apercevant de la bourde monumentale qu'il avait faite en me révélant le secret de la lampe, Rémy aurait éprouvé du remords, aurait désiré réparer son erreur en me faisant croire à une théorie stupide qui n'avait d'autre but que de préparer le terrain à une séance d'hypnose habilement menée. Je l'en savais capable, pour l'avoir vu à maintes reprises consulter des livres sur le sujet. Mais il y avait eu les grains de sable, le morceau qui venait de me permettre de reconstituer tout le puzzle... Les événements, vus sous cet angle, n'apparaissaient-ils pas plus logiques et plus cohérents? Comment expliquer autrement certains faits ou comportements étranges que j'avais été à même d'observer? Par exemple, pourquoi Rémy s'était-il élancé dans le vide sans aucune crainte alors que le sol se trouvait au moins six mètres plus bas? Je le savais courageux, et même audacieux, mais pas au point de se casser les deux jambes par plaisir. Donc, il devait savoir. De même pour le poème : la déduction était habile, mais fausse, car la disposition des mots et les dessins qui en découlaient ne faisaient pas appel aux lois de la logique : tout cela relevait davantage de l'imagination que de la déduction, tout comme la façon de disposer les dessins sur les portes. Citons Rémy-Holmes lui-même : «Nous allons tenter quelque chose qui repose davantage sur l'intuition que sur la déduction.» Merci, cher maître! Ces paroles auraient fait frémir Arthur Conan Doyle lui-même! Pour moi, il était désormais clair que mon frère s'amusait à mes dépens, satisfait de sa création poétique et de ses petits calembours visuels.

Sherlock Holmes, la lampe, l'aventure sur la plage... ainsi tout était vrai. Puisque j'en avais la preuve! Je me demandais maintenant quelle serait la réaction de Rémy quand je lui montrerais les grains de sable. «Oubli fâcheux, hein, Rem? Te contenteras-tu de nier tout, sottement, ou chercheras-tu à m'hypnotiser une fois de plus? Mais enfin, qui es-tu, faux frère? Que fabriques-tu avec la lampe?»

Avant de me coucher, je contemplai une dernière fois les grains de sable qui scintillaient à la lumière de ma lampe de chevet, et, après les avoir dissimulés sous mon oreiller, je m'endormis pour de bon. Je me mis à rêver... Je rêvai que j'étais Aladin et Rémy le génie de la lampe merveilleuse...

Mille et une nuits m'attendaient.

CHAPITRE 5

PILLEURS DE TOMBES

Une poire géante trônait au milieu d'un plateau d'argent de style victorien. Elle baignait dans un faisceau de lumière tamisée, un peu comme une star sous le feu d'un projecteur. Elle avait une forme lisse et régulière, un jaune limpide qui semblait dégager une auréole dorée. Elle mesurait bien un mètre de hauteur et un demi de diamètre. Le plateau d'argent qui la soutenait était lui aussi immense et reposait sur une table qui s'étendait jusqu'à ce qu'on la perde de vue à travers des murs d'ombre, lesquels, dilatés par une sorte de tamis lumineux, laissaient exsuder un mince rayonnement oblique qui paraissait plonger dans des ténèbres infinies. Et moi j'étais debout en train de contempler cet étrange spectacle, n'ayant pour tout vêtement qu'un pyjama rayé. Comment étais-je parvenu jusqu'ici? Je ne me rappelais plus vraiment... Oh! si... Je me souvenais que je transpirais beaucoup; que je déambulais à la noirceur depuis un temps indéterminé; que la surface sur laquelle je marchais ressemblait à du bois verni et crissait sous la moiteur de mes pieds nus. Tout à coup, j'avais aperçu une lueur. Je m'étais mis à courir pour arriver finalement à l'endroit que je viens de décrire. Voilà où commençait et s'arrêtait toute mon histoire. J'aurais dû avoir peur, me mettre à crier mon désarroi, mais j'étais trop hébété. En vérité, je ne pensais qu'à deux choses : boire et manger. Or il y avait là une poire, plantureuse et juteuse.

Pareil à un saint-bernard, je me mis à baver; la salive roulait sur le bord de mes lèvres et de grosses coulisses dégoulinaient jusqu'au sol. Je commençai à faire le tour du plateau avec lenteur, adoptant la pause d'un protohumain qui se pourlèche les babines devant une proie facile et appétissante. Arrivé du côté opposé, l'aspect de la poire avait cependant complètement changé : elle avait une teinte verdâtre et sa forme, tantôt lisse et régulière, était recouverte de boursouflures qui paraissaient dessiner un nez, une bouche et des paupières closes. Je crus également remarquer la présence d'une croûte noirâtre sous une des paupières. Cette brusque métamorphose me freina momentanément, mais j'avais beaucoup trop faim pour me montrer difficile. Je bondis sur la poire et croquai son sommet à belles dents. Aussitôt, elle sursauta. Un hurlement sauvage en jaillit. Je m'écartai violemment. La bouche béait, émettait des grognements sourds et aigus. Les paupières, grandes ouvertes, laissaient voir des yeux de poisson bulbeux qui me dévisageaient et semblaient vouloir sortir de leurs orbites. Or ces yeux, ce nez, cette bouche, c'était là bel et bien le portrait de l'oncle Roschildren! La reproduction parfaite de sa tête de poire!

Pétrifié par l'horreur et le dégoût, je restai aux aguets, craignant à tout instant que le fruit ne s'élance et ne me piétine de tout son poids avec acharnement. Mais non, le monstre se contenta de sursauter sur place, comme un ballon de basket-ball dribblé par une main habile. Bientôt, la bouche et les paupières se fermèrent et le visage de Roschildren commença alors à dépérir à vue d'œil : ses joues se plissèrent, son nez se rida... Bref la surface de la poire semblait subir une déshydratation accélérée. Sa masse fut bientôt réduite de moitié et elle s'immobilisa, ou plutôt non, seule la croûte noirâtre aperçue tout à l'heure – et qui, de toute évidence, faisait ici office de comédon! – tressautait avec la régularité d'une pulsation cardiaque. Et la croûte craqua, et la tête d'un gros ver blanc émergea alors de l'orifice, laissant couler paresseusement le reste de son corps jusqu'au sol. Je voulus m'enfuir à toutes jambes, mais mon corps refusa subitement de m'obéir tandis que le ver, de la grosseur d'une vipère, s'avança vers moi. Il s'enroula bientôt autour de ma jambe gauche et amorça une montée. Je me mis à hurler. Mais, impavide, visqueux et froid, le ver continua son ascension sans tenir compte de mes hurlements : autour de mes hanches, de mon torse, de mon cou; il glissa avec souplesse sur ma joue gauche et chercha à pénétrer à l'intérieur de ma bouche. Je crispai les lèvres et serrai les dents, toujours incapable de faire aucun autre mouvement. Mais le premier obstacle ne tarda guère à céder et la viscosité de la chose, qui se promenait maintenant le long de mes dents en y cherchant une ouverture, me donna des nausées. J'allais vomir... Non! Je ne devais pas vomir! Surtout pas! Si jamais j'ouvrais la bouche, le ver descendrait le long de mon œsophage et trouverait refuge dans mon estomac. Et là – Seigneur! –, il commencerait à me manger de l'intérieur comme un fruit pourri! Non, je ne devais pas vomir! Non!

Je me réveillai en sursaut et vomis dans mes draps. Je courus à la salle de bains, où je continuai de dégobiller dans la cuvette. Je revins au bout d'un instant et changeai mon lit. J'avais des étourdissements et je tremblais comme une feuille. Je me fis couler un bain et m'y laissai glisser. Les cauchemars étaient chez moi une habitude : j'en faisais plusieurs par année, immanquablement. Mais celui-là, vraiment, il battait tous les records! Je ne me souvenais pas d'avoir jamais fait un cauchemar aussi horrible. Son origine venait sans nul doute de ma visite à la morgue. Nous étions le soir de cette pénible aventure et la tête bouffie de Comédon la Poire m'avait hanté toute la journée. Dans l'après-midi, j'avais décidé de m'acheter un livre pour me changer les idées, *Les voyages de Gulliver* de Jonathan Swift, lecture grâce à laquelle je pensais me détendre. Quelle foutaise! De toute évidence, elle était l'une des causes de mon cauchemar : poire géante, table géante... Quelle démence! Revenant du bain, je balançai le livre à la poubelle. Je ne m'endormais plus. Je m'installai à ma table de travail et tentai de me concentrer sur un dossier de comptabilité qui traînait depuis plusieurs semaines. Mais au bout d'une quinzaine de minutes, je cognais des clous. J'allai à ma bibliothèque et sortis, au hasard, un vieux Faulkner. Mon réveil marquait une heure et demie. Je me rendormis en lisant.

Il était bien deux heures du matin quand le téléphone sonna. J'hésitai un instant à répondre, comme d'habitude.

— Allô? siffla une voix forte à l'autre bout du fil. Ici Mourhu, de la criminelle. Je viens de faire une découverte extraordinaire à propos de votre oncle. Venez tout de suite me rejoindre, je suis...

— Inspecteur Mourhu! grommelai-je, éberlué. Vous savez l'heure qu'il est?

— Heu... oui, je sais. Nous ne sommes pas en plein après-midi. Mais je vous assure que c'est de la plus haute importance. Il faut absolument que vous veniez me rejoindre; j'ai besoin de vous!

La voix était impérieuse, presque dominatrice. La mauvaise humeur s'empara de moi, mais je parvins à me dominer et dis avec un sourire :

— Écoutez, Mourhu. Je me moque éperdument de tout ce qui touche ma famille, vous m'entendez? Et encore plus lorsqu'il est question – paix à son âme s'il en eut jamais une – de cette vieille peau ballonnée qui fut jadis mon oncle! Vous m'avez compris, j'espère? Là-dessus, je suis désolé de vous raccrocher au nez mais je vous renvoie votre impolitesse. Adieu, monsieur!

Et je raccrochai. J'allai immédiatement me recoucher, infatué par la froideur de mon geste. «Voilà quelqu'un, me dis-je, qui aura trouvé à qui parler.» Mais, il fallait s'y attendre, le téléphone sonna à nouveau. Je voulus le débrancher mais me ravisai et décrochai le récepteur :

— Allô? fis-je de ma voix la plus câline. Ici Suicide-Secours. Vous êtes seul, déprimé, puis-je vous aider?

— Certainement mademoiselle, roucoula Mourhu en entrant dans mon jeu. Écoutez bien ceci : OU VOUS VENEZ ME REJOINDRE IMMÉDIATEMENT OU JE VAIS, DE CE PAS, PERQUISITIONNER CHEZ VOUS ET VOUS COUPER LES COUILLES!

— Vous pensez m'intimider, Mourhu, répliquai-je avec nonchalance. Mais ça ne marche pas avec moi. Pour perquisitionner chez autrui, il vous faut un mandat. Et je doute fort que vous puissiez en obtenir un à deux heures du matin pour une banale histoire...

— De meurtre, m'interrompit-il, de meurtre. Or le mandat en question est en ma possession depuis hier après-midi, signé et en bonne et due forme. Dites, vous me prenez pour un imbécile? Votre attitude est déjà assez suspecte comme ça sans que vous ayez à l'aggraver davantage.

— Mais vous m'aviez parlé d'un suicide! m'exclamai-je.

— Ça, c'était avant la découverte dont je voulais vous faire part. Alors, vous venez ou vous avez envie de passer le reste de votre nuit dans une cellule?

La situation était beaucoup moins rose que je ne l'avais imaginée. Je pris note de l'adresse et raccrochai. «Fumier! grognai-je. Sale flicaille!»

J'arrivai à l'adresse que m'avait donnée Mourhu environ trois quarts d'heure plus tard. Il s'agissait d'un snack-bar minable ouvert vingt-quatre heures sur vingt-quatre dans l'atmosphère surchauffée de Manhattan. Mourhu m'attendait à l'intérieur.

— Haaa, enfin! s'exclama-t-il en me voyant rentrer. Je désespérais de vous voir arriver. Vous avez fait bonne route au moins?

— N'ironisez pas avec moi, dis-je en m'assoyant. C'est vous qui payez la note du taxi?

Mourhu me regarda d'une drôle de façon.

— Je n'ai pas d'auto, figurez-vous!

— Vous n'avez pas d'auto? gloussa Mourhu sur un ton ironique. Oh, comme c'est dommage! Moi qui voulais justement m'offrir à venir vous chercher lorsque, brutalement, vous avez raccroché. Je me suis dit que vous aviez sûrement une auto pour agir de la sorte.

— Vous auriez pu rappeler pour vous en informer! On n'a pas vraiment toute sa tête quand on se fait réveiller à deux heures du matin. Je n'ai pas pensé une seule minute que vous vous trouviez aussi loin! Savez-vous combien ça m'a coûté de Brooklyn jusqu'ici? Encore heureux que j'aie eu l'argent nécessaire dans mes poches!

— Admettez avec moi que vous avez été un peu vif. Vous auriez pu, à la rigueur, attendre que je vous rappelle. Ne vous voyant pas arriver, c'est sans doute ce que j'aurais fait.

— Vous auriez également pu rappliquer chez moi avec toute une batterie de flics. Non, je ne voulais pas courir ce risque. Contrairement à vous, j'ai une réputation à garder, moi!

— Vraiment? Même lorsque vous faites l'exhibitionniste sur votre balcon?

Je me tus, ne sachant plus quoi dire, tellement cette remarque me surprenait.

— Comment savez-vous cela? finis-je par demander, sur un ton bas et humilié.

— Les archives policières sont une mine de renseignements inestimables, me dit l'inspecteur. Vous prenez un nom, vous le rentrez dans l'ordinateur et, au bout de quelques secondes, c'est fou tout ce que cet engin peut vous apprendre sur la personne en question.

— Oui, bon. J'ai fait l'exhibitionniste une fois dans ma vie. Et alors?

— Et alors, rien. Je ne suis pas ici pour juger de la qualité des actes que vous posez en public ou dans votre vie privée. Je suis ici pour vous faire part d'une découverte et vous demander, en échange, un service. Mais d'abord, réglons le problème de votre taxi. À tout hasard, avez-vous pensé à demander un reçu?

— Oui, mais le chauffeur n'a pas voulu m'en donner un.

— Voyez-vous ça! Les chauffeurs de Brooklyn sont toujours aussi complaisants envers les touristes.

— Je ne suis pas un touriste!

— Mais vous en avez l'air. À combien s'élevait le montant de la course?

— À trente-deux dollars et vingt-cinq cents.

Mourhu plongea sa main dans la poche de son pantalon. Il en sortit une grosse liasse de billets de banque qu'il mania avec la dextérité d'un joueur de poker; il en retira trois billets de dix dollars, deux de un dollar, et il me les tendit.

Abasourdi, je lui demandai s'il se promenait toujours avec une pareille somme sur lui.

— Je n'ai pas le choix, me dit-il. Les indics me coûtent une fortune. Ces petites merdes se font un plaisir de me refiler des tuyaux mais certains ne lésinent pas sur le prix, croyez-moi... Quant à vos vingt-cinq cents, je vous offre le café. Bobby! cria-t-il. Deux cafés!

— Je n'aime pas le café, dis-je.

— Dites, j'essaie d'être aimable avec vous. Vous pourriez faire un effort, non?

— Je n'ai pas demandé à venir jusqu'ici. Cependant, à bien y penser, je prendrais bien un thé.

— Cependant, à bien y penser, je prendrais bien un thé, ironisa Mourhu sur un ton obséquieux. Puis se striant la bouche en cul de poule, il ajouta : Bobby! Un «thé» pour Monsieur et un café pour moi.

Je fis tout l'effort nécessaire pour ne pas lui balancer mon poing en pleine figure.

— Ne perdons pas notre temps, fis-je. De quoi s'agit-il?

— Vous vous souvenez des morceaux de verre que j'ai prélevés sur le cadavre de votre oncle, cette vieille peau ballonnée comme vous dites? Eh bien, figurez-vous que j'ai trouvé cette note en arrivant chez moi.

Mourhu me tendit un morceau de papier jauni. Il continua :

— Il s'agit des résultats de l'examen fait sur les échantillons de verre que j'ai donnés à ce laboratoire, la MX inc. Ils ont essayé de me rejoindre durant toute la journée, mais j'étais à l'extérieur de New York. Comme je leur avais laissé entendre que c'était une question de vie ou de mort, ils sont passés chez moi glisser les résultats sous ma porte. Vous remarquerez que l'examen démontre qu'il s'agit non pas de morceaux de verre mais bien de morceaux de cristal. Et d'un cristal pur, d'une rare qualité. Merci Bobby.

Bobby venait d'apporter le café et le thé. Bobby sentait mauvais, très mauvais, et son café aussi. Quant au thé, il y avait dans ma tasse une poche qui, de toute évidence, avait servi plusieurs fois.

— Quelle différence cela fait-il, du verre ou du cristal? demandai-je, en essayant de humer l'arôme inexistant de ma tasse de thé. Est-ce pour cela que vous m'avez fait venir?

— Non, pas tout à fait, répondit Mourhu en prenant une gorgée avide du café pestilentiel de Bobby. Mais laissez-moi vous préciser que cela fait toute une différence! Cela ébranle passablement l'hypothèse du suicide.

— Pourquoi?

— C'est tout simple. La balafre qui se trouve sur la joue gauche de votre oncle pourrait avoir été faite avec un couteau, une broche, à la rigueur avec n'importe quoi. Mais, grâce aux échantillons que j'ai prélevés, nous savons qu'un objet de cristal est à l'origine de la blessure. Or la présence du verre dans cette blessure donnait du poids à l'hypothèse d'un suicide. Par exemple, on pouvait facilement imaginer que votre oncle avait sauté d'un des ponts qui enjambent les affluents de la baie de Jamaïca et que, tombant à un endroit peu profond, il aurait frappé de la vitre; ou alors que, dans les trois jours que le corps a mis pour revenir à la surface, il aurait, entraîné par les courants sous-marins, raclé le fond et heurté un objet de verre. C'est l'hypothèse à laquelle j'étais arrivé primitivement.

— Je ne vois pas en quoi le cristal peut changer votre opinion sur ce point.

— Ma foi, vous êtes idiot ou vous le faites exprès?

— Je suis idiot.

— C'est pourtant simple! s'écria Mourhu sans tenir compte de ma remarque. Les chances que votre oncle avait de se balafrer la joue sur un objet de cristal d'une qualité si rare, au lieu d'une simple bouteille de verre, sont de une sur un million. Vous saisissez?

— Je saisis. Alors comment cette balafre est-elle apparue? Voyez-vous une autre explication, monsieur Holmes?

— Il est beaucoup trop tôt pour que je me permette de faire une supposition raisonnable. J'affirme simplement que ce détail est assez gros pour envisager avec sérieux l'hypothèse du meurtre.

— Et je serais le meurtrier, évidemment! Bien sûr... Voilà pourquoi vous m'avez fait venir ici, dans cet endroit minable; vous espérez obtenir de moi des aveux; vous espérez que, l'ambiance et la fatigue aidant, je me mette à pleurer, à vous implorer pardon. «Oh, grâce, inspecteur Mourhu! Réduisez la peine de l'assassin minable que je suis!» Car, ajoutai-je sans perdre haleine, vous désirez pour vous seul tout le mérite, toute l'exclusivité, toute la gloire! Il ne serait donc pas étonnant qu'en sortant d'ici un journaliste du *New York Times* nous attende pour la photo. Je vois déjà les gros titres : «L'inspecteur Mourhu...»

— Vous avez raison, m'interrompit Mourhu. Vous êtes idiot.

— Oh, je me trompe? Alors, attendez... C'est que vous êtes un proxénète. Oui, un sale proxénète! Vous m'avez fait venir ici pour me proposer de faire partie d'un réseau de drogue et de prostitution que vous menez clandestinement sous le couvert de la police, car physiquement, je corresponds à vos attentes, ou plutôt à l'attente de vos clients pour lesquels vous désirez que je me prostitue, moyennant, évidemment, un prix mirobolant. Bref, vous espérez faire fortune avec moi.

— Vous avez de la chance que je puisse trouver chez vous, malgré votre arrogance, un côté sympathique. C'est sans doute ce qui m'empêche de vous balancer mon poing dans la figure... Je me dis : voilà un garçon honnête et rempli de possibilités, d'aptitudes. Or il y a quelque chose qui cloche en lui : cette arrogance ne lui va pas. Il a été blessé quelque part dans sa vie, on le sent. Il est comme une blessure qui, après avoir saigné abondamment, s'est refermée sur elle-même en laissant une cicatrice, une sorte de masque d'arrogance sous lequel je sens beaucoup de retenue. J'enlèverais le masque et nous assisterions à une transformation... Distant et froid en apparence, vous ressemblez à un comédon. Il suffirait d'une pression au bon endroit et tout sortirait.

— Et c'est pour me dire cela que vous m'avez fait venir dans ce coin miteux?

— Non, répondit Mourhu en changeant de ton. Et évidemment pour aucune autre des raisons que vous avez pu avancer jusqu'ici.

— Alors que voulez-vous de moi? fis-je avec impatience.

Mourhu paraissait honteux de devoir m'avouer ce qu'il allait me dire.

— J'ai... commença-t-il avec difficulté. J'ai... quelques problèmes voyez-vous. Walter Manson, le médecin légiste de l'hôpital où repose le corps de votre oncle, n'a pas beaucoup apprécié ma façon de procéder. Il est vrai que, cette fois, j'ai peut-être poussé un peu trop loin mes investigations. Quoi qu'il en soit, une plainte officielle a été déposée contre moi et il m'est absolument interdit d'approcher le corps jusqu'à nouvel ordre.

— Ne me dites pas? fis-je radieux. Il existe donc, même à New York, des médecins légistes qui ont le sens du devoir professionnel!

— J'ose espérer que vous n'êtes pour rien dans cette histoire? s'enquit Mourhu, inquiété par ma mine réjouie.

— Comment pouvez-vous penser une telle chose? gloussai-je avec indignation. Lorsque j'ai appelé l'hôpital, j'ai simplement fait savoir que mon oncle avait de la difficulté à dormir, qu'il fallait donc pendre soin de lui plus... adéquatement. Je leur ai suggéré d'aller le voir, de le border confortablement dans son réfrigérateur et de le réconforter parce qu'un mauvais plaisantin s'amusait à troubler son sommeil. Sans plus, sans plus, je vous le jure!

— Stupéfiant. Je ne vous aurais pas cru capable de poser un tel geste.

— Vraiment? Admettez seulement que vous n'êtes pas infaillible lorsque vous vous amusez à jouer au psychiatre.

— Remarquez, c'est bon signe, renchérit Mourhu sans tenir compte de ma remarque. Cela démontre que vous êtes en train de vous extérioriser, de vous affirmer, de prendre confiance en vous. J'aurais pensé que vous auriez pris plus de temps.

— Je ne vois vraiment pas le rapport avec ce que je suis venu faire ici.

— Vous avez raison, dit Mourhu. Venons-en au fait. Je dois absolument revoir le cadavre de votre oncle au plus pressant. Voilà pourquoi je vous ai appelé.

— J'ai bien peur que vous ne soyez obligé d'attendre les résultats de l'autopsie. D'ailleurs, je ne vois pas en quoi je pourrais vous être utile.

— Mais tout simplement en m'accompagnant dans une excursion qui consiste à rendre visite à votre oncle cette nuit même.

Là-dessus, Mourhu m'expliqua qu'il lui était absolument impossible d'attendre les résultats officiels, qu'il lui fallait dès les prochaines minutes procéder à un examen du corps. Il désirait vérifier quelques détails, affirmait-il. Car ceux-ci échapperaient sans aucun doute au médecin légiste. Et puis, il préférait opérer lui-même évidemment : «C'est plus pratique et même plus propre», selon sa propre expression. Tout cela permettrait, en outre, de faire gagner un temps fou à l'enquête. Il me dit tout cela sans broncher, en me regardant dans les yeux avec un air miséreux. Il me faisait un peu penser à un chien qui quémande une caresse ou un bout d'os. Il semblait à la fois gêné et inquiet, mais visiblement sérieux et résolu. Ma réponse ne se fit pas attendre.

— Vous croyez sincèrement que je vais vous accompagner dans une pareille entreprise? Vous êtes fou! C'est de la profanation, du vandalisme, du banditisme! Vous voulez faire de moi un hors-la-loi? Jamais, vous m'entendez? Jamais!

— L'appareil judiciaire est une mécanique qui manque de souplesse, dit Mourhu sans se démonter. Et, je crois vous l'avoir déjà dit, je possède là-dessus une philosophie bien à moi...

— En effet, elle est démentielle et son auteur s'apparente de toute évidence aux pilleurs de tombes! Vous ne seriez pas nécrophage, à tout hasard?

— Or dans ce cas-ci, poursuivit Mourhu sans tenir compte de mes insultes, la justice a posé un geste aveugle à mon égard. J'ai décidé d'agir et rien ne me fera changer d'idée sur ce point : je dois absolument examiner le corps de votre oncle cette nuit même. Demain, ce sera trop tard.

— Alors, bonne chance!

Je me levai. Mais, avec une poigne de fer, Mourhu m'attrapa par le collet et me rassit.

— Vous semblez bien pressé, me dit-il. Vous oubliez peut-être que j'ai un mandat de perquisition contre vous. Je n'hésiterai pas à m'en servir, croyez-moi. À la rigueur, je peux inventer un tas d'histoires pour vous faire incarcérer. Je peux vous accuser de m'avoir attaqué dans la rue et vous rosser pour donner plus de véracité à mes dires. Je peux vous fourguer un paquet d'héroïne dans les poches. Je peux...

Là-dessus, il s'arrêta et prit une gorgée de café avant d'ajouter :

— Bref, je suis prêt à tout.

Effectivement, je le sentais prêt à tout et n'avais nulle envie de passer quelques jours en cellule.

— Si je vous accompagne, dis-je, qu'adviendra-t-il du mandat?

— Je le déchirerai. En fait, je suis convaincu que vous n'avez rien à voir dans tout ça. Je l'utilise uniquement pour vous convaincre de venir avec moi.

— Très bien, fis-je. Je vois tout de suite, à votre sale gueule, que vous pourriez faire n'importe quoi. Que dois-je faire au juste?

— Vous n'avez qu'à m'accompagner jusqu'à la morgue. À cette heure, le personnel de l'hôpital est réduit et il nous sera facile de passer inaperçus. Nous nous glisserons à l'intérieur de l'hôpital par une porte de secours; rendus dans la morgue, votre tâche se bornera à m'éclairer avec une lampe de poche pendant que j'examinerai le corps de votre oncle. C'est plutôt simple, non?

— Et si nous sommes surpris?

— Habituellement, la morgue est peu éclairée à cette heure de la nuit, et à moins qu'il n'y ait un décès dans les prochaines minutes, nous ne devrions pas être inquiétés. Pour plus de sûreté, j'ai avec moi deux stéthoscopes, deux sarraus blancs et de faux insignes de médecins. Je pense que si nous sommes surpris, un peu de comédie devrait nous tirer d'affaire.

— Un jeu d'enfant, somme toute!

— Vous l'avez dit. Mais nous avons déjà assez parlé, c'est le moment d'y aller.

Nous sortîmes du snack-bar dégueulasse et fîmes quelques pas jusqu'à la voiture de Mourhu, une vieille Oldsmobile, remarquable par son état de conservation et sa propreté. Puis nous partîmes en direction de l'hôpital. L'intérieur de la voiture, très soigné, faisait contraste avec un Mourhu plutôt mal habillé. Le moteur ronflait doucement et je remarquai que l'horloge incrustée au milieu du volant, une des caractéristiques de cette marque, indiquait trois heures vingt. Le silence semblait de mise.

— Vous êtes marié? fis-je soudainement.

Mourhu sembla à la fois surpris et embarrassé par ma question. Il mit un certain temps avant de répondre.

— Heu... non, finit-il par articuler. Je n'ai jamais eu beaucoup de succès avec les femmes.

— Vraiment? Alors que faites-vous... je veux dire, lorsque vous avez envie de... Allez-vous voir des prostituées ou vous préférez vous masturber?

Mourhu ne répondit pas.

— Moi, je me masturbe, poursuivis-je avec candeur. J'aime plutôt ça car c'est gratuit et ça vous évite un tas d'embêtements. De toute façon, je n'ai pas non plus beaucoup de succès avec les femmes.

J'étais parti. Je n'avais d'autre but que celui de rendre Mourhu mal à l'aise. Peut-être allais-je ainsi le faire renoncer à son entreprise? Mais il était ridicule de penser une telle chose.

— Vous ne devriez pas avoir de difficultés avec les femmes, dit tout à coup Mourhu. Vous êtes plutôt beau gosse, vous vous habillez bien et vous avez l'air cultivé. Habituellement, les femmes aiment ça.

— On voit tout de suite que vous appartenez à la vieille génération! Ce sont là des histoires de bonnes femmes!

— Vous êtes sans doute trop renfermé. Vous devriez vous extérioriser. Commencez donc par corriger cette manie de marcher en baissant la tête. Vous ressemblez à un adolescent qui contemple la bosse créée par ses organes génitaux sous son jean trop serré. N'est-ce pas navrant? Il faut lever la tête et regarder devant soi!

— Ne changez pas de sujet, dis-je promptement. Vous avouez ne pas comprendre mon insuccès auprès des femmes. Outre l'idée que je ne fasse pas d'efforts en ce sens, qui vous dit que je ne suis pas homosexuel?

— Ça ne m'a même pas traversé l'esprit!

— Peut-être ne le suis-je pas, en effet. Mais vous? Peut-être est-ce la raison pour laquelle vous m'entraînez avec vous? Peut-être désirez-vous m'épater, me séduire par ce type d'approche? En vérité, vous pensez peut-être avoir trouvé en moi un compagnon capable de sublimer vos expériences érotiques? Dites-moi, j'ose à peine me l'imaginer mais quand même : n'allons-nous pas pratiquer sur ce pauvre Roschildren ce qu'on appelle la nécrophilie?

Nous venions d'arriver. Mourhu rangea la voiture le long du trottoir et freina brusquement. Mon nez s'écrasa contre le tableau de bord.

— Voilà, dit-il. (Il semblait soulagé.) Vous êtes plutôt cynique mon ami, mais...

— Je ne suis pas votre ami! grommelai-je en me tenant le nez.

— En effet. C'est une simple expression, fort heureusement.

— Fort heureusement, vieille couille!

— Écoutez, dit calmement Mourhu. J'ai beaucoup de patience. Seulement, si vous continuez à m'enquiquiner comme vous le faites à l'intérieur de l'hôpital, je vous jure que je vous casse la figure en sortant. C'est compris, petite merde?

— Si nous sortons sans menottes, vous aurez peut-être cette chance, vieux merdeux!

Mourhu s'empara d'un sac qui reposait sur la banquette arrière.

— Tenez, prenez ça! fit-il en me balançant un sarrau blanc au milieu du ventre. Vous ne le revêtirez qu'une fois rendu à l'intérieur de l'hôpital.

— Non! Cette fois, c'est dit : je n'irai pas!

Mourhu m'attrapa par le chignon du cou et me regarda droit dans les yeux :

— Écoutez-moi bien, petite couille. Le commissariat de police le plus proche est à cinq minutes d'ici. Je connais très bien ce commissariat, il possède les cellules les plus dégueulasses de tout New York et les gens qui y croupissent sont de véritables truands. Si vous persistez dans votre obstination ridicule, je vous y promets un séjour des plus divertissants.

— Je préfère cela que de vous accompagner.

Mourhu me relâcha d'un coup sec et fit redémarrer la voiture.

— Vous l'aurez voulu! s'écria-t-il.

— Attendez! fis-je en l'arrêtant du bras. Attendez... (Il y avait dans ses yeux un regard d'homme décidé : il l'aurait fait, c'était sûr!) J'accepte... J'accepte de vous accompagner. Mais auparavant une question, une seule : pourquoi moi?

— J'ai besoin de quelqu'un et c'est vous que j'ai choisi. C'est tout.

La réponse n'était en aucun point satisfaisante, mais je m'avouai vaincu. Tout cela me dépassait et je n'avais envie que d'une chose : qu'on en finisse au plus tôt. En fait, on m'aurait mis une laisse au cou que je n'aurais pas été plus docile : j'étais prêt, subitement, à suivre l'inspecteur Mourhu comme l'aurait fait un chien qui suit son maître. C'était sans doute la peur de ne pas savoir jusqu'où pourrait aller cet homme qui me poussait à me résigner ainsi.

Nous sortîmes de la voiture et je me faufilai avec Mourhu jusqu'à l'arrière de l'hôpital. Mourhu semblait connaître les lieux à la perfection et en moins de deux minutes, nous fûmes à l'intérieur. Là, j'enfilai mon sarrau blanc et suivis Mourhu dans les corridors. À chaque intersection, il s'arrêtait pour jeter un coup d'œil. Il valait mieux, en effet, éviter de se faire voir. Finalement, nous arrivâmes à la morgue sans encombre. Elle était peu éclairée comme l'avait prévu Mourhu. Il referma les portes derrière nous.

— Vite! Ne perdons pas de temps!

L'inspecteur Mourhu avait dit cela en bondissant vers l'immense réfrigérateur de gauche, ouvrant une de ses multiples portes, tirant vers l'extérieur le cadavre de Roschildren. Quant à moi, j'étais resté figé à l'entrée.

— Qu'avez-vous? demanda Mourhu. Vous avez besoin d'un coup de pied dans le derrière?

Mais je me remémorais le cauchemar que je venais de faire. Je pensais à la figure monstrueuse, au corps dilaté. La peur d'être surpris dans cet acte de quasi-nécrophagie s'était complètement estompée pour faire place à une angoisse sauvage.

Mourhu m'empoigna par le bras et m'entraîna vers le corps.

— Il est mort, dit-il. Il ne vous mangera pas!

Les gestes que je fis par la suite se trouvèrent comme alourdis par du plomb. Mourhu m'avait demandé de tenir la lampe de poche bien haute et continuellement braquée sur le visage ballonné de l'oncle. Même si je tremblais comme une feuille, cela ne semblait pas le déranger dans son travail outre mesure : ses mains, qu'il avait revêtues de fins gants chirurgicaux, glissaient sur le visage de Comédon la Poire avec une dextérité que ses doigts, courts et épais, ne laissaient en aucun cas soupçonner.

— Regardez! fit-il soudainement. Là et là, deux légères tuméfactions : une sur les lèvres, l'autre sur le front. Elles sont à peine visibles à cause du travail de l'eau. Mais elles sont là tout de même, on les voit nettement. Hum, voilà qui est intéressant et... ho, ho! Voilà qui est très intéressant.

Ses doigts venaient de glisser vers le cou, gros et dodu; un véritable cou d'hippopotame.

— Voyez-vous, là, là et là. (Mourhu me montrait de petits bouts de peau relevés, qui ressemblaient à de menues entailles; il y en avait trois.) Et de votre côté? s'enquit-il en faisant glisser ses doigts sur l'autre partie du cou. Oui, une autre!

Mourhu frétillait.

— Aidez-moi, dit-il. Nous allons tourner le corps.

— Non, jamais! Je n'y toucherai pas.

— Vous voulez ma main quelque part?

Avec beaucoup d'aversion, j'aidai finalement Mourhu à tourner le corps.

— Hum, voui...voui, fit-il. Regardez, encore une fois, un petit bout de peau relevé, pas très loin des quatre autres. Tout va bien! Il ne me reste plus qu'une ou deux choses à vérifier.

Là-dessus, nous remîmes le corps dans sa position d'origine. Mourhu rabaissa le drap jusqu'aux cuisses; il procéda à un examen attentif de la cage thoracique, du ventre et du bassin.

— Oh, oh! Vous voyez cette ecchymose? Elle trace une ligne verticale en dessous du nombril. C'est vraiment très intéressant!

Il releva le drap jusqu'aux épaules et s'attarda à nouveau sur le visage. Il palpa la tuméfaction qui se trouvait sur les lèvres et écarta ces dernières brutalement. Il poussa alors un cri de joie : juste sous la tuméfaction, une dent manquait; il s'agissait de la canine supérieure gauche.

— Approchez votre lampe! murmura Mourhu qui, visiblement, faisait de grands efforts pour rester tranquille. Je dois savoir si elle est tombée au fond de la gorge.

L'espace entre les deux rangées de dents étant très étroit, nous ne parvînmes pas à voir correctement.

— Je vais devoir casser la mâchoire, dit posément Mourhu. Il faut absolument que je sache.

— Vous n'y pensez pas!

— Écoutez, si jamais la dent n'est pas là, c'est parce qu'elle est tombée ailleurs. Par exemple, sur les lieux du crime. Il est donc primordial que je sache si elle s'est logée au fond de la gorge. Vous comprenez?

— Non, mais je sais que vous n'en ferez qu'à votre tête.

— Vous avez raison.

Là-dessus, Mourhu abattit de toutes ses forces son poing sur la mâchoire inférieure. Cette dernière craqua et s'affaissa contre le cou. Mourhu introduisit sa main dans la bouche et se mit à racler le fond de la gorge.

— Il n'y a rien, fit-il avec déception. Appuyez sur le ventre. Sans doute qu'avec l'aide d'une pression, la dent remontera si elle s'est logée dans l'œsophage.

J'appuyai, à contrecœur.

— Plus fort! s'écria Mourhu pendant qu'il continuait à racler le fond de la gorge.

Rien à faire... Le ventre, bien que ballonné, était dur comme du roc. C'est à peine si mes doigts s'y enfonçaient.

— Montez dessus! dit Mourhu d'un ton péremptoire.

— Hein? Monter sur...

— Cessez de faire le difficile, vous nous faites perdre du temps. Montez!

Je ne comprends toujours pas pourquoi je le fis mais je le fis. Une fois sur le corps, j'appuyai sur le ventre avec mes mains.

— Non, fit Mourhu, non. Il faut y mettre tout le poids de votre corps. Assoyez-vous dessus.

Je m'assis et continuai les pressions.

— Vous ne comprenez pas, dit l'inspecteur avec impatience. Mettez-vous debout et laissez-vous tomber dessus.

Je me mis debout et me laissai tomber de tout mon poids sur le ventre. Un énorme pet retentit aussitôt, suivi d'une pétarade qui ressemblait à la décharge d'une mitraillette. Sous moi, le ventre s'affaissait comme un ballon qui se dégonfle. Mourhu avait retiré sa main; une substance brunâtre venait de jaillir de la bouche.

— Ah! Saleté! grommela-t-il en prenant un mouchoir et en s'essuyant la main.

Des bruits de pas et de voix résonnèrent subitement dans le corridor. Je crus percevoir le roulement d'une civière.

— Vite! Couchez-vous!

Mourhu plaqua ma tête avec vigueur contre le corps de Roschildren. Avant même que j'aie le temps d'ouvrir la bouche, la porte du réfrigérateur se referma sur moi et ce fut le noir complet. Je pensai mourir. Étant déjà claustrophobe, le fait de me retrouver enfermé avec le cadavre de Comédon la Poire dans un compartiment réfrigéré dépassait les limites de l'horreur. Je dus faire un effort incroyable pour ne pas me mettre à hurler immédiatement.

Après plusieurs secondes, le corps roide et ballonné de Comédon la Poire commença à me transmettre sa froideur en m'arrachant de longs frissons glacés. Ma main heurta la lampe de poche. J'eus l'espoir d'alléger ma tourmente en estompant les ténèbres qui m'enveloppaient, mais au contraire, je me rendis compte à quel point le compartiment dans lequel j'étais enfermé était minuscule. Ma frayeur atteignit son point culminant quand je vis les yeux de l'oncle Roschildren grands ouverts. Le phénomène était-il dû au coup qu'il avait reçu dans le ventre? Et... Était-ce pour la même raison que je sentais son corps remuer et que j'entendais des grognements sourds et aigus s'échapper de sa gorge? Cette fois, je hurlai à m'en fendre l'âme.

Mon hurlement se décupla tout d'un coup et je sentis la main de Mourhu sur ma bouche.

— Taisez-vous! Ils viennent de partir!

Mais mon cri s'était répercuté à travers toute la pièce. Cette fois, des pas précipités résonnèrent dans le corridor. Mourhu me repoussa à l'intérieur du réfrigérateur. La suite, je l'ai sûrement rêvée, car à travers les multiples gargouillis émis par Roschildren, je crus entendre ceci :

— Willyyyy... mon p'tit Willyyyy... Rémyyyy...

Ma peur se transforma en une panique sourde. J'étais absolument incapable d'émettre le moindre son. J'aurais voulu lui dire de se taire, lui dire qu'il était mort et que c'était impossible qu'il parlât. Mais c'était vain. Ma voix ne pouvant couvrir la sienne, je bouchai mes oreilles.

C'est Mourhu qui m'enleva les mains de la tête.

— Qu'est-ce que vous faites? s'étonna-t-il.

J'avais l'impression d'avoir passé des heures à l'intérieur. Je revins à la réalité peu à peu et regardai le visage de Roschildren : ses yeux étaient fermés; aucun son ne s'échappait de sa bouche. Avais-je rêvé?

— Un peu plus et ils ouvraient chaque compartiment pour s'assurer que tout le monde était bien mort, dit Mourhu. Vous avez failli tout gâcher avec votre cri.

Mourhu n'aurait jamais dû prononcer cette dernière phrase. Me servant du corps de l'oncle comme d'une trempoline, je bondis sur lui et le rouai de coups.

— Holà, holà! fit-il en me contenant. Je n'avais pas le choix de vous enfermer là. C'était une question de secondes... Le temps de vous mettre debout et nous étions découverts.

— Vous l'avez fait exprès!

— Je vous assure que non.

Je finis par me calmer. Mourhu rajusta ses vêtements et revint vers le corps de l'oncle. Il préleva, à l'aide d'un sachet transparent, un peu de la substance brunâtre. Il nettoya le reste du visage avec un chiffon.

— C'est un beau gâchis, dis-je en le regardant faire. En complétant son autopsie, le médecin légiste s'apercevra qu'on a touché au corps.

— Bah! soupira-t-il.

— Mais la mâchoire! On vous soupçonnera immédiatement!

— Ne vous en faites pas. J'ai pris la peine de me fabriquer un alibi parfait. Pour vous aussi d'ailleurs, au cas où vous seriez inquiété. Deux personnes sont prêtes à témoigner sous serment.

— Tout cela dans le but de vous faire gagner du temps?

— Oui.

— Vous êtes plus véreux que je ne l'avais imaginé!

Mourhu releva le drap et repoussa le cadavre à l'intérieur du réfrigérateur. Nous fîmes le chemin en sens inverse. Arrivés à la porte de sortie, nous avons enlevé nos sarraus et regagné la voiture sans difficulté.

— Je vous offre une bière, dit Mourhu.

— Non merci, je préfère rentrer chez moi immédiatement.

— Comme vous voudrez... Aimeriez-vous conduire?

Je dis oui. Après toutes ces épreuves, conduire me ferait sûrement du bien. Et puis, ce serait une agréable revanche si jamais j'abîmais la voiture de Mourhu contre un mur de ciment ou un réverbère. Dommage pour la voiture évidemment, mais «à quelque chose malheur est bon», dit le proverbe.

À la conduite, l'Oldsmobile de Mourhu était un vrai charme : souplesse du volant, roulement silencieux des roues sur la chaussée, ronronnement du moteur, autant de sensations qui donnaient l'impression de faire réellement corps avec la voiture. Quant à Mourhu, il avait sorti le sachet dans lequel il avait recueilli la substance brunâtre; il en examinait le contenu avec l'aide de sa lampe de poche.

— Aimez-vous les lentilles? questionna-t-il.

— Euh... oui, répondis-je, surpris par sa question.

— De toute évidence, ce fut le dernier repas de votre oncle. Hum... Plusieurs d'entre elles sont entières et parfaitement constituées. Cela signifie que le système digestif ne s'était probablement pas encore mis en marche au moment où votre oncle s'est tué ou a été tué. Il s'est donc tué ou a été assassiné peu après le repas.

— Ça vous avance à quoi de connaître ce détail?

— À rien pour le moment. Tout de même, il est intéressant de le retenir, disons pour plus tard.

Je voulus changer le sujet de la conversation, mais Mourhu parla à nouveau :

— Hum... Je donnerais cher pour connaître la recette exacte de cette mixture.

— Vous aimeriez peut-être y goûter?

— Pourquoi pas. C'est une idée.

— Vous êtes dégoûtant!

— Je ne parle évidemment pas de goûter à cet échantillon-ci, mais bien d'en connaître la recette exacte afin de pouvoir la recréer. D'abord, sachez que j'ai toujours détesté les lentilles froides, c'est d'un goût douteux.

S'ensuivit tout un discours sur la façon de préparer les lentilles. Mourhu disait que les Américains ne savaient pas les faire cuire correctement : elles étaient ou trop molles ou trop dures, mais le plus souvent trop molles. Mourhu allait jusqu'à jeter son discrédit sur les boîtes de lentilles importées. «Véritables calamités, disait-il, elles sont souvent les favorites des cuisiniers amoureux du végétarisme.» Oui, à son humble avis, les lentilles étaient apprêtées de façon trop naturelle, traitées en vulgaire mets d'accompagnement comme le riz ou les pommes de terre, alors qu'elles constituaient en soi un repas complet. Le meilleure recette qui puisse exister était, sans nul doute possible, affirmait-il, une recette qu'il avait mise au point lui-même : un demi-piment, un oignon tranché fin, deux ou trois carottes coupées en rondelles, plusieurs tranches de bacon à l'érable, une pincée de sarriette et un soupçon de jus de tomates en fin de cuisson.

— Dès que j'aurai plus de temps, je vous inviterai à en manger. Vous verrez, vous en redemanderez.

— Pour cela, il faudrait que j'accepte de venir manger chez vous. Et ce n'est pas demain la veille, si vous voulez mon avis. Je crois même que je vous ai assez vu pour plusieurs mois, si ce n'est plusieurs années.

Nous étions arrivés chez moi. Je rangeai la voiture au bord du trottoir.

— Voilà! dis-je. Merci pour le petit tour. Maintenant, si vous voulez un conseil : ne me dérangez plus, car la prochaine fois je vous jure que je ne me laisserai pas intimider de la sorte et que j'irai tout raconter à la police. Oui, je sais, la police en question, c'est vous. Mais vous avez des supérieurs, monsieur, et je n'hésiterai pas à aller les trouver.

— Je suis désolé que vous preniez les choses de cette façon. J'aurais aimé que tout cela soit moins pénible, croyez-moi, mais j'avais besoin de quelqu'un...

— ...et c'est moi que vous avez choisi, je sais.

Je sortis de la voiture et claquai la porte.

— Adieu!

— Attendez! s'écria Mourhu. J'ai quelque chose pour vous.

Il me tendit un paquet.

— C'est un cadeau, dit-il. Ne l'ouvrez qu'une fois dans votre appartement.

— Adieu! insistai-je.

— Au revoir!

Les rayons du soleil recouvraient déjà le sommet des gratte-ciel de Manhattan quand je pénétrai dans mon appartement. Ma montre indiquait cinq heures et demie. Je me déshabillai en vitesse : l'odeur de la mort imprégnait mes vêtements. Je pris une douche et me frottai tellement que la savonnette fut bientôt réduite de moitié. En sortant, je jetai mes vêtements à la poubelle et commençai à sécher mes cheveux avec l'aide d'un séchoir portatif. De temps en temps, je jetais un regard soupçonneux au paquet que m'avait donné Mourhu. J'y subodorais un attrape-nigaud, un gag idiot. Je l'ouvris néanmoins. À l'intérieur, je découvris un contenant enveloppé d'un large papier blanc sur lequel étaient inscrits ces mots :

«Ne faites pas comme lui. Sortez de vous-même; devenez quelqu'un! L'essentiel, c'est de vous extérioriser et de prendre confiance en vos moyens. Le reste n'est qu'un masque, un rôle de théâtre que vous vous jouez à vous-même et aux autres sans jamais réussir à convaincre personne : car vous n'avez pas encore découvert un rôle à votre mesure. Allons, prenez courage et dites-vous bien que si jamais vous avez besoin de quelque chose, je suis là pour vous aider.»

Mourhu

Je déchirai le papier qui recouvrait le contenant et j'aperçus flotter, au milieu d'un liquide incolore, *le comédon de l'oncle Roschildren.*
— Ah, le salaud!

CHAPITRE 6

CRÉATURE

Je cherchais une façon originale de remettre à Rémy une partie des grains de sable blancs et rouges, histoire de lui signifier que j'étais au courant de tout et qu'il était inutile de jouer celui-qui-ne-sait-rien avec moi. J'avais pensé, au début, déposer un échantillon des grains sur son oreiller avec cette simple note : «Je sais». Mais comme Rémy s'était amusé à mes dépens, il me paraissait injuste qu'il s'en tire à si bon compte : je voulais le surprendre, obtenir une revanche. Or le surlendemain de notre aventure, au dîner, l'idée me vint de remplacer le sel contenu dans la salière par le sable. Je savais que Rémy avait la fâcheuse habitude de saler abondamment ses aliments : il sale sans goûter et avec une telle nonchalance qu'il regarde à peine le contenu de son assiette. La salière était opaque, ce qui rendait l'effet de surprise inévitable, et, comme j'étais de corvée pour mettre le couvert, je la déposai juste en face de lui et en trouvai une autre pour mes parents. Il y avait des spaghettis à la sauce tomate au menu, un des plats préférés de mon frère. Je ne pouvais rêver d'un meilleur moment.

Comme prévu, Rémy s'empara de la salière et se mit à saler, saler, saler... Le regarder agir avec une telle insouciance me faisait un petit velours, cependant que je guettais la première bouchée, qui fut littéralement engloutie. La seconde passa moins bien. Rémy marqua un temps d'arrêt en regardant attentivement son assiette. L'hébétude se lisait sur son visage, mais il comprit vite : il se tourna vers moi et me dévisagea. Je répondis à son étonnement par un sourire plein de malice. Il était pris au piège, et doublement : papa détestait que l'on jette de la nourriture et, même si Rémy feignait d'être malade, il aurait droit à une scène. Il mangea donc, en silence et avec lenteur. En revanche, je me montrais friand et affamé, je n'avais de cesse de vanter les talents culinaires de ma mère qui, d'ailleurs, s'étonnait du peu d'appétit de Rémy. Je tournai le fer dans la plaie et lui demandai ce qui n'allait pas. Il me répondit par une grimace qui, sur le coup, me rabattit le caquet. Je continuai néanmoins à l'agacer jusqu'à qu'il eût avalé la dernière bouchée. La vengeance est un plat qui se mange «chaud».

Dans les jours qui suivirent, Rémy ne m'adressa plus la parole et m'évita continuellement. Au lieu de chercher à s'expliquer, il se retira dans un mutisme désolant, s'enfermant chaque fois qu'il le pouvait dans sa chambre; sa présence dans les autres pièces de la maison devenait un phénomène rare et imprévu. Comme un chasseur à l'affût, je surveillais ses moindres sorties. Je voulais le surprendre la main dans le sac, car je le connaissais trop pour ignorer qu'il préparait une revanche à sa façon, sans doute une petite séance d'hypnose. C'était d'ailleurs mon obsession, l'hypnose. J'avais peur qu'il ne profite de mes moments d'inattention pour mettre à exécution ses desseins. Or j'étais dans le secret des dieux et désirais y rester à tout prix.

Une nuit, alors que le froid entre Rémy et moi durait depuis plus d'une semaine, j'entendis mon frère sortir de sa chambre. Il devait être minuit et demi environ. Il s'arrêta un moment devant ma porte, cherchant sans doute à s'assurer que j'étais endormi, puis il continua son chemin. Je décidai de le suivre. Il fallait jouer serré, mon frère n'était pas du genre à se laisser filer. J'ouvris ma porte avec précaution, mais les gonds grincèrent. Je m'arrêtai. J'écoutai... Aucun son ne vint troubler le silence qui régnait dans le couloir. Je me risquai à l'extérieur, les oreilles dressées comme deux antennes paraboliques. Des bruits de pas se perdaient à l'étage supérieur. Rémy se dirigeait vers le grenier. Je hâtai le pas pour ne pas rater ma chance de le surprendre en train de parler avec la lampe ou d'exécuter un tour de passe-passe. Je désirais non seulement le surprendre mais me laisser émerveiller à nouveau et, d'une certaine façon, reprendre possession de ce qui m'avait peut-être été enlevé plus d'une fois. Je parle ici de mes souvenirs...

Arrivé au grenier, je ne vis personne. Je ne m'en étonnai pas et commençai à inspecter les quatre pièces. Ne découvrant aucune trace de Rémy, je décidai de me tapir dans l'un des recoins de la pièce centrale pour pincer mon frère au retour, car j'étais certain qu'il s'était volatilisé grâce au concours de la lampe et qu'il allait revenir par l'une des quatre portes. Cette entreprise était sans doute bien naïve, mais au bout d'une demi-heure elle porta fruit : la porte sud s'entrouvrit et laissa passer une étrange silhouette... Rémy, dont le corps, nimbé de lumière, dégageait un curieux halo qui s'attacha à lui jusqu'à ce qu'il eût refermé la porte. Il descendit aussitôt sans m'apercevoir.

Je m'apprêtais à suivre mon frère quand la porte sud s'ouvrit à nouveau. Une odeur pestilentielle assaillit mes narines et je me jetai immédiatement contre le sol. D'où j'étais, c'est-à-dire entre les portes sud et ouest, je pouvais voir dans les moindres détails l'immonde créature qui venait de surgir. Elle ressemblait à une énorme boule de chair composée de bourrelets adipeux qui pendouillaient comme des grappes tout autour d'elle. Sa tête ronde, pourvue d'oreilles éléphantesques, de globes oculaires sphériques et immenses, s'agitait nerveusement de tous les côtés à la fois comme un volatile. Des bras et des pieds noueux formaient de curieux appendices à cette espèce de larve géante de couleur laiteuse. Elle puait affreusement : je me bouchai le nez dans la crainte de vomir. Elle paraissait sortir d'un marais bouillant tant il faisait chaud. Et, heureusement pour moi, sa peau dégageait une sorte de vapeur violette qui semblait l'empêcher de distinguer correctement ce qui se trouvait autour d'elle. Je sentais qu'il émanait de cette créature des instincts hostiles, voire meurtriers. La peur me clouait au sol. J'aurais voulu me miniaturiser sur place, disparaître pour toujours, ne plus exister!

La vapeur violacée se dissipa et la créature se mit à avancer. Son pas était lourd et elle se déplaçait avec difficulté. Elle contourna la rampe de l'escalier et descendit les marches dans un bruit spongieux. Je venais de reconnaître avec stupeur la tête monstrueuse que j'avais aperçue entre les rochers quand j'étais dans la crique avec Rémy. La porte sud était demeurée ouverte. Je risquai un coup d'œil : parsemée de petites couches brumeuses, une surface liquide rougeâtre s'étendait à perte de vue, agitée çà et là par de grosses bulles mauves qui éclataient dans les airs en dégageant des miasmes putrides; il régnait là une chaleur d'enfer. Je refermai la porte d'un geste vif. Fuir! Avertir Rémy au plus vite. Dans les marches, je mis le pied dans une espèce de boule molle et noirâtre... d'autres jalonnaient le couloir du premier étage. De la merde! Comme les lapins, la créature déféquait à qui mieux mieux sur son passage. Quelle puanteur!

Je progressais lentement, étourdi par la peur, la puanteur, le cœur sur le bord des lèvres, m'appuyant sur les murs pour rester debout, redoutant à chaque coin sombre un face à face avec la créature. Chaque pas me demandait beaucoup de courage et, arrivé à la chambre de Rémy, il m'en fallut encore plus pour regarder à l'intérieur. Personne... Rémy devait être à la cave. Bon Dieu! Aurais-je jamais le courage de me rendre jusque-là? Les boules de merde étaient répandues un peu partout dans le corridor, de sorte qu'il était pratiquement impossible de savoir où se trouvait exactement la créature. Pour l'odeur, je commençais à m'y faire, mais l'idée de devoir me rendre à la cave me faisait chanceler... Soudain, une matière visqueuse s'enroula autour de mon pied gauche et me jeta par terre. La créature! Sa langue m'entraînait vers sa bouche, large et lippue, comme un vulgaire insecte! Au même moment, sorti je ne sais d'où, Rémy bondit armé d'un long couteau et coupa la langue d'un seul coup de lame. Le reste se passa si vite que le monstre, sans un cri, s'écroula sur le plancher avec le couteau au milieu du front.

— Ça va? demanda Rémy.

J'étais trop hébété pour répondre. Quelque chose me disait, au fond de moi, que je venais d'échapper à une des pires morts qui soient.

— Hé, ho! Ça va? redemanda mon frère en m'enlevant le bout de langue qui était resté accroché à mon pied.

— Oui... ça va.

— Ouf! Cette fois, tu as failli y rester, mon pauvre Wil.

— J'en ai l'impression, dis-je, encore abasourdi, me tâtant le pied autour duquel je sentais toujours l'effet de strangulation.

— Veux-tu bien me dire ce que tu fais debout, à cette heure?

— Tu ne penses pas que ce serait plutôt à toi de répondre à cette question?

Agenouillé à mes côtés, Rémy se mit à regarder le plancher d'un air songeur. Il semblait avoir honte.

— Hum... Je crois que nous allons avoir besoin, toi et moi, d'une sérieuse discussion.

— Je ne demande pas mieux, dis-je, mais ça fait une semaine que tu me fuis!

— Bon, bon, fit Rémy, qui semblait toujours honteux. Mais avant tout, il va falloir débarrasser le corridor de cette chose. Je vais avoir besoin de toi.

Il se leva d'un bond et fit le tour de la bête en l'examinant sous tous ses angles. Je le rejoignis.

— Bon Dieu, Rem. Qu'est-ce que c'est que ça?

— Les questions, c'est pour plus tard. D'accord?

Je remarquai pour la première fois une sorte d'exsudation lumineuse qui faisait le tour du corps de la créature.

— Qu'est-ce que c'est?

— Je t'ai dit que les questions...

— Je vois. Monsieur désire jouer au plus fin. Alors qu'il se débrouille tout seul pour ramasser cette saleté!

— Écoute, Wil, ce n'est pas le moment de faire l'enfant gâté. Je répondrai à toutes les questions que tu voudras mais seulement après avoir débarrassé le plancher de cette chose. D'accord?

— D'accord... Mais avant de t'aider à déplacer cette «chose», comme tu dis, tu m'accordes une faveur.

— Laquelle?

— Je veux rester dans le secret. Promets-moi que désormais, en aucun temps tu ne chercheras à m'hypnotiser.

— Tu me demandes une chose impossible.

— Alors débrouille-toi tout seul!

— Sois raisonnable, Wil, je ne peux pas te promettre ça!

— Et pourquoi?

— Parce que je ne peux pas! Et je t'en prie, ne parle pas si fort, tu vas réveiller quelqu'un.

— C'est déjà fait, je pense.

En effet, une porte s'ouvrit à l'autre bout du corridor et notre père, les yeux hagards, les cheveux ébouriffés, arriva en trombe. Il glissa malheureusement sur une des boulettes de merde et tomba à la renverse sur le plancher. En arrivant à ses côtés, nous nous rendîmes compte qu'il venait de s'assommer. Rémy courut vérifier si notre mère dormait encore. Il revint au bout de quelques secondes.

— C'est O.K., dit-il. Nous nous occuperons de papa plus tard. D'abord, la créature.

— Je n'ai toujours pas ta parole...

— Maintenant, tu l'as! Et tant pis pour toi s'il t'arrive quelque chose. Je ne m'en tiendrai en aucun cas responsable.

Un peu surpris par sa dernière remarque, mais tout de même heureux d'avoir obtenu une garantie, j'aidai mon frère à déplacer la créature. Elle était moins lourde que je ne le pensais et nous parvînmes à la traîner jusqu'à l'escalier sans trop de peine. Monter les marches s'avéra cependant plus ardu et nous constatâmes au bout d'un moment que nous n'y parviendrions pas tout seuls.

— Nous allons avoir besoin de papa, dit Rémy.

— Tu n'y penses pas!

— Vois-tu une autre solution?

Réveiller notre père ne fut pas une tâche facile : secousses, claques en pleine figure, rien n'y fit.

— Hé? Il n'est quand même pas mort?

— Ne dis pas de bêtises, dit Rémy. Va chercher un verre d'eau!

Le verre d'eau ne produisit pas l'effet attendu. C'est finalement à l'aide d'un seau, rempli à ras bords, que nous parvînmes à le réveiller. Trempé jusqu'aux os et puant la merde à plein nez, nous l'entraînâmes avec nous jusqu'à la créature. Posant pour la première fois ses yeux sur l'étrange animal, mon père cessa subitement de se lamenter sur ses vêtements mouillés et sur la puanteur qu'ils dégageaient.

— Les enfants, fit-il d'une voix rauque et les yeux exorbités, qu'est-ce que c'est que ça?

— C'est un monstre, dis-je.

— Bravo, Wil! s'exclama Rémy. Tu as une de ces façons d'expliquer les choses, toi!

— Rémy, reprit papa. C'est encore une de tes sinistres plaisanteries, n'est-ce pas?

— Bien sûr, et je vais tâcher d'être simple : la lampe permet de faire voyager des choses dans le temps et l'espace, je suis un extra-terrestre et cette créature vient d'un autre monde. Me suis-je bien fait comprendre?

— Parfaitement! Je ne vous demande qu'une chose les enfants : je veux que demain matin il ne reste plus une trace de cette sinistre comédie. Sinon, je vous garantis...

Rémy empoigna papa et l'amena vers la créature.

— Car c'est une farce cette bête inerte qui pue la sardine? C'est une fausse peau, une fausse plaie, du faux sang? Touche! Allez, touche! Puisque c'est faux!

Le visage de papa changea d'aspect dès que sa main fut mise en contact avec la bête.

— Seigneur! s'écria-t-il. C'est vivant!

— Disons que c'était vivant, corrigea Rémy.

— Il faut appeler la police!

— Pas si fort, vous allez réveiller maman, dis-je.

— La police? reprit Rémy. Quelle merveilleuse idée! Et que leur diras-tu? Ce que je viens de te dire? Allons, papa, raisonne-toi! Le mieux à faire pour le moment, c'est de nous aider à remonter cette chose au grenier et de la faire disparaître par où elle est venue.

Les propos de Rémy eurent de l'effet. Au lieu de déguerpir à toute vitesse pour appeler la police, notre père resta sur place et retrouva son calme, semblant tout comprendre et tout accepter d'un coup. Chacun prit donc une partie de l'animal et l'ascension commença. Au bout d'un instant, mon père se tourna vers moi et me regarda d'un air ridicule.

— Tu es dans le coup depuis longtemps?

— Euh... j'avais des doutes. Mais non, pas depuis longtemps.

Le reste de l'ascension se déroula en silence. Il n'y eut bientôt plus que trois ou quatre marches à monter.

— Porte nord! lança Rémy.

Un rayon de lumière jaillit de la lampe et la porte nord s'ouvrit tranquillement. Une sorte de grand miroir translucide paraissait occuper tout l'encadrement.

— Mais la chose est venue par la porte sud, dis-je.

— Justement! répondit Rémy. Allez, encore un effort et nous en serons débarrassés.

Dès que la créature entra en contact avec la paroi translucide, cette dernière l'aspira en l'espace de quelques secondes et Rémy referma la porte. Notre père était resté dans l'escalier. L'effet de surprise passé, il semblait maintenant bouleversé par les événements.

— Seigneur! gémit-il. Comment vais-je dire ça à votre mère, les enfants? Comment vais-je lui dire qu'elle a mis au monde deux petits Martiens?

— Tu n'as qu'à ne pas lui en parler tout de suite, lui suggéra Rémy. Pour l'instant, tu dois être fatigué. Pourquoi ne vas-tu pas prendre un bon bain? Tu sens la merde à plein nez!

— En effet, je... je vais aller me coucher et nous reparlerons de tout cela demain.

Mais comme notre père s'apprêtait à descendre, Rémy l'arrêta :

— Papa, dit-il. Regarde la lampe, regarde-la attentivement. Tu ne lui trouves rien de changé?

— Non, répondit papa en la regardant. Elle est toujours aussi affreuse!

— Même depuis que tu sais ce qu'elle est capable de faire?

— Surtout! Surtout depuis que je sais ce dont elle est capable!

— Pourtant, quand nous avons acheté la maison, n'étais-tu pas le premier à dire que la lampe avait de jolies lumières?

— Oui, reconnut-il. Elle avait de belles lumières à l'époque... Mais où veux-tu en venir?

— Je veux que tu regardes attentivement ces lumières, papa. Que tu les regardes très attentivement.

Depuis quelques secondes, les lumières de la lampe clignotaient à intervalles réguliers.

— Oui, répondit papa, dont le timbre de voix venait de changer subitement. Je regarde les lumières...

— Et tu te sens très bien, ajouta Rémy. Tu regardes les lumières et tu te sens parfaitement calme et détendu.

— Oui.

— Ce sont de jolies lumières, n'est-ce pas?

— Oui.

— Très jolies?

— Très jolies.

— C'est donc une belle lampe, hein?

— Oh! oui, c'est une très belle lampe.

Les yeux de notre père étaient littéralement rivés sur la lampe dont les lumières continuaient de clignoter à intervalles réguliers. Son corps était parfaitement immobile. Désormais entièrement maître de sa victime, mon frère poursuivit :

— C'est parfait. Maintenant, tu ne te poseras plus jamais de questions au sujet de cette lampe. C'est une lampe comme les autres, voilà tout.

— Voilà tout.

— Quand je te ferai signe, tu descendras les marches et tu iras directement prendre un bain. Tu feras bien attention pour ne pas marcher une seconde fois dans la merde. Compris?

— Compris.

— Tu laisseras tes vêtements dans la salle de bains, je vais m'en occuper, puis tu iras dans ta chambre en prenant soin de ne pas réveiller maman. Tu enfileras un autre pyjama et tu te mettras au lit. Demain, quand tu te réveilleras, tu ne te souviendras plus du tout de ce qui vient de se passer. Tout ce que tu sauras, c'est que désormais tu aimes bien cette lampe.

— Oui, j'aime bien cette lampe.

— Maintenant, tu peux y aller. Bonne nuit, papa.

— Bonne nuit.

Tel un somnambule, notre père se mit à descendre les marches de l'escalier sous le regard attentif de Rémy, qui ne le quitta pas des yeux avant qu'il ne fût complètement descendu. Puis mon frère se tourna brusquement vers moi. Ses yeux noirs brillaient d'une intensité anormale. Cherchait-il à m'hypnotiser moi aussi?

— Non! dis-je. Pas avec moi! Tu ne m'attraperas pas une seconde fois!

— Je n'y tiens pas non plus, fit Rémy d'un air résigné. Et puis, de toute façon, je t'ai donné ma parole.

Le découragement se lisait sur sa figure; il paraissait bouleversé. J'allai m'asseoir à ses côtés dans l'escalier.

— Alors, c'est bien vrai, dis-je. Tu es un extra-terrestre?

Mon frère se mit à rigoler de bon cœur.

— Mais non, mon petit Wil, mais non. Ce n'est pas aussi simple que ça.

— Alors, qu'est-ce que tu es? Que fabriques-tu avec la lampe?

— Je vais tâcher d'être simple, fit-il, empruntant tout à coup un ton important. Je devine en regardant tes yeux que tu es très lucide en ce moment, aussi vais-je essayer de t'expliquer tout cela du mieux que je peux. Après tout, tu es le premier concerné.

— Que veux-tu dire?

— Que la vérité, l'absolue vérité fait parfois très mal et qu'il vaut mieux l'ignorer.

— La vérité ne me fait pas peur, dis-je. Je crois que je suis assez grand pour l'affronter telle qu'elle est.

— Le penses-tu?

— Bien sûr!

Rémy était ému. Les yeux ruisselants, la voix enrouée, il avait de la difficulté à poursuivre.

— Tu es malade, William. Très malade.

— Malade, moi? Mais tu es fou, je me sens très bien!

— Ce n'est pas physiquement que tu es malade, Wil, c'est psychologiquement.

— Qu'est-ce que c'est que cette histoire?... Tu m'as promis, Rem. Et voilà que tu essaies encore de me tromper!

— Je t'assure que non! As-tu déjà entendu parler de la schizophrénie?

— C'est une maladie mentale, non?

— C'est exact, dit Rémy. La personne qui en est atteinte imagine dans sa tête des choses qui n'existent pas dans la réalité; elle a des hallucinations visuelles et auditives.

Puis il ajouta, avec difficulté :

— Tu es schizophrène, William.

— Sans blague?

— Sans blague si tu veux. Mais regarde-moi comme il faut. Dis-moi : comment suis-je habillé?

En y regardant de près, je constatai avec étonnement que Rémy était revêtu de sa robe de chambre et de son pyjama.

— Comment as-tu fait ça? dis-je. Il n'y a même pas deux minutes, tu avais sur le dos d'autres vêtements. C'est encore un de tes tours de passe-passe!

— Pas du tout! La vérité, c'est que j'ai toujours eu ces vêtements sur moi!

Les propos de Rémy commençaient à m'indisposer. Je sentais mon esprit glisser, vaciller.

— Holà, holà, dis-je, en essayant de reprendre de l'assurance. Comment expliques-tu le fait qu'il n'y a même pas deux minutes tu étais habillé autrement?

— Parce qu'il y a quelques minutes, tu étais encore dans un de tes moments de crise et que maintenant tu es dans un de tes moments de lucidité. Vois-tu, ce soir, quand je suis monté au grenier me chercher un livre, je t'ai vu me suivre. J'ai deviné à ton comportement que quelque chose ne tournait pas rond. De fait, tu es entré dans la pièce où j'étais et tu es passé devant moi sans me regarder. Une personne normale m'aurait vu et m'aurait adressé la parole, mais pas toi : tu es passé en plein devant moi sans me regarder, Wil! Alors, j'ai su que tu étais dans une de tes crises de schizophrénie. Le reste s'est passé comme d'habitude : je te suis partout où tu vas, j'épie tes moindres réactions, j'assiste à tes conversations intérieures, j'essaie d'imaginer les choses que tu vois. Ainsi, je peux savoir exactement ce qui se passe dans ton esprit. Cette nuit, par exemple, je sais qu'il était question d'une affreuse créature sortie par la porte sud, que je t'ai sauvé la vie, que, aidés de papa, nous l'avons remontée au grenier pour la faire disparaître... Parfois, j'essaie d'intervenir dans les conversations que tu te tiens à voix haute, tu m'écoutes rarement mais j'ai parfois le privilège de voir une de mes idées ou une de mes questions retenues. Mais la plupart du temps, le délire qui anime tes yeux dans tes moments de crise et les rend aussi brillants que des pierres précieuses, rend également les conversations normales impossibles. Dès que je vois cette lumière s'éteindre, je suis toujours déçu, car je sais que le rêve vient de se terminer. Et quel rêve! Tu possèdes une imagination fabuleuse, Wil! Jusqu'à maintenant, tu m'as entraîné partout, tu as fait de moi ton héros, alors que tu es le seul et unique héros de tes aventures!

Rémy fit une pause. Puis il continua dans la même foulée :

— Une fois ton délire terminé, je te raccompagne dans ta chambre et je te regarde t'endormir. Je suis jaloux de ton sommeil, de la facilité avec laquelle tu y tombes, je voudrais pouvoir t'accompagner jusque-là, mais j'en suis incapable. Et chaque fois je me demande si tes rêves sont aussi merveilleux que les mondes dans lesquels tu m'entraînes. Présentement, bien sûr, tu es lucide, mais dans quelques minutes tu éprouveras une grande fatigue, le besoin d'aller te coucher, et je te raccompagnerai à ton lit comme d'habitude. En t'endormant, tu oublieras sans doute ce qui s'est passé et peut-être même ce que je viens de te dire : en fait, tu ne conserves que les bons souvenirs, que ceux qui te font plaisir ou à peu près. Tu es comme ça depuis que tu es né, William. Toutes ces choses que tu vois dans ta tête te semblent vraies mais elles ne le sont pas. Rappelle-toi que tu n'as jamais eu d'amis, que j'ai toujours été ton protecteur, ton confident, ton seul compagnon de jeu... C'est moi qui me suis opposé à ce qu'on t'envoie dans une institution, qui ai décidé de prendre soin de toi. Qui sait ce qu'ils auraient été capables de faire de toi là-bas. Sans doute te rendre anormal en essayant de te rendre normal, alors que ta réalité intérieure est mille fois plus riche que la réalité qu'ils auraient voulu te faire accepter. Cette dernière est étroite et terne, la tienne au contraire est sans limites, intelligente, colorée; elle fait de toi un être d'exception, et j'en suis à regretter de ne pas être comme toi. C'est extraordinaire de pouvoir donner vie à son imagination, de la ressentir comme si c'était la réalité! Extraordinaire!

Rémy s'arrêta. Un silence écrasant vint s'installer entre nous. Il m'avait débité tout cela avec une telle sincérité et une telle rapidité qu'il me semblait quasiment impossible qu'il ait inventé ces choses au fur et à mesure. J'étais ébranlé : le choc de ses paroles me faisait l'effet d'une résonnance incessante, d'un écho qui se répercutait avec une force inouïe sur les parois de ma boîte crânienne. On aurait dit qu'elle allait éclater.

— Tais-toi, dis-je. Je ne veux plus t'entendre parler. Tu m'étourdis.

— C'est pourtant l'absolue vérité!

— Tais-toi... tais-toi!

— Tu doutes encore, n'est-ce pas? Je sais que tu cherches une autre explication, mais il n'y en a pas! Et d'ailleurs, au fond de toi, quelqu'un, quelque chose te dit que je dis la vérité.

J'appliquai à Rémy un de ces coups de poing à la figure. Il en tomba à la renverse. Je descendis l'escalier du grenier à toute vitesse, aboutis en trombe au premier étage : les dégâts de la créature n'étaient plus visibles; dans la salle de bains, il n'y avait aucune trace du passage de mon père; dans le corridor, plus d'eau, plus de sang, plus rien... Plus rien! Rémy m'avait-il dit la vérité? Ma raison cherchait désespérément une issue. Y avait-il un lien entre cette vérité et mes fréquentes pertes de conscience, mes longues matinées de sommeil, mes troubles de mémoire, mes fatigues subites? Mon cœur balançait entre l'ignoble supercherie ou la vérité vraie, celle qui fait mal, celle qui laisse sans forces. Chercher des explications tangibles à travers cet imbroglio de sensations était peine perdue, c'était grimper et glisser sans cesse sur des parois lisses comme du cristal. Je me sentais mal. Je me sentais vraiment mal. Je pense que je ne m'étais jamais senti aussi mal de toute ma vie... Les choses dansaient tout autour de moi. Tout basculait.

— Rem!... Dis-moi que tu m'as menti!

CHAPITRE 7

DE LONDRES, MOURHU M'ÉCRIT

Je vivais à New York pour mieux me perdre dans l'anonymat et la solitude de son énorme bassin de population. Cette ville a toujours favorisé ce que j'appelais à l'époque un «anti-contact», lequel anti-contact me rassurait et correspondait à mes goûts du moment. En fait, je trouvais extraordinaire d'habiter une des régions les plus peuplées du globe et de pouvoir me sentir à ce point laissé pour compte. New York est une marée humaine où le flot ininterrompu des individus se compare à l'activité qui règne dans une termitière, ces fameux monticules de terre durcie qui s'élèvent parfois à plus de cinq mètres de hauteur dans certaines contrées d'Afrique. Ces colonies de termites forment de véritables agglomérations qui possèdent une structure organisationnelle efficace, régie par des lois qui leur sont propres. En y regardant de près, on s'aperçoit que les lois qui régissent «The Big Apple» comportent des similitudes avec celles d'une termitière. En effet, ne serait-ce que sur un plan purement physique, le termite et le New-Yorkais se ressemblent : ils sont pour ainsi dire aveugles et réagissent de la même manière face à certaines situations. Il suffit de vous promener dans la 42e rue et de vous arrêter au milieu du trottoir pour vous en rendre compte : la masse vous contourne aveuglément, sans vous heurter et sans vous poser de questions. Poussant l'expérience un peu plus loin, vous pouvez aller jusqu'à vous étendre sur le sol de tout votre long et obtenir le même résultat : on vous évite, on vous enjambe, on saute par-dessus vous, mais jamais on ne vous touche. C'est comme une caresse. Vous pouvez passer une heure ainsi à vous délecter de cet incessant frôlement avant qu'un anormal ne se penche pour vous demander ce qui ne va pas – un touriste, sans aucun doute.

D'autres similitudes méritent d'être retenues. Par exemple, quand il est blessé, le termite est bouffé tout cru par ses congénères qui en font de la chair à pâté pour les futures progénitures, une façon utile de recycler les estropiés, les tire-au-flanc et tous les autres mal foutus qui nuisent aux bons morceaux formés par une société saine et équilibrée. Le New-Yorkais avisé sait que, s'il se blesse au milieu d'un trottoir, sa seule chance d'obtenir du secours est d'atteindre le bord de la rue au plus vite, puisque, le sachant mal en point, ses concitoyens ne se gêneront pas pour le molester davantage et le dévaliser. Car si tout à l'heure l'individu n'existait pas, il existe maintenant en tant que PNB (proie non négligeable en bénéfices). Si par malheur le blessé se trompe de côté et arrive sur les édifices, autrement dit sur les boutiques, il risque d'être pris pour un forban et tiré à bout portant. En rejoignant la rue, il n'est pas sauvé pour autant! Il lui faut désormais attirer l'attention d'un des nombreux taxis jaunes qui ont tendance à écrabouiller tout ce qui se risque hors des trottoirs. Si notre blessé a une bonne tête, il a des chances d'être aperçu, contourné et mené à l'hôpital. Attention cependant, il devra posséder du capital, à défaut de quoi il peut arriver à destination plus mal en point qu'il ne l'était au départ. S'il a de l'argent et une bonne tête, il est sauvé; s'il n'a pas d'argent et que sa tête n'est pas bonne... le voilà perdu.

Comme la fourmi, le termite travaille sans relâche au bien-être de sa communauté, mais il doit être salué davantage puisqu'il évolue dans des conditions très humides et une noirceur perpétuelle. Ses sens tactile et olfactif, très proches l'un de l'autre, sont ainsi fortement développés. Le New-Yorkais, lui, vit dans l'ombre d'une ville qui atteint le paroxysme de son animation à la tombée de la nuit. Sa vue, qui n'est déjà pas très bonne, baisse alors, et ses autres sens entrent en action. Toujours à la recherche de cet incessant frôlement, il court dans les rues renifler l'odeur des fritures et bouffe ce qui se trouve à sa portée. Son système digestif n'assimile pas la cellulose, comme le fait le termite, en revanche le New-Yorkais, qui n'est pas fait en bois, remarquons-le, possède un estomac de plomb capable d'ingurgiter toutes sortes de nourritures aussi bizarres les unes que les autres. Après s'être gavé de *fast-food*, il s'engouffre généralement dans un trou qui débouche sur de longs tunnels frais et humides où il emprunte au passage une sorte de mille-pattes qui l'entraîne avec rapidité vers des magasins à l'intérieur desquels il tâte, renifle, emporte de multiples choses sans regarder à la dépense.

Malgré toutes ces similitudes, il existe une différence majeure entre le termite et le New-Yorkais. En effet, si le termite se dépense sans compter pour le bien-être de sa communauté et qu'il a plutôt tendance à s'oublier, le New-Yorkais, lui, dépense sans compter pour son propre bien-être et il a une nette tendance à oublier le reste de la société. Bref, à New York, la déshumanisation atteint une sorte de paroxysme, et je m'y sentais à l'aise comme un poisson dans l'eau froide. La froideur des gens, voilà justement ce qui me rassurait, me rassérénait, me réchauffait; plus on faisait fi de ma personne et plus je rendais, comblé et reconnaissant, cette monstrueuse indifférence. Je trouvais pour tout dire cette situation merveilleuse. Un je-m'en-foutisme poussé à une telle extrémité procure un bonheur ineffable à quiconque rêve d'invisibilité sans avoir pour autant à se priver des commodités offertes par une ville moderne. C'était une nourriture inhumaine dont, pour ma part, j'avais le plus grand besoin.

Je menais donc une existence pénarde, agrémentée de mes seules sorties au travail et de quelques lectures fructueuses. Loin de ma famille, des curieux et des empêcheurs de tourner en rond, je vivais en parfait incognito dans le grand New York et j'étais sur le point de devenir un je-m'en-foutiste de premier ordre quand le décès de mon oncle était venu chambouler tout cela. Par les soins de mon père, la dépouille ballonnée de feu Roschildren avait été transportée à Londres où la population lui avait réservé un accueil émouvant. La reine avait même décrété des funérailles nationales en son honneur, affirmant que Roschildren était une des personnalités britanniques qui avaient le plus contribué, ces dernières années, au rayonnement de la Grande-Bretagne sur la scène internationale (ce qu'il ne faut pas entendre!). Depuis, l'inspecteur Mourhu m'appelait presque tous les jours, et le plus souvent pour me dire des banalités sur le déroulement de son enquête. Sa dernière lubie consistait à vouloir m'entraîner avec lui en Angleterre, toutes dépenses payées! Offre que j'avais refusée sur-le-champ, il va sans dire. Monsieur avait réussi à convaincre ses supérieurs de lui accorder un congé sans solde de quelques semaines afin de poursuivre plus allégrement son enquête et il désirait, entre autres, profiter de l'enterrement de mon oncle pour que je l'introduise auprès des personnalités qui fréquentent le monde des antiquités. Je lui avais dit que mon nom ne lui serait d'aucune utilité, que je ne connaissais personne là-bas et que, de toute façon, ça ne m'intéressait pas, que rien ne m'intéressait, en fait, hormis l'analyse de ma propre personne. Je me fiche de vous, lui ai-je dit, de ma famille, de mon oncle, de tout le monde! Je n'ai qu'un seul désir, c'est qu'on me foute la paix!

— Vous êtes une vraie tête de mule, m'avait-il dit en venant chez moi dans un ultime effort pour me convaincre.

— Et vous, un véritable casse-pieds, avais-je répliqué. Un enquiquineur de la pire espèce!

— Mais enfin, vous n'allez pas rester comme ça toute votre vie, recroquevillé sur vous-même à vous regarder le nombril? Je vous offre un séjour à Londres toutes dépenses payées et vous me riez au nez!

— Votre générosité ne m'impressionne pas. Elle ne me séduit pas non plus... Véreux comme vous l'êtes, vous avez sûrement fait des détournements de fonds pour vous procurer l'argent nécessaire à ce voyage. D'ailleurs, je n'ai pas besoin de vos bons soins pour voyager : mes parents sont millionnaires, mon oncle était multi-millionnaire... Mais l'argent m'indiffère, les voyages me rendent nostalgique et votre compagnie me déplaît! Ne sont-ce pas là des raisons suffisantes pour ne pas partir à Londres avec vous?

— Mais j'ai besoin de vous pour ce voyage. C'est même par amitié...

— Je n'ai que faire de votre amitié! Je me fiche de l'amitié! Je ne crois pas à l'amitié : elle m'embête! Et vous n'avez pas besoin de moi pour faire ce voyage. En fait, vous vous amusez avec moi, vous vous servez de moi comme d'un pantin!

— Je vous assure...

— Surtout, ne m'assurez rien! Et ne vous excusez pas non plus de m'avoir entraîné de force à la morgue.

— Je n'avais pas le choix.

— «On a toujours le choix», affirme la psychologie humaniste. Vous devriez savoir cela, vous qui êtes si calé dans le domaine. Et puis, vous m'embêtez, j'ai rendez-vous avec un ami dans quelques minutes.

— Vous avez un ami, vous?

— Bien sûr.

— Mais vous venez tout juste de dire que vous vous fichiez de l'amitié.

— De la vôtre, évidemment.

— De la mienne, voyez-vous ça!

— Eh oui, de la vôtre. Vous semblez en être surpris?

— Nullement! Je serais plutôt curieux de voir la tête qu'il a, votre ami.

— Il me ressemble. Il vous ressemble aussi d'ailleurs. Disons qu'il ressemble à tout le monde.

— Je vois, le genre caméléon.

— Un peu.

— Et que fait-il dans la vie?

— Il réfléchit.

— Écrivain, professeur, philosophe? Le style intellectuel, quoi.

— Il a un peu tous les styles. Mais le plus important, c'est qu'il n'est pas gênant pour un sou et qu'il est poli, lui.

— C'est bon. Vous n'avez pas besoin d'en dire davantage : je vous laisse.

— Vous semblez bien pressé tout à coup. Vous ne désirez pas le connaître?

— Qui ça?

— Mon ami!

— À quoi bon. Je vous dérange, je m'en vais.

— Mais non, mais non, restez. Il est là, dans la salle de bains. Je vais vous le présenter.

— Votre ami est dans la salle de bains? Vous voulez dire qu'il y est depuis mon arrivée?

— Mais oui!

— Attendez, vous vous moquez de moi, là. Votre ami, ce ne serait pas...

— Oui?

— Le miroir vénitien dont vous m'avez déjà parlé.

— Exactement, vous avez deviné!

— Bien sûr... Il réfléchit, il n'est pas gênant pour un sou et, surtout, il est poli.

— C'est cela même!

— Je me suis trompé à votre sujet. Je vous croyais intelligent, mais je m'aperçois que vous êtes complètement idiot. Aussi, continuez à le regarder votre nombril, à le caresser, à le bichonner, à le photographier, à le gratter jusqu'à ce qu'il saigne. Je pars à Londres sans vous. Pauvre type!

Et il partit. Sans moi, évidemment. Quelques jours plus tard, je recevais cette lettre :

Londres, le 10 septembre

M. Le Comédon
New York

Cher Comédon,

Permettez que je vous appelle ainsi puisqu'il s'agit là, du moins je le pense, d'un sobriquet qui vous sied à ravir. Je suis arrivé à Londres de fort bonne heure le matin du 8 septembre. J'ai rapidement trouvé un petit hôtel, près de Piccadilly Circus, et j'ai pu ainsi profiter d'une journée à peine entamée pour visiter une partie de la ville. Je résume mes impressions : Londres est une belle ville, mais certains quartiers sont très laids et surtout très pauvres. En revanche, la Tour de Londres que j'ai visitée au milieu de l'après-midi renferme des richesses qui, à elles seules, j'en suis certain, seraient capables de remettre à neuf toute cette pauvreté. C'est au British Museum que j'ai passé la matinée... Les seules choses qui ont réussi à aiguiser mon intérêt sont les collections de momies égyptiennes et les poésies de Charles d'Orléans sur parchemin enluminé. Emprisonné dans la Tour de Londres, on y voit le poète en train d'écrire. J'ai ensuite été me promener le long de Great Ormond Street et j'ai découvert une partie des squares intérieurs de Londres. Je me suis ensuite arrêté pour dîner dans un joli pub victorien appelé The Lamb, situé non loin de la maison du romancier Charles Dickens. J'ai dégusté là une excellente bière qu'on appelle ici *stout*. Enfin, mon après-midi fut consacré à une tournée rapide des docks et, comme je vous l'ai mentionné, à une visite de la Tour. J'ai ensuite regagné mon hôtel où j'ai dormi d'un trait jusqu'au lendemain matin.

Le lendemain midi, je suis passé au Yard où j'ai obtenu sans difficulté l'autorisation de visiter la maison de votre oncle, située dans le quartier huppé de Bond Street. Félicitations, votre oncle était un homme qui avait du goût : nombreuses boiseries fines, tapis médiévaux et orientaux, meubles Louis XI, Louis XII, Louis XIII, Louis XIV et j'en passe... de nombreux tableaux, aussi. Une chose m'étonne cependant dans tout ceci : l'absence de miroirs... J'ai eu beau chercher partout, je n'en ai vu nulle part. Contrairement à vous, il semble que votre oncle n'appréciait pas ce genre de compagnie. Remarquez, je le comprends, avec la figure qu'il avait... Dans la bibliothèque, j'ai pu admirer une magnifique collection de photographies, dont certaines sont très anciennes. Grâce à elles, j'ai appris bien des choses sur votre oncle. Par exemple, saviez-vous qu'il avait participé à des safaris en Inde et en Afrique? Il a même été boy-scout! On le voit sur une photo en train d'accomplir une bonne action. J'ignorais qu'il était possible d'être un enfant à ce point hideux. La petite vieille à qui il tente de faire traverser la rue semble tout simplement épouvantée, et sa frayeur n'est certes pas due aux autos! Mais cette photo ne me semble pas naturelle, on dirait une mise en scène, un pur cliché. Une figure revient souvent sur ces photographies : la vôtre. Dites, vous étiez plutôt mignon quand vous étiez jeune, dommage que tout cela se soit gâché avec les années. Vous êtes la plupart du temps accompagné d'un autre garçon, un peu plus âgé que vous. J'en déduis qu'il s'agit de votre frère – très mignon, lui aussi. Bref, vous formiez une belle famille, hormis le monstre. Mais passons. Le grenier de votre oncle est un endroit merveilleux. Il y a là, suspendue au plafond, une lampe pittoresque dont le mécanisme d'allumage ne semble plus très bien fonctionner, malheureusement. Enfin, c'est le genre de grenier qu'on rêve de posséder quand on est gosse; il regorge de vieilleries et, dans ce cas-ci, de véritables trésors. J'imagine qu'avant la mort de votre oncle, toutes ces choses étaient là en transit, histoire de savoir, après qu'il les eut examinées attentivement, dans quelles boutiques il allait les expédier. Là non plus, il n'y a aucun miroir. Je trouve ce phénomène étrange. Décidément, votre oncle paraissait avoir un problème à l'opposé du vôtre.

Voilà donc où j'en suis. Mon enquête progresse à pas de tortue; les indices sont pour ainsi dire inexistants. Demain, j'irai sans doute faire un tour dans les quartiers de Chelsea, Brompton Road et Kensington Church Street, là où sont regroupés la majorité des antiquaires londoniens. Je compte aussi faire un tour à Portobello Road, le paradis de la brocante. Mais je ne pense pas y trouver grand-chose. Dans le courant de la soirée, j'ai rendez-vous avec l'ancien serviteur de votre oncle, un certain Morrisson. En voilà un qui se remet, semble-t-il, assez difficilement de la mort d'un être qu'il qualifie de «bon et généreux». Se pourrait-il que ce pauvre larbin ait du cœur et pas vous? Je vous laisse le soin de répondre à cette question, ou plutôt de méditer là-dessus. Et si le cœur vous en dit, vous pouvez toujours m'écrire; je vous laisse l'adresse de mon hôtel.

Cordialement,
Mourhu

Le saligaud, il ne manquait pas de toupet! Il était allé farfouiller dans les photos de ma famille, et il se permettait en plus de faire des remarques disgracieuses! Cela méritait une réponse dans les plus brefs délais. J'expédiai la journée même, par courrier express, la lettre qui suit :

New York, le 20 septembre

Inspecteur MORUE
Londres

Cher Poisson,

Permettez que je vous appelle ainsi puisqu'il s'agit là, du moins je le pense, d'un sobriquet qui vous sied à ravir. Je viens tout juste de terminer la lecture de votre lettre. Vous vous demandez si j'ai un cœur? Et vous? On ne pose pas plus bête comme question! Et le pauvre larbin dont il est question joue la comédie : voilà pourquoi il a un cœur et pas moi. Je le connais ce Morrisson, c'est le roi des soiffards, des mouchards, des emmerdeurs (vous allez bien vous entendre!). Mon oncle ne le gardait à son service que parce qu'il en avait pitié. Je parie ma chemise (et pourquoi pas mon miroir vénitien?) qu'il vous a donné rendez-vous au Prospect of Whitby, lieu de beuverie historique. Surtout, méfiez-vous de ce Morrisson, de ses manières, de ses grands airs : c'est un hypocrite. Mais voilà que je vous donne des conseils... Je dois être tombé sur la tête! Après tout, vous ferez bien ce que vous voudrez, je m'en fous!

Il n'y a qu'une chose qui ne me laisse pas indifférent dans toute votre histoire : votre voyeurisme. Je vous interdis de regarder les photos de famille de mon oncle, vous m'entendez? Je vous l'interdis! Surtout celles qui représentent mon frère et moi. Sachez que vous n'êtes pas digne de poser les yeux sur mon frère. Pas même en photo! Vous agissez comme un gros ours mal léché qui va fourrer ses sales pattes partout et, comble du sans-gêne, vous poussez l'audace jusqu'à faire des remarques désobligeantes sur ma famille! Vraiment, vous êtes un beau salaud.

Bien vôtre,
Le Comédon en question

La semaine suivante, je recevais une autre lettre de Mourhu, par courrier express cette fois :

Londres, le 26 septembre

M. LE PHARISIEN
New York

Cher Pharisien,

Votre lettre m'a semblé vindicative et brutale. En vérité, elle ne m'a pas semblé, elle l'était! Je suis tout de même content d'avoir trouvé en vous un point sensible : votre frère. Je me disais bien que toute cette indifférence cachait quelque chose. Voilà quelqu'un en tout cas qui est loin de vous laisser indifférent, assez peu pour que vous osiez me dire que je ne suis pas digne de le regarder, même en photo! Énorme, non? À ce point énorme pour que vous preniez la peine d'expédier un message au Yard les avisant de leur inconséquence à mon égard, un message dans lequel il est dit clairement que j'outrepasse mon mandat, que je fourre mon nez partout, que je saccage, que je profane en véritable impie! Conséquence : la maison de votre oncle m'est fermée jusqu'à nouvel ordre. En réalité, ce n'est pas contre Morrisson que vous auriez dû me mettre en garde, mais contre vous-même, car en fait d'hypocrisie, on ne fait pas mieux! Votre geste me choque et me chagrine profondément. Il retarde mon retour, aussi. J'imagine que je devrais vous envoyer la note puisque l'argent ne semble pas un problème pour vous. Quoi qu'il en soit, je n'ai pas l'intention de quitter Londres avant d'être retourné dans cette saleté de maison, et ce n'est certainement pas vous, planqué dans votre appartement petit-bourgeois de New York, en train de vous regarder le nombril, qui allez m'en empêcher.

Ma lettre devrait s'arrêter ici, mais je désire vous parler de cet «hypocrite» de Morrisson. À propos de sa personnalité, vous avez raison sur toute la ligne, exception faite d'une chose : il est moins hypocrite que vous! Cet ancien marin a des allures qui choquent au premier abord, mais dès qu'il entre en contact avec le goulot, il devient plus naturel; ses artifices se résorbent. Ses grands airs, son maniérisme calculé et accentué cachent en réalité une personne sensible avec qui la vie n'a pas toujours été très tendre. Dans le fond, tout ce théâtre est là pour dissimuler un passé peu enviable : celui de contrebandier. Honnêtement, je pense que vous n'êtes pas capable de comprendre ces gens-là, vous avez un passé trop bourgeois. Vous faussez donc tout, et vous vous trompez lourdement car c'est un brave type et il vaut mieux que vous. Grâce à lui, j'ai appris un tas de choses sur votre oncle et votre famille. Les affaires de votre oncle, entre autres, et celles de vos parents de surcroît, ne semblent pas avoir toujours été au-dessus de tout soupçon. Pour les coups bas, je vois donc de qui vous retenez et je commence à penser que vous n'êtes pas aussi innocent que vous en avez l'air. Mais enfin, là n'est pas mon propos. D'après Morrisson, il paraît que peu avant sa mort, votre oncle et l'un de ses amis antiquaires mijotaient un coup fumeux. Selon les rumeurs, ils étaient en négociations avec des contrebandiers du Moyen-Orient. On venait de faire une découverte archéologique extraordinaire : les bras manquants de la célèbre Vénus de Milo! Cette histoire pourrait sembler invraisemblable si un échantillon n'avait été envoyé à votre oncle pour fin d'examen. Le test au carbone 14 se révéla probant. Grâce à ses nombreux contacts, votre oncle réussit à écarter tous les autres négociants en lice et à garder cette affaire secrète. Mais il devait jouer serré : la possibilité d'un arnaque habilement monté n'était pas exclue. Un premier contact eut lieu avec les contrebandiers dans la Méditerranée, au large de Chypre. Votre oncle et son ami en sortirent profondément dégoûtés, convaincus d'avoir été les jouets d'une ignoble supercherie. Les contrebandiers s'étaient montrés intraitables : impossible d'examiner d'autres échantillons sans avoir auparavant avancé, sous forme liquide, la moitié de la somme exigée. Devant tant d'intransigeance, ils avaient décidé d'abandonner... Jusqu'au jour du fameux coup de téléphone, dont Morrisson fut le témoin accidentel : l'un des deux bras se trouvait à New York, prêt à être examiné. Aussitôt, votre oncle contacta son ami qui habite New York. Des arrangements furent pris, et il s'envola pour les États-Unis le soir même. Avec le résultat que tout le monde connaît. D'après Morrisson, il aurait été doublé par son ami, un certain Edward Witworth. Ce margoulin minable, pour employer les termes de Morrisson, était jaloux de la réussite de votre oncle. Il dit que votre oncle l'ignorait mais que lui, Morrisson, sait reconnaître dans les yeux d'un homme l'envie et la jalousie. Il faut que cette envie ait été très forte et habilement dissimulée car votre oncle connaissait Witworth depuis l'enfance. Ils ont été boys-scouts ensemble! Et c'est lui, entre autres, qui apparaît sur les photos des safaris d'Asie et d'Afrique. C'est une des raisons pour lesquelles je désire retourner à la maison de feu «le ballonné». Enfin, je n'aurais sans doute pas accordé autant d'importance à ces révélations si Morrisson n'avait déposé sur la table l'échantillon dont je viens de vous parler. «Tenez, dit-il. Faites-le examiner vous-même. Vous verrez si je vous raconte des histoires!» Comment cet échantillon se trouvait-il en sa possession? «Mais parce que sir Roschildren me l'a confié, parbleu!» m'a-t-il dit. Or, comme je vous écris ces lignes, je ne me suis toujours pas décidé à faire examiner le morceau. Si je le fais, la datation du morceau coïncidera-t-elle avec l'âge présumé de la statue? Je ne m'y connais pas très bien, mais nous sommes peut-être en face d'une découverte archéologique très importante. Pas étonnant que votre oncle y ait perdu la vie... Bref, ce n'est pas l'envie qui me manque de monter au Louvre pour comparer mon échantillon à la statue elle-même.

Voilà. Avouez que ça vous coupe les deux bras, hein? Disons que les développements dans cette affaire restent à suivre. J'ai justement rendez-vous aux abords des vieux docks avec Morrisson et un de ses amis qui a, paraît-il, des contacts avec certains contrebandiers du Moyen-Orient. Cette rencontre me laisse songeur. Le guet-apens reste une éventualité non négligeable et je me suis armé à cet effet. Dès mon retour à New York, j'ai l'intention de rendre visite à ce fameux Edward Witworth. Qui sait? Ce flibustier de Morrisson est peut-être dans le vrai, et j'ai de bonnes chances d'en apprendre davantage sur toute cette affaire en retournant à New York pour rencontrer ce Witworth. Je n'ai donc pas l'intention de prolonger mon séjour à Londres trop longtemps.

Au fait, pour en revenir à votre frère, votre seul point sensible. Contrairement au reste de la famille, avez-vous encore des contacts avec lui? Je sais très bien que je pose une question dans le vide, mais je fais appel à ce qu'il y a de moins vide en vous pour m'aider. Vous me devez bien ça, après le sale coup que vous m'avez fait... J'ai la certitude que vous en savez plus que vous ne le montrez. Autrement, comment auriez-vous pu me lancer avec autant d'exactitude que Morrisson m'avait donné rendez-vous au Prospect of Whitby, lieu, en effet, de notre rencontre! Le moindre renseignement sur votre famille me serait d'une utilité inestimable pour la progression de mon enquête. Je ne sollicite donc pas votre aide sans raison, croyez-moi. Et, bien que je me méfie de vos réactions, qui sont, à mon sens, hautement émotives, j'essaie malgré tout de vous comprendre. Pourquoi m'en vouloir? J'espère simplement de votre part plus de politesse, de compréhension et de collaboration... Peut-être même à la rigueur un peu d'amitié, sans plus. Évidemment, rien ne vous empêche de continuer dans la voie que vous vous êtes, semble-t-il, rigoureusement tracée. Mais à mon avis vous faites fausse route.

Cordialement,
Fish and Chip

Cette histoire abracadabrante autour de la Vénus de Milo m'indifférait profondément. Cependant, que Mourhu me pose des questions au sujet de mon frère, ça, ça me dérangeait. Les liens que je conservais ou non avec mon frère ne regardaient en rien l'inspecteur Mourhu. Je ne répondis donc pas à cette lettre. Quant à la réaction du Yard à mon message, elle me satisfaisait amplement. Voilà un pays où le sens des valeurs et des traditions était encore important.

Cinq jours plus tard, je recevais cette autre lettre, toujours par courrier express.

Londres, le 2 octobre

M. William Roschildren
New York

Cher Comédon,

Il vient de se produire un phénomène extraordinaire! Le Yard est à la dérive... Le phénomène est pour ainsi dire inexplicable! Toutes les lampes qui se trouvaient dans la maison de votre oncle se sont volatilisées comme par magie! Et ce n'est pas tout, quatre portes en ébène, magnifiquement sculptées et ornées de hiéroglyphes égyptiens, manquent aussi à l'appel. On avance évidemment l'hypothèse du vol, mais les indices sont minces : aucune empreinte au sol ou au plancher, à l'intérieur comme à l'extérieur de la maison; aucune serrure forcée, aucune porte défoncée, aucun carreau brisé. C'est comme si les voleurs avaient eu des ailes, avaient pu passer à travers les murs, avaient été immatériels. Pourtant, la maison est pourvue d'un système d'alarme hautement sophistiqué qui est resté continuellement branché jusqu'à ma visite et à celle, plus récente, du notaire et de l'exécuteur testamentaire, tous deux venus vérifier une partie de l'inventaire... En passant, j'ai appris que vous étiez invité à la lecture du testament de votre oncle, qui aura lieu au palais de justice dans moins d'une semaine. Cette lecture est publique et j'ai l'intention d'y assister. Comme personne n'a vos coordonnées et que je ne me sentais pas le droit de les révéler à quiconque – contrairement à vous, j'ai certains scrupules –, j'estime devoir au moins vous l'annoncer officiellement, même si je sais que vous ne prendrez pas la peine d'y assister. Après tout, il est question de plusieurs millions. Je vous tiendrai donc au courant.

Pour en revenir à cette étrange affaire, seule la lampe du grenier semble avoir échappé à cette volatilisation systématique. Vraiment étrange, ne trouvez-vous pas? Enfin, la police n'a pas jugé nécessaire de continuer à m'interdire l'accès de la maison plus longtemps. On m'a autorisé à examiner les lieux et même à donner mon avis. Comme je vous l'ai dit, le phénomène est des plus curieux... J'ai remarqué que l'épaisseur de la poussière, qui définit avec exactitude l'endroit où reposait chaque objet, était d'une régularité parfaite, les contours étant impeccables, rigoureusement symétriques, sans la moindre faille. C'est comme si les voleurs avaient pris la peine de soulever tranquillement, à la verticale, chacune des lampes. Or, selon l'inventaire, votre oncle possédait plus d'une soixantaine de lampes sur pied ou de chevet. Il apparaît impensable que les voleurs aient pris la peine de se donner tant de mal, d'autant plus qu'aucune trace de doigts ou de pieds n'est venue troubler la poussière sur les meubles, les tapis et les planchers où se trouvaient les lampes. Grâce à la différence qui existait entre les couches de poussière, j'ai pu déterminer, avec l'aide des experts du Yard, que ce vol, ou plutôt cette volatilisation, remontait à environ trois semaines avant la visite du notaire, soit deux jours après ma propre visite. Il est à noter que depuis la mort de votre oncle, la maison semble plutôt laissée à l'abandon.

Dans toute cette histoire, le plus étrange est assurément la volatilisation des quatre portes en ébène. Les charnières sont restées accrochées aux encadrements, comme si les portes, demeurées fermées, n'avaient jamais été ouvertes. Et tenez-vous bien, les vis qui pénétraient le bois des portes sont restées dans les trous des charnières. Aucun résidu de bois n'était présent à l'intérieur du filet des vis, et encore moins sur le plancher, comme si on avait pris la peine de les laver soigneusement et de les revisser à travers des portes invisibles. Où se trouvait l'intérêt des voleurs à agir d'une telle manière? S'il n'y en a pas, nous sommes devant l'œuvre d'un génie, d'un malade mental, ou devant un phénomène de désintégration pure et simple.

Les soupçons du Yard se sont d'abord posés sur Morrisson, mais un coup d'une telle audace n'est pas de son envergure; mes soupçons iraient davantage vers ce mystérieux Edward Witworth qui est difficile à rejoindre par les temps qui courent. Mais peut-être s'agit-il de tout autre chose. L'hypothèse d'un réseau de trafiquants d'œuvres d'art bien organisé n'est pas à écarter. Pouvons-nous imaginer Witworth travaillant pour ce réseau? C'est possible, mais il est bien tôt pour avancer de telles hypothèses, bien que je sois déjà porté à faire un lien entre cette histoire et celle de la statue, car figurez-vous que depuis quelques jours j'ai l'impression très nette d'être suivi. Cette filature aurait commencé le lendemain de ma rencontre avec Morrisson, soit juste après que celui-ci m'eut confié le précieux morceau, morceau que je porte toujours sur moi. Je crains en effet une fouille de ma chambre d'hôtel pendant mes absences : si ce morceau est authentique, ceux qui l'ont expédié à votre oncle vont certainement tenter de le récupérer. Ma vie est peut-être en danger, et peut-être aussi celle de Morrisson. Pour tout vous dire, je me suis senti suivi pour la première fois quand je suis allé faire ma tournée des boutiques d'antiquités. Une jeune femme aux cheveux noirs, portant des lunettes fumées très foncées et un ciré noir, se trouvait en même temps que moi dans plusieurs boutiques, un peu comme si nous avions suivi ensemble le même itinéraire. À Portobello Road, même vision. Je l'ai même vue parler à un marchand de statues à qui, pour le plaisir, j'avais fait examiner mon morceau. À PettiCoat Lane, où je suis allé fouiner le lendemain matin, elle y était encore! Les cheveux, la démarche, la présence continuelle des verres fumés m'entraînent à penser que cette femme fait peut-être partie de l'organisation des contrebandiers du Moyen-Orient. Je suis donc sur le qui-vive. Il va sans dire qu'en aucun cas je n'ai fait mention au Yard de toute cette histoire, préférant opérer seul, comme toujours.

Je dois vous parler de Portobello Road. Il n'existe nulle part au monde un endroit agité d'une telle vivacité et d'une telle diversité.

En pénétrant dans cette rue, j'avais l'impression d'évoluer à travers un vaste couloir spatio-temporel tellement il y avait de tout, et en provenance de tous les pays du monde. L'ensemble était impressionnant et franchement plus exotique que les boutiques que j'avais visitées la veille. J'y ai fait l'acquisition d'un livre de poésie française, la poésie étant une chose à laquelle, après la psychologie, je m'intéresse ardemment. J'ai été attiré vers ce livre par le dessin qui orne sa couverture : un arc-en-ciel magnifique sous lequel se trouve un faucon encadré par le Soleil à droite et la Lune à gauche. Le faucon est dessiné de profil, dans un style typiquement égyptien. La reliure du livre est en cuir rouge. À l'intérieur, il manque la treizième page ainsi que celle où figuraient le nom de l'auteur et celui de l'éditeur. J'ai été surpris de trouver un livre de cette qualité à Portobello Road plutôt que dans une des nombreuses librairies spécialisées de Charing Cross et Farringdon Road. Je l'ai acheté pour une bouchée de pain. La marchande qui me l'a vendu ne s'est sûrement pas rendu compte de sa valeur probable.

Au fait, je ne vous ai pas encore parlé de mon rendez-vous dans les vieux docks, sans doute parce que cette rencontre m'a laissé sur une très mauvaise impression, non pas que l'ami de Morrisson fût un type désagréable, au contraire, moins porté que lui sur le goulot, il était même fort sympatique, mais sur le chemin du retour j'ai eu le sentiment indéfinissable d'être suivi : non par une personne comme vous et moi, mais par «quelque chose»... Je ne saurais décrire cela autrement. C'était comme une ombre qui apparaissait et disparaissait continuellement. Ça ne semblait pas réel, et pourtant c'était là. J'ai eu beau me dire que ma vision me jouait des tours, je n'ai jamais eu aussi peur de toute ma vie. Aujourd'hui, je serais porté à mettre cette vision sur le compte de la fatigue et de l'atmosphère mystérieuse qui règne dans les vieux docks, et je me sens un peu ridicule de vous en avoir parlé. Il ressort tout de même de cette rencontre une chose importante : on m'a promis un rendez-vous avec un certain Suroh, apparemment une des têtes dirigeantes des contrebandiers du Moyen-Orient. Or, il n'y a même pas deux minutes, le garçon de l'hôtel vient de me remettre un billet signé par cet obscur Suroh. Il m'attend au pub The Lamb demain soir à huit heures trente.

Cette rencontre risque d'être fort instructive. Je vous tiendrai au courant de ses développements le plus tôt possible... Même si cela ne vous intéresse pas!

Cordialement,
Filet de Morue

L'insistance de Mourhu à vouloir me tenir au courant de tout m'exaspérait. Quand je recevais une de ses lettres, c'était la crainte de le voir poser des actes susceptibles de nuire à ma tranquillité qui me poussait à la lire. Je ne voulais pas être pris au dépourvu, et j'espérais pouvoir réagir avec tact, comme dans le cas des photos, même si ma réaction n'avait finalement pas servi à grand-chose en tenant compte des derniers événements. Un détail m'étonnait tout de même dans cette dernière lettre : l'absence de nouvelles questions au sujet de mon frère, nouvelles questions qui seraient demeurées sans réponse évidemment, mais je m'étonnais quand même... Quant à cette histoire de filature, de contrebande, de morceau de Vénus, etc., tout cela me laissait vraiment froid. En revanche, le phénomène de la volatilisation des lampes, qui semblait incompréhensible tant pour les policiers que pour les scientifiques, m'intriguait au plus haut point. C'est qu'à travers ma monstrueuse carapace d'indifférence, il existait bien quelques failles, et les phénomènes paranormaux faisaient partie de ces rares choses auxquelles je me montrais encore sensible. Je collectionnais en vérité tous les articles qui traitaient de ces phénomènes depuis l'âge de douze ans. Mais je ne pensais pas que l'histoire de la statue et celle, plus complexe à mon avis, de la désintégration des lampes étaient reliées. Là, Mourhu faisait fausse route. En fait, notre Mourhu semblait doué de qualités d'observation peu communes pour décrire les différences entre les niveaux de poussière ou les vêtements portés par une jeune femme, mais quand il s'agissait de donner des détails au sujet d'une chose qui l'avait passablement ébranlé, comme l'anecdote des vieux docks, il se montrait tout à coup moins loquace. C'est qu'il avait eu peur, l'inspecteur! Et de l'imaginer en train de déguerpir comme un lapin devant sa propre ombre me fit sourire. Or Mourhu avait peut-être vraiment vu quelque chose, et qu'il ose m'avouer ainsi sa frayeur me le rendait presque sympathique. Je ne l'aurais en réalité jamais cru capable d'une émotion semblable. Pour moi, Mourhu était l'image même de l'inspecteur sans peur et sans «reproche». Non que je l'admirasse, mais il m'apparaissait ainsi. Par rapport à lui, je me voyais à l'opposé, moi qui m'arrogeais tous les torts du monde et vivais dans une crainte perpétuelle, en dépit des apparences.

Oui, cette anecdote me révélait un Mourhu plus humain et plus sympathique, mais pas au point de vouloir me lier d'amitié avec lui. Je lui écrivis néanmoins ces quelques mots :

New York, le 8 octobre

Inspecteur LA MOULE
Londres

Cher Fruit de mer,

Les événements que vous me narrez dans votre dernière lettre sont du plus haut comique. Si, si! Pour moi, il ne fait pas l'ombre d'un doute que l'hypocrite Witworth est de mèche avec l'intrigant Suroh. Bien sûr, on ne saurait négliger dans toute cette affaire la connivence probable de l'obscure Dame en noir... En vérité, l'énigme est si mystérieuse que le Sphinx lui-même dédaignerait les eaux du Nil pour faire hara-kiri sur-le-champ, cependant que la Vénus de Milo, toujours atrophiée de ses deux bras, le regarderait faire avec envie. Pour elle, la masturbation s'avère tout de même un problème délicat, surtout qu'elle fait l'objet d'une surveillance étroite, là-bas, dans son musée, où sa frigidité n'a d'égale que sa rigidité. Mais, morceau par morceau, vous réussirez sans doute, en élégant freudien, à venir à bout de sa malchance. Vous emboîterez votre morceau dans le sien et tout deviendra simple.

C'est Apollon qui sera content! Que faisait-elle donc avec ses deux bras, cette charmante Vénus? Désormais, tout le monde le saura, réduisant d'un coup le charme. Et la Vénus désabusée n'aura plus qu'à quitter le musée pour tenter sa chance dans le recyclage. Ô tragédie!

Ne voyez-vous pas que toutes vos histoires me fatiguent? De grâce, ne m'écrivez plus! Un mollusque de votre espèce devrait comprendre un pauvre crustacé, que dis-je, un Bernard-l'hermite de mon acabit! Pour l'instant, j'habite un endroit à ma mesure, ne m'obligez pas à déménager! En ce sens, je vous suis reconnaissant de ne pas avoir révélé mes coordonnées. Vous avez parfaitement raison en affirmant que cette lecture testamentaire ne m'intéresse pas. Pis, elle m'ennuie! Il est donc inutile de me tenir au courant.

Croyez que j'ai assez de mes propres problèmes sans chercher à m'enquérir de ceux des autres.

Bien vôtre,
Le Comédon Pharisineux

Trois jours plus tard, je recevais ce télégramme :
VIENS D'ASSISTER À LECTURE TESTAMENTAIRE, STOP. ROSCHILDREN FAIT DE VOUS UNIQUE HÉRITIER, STOP. STUPEUR COMPLÈTE, STOP. TOUT LE MONDE VOUS CHERCHE, STOP. AI CRU BON RÉVÉLER VOS CO-ORDONNÉES, STOP. FÉLICITATIONS, STOP. MOURHU.

Je tombai à la renverse dans mon fauteuil. Moi, l'unique héritier de mon oncle! ... et ce salopard de Mourhu qui avait révélé mes coordonnées! Après plusieurs secondes d'hébétude, je courus chercher la bouteille de cognac trois étoiles que j'avais gagnée, malgré moi, lors d'une fête populaire où des collègues m'avaient entraîné, toujours malgré moi. Cette dive bouteille, heureusement intacte puisque je détestais le goût du cognac, fut vidée de près du tiers de son contenu en moins de dix minutes. Les yeux troubles, les mains tremblantes, je parcourus à nouveau le télégramme. C'était peut-être une farce? Mais non, mon téléphone n'avait pas arrêté de sonner durant la matinée et je comprenais maintenant pourquoi : Londres avait essayé de me rejoindre! Je n'avais pas décroché, car j'étais dans une phase d'«écoute active». Je m'étais même intéressé au phénomène dans l'espoir de voir mon record des plus longues sonneries battu, mais j'avais vite été déçu : les sonneries étaient courtes, la personne passant vraisemblablement son temps à raccrocher et recomposer. Je m'étais dit que cet obstiné du combiné était trop stupide pour se rendre compte qu'il n'arrêtait pas de composer un faux numéro! Ah, elle était bonne! Quelqu'un allait sûrement venir me déranger chez moi maintenant, cogner à ma porte! Et je serais obligé de répondre, de reprendre contact avec la société, du moins une certaine société, celle que j'avais voulu fuir justement. Peut-être me restait-il assez de temps pour plier bagage et m'enfuir? Peut-être... Mais on me rattraperait, car les intérêts en jeu étaient trop importants, et on devait maintenant me consulter pour tout. Je ne voulais rien savoir et plaidais l'aliénation mentale? On m'enfermerait et la famille s'arracherait les millions en piétinant mes restes. Non, j'étais pris au piège... Quant à Mourhu, qu'il eût révélé ou non mes coordonnées ne changeait pas grand-chose, car si l'oncle Roschildren connaissait déjà mon numéro de téléphone confidentiel, il était évident que tôt ou tard on aurait fini par me retracer. Non, le vrai salaud, c'était mon oncle : en me catapultant au sommet de son empire, il se vengeait de mon indifférence à son égard et faisait de moi sa victime, sachant très bien que je n'aurais pas le choix de m'occuper de ses affaires, du moins pour un certain temps. Ah, le salopard! Le coup était bien monté.

Peu de temps après, je recevais une dernière lettre de Mourhu :

Londres, le 25 octobre

M. William Roschildren
New York

Cher William,

Permettez-moi de vous appeler ainsi puisqu'il s'agit là, du moins je le pense, de votre véritable prénom. Figurez-vous que je n'avais jamais vu tant de monde assister à la lecture d'un testament. De nombreux journalistes étaient présents, ainsi que différentes personnalités londoniennes. Il ne manquait finalement que la reine d'Angleterre. Mais son fils Charles y était! Tous, l'oreille tendue, attendaient avec fébrilité de connaître les dernières volontés de votre oncle. C'est que, dans certains cas, il y allait de trésors nationaux. On s'attendait sans doute à des dons à différents musées, à une répartition des richesses parmi des membres haut placés de votre famille, chez certains actionnaires, directeurs d'entreprises. Mais non, coup de théâtre! Il fait de vous son unique héritier! À l'annonce de cette nouvelle, un murmure a parcouru la foule, les journalistes se sont rués sur les membres de votre famille : on désirait savoir qui était ce fameux William Roschildren. Le notaire a été obligé de ramener tout ce beau monde à l'ordre afin de poursuivre la lecture... Peu de temps après, je rencontrais vos parents. Ils m'ont avoué ne pas comprendre votre silence. Moi qui m'attendais à en apprendre un peu plus sur vous grâce à eux. À leur tour, ils ont été fort déçus que je ne puisse leur en apprendre davantage sur les raisons de votre comportement. Ils espèrent toutefois que cet héritage va vous rapprocher d'eux. Quant à votre frère, pourriez-vous m'expliquer le pourquoi de son absence? Je l'ai cherché partout et ne l'ai pas trouvé, et vos parents sont malheureusement partis trop vite pour que j'aie eu le temps de leur en glisser un mot. Enfin, à défaut d'avoir trouvé votre frère, figurez-vous que j'ai presque fait un face à face avec la mystérieuse Dame en noir! Elle a malheureusement profité de la densité de la foule pour s'esquiver.

Enfin, tout est à votre nom désormais. Si vous ne voulez pas de cette fortune, il faudra vous en débarrasser sciemment. Mais vous seriez fou de ne pas profiter de la chance qui vous est offerte de pouvoir enfin sortir de votre coquille. Depuis la mort de votre oncle, certains actifs ont perdu de leur valeur, l'entreprise est en perte de vitesse. Il semble que l'intérim soit mal assuré. On va avoir besoin de quelqu'un de solide. Personnellement, je crois que vous avez les talents nécessaires.

Mais changeons de sujet. Figurez-vous que j'ai rencontré le mystérieux Suroh. Imaginez ma surprise lorsque, assis à une table au milieu du pub, et m'attendant à rencontrer un homme robuste aux traits asiatiques prononcés, j'ai vu s'avancer vers moi la mystérieuse Dame en noir! Je ne suis pas encore revenu de mon étonnement qu'elle est assise en face de moi et me dit : «Bonsoir inspecteur Mourhu. Mon nom est Suroh.» Je vous avoue très honnêtement que ma paranoïa ne s'était pas risquée jusqu'à une telle spéculation : elle aurait eu peur du ridicule! Quoi qu'il en soit, ma visiteuse est fidèle à elle-même : souliers noirs à talons hauts, robe seyante de même couleur et paire de lunettes fumées qu'elle gardera tout au long de notre rendez-vous. Je remarque pour la première fois combien elle est jeune : je lui donne à peine vingt ans. Elle entre aussitôt dans le vif du sujet : elle me dit que j'ai en ma possession un objet de grande valeur qui lui appartient, ou plutôt qui appartient à l'organisation dont elle fait partie. Je lui réponds : «Peut-être.» Alors elle ajoute qu'elle sait que cet objet se trouve sur moi, qu'il ne me quitte jamais. Je lui demande ce qui lui permet d'affirmer une telle chose. J'apprends que ma chambre d'hôtel a été fouillée à plusieurs reprises. Je rétorque : «Impossible! J'ai des repères. La moindre anicroche dans l'ordre des choses m'aurait semblé suspecte.» Elle rit doucement. «Vous n'avez aucune idée des procédés employés par notre organisation, monsieur Mourhu. Avant de fouiller une pièce, nous l'étudions attentivement : l'emplacement exact de chaque objet, allant du plus petit au plus gros, est noté et décrit sur un plan d'ensemble qui devra s'avérer fidèle lorsque nous quitterons la pièce. Dans certains cas, nous allons jusqu'à prendre une photo des lieux pour être sûrs de remettre chaque chose au bon endroit. Vous avez un cure-dent qui traîne négligemment sur votre table de chevet, disons à deux centimètres du bord, dans une inclinaison de trente degrés, le plus petit bout orienté vers le nord, le plus gros vers le sud? S'il subit des modifications pendant la fouille, il sera replacé exactement comme il était. Rien n'échappe à l'œil de nos experts qui se gaussent parfois devant les procédés naïfs employés par les gens qui craignent d'être fouillés. Votre astuce, entre autres, les a fait bien rigoler : un peu de poudre répandue sur le plancher. Ridicule! Beaucoup trop systématique et pas naturel pour un sou! La poudre fut enlevée et répandue à nouveau. Si vous voulez mon avis, ce procédé est inefficace pour relever des empreintes. La poudre adhère au soulier, lequel devient glissant, révélant aussitôt la ruse. Le bout de papier que vous aviez coincé dans l'encadrement de votre porte, toujours pour savoir si quelqu'un était venu pendant votre absence, s'est avéré tout aussi ridicule. En tout cas, complètement inutile avec nos gens. Il n'y a que le Yard ou le F.B.I. pour procéder encore comme des autruches et laisser les lieux comme une véritable soue à cochons.»

Ces paroles ont sur moi l'effet d'une masse. Devant une organisation d'une telle envergure, je me sens tout à coup dépassé et ridicule. Je me rends compte subitement que jusqu'à maintenant, je n'avais eu affaire dans mon métier qu'à de petites crapules sans importance, tandis que là, je venais de frapper le gros morceau. Je suis un peu moins confiant que tout à l'heure. Suroh le sait, elle qui vient de me rabattre le caquet. Néanmoins, je désire profiter de sa loquacité pour tenter d'en apprendre davantage. Je lui demande pourquoi son organisation procède avec une telle minutie. «Dans ce métier, dit-elle, les débutants ignorent que l'avant-fouille est une étape aussi importante que la fouille elle-même, et que l'après-fouille, qui consiste à remettre chaque chose à sa place, se trouve être la pierre d'assise d'une fouille habilement menée du début à la fin. Car il n'y a aucun avantage à mettre une pièce sens dessus dessous si vous vous trouvez à partir bredouille par la suite. En rentrant chez elle, la victime de ce genre de fouille devient craintive et, reliées à l'émotion, ses réactions sont difficiles à prévoir, à l'opposé d'une personne qui ne se méfie pas. La victime d'une fouille mal menée décidera peut-être de confier l'objet que nous convoitons à une banque ou une société de sécurité. Le vol deviendra à ce moment-là plus difficile. Tandis que la personne qui subit une fouille systématique telle que nous l'appliquons ne se méfiera pas, et si nous parvenons à nous emparer de l'objet convoité, elle ira jusqu'à douter qu'il y ait vraiment eu vol, les choses étant demeurées à leur place, accusant l'ordre parfait dans lequel la victime les avait laissées. Elle reliera la disparition de l'objet à un oubli, un égarement, un phénomène inexplicable. Par peur du ridicule, elle attendra avant d'appeler la police, nous laissant ainsi le loisir de prendre le large ou d'effectuer le recel. Si nous ne trouvons rien, la victime ne s'apercevra de rien non plus et elle finira sans doute, par abus de confiance, par dévoiler peu à peu sa cachette. Dans votre cas, la fouille systématique nous a permis de constater qu'il n'y avait rien chez vous. Et, ne vous méfiant pas trop, vous n'avez pas cru nécessaire de mettre l'objet en lieu sûr. Ayant, de toute façon, une confiance sans limites en vos moyens, vous avez décidé de le garder sur vous, dans la poche de cet imperméable que vous traînez toujours, même par beau temps. Bien sûr, il nous aurait été facile de vous tendre un guet-apens pour nous en emparer. Mais nous ne procédons jamais avec violence. C'est notre jeu. Nous agissons comme des fantômes, mais des fantômes capables de saisir ce qui les intéresse, sans laisser de traces.»

Suroh s'arrête. Elle sort une cigarette, l'allume et boit avec avidité le scotch qu'elle a commandé. Quant à moi, je sirote ma bière d'un air songeur. Je n'ai pas l'intention d'intervenir. J'attends la suite. Sa voix pondérée, chaude et légèrement chantante me séduit. Son rouge à lèvres incarnat me fascine, aussi. Derrière les volutes de fumée, derrière les lunettes noires, impossible de voir ses yeux. J'en suis fort déçu, croyez-moi. Néanmoins, malgré son charme, il y a quelque chose qui ne colle pas chez cette fille, du reste fort jolie. Mais je ne peux pas dire quoi. Je le ressens, c'est tout. Est-ce le teint, les cheveux ou la poitrine qui n'est pas assez saillante à mon goût? C'est étrange... Je ne peux pas mettre le doigt dessus.

Réalisant subitement que mon interlocutrice se fait moins bavarde, je tente une entrée en matière. «J'ai en effet cet objet en ma possession, dis-je. Et je serais intéressé à l'échanger contre certaines informations. Par exemple, la raison du mystérieux vol des lampes à la maison Roschildren. Avec ce que vous venez de me dire, et je vous cite : «La victime en vient à douter qu'il y ait vraiment eu vol, elle relie la disparition à un phénomène inexplicable», j'en déduis que vous êtes pour quelque chose dans cette histoire.» Suroh tire avidement sur sa cigarette. «Vous vous trompez, rétorque-t-elle. Nous n'y sommes pour rien.» «Allons donc! Vous me prenez pour un imbécile?» «Certainement pas. Mais vous avez deux vilains défauts, inspecteur. Le premier, c'est d'être trop curieux; le deuxième, d'avoir trop confiance en vos moyens. Ces deux défauts sont soutenus par un autre, qui, après mûres réflexions, pourrait se placer en tête de liste : une obstination ridicule.»

Le ton de la conversation vient de changer. J'ai peut-être révélé trop vite à Suroh la couleur de mes exigences. Elle se commande un autre scotch, signe que la négociation s'annonce difficile. L'obstination? Elle est des deux côtés, je le sens. Mais elle a une longueur d'avance sur moi : le charme exquis qui s'exhale de sa personnalité, et ce, malgré ce petit quelque chose qui cloche et que je suis incapable d'identifier. Son charme, j'aimerais bien l'ignorer en un moment où garder la tête froide me semble capital, mais j'en suis incapable. Il y a vraiment quelque chose de fascinant chez cette fille. Je me commande également une autre consommation. Lorsque le serveur arrive à notre table, je veux régler le tout mais Suroh insiste pour payer. Elle fouille fébrilement à l'intérieur de son sac et, dans ses gestes précipités, je remarque qu'elle porte une drôle de montre au poignet. Cette montre est d'un noir lustré avec, sur le dessus, un petit voyant rouge qui clignote avec régularité. Je n'en ai jamais vu de semblable; elle me fait un effet du tonnerre. «C'est une jolie montre que vous avez là, dis-je. Le voyant rouge, c'est pour les secondes?» «Non, pas du tout, répond Suroh. Il suit mon rythme cardiaque.» «Vous n'êtes pas sérieuse?» «Bien sûr, dit-elle. Dans notre organisation, l'émotion non contrôlée n'a pas sa place. Tout le monde possède une montre de cette sorte. Lorsque vous avez peur, il suffit de fixer le voyant lumineux pour arriver à faire baisser les pulsations de votre cœur. Cela évite de perdre sa concentration et de céder à la panique. Avec de la pratique, tout le monde y parvient.» Je la regarde avec des yeux incrédules. «Vous êtes sceptique? Vous pensez que ce voyant suit le rythme des secondes, sans plus? Eh bien, prenez mon poignet droit et trouvez mon pouls; ensuite, fixez le voyant rouge. Vous verrez!» Je m'exécute.

C'est à ce moment-là qu'il se produit une chose étrange, une sorte d'engourdissement, de perte de conscience momentanée. Cela dure deux ou trois secondes, pas plus, mais des secondes durant lesquelles j'ai l'impression de chercher mon identité et celle de la jeune femme assise en face de moi pendant de longues minutes. Le phénomène est, je dois l'admettre, fort troublant... Suroh tapote soudainement le revers de ma main. «Vous vous rendez bien compte, inspecteur Mourhu?» Je lui réponds que oui, mais je ne sais plus très bien à quel sujet, je suis comme absent... «Vous me semblez très fatigué, inspecteur, dit-elle d'une voix très calme. Vous devriez aller vous coucher. Quant à moi, je vous quitte. Je n'ai plus rien à faire ici.» En entendant ces paroles, la mémoire me revient d'un coup. Comment? Elle part déjà? Et sans l'objet? «Mais oui, me répond-elle. Cet objet n'a pas vraiment d'importance, vous savez. En vérité, je désirais simplement vous connaître. Adieu.»

Et elle est partie, tandis que moi je suis resté assis à table, sans rien comprendre. Je n'ai fait aucun effort pour la retenir, au contraire : je suis resté inerte, comme un parfait imbécile. Mais que venait-il donc de se passer? Avais-je dit quelque chose qui l'avait offensée pendant ces deux ou trois secondes dont je n'avais plus souvenance? Je ne savais plus, et je me sentais terriblement fatigué... J'avais envie de rentrer à mon hôtel. C'est à peine si j'ai pensé à m'assurer que le morceau de statue était toujours dans la poche intérieure de mon imperméable. À ma grande stupéfaction, il n'y était plus! Cette fois, je ne comprenais vraiment plus rien! Avais-je oublié l'objet dans ma chambre d'hôtel ou l'avais-je mis quelque part en lieu sûr? Eh non, je me rappelais très bien l'avoir examiné quelques minutes avant l'arrivée de ma visiteuse. Cela, je me le rappelais bien, mais le reste... De quoi était-il donc question, au juste? Bon Dieu! Le contenu de notre conversation m'échappait! Et le simple fait d'essayer de m'en souvenir me donnait des maux de tête.

Je suis retourné à mon hôtel et me suis couché immédiatement. J'étais complètement désorienté, croyez-moi, et vous n'auriez sans doute jamais su les détails de cette rencontre tels que je vous les ai racontés si, le lendemain matin, en faisant mes bagages pour rentrer à New York, je ne m'étais pas aperçu qu'il me manquait mon magnétophone de poche. Je m'en sers souvent pour enregistrer à leur insu les personnes dont j'estime les propos capitaux pour la progression d'une enquête. Il me semblait quasiment impossible que je n'aie pas agi de même avec Suroh. En fouillant plus avant dans mon esprit, je me suis vu à la table du pub en train d'examiner le morceau de statue juste avant l'arrivée de Suroh. Très bien, mais après? Ou n'était-ce pas plutôt avant? Mais oui! La première chose que j'avais faite en arrivant au pub, ça avait été de fixer, à l'aide d'un ruban adhésif, mon magnétophone sous la table. Il devait toujours s'y trouver. Mon avion partait dans moins de deux heures, j'avais tout juste le temps de passer au pub pour le récupérer.

Je suis arrivé au pub vers midi; il était bondé. J'étais dans un incroyable état d'excitation. L'explication de mes troubles de mémoire dépendait de ce qu'il y avait sur la bande magnétique. J'ai essayé de me calmer et de repérer la table où Suroh et moi avions été assis. Quatre hommes s'y trouvaient, attendant qu'on leur serve à manger. J'ai pris une bière au comptoir, mais après quelques gorgées, j'étais déjà au bout de ma patience et je me suis approché de la table. «Vous m'excuserez, messieurs, ai-je dit, coupant court à leur discussion. Mais je désire simplement vérifier quelque chose.» Je me suis mis à quatre pattes et j'ai examiné le dessous de la table. Mais je n'ai rien vu. J'ai passé ma main sur la surface où aurait dû se trouver le magnétophone : elle n'était pas gommée; il n'y avait donc pas eu de ruban adhésif à cet endroit.

J'ai relevé la tête et jeté un coup d'œil alentour (je devais avoir l'air d'une marmotte qui sort la tête de son trou au printemps venu). L'emplacement de la table semblait correspondre à l'endroit où j'étais assis avec Suroh, à moins que le personnel de l'établissement n'eût changé l'ordre des tables en faisant le ménage... J'ai voulu une nouvelle fois examiner le dessous de la table quand le plus gros des quatre bonshommes m'a empoigné par le collet et m'a remis debout. «Alors, a-t-il dit. On désire nous faire à tous les quatre une petite pipe et on est trop gêné pour le demander?» Je suis resté quelques secondes interdit, puis j'ai répliqué : «Ça se pourrait. Mais pour bien faire, il faudrait que vous restiez assis et que je vous débarrasse de cette table. Vous permettez?» «Mais faites donc!» m'a envoyé le colosse avec ironie. Je lui ai aussitôt assené un coup de genou dans les couilles. Il a émis un bruit curieux, comme celui d'un aspirateur qui se bouche, puis il s'est écroulé sur le plancher sans demander son reste. J'ai renversé la table. De toutes parts, le bruit des discussions a cessé pour faire place à des cris d'indignation et de stupéfaction. J'ai profité du tumulte engendré par mon geste pour réexaminer avec plus d'attention le dessous de la table. Non, ce dessous n'était vraiment pas gommé. Cette constatation m'a rendu hystérique. J'ai passé ma frustration sur les tables qui se trouvaient tout autour, les renversant à qui mieux mieux sur mon passage. Je ne me contrôlais plus, j'étais hors de moi et il a fallu plusieurs garçons de table pour m'immobiliser. On m'a attaché les mains à l'arrière du dos et on m'a entraîné au bar. On s'est mis à rassurer les clients : «Ne vous en faites pas, le fou est maîtrisé.» On a avisé le commissariat le plus proche. En me calmant, j'ai essayé de faire le point. J'ignorais encore ce qui m'avait poussé à agir ainsi, mais en y réfléchissant bien, je me suis rendu compte que je faisais face à un problème dont j'étais la victime pour la première fois de ma vie. Or ce problème n'était pas relié à une simple incapacité de résoudre les faits, d'où une première frustration, mais à une absence de faits : deuxième frustration. Et cette absence venait de moi, d'une défectuosité de ma mémoire : troisième frustration. Mes capacités avaient donc flanché, moi qui avais toujours eu une confiance sans limites en mes moyens!

En me voyant plus calme, le garçon du bar m'a offert une bière. J'ai refusé. Avec mes mains attachées derrière le dos, je ne voulais pas avoir l'air d'un ivrogne à qui on donne le biberon pour qu'il arrête de faire sa crise. «C'est dommage», m'a-t-il lancé avec un léger ton d'ironie dans la voix. Et, profitant du fait que les deux garçons de table qui m'encadraient regardaient les autres nettoyer les dégâts, il a sorti de sa poche une partie de mon magnétophone. «C'est bien cela que vous cherchez, n'est-ce pas?» «Où l'avez-vous trouvé?» lui ai-je demandé. «Le concierge me l'a remis.» «La bande se trouve toujours à l'intérieur?» «Bien sûr, je n'ai rien touché.» «Surtout ne montrez cela à personne, pas même à la police! Attendez que je revienne le chercher.» Les policiers sont passés me cueillir tout juste après.

Mes démêlés avec la police n'ont pas été de tout repos, vous pensez bien. J'ai dû inventer une histoire abracadabrante pour expliquer mon comportement, ce qui les a laissés insatisfaits. Néanmoins, comme j'avais rendu quelques services au Yard dans l'affaire des lampes, on m'a relâché sans trop faire d'histoires. Je n'en suis pas quitte pour autant : l'homme à qui j'ai donné un coup dans les couilles porte plainte et je serai bientôt appelé à comparaître en cour; le pub laisse tomber d'éventuelles poursuites à condition que je rembourse les dommages dans les plus brefs délais. En plus, la police me fait surveiller – ils subodorent quelque chose. Enfin, le comble : le jeune homme du bar me fait chanter. Le petit saligaud a fait un double de la bande et en échange d'une jolie somme d'argent que j'ai réussi à payer en vendant mon billet d'avion, il m'a remis la première partie de l'enregistrement. C'est grâce à cette partie que j'ai pu vous relater dans les détails ma rencontre avec Suroh. Mais il me manque l'autre partie, qui vient tout juste après l'incident de la montre. Pour celle-là, le petit salaud me demande le double de la somme que j'ai déjà versée, à défaut de quoi il ira remettre la bande à la police ou essaiera d'entrer en contact avec la Dame en noir. Car le soir en question, il m'a vu avec elle.

Le but de cette lettre est clair : j'ai besoin d'argent. J'aurais évidemment pu vous appeler pour vous en demander, mais il me reste tout juste de quoi payer ma chambre d'hôtel et ma nourriture pour quelques jours, et puis je ne suis pas sûr que vous auriez accepté les frais virés d'un appel outre-mer. On me surveille étroitement par-dessus le marché. Je crois même que la ligne téléphonique de l'hôtel est sur écoute et lorsque je sors, je dois user de toutes les ruses possibles et imaginables pour semer mes poursuivants. J'ai jugé plus sûr de vous écrire. Je me suis dit qu'en vous expliquant les choses telles qu'elles s'étaient passées, vous comprendriez mieux. Bien sûr, j'ai pris le risque de ne pas être lu jusqu'au bout, mais d'un autre côté, si je vous avais demandé carrément de l'argent, vous me l'auriez refusé. Surtout, si vous m'en envoyez, ne le faites pas par la poste courante, on pourrait l'intercepter et me poser des questions sur sa provenance. J'ai ouvert un compte à la City Bank II de Londres. Vous n'avez qu'à mandater quelqu'un pour déposer l'argent directement dans mon compte dont je vous donne le numéro : 423895. Pour vous donner une idée de la somme dont j'ai besoin, voici quelques renseignements : le pub The Lamb me réclame 950 livres, mon maître chanteur 2 000, le gentleman dont j'ai ramolli les couilles 5 000 (mais je crois qu'en lui offrant la moitié de cette somme, il arrêtera les poursuites). De plus, j'ai besoin d'argent pour demeurer à Londres encore une ou deux semaines et aussi pour revenir au pays.

Je suis profondément humilié d'en être réduit à vous demander une telle chose et croyez que s'il m'avait été possible d'agir autrement, je l'aurais fait, mais je n'ai plus un sou : toutes mes économies sont passées dans ce voyage. Je vous rembourserai aussitôt que je le pourrai, il va sans dire. Là-dessus, vous pouvez compter sur moi; j'espère, à mon tour, pouvoir compter sur vous.

Cordialement,
Mourhu

CHAPITRE 8

CERCUEIL VOLANT

Rémy était parti aux Bermudes et depuis son départ, je faisais souvent ce rêve étrange : la porte nord s'ouvrait avec fracas et une énorme langue rose dévalait les escaliers du grenier comme un long tapis rouge; elle était longue, elle n'en finissait pas de se dérouler, poursuivant une course folle à travers tout le corridor du premier étage jusqu'à ma chambre; là, elle parvenait à tourner la poignée de ma porte et elle s'étirait vers mon lit, toute gluante. J'étais incapable de bouger; elle s'engageait alors sous mes couvertures et les projetait en l'air d'un coup sec, puis elle s'emparait de moi et m'entraînait au grenier dans un tournoiement hallucinant. Je me libérais de son emprise juste avant qu'elle ne traverse l'encadrement de la porte. Mais je ne réussissais jamais à me dégager complètement et j'étais toujours sectionné en deux ou décapité par le chambranle.

Je me réveillais souvent en sursaut, tremblant de partout. La douleur était intenable pendant plusieurs secondes et elle persistait même quelques minutes après que je fus complètement réveillé. À chaque fois, j'étais trempé et je devais changer de pyjama. J'étais brisé, ou plutôt je me sentais ainsi. Ce n'était qu'un rêve, bien sûr, qu'un horrible cauchemar, pourtant... Je ressentais les choses comme si elles m'arrivaient vraiment, ce qui se passe dans tous les rêves évidemment, mais de sentir la douleur perdurer aussi longtemps après le réveil me semblait anormal, et j'avais parfois l'étrange sentiment de posséder plusieurs corps que quelqu'un s'amusait à déchiqueter pour le plaisir. J'en étais venu à penser, dans la même foulée, que Rémy m'avait dit la vérité au sujet de ma schizophrénie. Rémy... Si tout cela m'arrivait, c'était de sa faute aussi. Il n'avait pas le droit de me laisser seul.

Ce fameux voyage aux Bermudes était une idée de tante Berthe qui passait l'hiver là-bas et qui avait invité son filleul, Rémy, à venir la rejoindre pour un mois. Je voulais faire partie du voyage, mais mes parents avaient refusé sous prétexte que mes résultats scolaires n'étaient pas assez forts pour que je manque l'école. J'avais même tenté de convaincre Rémy de ne pas y aller sans moi, mais il ne m'avait pas écouté... Il n'était plus le même depuis l'incident de la créature : il était devenu tellement sérieux tout à coup, tellement distant, et ce voyage aux Bermudes avait réussi à mettre encore plus de distance entre nous. À son grand soulagement, je crois, mais pas au mien. Car depuis son départ je vivais dans une insécurité perpétuelle. Rémy, c'était ma sécurité, mon courage, ma joie de vivre. Sans lui, je ne savais plus à quel saint me vouer. J'avais peur de moi-même, peur de ma supposée schizophrénie, peur de mes propres parents. Eux, je leur en voulais à mort, mais je les craignais aussi comme la peste, affolé à l'idée qu'ils me disent : «Oui, c'est vrai mon Willy. Rémy t'a dit la vérité : tu es schizophrène.» Bon Dieu! J'aurais préféré avoir toutes les maladies du monde plutôt que d'entendre ça! Je fis d'ailleurs à ce propos un rêve étrange. Eh oui, un autre...

J'étais dans un lit d'hôpital, au milieu d'une pièce dont les murs blancs gondolaient comme des vagues. Des sangles étaient ajustées par-dessus des couvertures qui me recouvraient jusqu'au cou. J'avais très chaud, je ne pouvais pas bouger et j'étais incapable de parler. Un docteur, l'air très sérieux, était assis à mes côtés. Il ressemblait étrangement à Rémy, mais en beaucoup plus vieux. Il portait des lunettes très épaisses, à monture d'écaille, qui grossissaient ses yeux de façon ridicule. Ma mère était là aussi, coiffée d'un curieux chapeau dont la forme se rapprochait de la lampe du grenier, avec cette différence : les embranchements étaient pourvus de petits pompons rouges qui pendaient aux extrémités, comme un sombrero. C'était vraiment ridicule. Mon père était légèrement en retrait, vêtu d'un complet bleu marine et d'une chemise blanche. À la place de la cravate, il avait au cou un gros homard rouge vif. Tous les trois me regardaient d'une façon bizarre.

— Lorsque nous l'avons vu dans cet état, dit tout à coup mon père, nous vous l'avons amené tout de suite.

— Vous avez bien fait.

— Alors, docteur Rem, est-il vraiment malade? demanda ma mère dans un hochement de tête qui fit bouger les ridicules pompons rouges.

— Eh bien, c'est difficile à dire, répondit le docteur d'une voix lasse. Je ne l'ai pas encore ausculté et c'est la première fois que je suis devant un tel cas.

— Vous allez le sauver, tout de même? demanda mon père. Vous allez nous le rendre comme avant?

— Je vais faire tout mon possible. Mais l'opération risque d'être très coûteuse... J'espère que vous en avez les moyens! Sinon... un voyage aux Bermudes reste la seule...

— L'argent n'est pas un problème! coupa ma mère. Nous désirons simplement que vous nous le rendiez comme avant. Tante Berthe se chargera des excédents, s'il y en a. Après tout, c'est de sa faute si tout cela nous arrive.

Elle se tourna vers mon père qui acquiesça d'un signe de la tête.

— Très bien, fit le docteur, sans grand enthousiasme. Désirez-vous assister à l'auscultation? De cette façon, je pourrai vous donner une idée plus exacte des coûts de l'opération. Et, s'il y a des excédents, vous pourrez ainsi en aviser votre tante Berthe.

— À la bonne heure! s'exclamèrent en chœur mes parents.

Moi j'avais chaud; j'étais complètement trempé. Je regardai donc avec soulagement le docteur détacher les sangles. Ma mère recula et se colla contre mon père. Je lisais dans leur regard beaucoup d'appréhension. Le docteur aussi semblait très inquiet. Je me sentais tout bizarre, aussi. Et lorsque la dernière sangle fut enlevée, huit énormes tentacules bondirent dans les airs, virevol-tant avec vélocité, brisant tout sur leur passage. Ces tentacules étaient reliés à un corps qui semblait avoir la forme d'une espèce de pieuvre géante. Sauf la tête, qui était humaine, et c'était la mienne!

— Bon Dieu! s'écria le docteur. C'est un monstre! Il faut l'anesthésier tout de suite!

Il s'empara d'une énorme seringue qu'il pointa dans ma direc-tion comme une épée. Je criai. Mais mon cri était semblable à un crissement de pneu sur la chaussée. Mes parents se munirent également de seringues et, avec le docteur, ils entrechoquèrent les aiguilles et s'écrièrent :

— Un pour tous et tous contre un!

Mes tentacules s'agitaient de tous les côtés à la fois. Je ne les contrôlais pas; ils agissaient contre mon gré. Ils s'emparèrent simultanément des seringues et les brisèrent en petits morceaux; ils attrapèrent ensuite mes parents par le cou et se mirent à les étrangler. Seul le docteur Rem réussit un moment à esquiver les poignes meurtrières, mais un de mes tentacules le ramena bientôt vers moi et entreprit de l'étouffer sous mon nez. J'étais horrifié par ce que je faisais, mais le docteur n'avait pas dit son dernier mot. Il sortit un long couteau d'une de ses poches, couteau qui ressemblait à celui dont Rémy s'était servi pour tuer la créature du grenier. Je devinais ce qu'il voulait en faire. Je criai, criai, mais il s'agissait toujours du même cri inhumain.

— Désolé, Wil, dit le docteur Rem. Mais tu es devenu trop dangereux!

Et il me planta le couteau au milieu du front.

À la suite de ce cauchemar, j'eus un mal de tête insupportable pendant deux jours. J'avais constamment l'impression d'avoir le couteau planté au milieu du front : je le sentais, j'aurais presque pu le toucher. Durant ces deux jours, mes yeux devinrent sensibles à la moindre luminosité, aux moindres scintillements. Le claquement d'une porte me déchirait les tympans et on aurait dit que même les pas d'une araignée sur le plancher m'étaient perceptibles. Plus de cent fois, j'ai failli aller voir mes parents pour leur parler de tout ça, mais je m'en suis gardé, pour les raisons que j'ai déjà mentionnées. Si seulement Rémy avait été là... Mais il était aux Bermudes, en train de se faire chauffer la couenne au soleil, alors qu'ici nous étions en plein hiver, que j'avais froid, que j'avais peur...

Mais les jours passèrent et la fréquence de mes cauchemars diminua. Cependant un soir, je fus réveillé par un bruit bizarre, une sorte de frottement intermittent qui provenait de la porte de ma chambre : on aurait dit que quelqu'un ou quelque chose cherchait à entrer. La poignée se mit tout à coup à tourner très lentement. Je pensai instinctivement à la langue géante. Bon Dieu! me dis-je, cette fois elle vient me chercher pour de bon! Mais quand la porte s'ouvrit, je ne vis rien... J'entendis plutôt un long ricanement, inhumain, diabolique, pas assez perceptible pour réveiller quelqu'un mais bien assez fort pour donner le frisson à quelqu'un qui se trouve déjà réveillé. Si Rémy n'avait pas été à ce moment-là à plusieurs milliers de kilomètres, j'aurais juré qu'il s'agissait d'un de ses tours. Mais le ricanement s'estompa; suspendue dans les airs, une ombre en forme de cigare franchit le seuil de la porte et glissa en douceur à travers la pièce, évitant avec précaution de passer au-dessus de mon lit, agissant exactement comme une bête sauvage qui délimite son territoire et repère sa proie. Dans la noirceur environnante, j'avais de la difficulté à distinguer sa nature exacte, mais il s'agissait assurément d'un objet solide. La chose s'avança brusquement vers mon lit, puis s'immobilisa à quelques centimètres au-dessus de moi dans son sens le plus long. Je voyais mieux désormais : l'ensemble était d'un noir lustré et deux poignées en argent, ciselées dans un style typiquement victorien, ornaient son côté visible; une ligne bleutée divisait l'objet dans le sens de sa longueur, mais d'une façon inégale, révélant une partie inférieure plus large que la partie supérieure... Seigneur! C'était un cercueil! Son couvercle était entrouvert de quelques millimètres seulement et il y avait de la lumière à l'intérieur, cependant qu'une respiration sourde, haletante, s'en échappait! Grand Dieu! Mon heure avait sonné! La mort était venue me chercher en déléguant un de ses cerbères, squelette verdâtre ou mort-vivant putréfié qui, comme la bestiole émergeant de la boîte à surprise, allait sortir d'un instant à l'autre pour m'arracher un cri d'horreur et me ravir à jamais au monde des mortels! Je fermai les yeux.

— Eh ben mon vieux, si c'est là l'effet que je te fais, je m'en retourne aux Bermudes!

J'ouvris immédiatement les yeux au son de cette voix ironique : la silhouette de Rémy se dressait devant moi.

— Rem! Qu'est-ce que tu fais ici?!

— Qu'est-ce que tu penses? Je m'ennuyais de toi, là-bas. Alors j'ai décidé de te rendre une petite visite. Dis-moi, comment le trouves-tu?

— Quoi?

— Mon cercueil, sacrebleu!

— Sinistre!

— Et moi?

Ses cheveux étaient sales, ses vêtements en loques; il était bariolé de coupures et de taches de sang. Il avait franchement l'allure d'un mort-vivant.

— Tu es affreux, dis-je en lui sautant au cou. Mais tu es là! Tu es là!

Mon impétuosité fit basculer Rémy sur le lit. Je le serrai dans mes bras de toutes mes forces et l'embrassai avec frénésie. Il m'écarta gentiment.

— Holà, holà! dit-il en freinant mes ardeurs. Je n'ai pas mérité tant d'affection. J'ai été plutôt méchant avec toi ces derniers temps, ne l'oublie pas! Mais je désire me racheter. Tu viens faire un tour?

— Où ça?

— Où tu veux!

— Avec quoi?

— Avec autre chose que tes questions, en tout cas! Allez, monte!

— Dans «ça»? fis-je avec dédain.

— «Ça», mon vieux, c'est mieux qu'une auto, qu'un avion à réaction, qu'un bateau, qu'un sous-marin même! Il a navigué sur les sept mers du monde, plané au-dessus de tous les pays. C'est une merveille!

— Peut-être... Mais c'est sinistre. Et pour moi, ça représente le voyage définitif!

— Au contraire, Wil! C'est là où tout commence! C'est le début d'un long voyage, d'un voyage vers l'infini! Tu n'as pas confiance en moi?

— Oui, mais...

— C'est bien la première fois que tu es si réticent à entrer dans le jeu!

— Si c'est pour être le dernier, j'aime autant ne pas jouer!

— Comment? Tu l'aimes tant que ça cette maison aux pièces sinistres? Cette vie triste que tu mènes? Je te promets un voyage dont tu te souviendras toute ta vie et tu fais le difficile? Tu as sept secondes pour te décider. Sinon, je pars sans toi. Je te laisse à ton lit et à tes cauchemars!

Je regardai un instant mon lit : froid, terne... Le reste de la chambre dégageait cette même impression. Puis je regardai le cercueil et le Rémy tout souriant qui se trouvait à côté. Après tout, le choix n'était pas difficile à faire. En moins de deux, je fus à l'intérieur du cercueil.

— Yahou! s'écria Rémy en sautant à son tour. Tu verras, tu ne le regretteras pas!

Le cercueil s'ébranla tranquillement. Son couvercle, pourvu de charnières à crans, fut ajusté par Rémy pour passer à travers le cadre de la porte. Son intérieur était chaud, lumineux et agréablement rembourré. Il était vaste aussi, pouvant facilement recevoir deux personnes étendues côte à côte. Il n'y avait aucune manette, bouton, fil électrique ou quoi que ce soit de mécanique : la tombe semblait être dirigée de façon télépathique par Rémy. J'allongeai complètement mes jambes et appuyai mon dos sur la paroi arrière.

— Où va-t-on?

— Pour commencer, à ma chambre. J'ai quelque chose à aller chercher.

Le glissement du cercueil à travers les pièces était doux et silencieux. Les poignées tournaient toutes seules et les portes s'ouvraient avec délicatesse pour laisser passer notre mystérieux engin.

— Comment ça fonctionne, ce machin? Et pourquoi les portes s'ouvrent-elles toutes seules?

— Des questions, encore! À chaque fois que tu t'ouvres la bouche, c'est pour poser une question! Dis-toi qu'il y a des moments, comme maintenant, où l'on n'a pas à se poser de questions.

— Pour quelqu'un qui connaît les réponses, c'est facile à dire!

— Sans doute. Mais tu es trop curieux, Wil! Contente-toi de vivre intensément le moment présent. Les questions, c'est pour plus tard, quand tu seras vieux! Souviens-toi de ce quatrain de Rimbaud que je t'ai appris :

> Ces mille questions
> Qui se ramifient
> N'amènent, au fond,
> Qu'ivresse et folie!

J'ajoutai aussitôt :

> Reconnais ce tour
> Si gai, si facile :
> Ce n'est qu'onde, flore
> Et c'est ta famille!

Nous pénétrâmes dans la chambre de Rémy, et le cercueil s'immobilisa devant la bibliothèque. Mon frère sauta à terre et s'empara, sans hésitation, de l'un des nombreux livres qui s'y trouvaient. Ce livre était relié en cuir rouge, mais je n'eus pas le temps d'en voir le titre ni la couverture que déjà Rémy l'avait rangé dans un compartiment rembourré.

— Hé! C'est quoi ce livre?

— Encore une question et je te ramène dans ton lit!

Cette fois, l'avertissement était clair : le ton de la voix ne laissait place à aucune ambiguïté. Si j'ouvrais la bouche encore une fois, il allait certainement le faire. Je me calai à l'arrière et ne dis plus un mot. Rémy me dévisagea.

— Tu n'en as pas vu assez, hein? Eh bien, accroche-toi!

Le cercueil fit un formidable tête à queue et s'élança à toute vitesse à travers les pièces. En moins de cinq secondes, nous avions effectué le chemin en sens inverse et étions immobilisés au-dessus de mon lit. L'accélération avait été instantanée et la décélération imperceptible. J'étais cependant tout étourdi et mon cœur battait la chamade.

— Alors, dit Rémy, que choisis-tu : les questions et ton lit, ou le motus et bouche cousue?

Je ne répondis pas.

— Bravo! s'exclama-t-il. Je vois que tu as compris! Baisse ta tête!

Il ferma le couvercle d'un coup sec. Lorsqu'il l'ouvrit, nous n'étions plus dans ma chambre mais au grenier, entre la rampe de l'escalier et la lampe. Le déplacement avait été immédiat et l'ouverture du couvercle s'était faite simultanément à celle des quatre portes. Les marches de l'escalier avaient effectué un curieux repli sur elles-mêmes pour former une sorte de trappe, et des vents puissants, provenant aurait-on dit des quatre coins du monde, venaient secouer notre cercueil qui restait malgré le tumulte étonnamment stable. Il régnait un vacarme assourdissant, mais je ressentais une incroyable impression de confiance, de force, de liberté... de possibilités illimitées. Les portes étaient grandes ouvertes et les faisceaux de la lampe nous permettaient de voir à travers l'encadrement des portes comme à travers les lentilles d'un télescope ultra-puissant. Des kilomètres de paysage défilèrent sous nos yeux en quelques secondes, défilé vertigineux qui ressemblait étrangement à la rotation des dessins sur les roulettes d'une machine à sous! Cette rotation s'arrêta sur des sites bien précis : sur une étendue de glace au nord; une prairie verdoyante à l'ouest; un désert de sable au sud; la mer à l'est...

— Voilà! J'ai tiré au sort! me cria Rémy, afin de couvrir le vacarme du vent. Quelle direction choisis-tu?

— Je ne sais pas.

— Comment?

— J'ai dit : JE NE SAIS PAS!

— C'est toi qui décides, Wil! Habitue-toi à prendre des décisions!

— Très bien. Mais en quoi consiste le jeu, au juste?

— Eh bien, disons que nous sommes des morts-vivants qui s'amusent à faire peur aux vivants. Seulement là, nous sommes un peu fatigués et nous avons besoin de vacances.

— D'accord, alors je choisis l'est!

À ces mots, le cercueil oscilla comme l'aiguille d'une boussole et se plaça vis-à-vis la porte est.

— Viens te placer à l'avant! dit mon frère. Tu vas voir mieux! Moi, je vais à l'arrière. Surtout, accroche-toi solidement. Ça va donner un coup!

Et quel coup! Je n'eus même pas le temps de m'installer que le cercueil avait traversé l'encadrement de la porte comme un coup de fusil. Sous la force de l'accélération, je fus projeté à l'arrière sur Rémy. Devant une telle infortune, il se mit à rire de bon cœur... Moi, j'avais peur : notre engin plongeait directement dans la mer à une vitesse incroyable. Cependant, à la dernière minute, il se redressa et diminua sa vitesse, progressivement, planant bientôt au-dessus des flots à une hauteur d'un mètre environ. Rémy abaissa le couvercle afin qu'il soit à angle droit. Il alla s'étendre dessus. Il m'invita à l'imiter. Sitôt allongé, je sentis le dessous du cercueil s'élever et se stabiliser à un niveau égal à celui du couvercle. Rémy m'indiqua deux petites poignées qui venaient d'émerger sur les côtés.

— Agrippe-les fermement! m'envoya-t-il. Nous allons faire quelques acrobaties aériennes!

Le cercueil prit de l'altitude rapidement, se cambrant tantôt à gauche, tantôt à droite, effectuant de nombreuses vrilles, décrivant des boucles, des cercles, parcourant le ciel tous azimuts à une vitesse folle. Ce petit manège dura plusieurs secondes, puis notre engin reprit un vol normal.

— Regarde! dit tout à coup mon frère. À trois heures!

Je compris aussitôt le pourquoi de toutes ces acrobaties. Rémy venait de tracer dans le ciel les mots «morts-vivants».

— Comment as-tu fait ça?

— Comme les acrobates aériens : à l'aide de gaz fumigènes! Tiens-toi bien, ce n'est pas fini!

Juste avant sa déformation définitive par les vents, nous passâmes à travers le «o» du mot «morts» à une vitesse vertigineuse. Ces accélérations subites donnaient un véritable effet de coup de canon; elles suscitaient en moi de curieuses réminiscences; j'en éprouvais à la fois du plaisir et du déplaisir. Jusqu'ici, il était étonnant que toutes ces cabrioles ne m'aient pas rendu malade. Je fis part de mon étonnement à Rémy.

— C'est parce que tu y es habitué. Mais tu ne t'en souviens plus d'une fois à l'autre. En fait, tu ne te souviens que de... Là! À dix heures! Un bateau!

Le cercueil bascula et survola bientôt l'embarcation. Il s'agissait d'un bateau de plaisance équipé pour la pêche à l'espadon. Sur le pont arrière, deux lignes trempaient dans l'eau. À côté, vêtu d'une chemise fleurie et de culottes courtes rayées, un homme était plongé dans la lecture de magazines pornos. Aucune autre personne n'était visible sur le pont. Le cercueil s'immobilisa à une distance d'environ deux mètres. Rémy se redressa et adopta une pose nonchalante. Notre arrivée silencieuse n'avait pas encore attiré l'attention du bonhomme. Mais devant les «hum» répétés de mon frère, il finit par regarder dans notre direction.

— Dites-moi, mon brave, dit alors Rémy. Mon compagnon et moi venons de périr dans un naufrage en haute mer. Auriez-vous l'amabilité de nous indiquer la direction du Paradis?

— ...

— Pardon? demanda Rémy en tendant l'oreille vers l'homme dont les yeux avaient doublé de volume. Je n'entends pas très bien : «en haut», dites-vous?

Mon frère se retourna vers moi.

— Je crois qu'il a dit «en haut».

— Vous... Vous êtes des Martiens? balbutia soudainement notre morfondu.

— Des Martiens? s'étonna Rémy. En voilà une question! Franchement, mon vieux, ressemblons-nous à des Martiens? Notre peau n'est pas verte à ce que je sache, et ce cercueil est typiquement terrien, non?

— En... en effet.

— Dites, si vous voulez un conseil, vous feriez mieux d'aller consulter un psychiatre. Car il faut vraiment être marteau pour parler à deux gars qui se promènent dans un cercueil à plus de cinquante kilomètres de la côte! Adieu, l'ami!

Notre cercueil partit comme une flèche. Rémy se tordait de rire.

— En voilà un qui aura le sommeil perturbé longtemps. Il dépensera sans doute une fortune en soins psychiatriques pour finalement se faire dire par papa-Freud qu'il a eu une hallucination, alors qu'en vérité...

— Ce n'est pas drôle!

— Ah! Vraiment? Pourtant c'est notre jeu : des morts-vivants qui s'amusent à faire peur aux vivants!

— Oui, mais... Nous sommes fatigués, tu l'as dit... Nous sommes en vacances!

— Ça ne veut pas dire qu'on ne peut pas s'amuser pour autant! Tu es trop sérieux, Wil! Un jour, cette attitude va te jouer des tours!

Le cercueil survolait les flots de très près, touchant parfois le sommet des vagues. Nous allions moins vite que tout à l'heure, mais cette façon d'effleurer les vagues ne me plaisait guère. Je trouvais également étrange de ne recevoir aucune goutte d'eau. Rémy devina la raison de mon étonnement.

— C'est à cause du champ gravitationnel, magnétique, enfin appelle ça comme tu veux, qui entoure le cercueil. Il ne laisse passer que les molécules d'air, c'est pourquoi nous sentons le vent, mais non les gouttes d'eau. Tu comprends, à cause des oiseaux, des insectes et de toutes les saletés qui parsèment l'atmosphère, il serait dangereux de se promener sans la présence d'un tel champ de protection. Ça fonctionne un peu comme une moustiquaire, mais une moustiquaire qui élargit ou resserre ses mailles selon notre vélocité; cela aide à diminuer la pression, la friction et les sons qui autrement rendraient notre vol désagréable, notre vitesse pouvant osciller entre un kilomètre/heure et celle de la pensée. Les particules parasites ne s'écrasent pas contre ce champ qui développe un effet de rebond. L'environnement reste ainsi protégé. Néanmoins, il n'est pas assez fort pour résister à un choc violent ou à une trop forte pression, comme dans le cas de la vitesse de la pensée : je dois alors fermer le couvercle. Advenant un choc violent qui te projetterait hors du cercueil, une corde électro-magnétique, invisible, reliée à ton nombril, freinerait ta chute et te ramènerait au cercueil; elle a pour ainsi dire la propriété d'un élastique ou d'un ressort.

— Comment as-tu fait pour me fixer ça au nombril sans que je m'en rende compte?

— Ah, ah! Mais non Wil, ce lien s'effectue automatiquement dès que quelqu'un pénètre dans le cercueil.

— Autrement dit, les poignées que j'agrippe sont inutiles!

— Pas du tout! Le champ de force diminue la pression du vent, mais elle n'en demeure pas moins importante. Si tu les lâches, le champ te maintiendra à l'intérieur du cercueil mais dans une position inconfortable... Enfin, laissons cela, veux-tu? C'est compliqué pour rien. Dis-toi que nous n'avons pratiquement rien à craindre et que nous pouvons nous amuser comme des fous. Et regarde! Voilà justement de quoi nous amuser!

Droit devant nous, un énorme bâtiment gris fendait les vagues avec lourdeur.

— Un porte-avions américain!

— Que veux-tu faire?

— Tester la rapidité de ses fameux avions en carton-pâte!

— T'es pas fou?

— Bien sûr! Et toi aussi, ne l'oublie pas!

Le cercueil augmenta sa vitesse et effectua, sans avertissement, un bond prodigieux de plusieurs centaines de mètres à la verticale. Je crus laisser une partie de mon corps en bas. Le porte-avions n'était plus qu'un minuscule point grisâtre sur l'étendue scintillante de l'océan. Je devinais ce que Rémy voulait faire : fondre sur le bâtiment comme le faucon sur sa proie. C'était dangereux, mais inévitable : je le voyais dans ses yeux... Voilà, c'était parti! Nous descendions vers la mer dans un angle presque droit. Le porte-avions se rapprochait à toute vitesse; je serrais mes poignées tellement fort que j'avais peur de les arracher. À la dernière seconde, Rémy redressa le cercueil et frôla de quelques centimètres la tour de contrôle. Sur le pont, ce fut la panique. Des obus et des rafales de mitraillettes furent tirés dans notre direction. Rémy n'était pas satisfait pour autant. Il effectua un virage et repassa au-dessus de la piste d'atterrissage. Déjà, pilotes et mécaniciens s'affairaient fébrilement autour des appareils dans le but de les faire décoller au plus vite. Cette fois, le cercueil s'éloigna pour de bon.

— Ils vont envoyer des chasseurs à nos trousses, dit Rémy. On va rigoler.

En effet, derrière nous, trois minuscules points noirs maculèrent bientôt l'horizon. Notre cercueil vira à gauche et alla se perdre à travers une masse nuageuse qui s'étendait sur plusieurs kilomètres. Notre pointe d'accélération était fantastique. Nous percions littéralement chaque nuage. J'entendis tout à coup des voix dans ma tête.

— Ne crains rien, dit Rémy. Nous sommes branchés mentalement sur la fréquence radio qu'ils utilisent.

— L'objet vient d'entrer dans une masse de nuages, dit une voix. Que faisons-nous, contrôle?

— Goddamn! rugit une autre voix. Vous avez vu la vitesse de son virage, vous avez vu?

— O.K., boys! Gardez votre calme. L'amiral veut absolument que vous retrouviez cet objet et que vous l'identifiiez.

Rémy ralentit notre course et immobilisa le cercueil dans une sorte de clairière nuageuse.

— C'est maintenant qu'on va rire, dit-il. Dans moins d'une minute, nous devrions voir surgir un des avions juste au-dessus de nos têtes.

En effet, un jet sortit tout à coup des nuages et nous survola à une vitesse folle. S'ensuivit une véritable partie de chat et de souris entre les nuages. Rémy riait comme un fou. Moi, j'étais effrayé. Lassés de ce petit jeu, les jets commencèrent à tirer sur nous à la mitrailleuse. Mais quand il fut question des roquettes, Rémy dit :

— Les roquettes? J'aime moins ça! Tiens-toi bien!

— Je ne fais qu'ça, figure-toi! répondis-je.

Le dessous du cercueil se résorba; Rémy roula sur lui-même en refermant le couvercle. La noirceur s'installa en même temps qu'un sifflement aigu retentissait tout proche. L'espace de quelques secondes, nous fûmes terriblement secoués. J'entendais encore les voix :

— Objectif atteint partiellement, contrôle. Le projectile n'a pas explosé mais l'objet semble avoir été secoué par son passage. Il tombe comme une masse vers la mer.

En effet, nous chutions tête la première à toute vitesse.

— Pas de panique! dit Rémy. C'est une ruse. Tout est sous contrôle. Lorsque nous toucherons la mer, prends simplement garde à la secousse.

L'impact avec les flots fut violent. Et, au lieu de remonter à la surface après un certain temps, nous continuâmes de nous enfoncer dans la mer. Entre-temps, les voix radio s'étaient estompées et il régnait à l'intérieur de la tombe une noirceur absolue et un silence de mort. Je n'entendais que ma propre respiration et n'osais pas bouger, n'osais pas parler, de peur de ne pas sentir Rémy à mes côtés, de ne pas l'entendre me répondre, d'être mort pour vrai! Mais la sensation de s'enfoncer devint vite intolérable. Je craquai :

— Au secours! criai-je. Je suis mort! Je suis mort! Je m'enfonce vers l'Enfer! À l'aide!

Une main se posa sur mon épaule.

— Tout doux, mon vieux! Nous ne sommes pas morts. Je suis là.

— Rem! On s'enfonce! On coule!

— Du calme, Wil. Tu sens de l'eau quelque part, toi?

— Non, mais nous descendons, nous n'arrêtons pas de descendre!

— C'est normal, les sous-marins s'enfoncent sous l'eau, eux aussi.

— Mais nous ne sommes pas dans un sous-marin!

— Bien sûr que si! Enfin, c'est tout comme. Dans quelques secondes, nous allons cesser de piquer du nez pour nous stabiliser à quelques mètres au-dessus du fond. C'est comme ça que cet engin est programmé.

Le cercueil arrêta soudainement de piquer du nez. Il se redressa et se stabilisa en ligne droite.

— Là, tu vois.

— Mais on ne voit rien, justement! Il n'y a que cette noirceur et les murs de cette maudite tombe! J'ai l'impression d'être mort et enterré!

— L'absence de lumière est due à un déséquilibre de la répartition énergétique. C'est passager.

— M'en fous! Veux voir de la lumière! Et maintenant!

— Bon Dieu, William! Ce que tu peux être enfant! Mais puisque tu veux voir de la lumière, eh bien tu vas en voir! J'avais prévu cela pour plus tard, mais compte tenu des circonstances...

Il y eut comme un bruit bizarre et, horreur! le cercueil disparut instantanément sous nos yeux. Des tonnes d'eau allaient s'abattre sur nous, mais il n'en fut rien. Je sentais toujours le fond de la tombe sous mes pieds, sauf que je ne le voyais pas; il en était de même pour les parois, et quand j'essayai de me mettre debout, ma tête heurta le couvercle et ma figure alla s'écraser sur le fond invisible de la tombe où j'aperçus un gros poisson verdâtre en train de me fixer avec des yeux stupéfaits. Je criai d'effroi et m'agrippai à Rémy.

— Qu'est-ce qui se passe?

— Division et répartition nouvelle de la structure moléculaire. Les molécules qui forment la tombe sont toujours là, mais leur aspect a changé.

Nous glissions silencieusement à travers les fonds marins. Nous étions l'aquarium dont les poissons médusés venaient admirer le contenu. La transparence de la tombe était phénoménale. À un tel point que, chaque fois que je regardais vers le bas, j'avais des haut-le-cœur et le réflexe d'agripper Rémy pour ne pas dégringoler. Il ne s'était pas écoulé cinq minutes que j'avais déjà posé une autre question :

— Où va-t-on?

— J'aimerais plutôt entendre quelque chose comme : Allons visiter des épaves!

— Et pourquoi pas, pendant que nous y sommes, les épaves des trois galions espagnols disparus dans le Triangle des Bermudes, hein?

— Tu ne crois pas si bien dire. C'est justement là que nous allons!

— Hé! Mais je disais ça pour rire!

— Tu ne veux pas les voir?

— Oui, mais c'est dangereux cette zone-là. Il n'est sans doute pas prudent d'y pénétrer.

— Mais mon pauvre vieux, nous sommes en plein dedans!

— Alors, on y est depuis le début?

— Depuis le début!

— C'est pas vrai!

— Si, c'est vrai! Et laissons ces pauvres «marines» se débrouiller tout seuls avec leur vision, leur rapport, et tout le reste! Nous, nous allons tâter du concret. D'ailleurs nous arrivons. Regarde, c'est là!

Le fond de l'océan, qui avait été jusque-là d'une parfaite régularité, fit tout à coup place à une énorme crevasse. Trois ombres gigantesques reposaient en son sein, esquissant la forme typique d'un triangle. On aurait dit des monstres marins, immobiles, majestueux, dormant dans les eaux tranquilles de leur antre. La noirceur était de plus en plus dense à mesure que nous progressions vers eux. Rendus à quelques mètres au-dessus, je remarquai qu'il s'agissait bel et bien d'épaves de bateaux, et sans aucun doute des fameux galions espagnols disparus dans le Triangle du Diable. Ils étaient intacts : tous les mâts se dressaient en droite ligne vers la surface comme autant d'index pointés vers le ciel; de la proue à la poupe, il ne manquait finalement que les voiles, depuis longtemps dissoutes par l'eau salée. Or, phénomène étrange, aucune algue marine ne recouvrait les galions. Ils semblaient avoir été saisis, à leur insu, par les mains de Neptune en pleine tempête, puis déposés avec douceur dans les profondeurs marines.

— Aimerais-tu en visiter l'intérieur? fit Rémy.

— Le cercueil est trop gros pour ça, voyons. Et il fait beaucoup trop noir. C'est sinistre.

— Je peux arranger ça.

— Ben voyons!

Il se produisit alors une véritable explosion de lumière. C'était comme l'embrasement d'un soleil. Des milliers de particules lumineuses s'échappèrent des parois translucides de la tombe et se répandirent dans les alentours comme une nuée de lucioles. Les trois galions s'en trouvèrent bientôt recouverts et ils se mirent à briller sous le feu de ces particules. Des centaines d'entre elles restaient en suspension dans l'eau, clignotant de façon régulière ou intermittente comme des pulsars, comme des quasars, comme de multiples phares; d'autres, au contraire, brillaient sans intermission ou voyageaient dans l'espace marin tels des vaisseaux spatiaux. Une galaxie entière semblait s'être formée sous nos yeux.

Nous en étions le noyau. Dans la tombe, j'avais l'impression d'être au cœur d'une supernova; je voyais désormais les parois de la tombe comme s'il s'agissait des vitres d'un aquarium; la peau de Rémy était presque transparente, ses cheveux dorés, ses vêtements éclatants. Quant à moi, je voyais mon sang palpiter à l'intérieur de mes veines. Je n'entendais aucun son. Il n'y avait pas de son, uniquement une pression lumineuse qui ressemblait à la caresse d'une vague.

— Suis-moi, dit Rémy d'une voix qui rayonna doucement dans ma tête.

Il ouvrit un panneau qui se découpa dans le plancher transparent du cercueil. L'eau ne pénétra pas à travers l'ouverture, mais s'agita doucement sur les bords. Rémy s'y engouffra et se retrouva bientôt à l'extérieur. Il me fit signe de le suivre. Je commençai par tremper mes pieds. On aurait dit que ma peau était recouverte d'une sorte de caoutchouc fin, car je sentais la froideur de l'eau mais non son humidité : autrement dit, elle m'englobait mais ne me touchait pas directement. Bientôt, le froid fit place à une sensation de chaleur. Je me glissai à l'extérieur.

Aucune sensation d'étouffement, au contraire, je respirais parfaitement et même mieux qu'à l'intérieur de la tombe. J'avais seulement l'impression, quelquefois, que de petites particules bouillonnaient dans ma bouche et venaient chatouiller les parois de ma gorge. Je toussai un peu, et cela provoqua dans l'eau de curieuses ondulations. Rémy m'attrapa par le bras et m'invita à nager vers les épaves, qui ressemblaient d'où nous étions à de véritables constellations.

Le premier galion que nous visitâmes se trouvait à la tête des deux autres. Si l'absence d'algues était étonnante, l'état de conservation des matériaux était, quant à lui, ahurissant! On aurait dit que ces galions avaient été conservés dans d'immenses contenants sous vide, un peu comme ces bateaux enfermés dans une bouteille qu'on achète dans les boutiques de souvenirs.

Mes mains heurtèrent tout à coup quelque chose. J'avais vu juste : un champ de force entourait le galion! Nous longeâmes le champ en direction de la proue du navire où il se mit à rétrécir et à s'allonger pour former une sorte de tube invisible à l'extrémité duquel se trouvaient quatre petites lumières en formation carrée. Rémy manipula délicatement ces lumières et la couleur de l'eau située à l'intérieur du tube devint aussitôt trouble, tandis qu'une espèce de fumée blanchâtre sembla s'échapper à son extrémité. Sous mes mains, le tube invisible vibrait. Rémy quitta son poste pour venir s'installer en face de moi, les deux mains appuyées, lui aussi, sur le tube invisible. Il me souriait. Je reconnaissais là son sourire espiègle, taquin, qui cachait une autre de ses surprises. En effet, une tache laiteuse se formait au-dessus des mâts du navire : l'eau se vidait à l'intérieur du champ de force! En moins de cinq minutes, il en resta tout juste assez pour que la coque du galion trempe dans l'eau. Le galion venait d'ailleurs de perdre son immobilité : il tanguait, comme doucement ballotté par les vagues. Le plus drôle, c'était que le champ de force, que je voyais maintenant parfaitement, avait bel et bien la forme d'une bouteille!

— Alors, tu trouves l'aspect des lieux toujours aussi sinistre? dit Rémy d'une voix mielleuse.

Ses lèvres ne bougeaient pas, mais j'entendais parfaitement sa voix. Je vins pour lui répondre de façon normale, mais, comme pour la toux, il se produisit dans l'eau de curieuses ondulations.

— Ne fais que penser, dit Rémy.

— Je vois, répondis-je. Il faut «télépathiser».

— Exactement. Alors, tu restes ici ou tu viens faire avec moi une petite visite?

— Je te suis!

Mon frère s'engagea dans le tube en m'indiquant que je devais faire bien attention pour passer à travers les quatre petites lumières. J'eus l'impression de traverser une sorte de pudding gluant en passant entre ces lumières. Je me sentis tout gommé, une impression qui s'estompa cependant au fur et à mesure que je pénétrais dans le tube. Enfin, je suivis Rémy jusqu'à l'ouverture du tube sur le bateau. Le courbe du champ de force épousait la forme d'une glissade géante que Rémy emprunta en poussant un cri de joie. Je me laissai glisser à mon tour, puis nous nageâmes en direction du bateau jusqu'à une échelle de cordages. Lorsque nous mîmes les pieds sur le pont, il était encore humide, comme s'il venait d'être fraîchement lavé. Je remarquai, ahuri, que les voiles du navire n'étaient pas dissoutes comme je l'avais pensé précédemment mais tout bonnement attachées aux vergues des mâts. Rémy m'expliqua qu'il y avait dans l'eau des agents conservateurs.

— C'est une des raisons pour lesquelles il est en si bon état, dit-il. De plus, les particules indésirables, comme le sel, ne sont pas tolérées à l'intérieur du champ. Nous éliminons ainsi un agent très corrosif.

Je cueillis du bout des doigts quelques gouttes d'eau et les portai à mes lèvres, mais ne goûtai rien. Je ne sentis même pas l'eau sur ma langue. Il n'y avait que de l'air. Rémy s'esclaffa :

— Ha! Ha! Ha! Tu devrais voir ta figure, mon vieux! C'est d'un comique!

— Quand tu auras fini de rire de moi, tu pourras peut-être m'expliquer ce qui se passe.

— Pourquoi, je n'ai pas que cela à faire, répondre à tes questions... En garde!

Rémy brandit un vieux bout de bois en guise d'épée et bondit sur moi. Pour l'esquiver, j'effectuai sans le vouloir un bond prodigieux. La distance qui nous séparait désormais était d'environ quatre mètres!

— C'est... c'est impossible! Qu'est-ce qui s'est passé?

— Encore une autre question et je te coupe la tête, canaille! m'envoya mon frère pour toute réponse.

En deux enjambées, Rémy fut à mes côtés. Je le renversai avec une facilité déconcertante; il en résulta une poursuite folle sur le pont du navire. J'avais des ailes. Je faisais sans effort des sauts prodigieux. J'avais finalement compris, avec un peu de retard, que nous étions en situation d'apesanteur ou plutôt de gravité réduite, comme sur la Lune. Cette apesanteur venait-elle du champ de force qui englobait le navire ou de l'autre qui semblait entourer mon propre corps? C'était sans importance pour l'instant. Avec la dextérité d'un singe et la légèreté d'un écureuil volant, j'attrapai au vol les haubans du grand mât et entrepris de monter jusqu'au premier poste de vigie. Rémy était sur mes talons. Je n'aimais pas le voir dans cet état. En effet, lorsqu'il faisait le fou, il devenait comme un enfant qu'on a de la difficulté à raisonner quand on ne veut plus jouer, et en ce moment je jouais contre mon gré, je n'avais pas la tête à ça car trop de questions m'agaçaient et demeuraient sans réponse. Hélas, pour mon frère, ces questions n'avaient pas d'importance. Il est vrai que je n'en posais jamais auparavant. Mais s'était-il seulement rendu compte que j'avais changé, que je n'étais plus ce petit garçon naïf qui autrefois entrait dans le jeu sans justement poser de questions? Tout cela parce que je restais sous le coup de l'émotion, sous la férule de l'émerveillement! Or ce n'était plus le cas aujourd'hui. J'avais vieilli...

— Oh, la belle idée! fit mon frère qui lisait mes pensées. Des réflexions de cette nature, c'est plutôt rare à douze ans.

— Va te faire foutre! Tripatouilleur cervical!

— Par la vergue du grand perroquet! Voilà un vocabulaire qui frise l'insubordination, que dis-je? la mutinerie! Prenez garde, moussaillon!

Arrivé à la hune, je commençai l'ascension du grand hunier en direction du deuxième poste de vigie. Les haubans étaient légèrement glissants et cela ne facilitait guère ma tâche. Rémy gagnait du terrain; il était maintenant à moins d'un mètre de moi. Je souffrais de vertiges, ce qui lui donnait un net avantage! Soudain, j'entrepris un acte irréfléchi : je lâchai le cordage et tombai directement sur mon frère, lui administrant un sérieux coup de pied. Il fut tellement surpris par mon geste qu'il lâcha prise et chuta tête première vers le pont. Mais, étant donné la faible gravitation, il se redressa bientôt et atterrit finalement sur ses deux pieds. «Il faut savoir lire les pensées des autres au bon moment», me dis-je, rempli d'une intense satisfaction. Cependant, je n'en étais pas quitte pour autant. L'atterrissage de Rémy, pour ne pas dire son «alunissage», avait eu un effet de rebond, comme si le pont eût été une trempoline gigantesque; il avait donc «rebondi» et était maintenant rendu à mi-chemin du mât d'artimon. Lorsque j'atteignis la hune du grand perroquet, mon frère était en train de détacher un des cordages qui relient le petit perroquet au grand. Il s'en servit comme d'une liane et, poussant le cri de l'homme-singe, arriva directement dans les haubans du grand hunier. Je montai jusqu'au pavillon d'amiral, attrapai l'estais et me laissai glisser en croisant bras et jambes autour du cordage. À deux reprises, je fus arrêté par des poulies, mais j'aboutis finalement à la hune du mât de misaine. Là, j'effectuai la même manœuvre jusqu'au beaupré. En moins de deux, je fus rendu sur le gaillard d'avant.

Pourquoi fuir, alors que je ne voulais pas jouer? Simple réflexe. Quand on est gamin, la tendance à vouloir expliquer le pourquoi des actes que l'on pose, même contre son gré, est un phénomène rare : on agit plutôt sous le coup de l'émotion. Je m'engageai sous la dunette par le capot d'échelle mais, à mi-chemin de l'escalier, un solide gaillard m'attrapa sous son bras et me ramena sur le pont. Cette apparition invraisemblable me paralysa. Mais le moment de surprise passé, je me mis à crier et à me débattre comme un diable afin d'échapper à l'emprise de mon fantôme. Celui-ci riait de bon cœur, et d'autres rires, francs et gutturaux, firent subitement écho au sien : sur le pont, tout un équipage s'activait à la manœuvre d'appareillage...

Lorsqu'on m'introduisit dans les quartiers du capitaine, je ne comprenais plus rien, j'avais l'esprit sens dessus dessous. Il n'y avait pas deux minutes, je jouais dans le gréement d'un navire qui selon toute vraisemblance n'abritait nulle âme qui vive. Et maintenant, j'avais sous les yeux tout un équipage! Ou bien j'étais en face d'un coup monté par Rémy, ou bien j'étais passé, sans m'en rendre compte, dans un accès interdit, une sorte de couloir temporel qui m'avait entraîné instantanément dans le passé du bateau.

— Eh bien, qu'êtes-vous venu faire sur ce vaisseau? me demanda le capitaine dans un anglais à travers lequel je perçus des accents vieillots.

Les seules paroles que j'avais entendues depuis cinq minutes environ étaient vraisemblablement de l'espagnol. Entendre tout à coup quelqu'un s'exprimer dans ma propre langue me consola, mais pas assez pour retrouver la voix tant était encore forte l'emprise de l'émotion. Le capitaine me tournait le dos; il regardait s'éloigner par les fenêtres arrière ce qui semblait être la côte d'un pays tropical. De toute évidence, mon mutisme était en train de lui faire perdre patience : il trépignait. Malheureusement, j'étais incapable de parler et, devant l'insuccès de mes efforts, j'éclatai en sanglots.

— Les larmes sont une arme qu'il est inutile d'employer pour m'attendrir, dit le capitaine en se retournant. Savez-vous ce qu'il en coûte d'embarquer clandestinement sur un bateau? Je ne peux malheureusement pas vous ramener sur la côte : je dois suivre le convoi; la brise est bonne et il faut en profiter.

Son regard était dur et sans pitié. Rémy étant capable de maquiller habilement sa voix, j'avais espéré, l'espace d'un instant, voir se retourner le visage tout souriant de mon frère. Mais la figure que j'avais devant moi ne laissait place à aucune ambiguïté : des yeux bulbeux et vitreux; des lèvres minces et rougeoyantes; un front bas se perdant dans la feutrine d'un grand chapeau à cornettes... Il n'était pas gros, le capitaine, seulement ventripotent, mais grâce aux appendices qui prenaient forme sous ses joues, on devinait que l'embonpoint l'attendait dans un très proche avenir. Il me faisait étrangement penser à l'oncle Roschildren.

— Vous êtes bien jeune, laissa-t-il tomber d'une voix lasse. Quel âge avez-vous, exactement?

— Douze ans, finis-je par articuler en hoquetant. Treize, bientôt!

— Heureusement pour vous, je ne suis pas superstitieux! Nous avons à bord un mousse qui a à peu près votre âge. Mais enfin, pourquoi vous êtes-vous embarqué sur ce vaisseau? Êtes-vous un espion à la solde des Anglais ou des pirates de la côte?

— Non! Je ne sais pas pourquoi je suis ici, dis-je en retrouvant la parole pour de bon. Je ne comprends absolument pas comment il se fait que je me trouve sur ce bateau.

— Votre anglais est bien drôle, dit le capitaine. De même que vos vêtements... Donc, vous êtes tombé du ciel! Si vous m'aviez dit que vous aviez espoir de vous faire engager comme mousse sur ce bateau, passe encore. Mais votre manque de coopération ne me laisse guère de choix : je vous mets aux fers pour dix jours. Ça vous fera réfléchir.

Des ordres furent aussitôt gueulés, en espagnol, et un marin costaud m'entraîna à l'extérieur. Sur le pont, les matelots s'activaient fébrilement à resserrer le gréement du navire, et un vent fort faisait craquer les mâts et claquer les voiles. Les muscles des marins se bandaient sous l'ardeur de la tâche et la sueur ruisselait sur les bras et les torses nus. Il régnait une chaleur étouffante, imprégnée d'une odeur d'épices et de cacao. On me transporta comme une poche de patates au sommet du gaillard d'avant; on ouvrit une large grille et on me jeta dans un compartiment minuscule. Un homme suivit, qui m'attacha des chaînes aux pieds. La grille fut refermée sans ménagement; elle s'enclencha dans un bruit d'enfer qui me fit sursauter. Je reçus un crachat en pleine figure et un ricanement dont les accents haineux auraient glacé d'effroi le démon lui-même retentit aussitôt. Les larmes, que j'avais essayé de retenir tant bien que mal jusqu'à maintenant, coulèrent sans retenue. Où était Rémy? Que s'était-il donc passé? Je ressentais un tel sentiment de rejet, d'abandon et d'impuissance que la mort m'apparut tout à coup comme le seul remède susceptible d'abréger ce cauchemar imprévisible.

Les heures passèrent, heures où je n'étais plus réellement moi-même mais un autre : un étranger à mes propres yeux et aux yeux de tous. Le cachot était humide et étouffant; on ne me donnait ni à boire ni à manger. Soudain, la grille s'ouvrit et un jeune garçon descendit jusqu'à moi. Il m'apportait un peu d'eau fraîche et une sorte de bouillie que j'avalai sans cérémonie. Il s'exprimait dans un assez bon anglais, mais toujours avec cette syntaxe quelque peu vieillotte que j'avais déjà remarquée chez le capitaine.

— Tu as un drôle d'accoutrement, dit-il. Mais tes cheveux sont beaux. Que fais-tu pour qu'ils soient aussi beaux?

— Je ne sais pas, dis-je entre deux bouchées. Je les lave.

— Moi aussi, je les lave. Mais ils ne deviennent pas aussi beaux. Tu en as de la chance.

— Je ne trouve pas, dis-je en regardant mes chaînes.

— Oh, ça! C'est passager. Nous avons un bon capitaine sur ce bateau. Tu n'as pas dû te montrer très coopératif pour qu'il t'envoie ici. Mais tu n'y resteras pas très longtemps. Le capitaine aime beaucoup les jeunes garçons comme toi, comme moi. Il nous traite bien, moyennant certaines faveurs...

— Que veux-tu dire?

— Eh bien...

Il fit une série de gestes devant lesquels je ne pus m'empêcher d'écarquiller les yeux. Ma réaction le fit rire.

— D'où viens-tu? Tu as un accent vraiment bizarre.

Je lui répondis que je venais d'Angleterre, et lui racontai une histoire abracadabrante dans laquelle j'affirmais avoir perdu mes parents dans une attaque de pirates au cours de laquelle j'avais été fait prisonnier. J'avais finalement échappé à mes geôliers en sautant par-dessus bord et en nageant jusqu'à la côte. Par la suite, j'avais erré à travers plusieurs villes et villages, vivant d'expédients et de mendicité, jusqu'au jour où j'avais aperçu ce bateau à l'intérieur duquel j'étais monté en me faufilant dans un baril. J'espérais ainsi retourner en Europe, où j'avais toujours de la famille et... Il me crut!

— Il faudra que tu te montres très poli avec le capitaine et que tu lui racontes exactement ce que tu viens de me dire.

À cause des curieux soubresauts de sa syntaxe, et aussi des accents et dialectes propres à l'époque à laquelle je me trouvais, j'avais parfois de la difficulté à comprendre mon compagnon et je devais le faire répéter plusieurs fois. Il agissait de même pour moi. Carlito, surnommé «Lito» par l'équipage, était le chouchou du capitaine. Il était bien content, finalement, de parler avec quelqu'un de son âge et de pouvoir pratiquer l'anglais que le capitaine lui avait appris. C'est avec sa permission, d'ailleurs, qu'il était venu me voir et me donner à manger.

J'essayai d'en apprendre davantage. Dans mon esprit, il ne faisait aucun doute que j'étais à bord du navire dans lequel je jouais avec Rémy, mais j'ignorais, par exemple, à quelle époque nous étions exactement, et quel type de voyage effectuait présentement le bateau. Carlito sembla tout surpris par mes questions.

— Madre Mia! s'exclama-t-il en espagnol, comme si le monde entier devait en connaître les réponses. Nous sommes en 1750 amigo! et nous venons de quitter La Havane!

— Pour aller où?

— Nous rentrons en Espagne! Et notre mission consiste à accompagner le Nuestra Señora de Guadalupe jusque-là. La flotte est remplie à ras bords de trésors de toutes sortes.

Maintenant, je savais. Nous faisions partie du voyage fatidique où allaient disparaître trois des quatre galions qui accompagnaient le Guadalupe. Et nous étions assurément l'un de ces trois, car il semblait peu probable que j'eusse été projeté dans le passé d'un galion autre que celui sur lequel je jouais avec Rémy. Je me sentis impuissant. Que pouvais-je faire, sinon attendre que l'inévitable se produise? Comment aurait-on cru un jeune garçon, dont l'anglais empruntait des tournures syntaxiques si bizarres, qui aurait affirmé à tous que nous courions au désastre?

Carlito finit par partir en me promettant de revenir me voir dès qu'il le pourrait. Je vécus alors des heures d'angoisse, hanté par l'idée que le capitaine mijotait à mon égard un châtiment des plus sombres mais qu'il ne se décidait pas, vu mon jeune âge, à le mettre à exécution. Mais la souffrance que j'appréhendais emprunta une tournure imprévue : au bout de quelque temps, j'attrapai une forte fièvre et la dysenterie. Le délire se joignit à mes tourments. On me transporta à l'infirmerie où je passai des heures pénibles, oscillant entre la vie et la mort pendant plusieurs jours, du moins le médecin du bord me l'affirma-t-il car je n'en ai pas souvenance. Finalement, je pris du mieux, et mon séjour à l'infirmerie fut agrémenté par les visites fréquentes de Carlito qui s'amusait à me gâter et me prendre sous sa protection, une protection que je savais précaire mais qui m'apportait néanmoins un peu de réconfort. Le capitaine me rendit également visite. Cette fois, tout allait pour le mieux. Plus question, disait-il, de m'envoyer au trou. Je serais désormais libre de circuler sur le pont. Mais la tâche serait dure; je devrais travailler comme tout le monde.

Plusieurs jours s'écoulèrent lorsqu'enfin j'obtins mon congé de l'infirmerie. J'avais repris un poids normal et je me sentais en pleine forme. J'avais la sensation d'avoir troqué ma vieille peau contre une autre plus adaptée à l'époque à laquelle je vivais désormais. Je n'avais pas oublié Rémy et encore moins mon passé, mais j'avais perdu tout espoir de voir la situation se rétablir, étant

convaincu de m'être perdu, à tout jamais, dans une brèche imprévisible de l'espace-temps. Je tenais donc à profiter des derniers
moments qu'il me restait à vivre avec le plus de sérénité possible
car, évidemment, je n'avais pas oublié que le malheur nous guet-
tait. Ma vie sur le bateau se résumait ainsi à différentes corvées
ponctuées, le soir, de rencontres dans les quartiers privés du
capitaine qui aimait bien jouer aux dames avec moi et me parler
de toutes sortes de choses. C'était un homme très cultivé, mais si
laid que j'avais de la difficulté à supporter la vision de sa figure :
ses gros yeux m'intimidaient et me soulevaient le cœur. J'avais
appris qu'il collectionnait les antiquités, tout comme mon oncle
Roschildren auquel il ressemblait beaucoup, hormis le comédon —
bien que sur ce dernier point j'avais toujours l'impression qu'un
jour ou l'autre j'allais voir poindre l'abominable chose. Carlito
avait bien raison finalement : c'était un homme bon, mais je voyais
par trop où il voulait en venir. Une fois, il m'avait attiré vers lui,
mais je l'avais aussitôt repoussé. Il n'avait pas insisté. Pour l'instant donc, il respectait mes réticences, mais je savais très bien qu'il
finirait un jour par obtenir ce qu'il désirait. C'était le capitaine et
comme le disait si bien Carlito, il faudrait bien que je paye un jour
sous une forme ou sous une autre les faveurs qu'il m'accordait.

Cependant je n'appréhendais pas ces rencontres. Je vivais dans
un état second : une sorte de pseudo-bien-être qui me donnait
l'impression, malgré toutes les épreuves que je venais de subir, que
la nouvelle époque dans laquelle j'évoluais n'avait pas d'emprise
véritable sur ma personne, et vice-versa. «Je chemine entre ciel et
mer, me disais-je, comme en suspension entre le réel et l'imaginaire.» Autrement dit, au lieu de chercher à développer de l'ascen-
dant sur ce monde, je me laissais aller : et je flottais, tel un bouchon
sur les eaux agitées d'une mer qui ne réussirait jamais à l'entraîner
dans ses profondeurs. Voilà pourquoi je me soumettais aux tâches
les plus ingrates sans sourciller. Je m'y appliquais, même. Et, une
fois le travail terminé, je restais là, comme un zombi, souriant et
riant parfois avec l'équipage des histoires les plus stupides. Les
matelots avaient fini par m'accepter, ça n'avait pas été facile,
surtout au début. Mais je m'étais rapidement intégré sans rechigner

à la tâche, et cela, je pense qu'ils l'avaient apprécié. Ils m'avaient baptisé «la souris», simple surnom qui m'avait rendu tout joyeux. Toutefois, mon meilleur ami demeurait Carlito qui se demandait parfois, à voir mon comportement, si la fièvre n'avait pas quelque peu dérangé mon cerveau. Il disait que je n'étais plus comme avant. À cela, j'étais toujours tenté de lui répondre : «Comment voudrais-tu que je sois comme avant puisque je ne suis même pas encore né?»... C'était mon sort en définitive : être venu au monde avant terme. Or l'autre jour, perchés tous les deux sur la hune du grand perroquet, j'avais trouvé le spectacle de la mer si grandiose que j'avais failli tout lui raconter. Mais je m'en étais gardé. J'avais eu trop peur de perdre l'amitié de celui qui partageait sans le savoir mon malheur.

Les jours passaient et se ressemblaient tous. Bien sûr, il y avait la mer, mais elle nous montrait toujours la même facette, et la côte américaine, que nous longions depuis le début du voyage, était elle aussi sans grand changement. Je me rendais compte combien la vie d'un marin de cette époque était morose, surtout les jours de faible brise. Il fallait savoir meubler son temps. Le capitaine le savait, lui qui me demandait de plus en plus fréquemment dans ses quartiers. Il s'impatientait : mes réticences, prises au début comme un jeu, ne l'amusaient plus. Je lui donnais moins d'une semaine et il passerait aux actes. Heureusement qu'il avait Carlito pour se contenter de temps en temps, sinon j'y serais passé depuis long-temps.

J'étais occupé à laver le pont du gaillard d'arrière lorsque Carlito m'apprit que nous approchions de cap Hatteras, le lieu où la flotte devait bifurquer vers l'est pour traverser l'océan Atlantique. Cette nouvelle fut loin de me réjouir, car l'endroit a la réputation d'être une zone très dangereuse, surtout à l'automne. Cette zone repré-sente le point de rencontre entre le courant chaud du Gulf Stream et celui, glacé, de l'Arctique, là où la mer se soulève parfois en colonnes durant les tempêtes. Or je savais, pour avoir lu l'histoire complète de la disparition mystérieuse des galions qui avaient accompagné le Guadalupe, que c'était à l'approche de ce cap, et tout particulièrement à l'embouchure des rivières Currituck et

Topsail, qu'on les avait aperçus pour la dernière fois. Plus tard, quand la vigie nous informa que le temps se gâtait, je sus que le moment fatidique était arrivé. «Ma seule consolation, me dis-je, c'est que je vais enfin savoir ce qui est advenu de ces fameux galions. Mais je ne serai sans doute plus là pour le raconter.»

Les eaux se troublèrent et le vent forcit, et le ciel revêtit à une vitesse hallucinante une vilaine teinte charbonneuse. En moins de deux minutes, des lames gigantesques s'écrasèrent contre la proue du navire qui se mit à rouler et tanguer dangereusement, tandis qu'une pluie féroce se mettait de la partie. Le capitaine ordonna aux timoniers de ne pas naviguer trop près des côtes. En effet, par ce temps, le navire risquait fort d'aller s'échouer sur les langues de terre sablonneuses et d'être ainsi à la merci des premiers pirates venus. Pour ma part, j'aurais préféré cent fois cela à ce qui nous attendait. Mais, par un temps pareil, qui aurait seulement osé m'écouter? C'était la nuit noire, et le firmament se trouvait bariolé de curieuses stries rosées que je n'avais jamais vues nulle part ailleurs. Nous n'apercevions plus aucun des quatre autres bâtiments qui nous accompagnaient. Nous étions seuls avec nous-mêmes, complètement isolés au milieu d'une mer qui se déchaînait avec une furie incroyable. À travers le gémissement assourdissant des poutres et des cordages, l'équipage s'affairait de son mieux au maintien du navire. Le capitaine criait ses ordres à l'aide d'un porte-voix. Le gréement était serré et desserré selon les caprices de la tempête. Le navire tenait bon et ne prenait pas trop l'eau. Les pompes fonctionnaient cependant à pleine capacité, les marins s'y relayant à tour de rôle. Je m'agrippais fréquemment au cordage afin de ne pas passer par-dessus bord, mais j'avalais de l'eau, de l'eau glacée; pourtant, les narines me piquaient et la gorge me brûlait. J'avais de la difficulté à distinguer les choses tellement l'embrouillamini était dense, le pont étant sans relâche balayé par une écume pétillante. Puis, sans crier gare, le vent fléchit et la pluie cessa brusquement; on entendit aussitôt un long craquement dans la coque, qui sembla expirer un bon coup, comme un poumon qui se dégonfle après une peur affolante. Le ciel était à nouveau limpide et la mer lisse comme un miroir. Personne n'osait croire à ce qui nous arrivait. Nous étions engourdis, littéralement paralysés par la soudaineté du silence qui nous enveloppait désormais alors que le bruit infernal de la tempête résonnait encore dans notre tête.

La voix du capitaine nous sortit de notre torpeur.

— C'est passager, affirma-t-il. Nous sommes dans l'œil du cyclone. Que tout le monde reste à son poste. Le vent va bientôt redoubler!

Mais le capitaine était fatigué; il avait de la difficulté à se tenir sur ses jambes. Il fut relayé par le second et il descendit dans sa cabine. Il me fit appeler. «Cette fois, ça y est! me dis-je. Il veut se payer du bon temps avant que tout soit fini.» Avant de passer sous le capot d'échelle, je jetai un coup d'œil aux étoiles : elles brillaient avec cette incroyable netteté qui caractérise parfois les longues soirées d'hiver. Soudain, je me rendis compte avec horreur que les plus brillantes d'entre elles semblaient avoir la forme de la constellation qui s'était formée sous mes yeux lorsque j'étais sous l'eau avec Rémy. Je remarquai également, là où par temps clair se trouve la ligne d'horizon, la présence d'une noirceur si dense, si anormale, que la chair de poule me recouvrit de la tête aux pieds. Les inquiétantes stries rosées venaient par moments éclairer cette sinistre étendue, comme un mystérieux et sourd feu d'artifice.

J'étais tellement préoccupé par les signes qu'un danger imminent menaçait le navire que j'entrai sans frapper dans la cabine du capitaine. Ce dernier reposait dans son lit, livide, paraissant avoir subitement vieilli de dix ans, paraissant même à l'article de la mort tellement ses yeux étaient luisants et souffreteux.

— Approche, dit-il, d'une voix qui semblait déjà provenir de la tombe.

Avec une rapidité imprévisible, il empoigna ma chemise et riva mon visage à deux centimètres du sien.

— Ainsi, tu es venu! gémit-il. «L'Ange de la mort empruntera les traits d'un jeune garçon, venu d'on ne sait où», m'a soufflé une vieille diseuse de bonne aventure avant que je m'embarque pour ce voyage. J'étais saoul, il me restait quelques pesetas à dépenser et je les ai données à cette vieille folle pour qu'elle me lise les lignes de la main. J'étais à cent lieues de me rendre compte qu'elle me prédisait des vérités. Mais quand je t'ai vu, j'ai tout de suite su que nous allions tous être punis pour notre piraterie.

— Quelle piraterie?

— Rendus à la moitié du chemin qui nous sépare de l'Espagne, trois d'entre nous, c'est-à-dire trois des quatre galions qui accompagnent le Guadalupe, profiteront d'une nuit sans lune pour faire demi-tour et gagner la Nouvelle-France. Lorsque les deux autres navires s'apercevront de notre disparition, nous aurons déjà une bonne longueur d'avance. Le capitaine Bonilla, le commandant de la flotte, est un homme sage. Plutôt que de se lancer à notre poursuite à deux contre trois, il préférera sans doute gagner l'Espagne au plus vite et avertir l'amirauté... Pendant ce temps, nous atteindrons la Nouvelle-France et nous nous partagerons le butin. Après, ce sera chacun pour soi.

— Comment avez-vous fait pour convaincre l'équipage des deux autres navires?

Les questions sortaient de ma bouche comme si quelqu'un les avait posées à ma place, quelqu'un cherchant à m'avertir qu'un danger me menaçait et qu'il me fallait gagner du temps.

— L'idée vient de moi, répondit le capitaine. C'est à la suite d'une beuverie avec les capitaines des deux autres galions que tout a véritablement pris forme. Nous nous sommes mis d'accord : une partie seulement de chaque équipage serait approchée, des hommes sûrs... La nuit de la mutinerie, tous les autres seraient tués pendant leur sommeil et jetés par-dessus bord...

— C'est horrible.

— Horrible, oui, mais efficace. Hélas! cette tempête est en train de tout gâcher. Nous sommes dans des eaux maléfiques, et j'ai bien peur que la prédiction de la vieille ne soit en train de se réaliser... «L'œil du Diable, m'a-t-elle dit. Méfie-toi de l'œil du Diable!» Or nous sommes en plein dedans. L'œil du Diable ou celui du cyclone, pour moi c'est la même chose.

L'emprise venait de se relâcher quelque peu, mais sa main me retenait toujours près de son visage. Celui-ci était pourpre, presque bleu, et le délire et la fièvre se lisaient dans ses yeux. De sa main libre, le capitaine passait son temps à caresser le côté gauche de sa poitrine... Il se contracta subitement, puis il râla un bon coup, comme pour laisser s'échapper la douleur qui venait de le surprendre.

Il continua :

— C'est le cœur. Voilà des années que ça me travaille. Je n'aurais jamais pensé que cette tempête aurait pu me secouer à ce point. Mais c'est ainsi. Je n'aurai sans doute pas la chance de voir comment nous allons mourir, mais la vieille me l'a dit : «Ce sera terrible : trois navires, dont le tien, entreront dans l'inconnu et disparaîtront corps et biens aux yeux des vivants de ce monde.»

Il s'arrêta un instant, reprit son souffle, puis poursuivit d'une voix plus forte :

— Mais pour que mon navire se perde dans l'inconnu, il faut que l'inconnu ait initialement pénétré en lui! Et cet inconnu, c'est toi! Tu es un bouc émissaire, mon petit. Celui qui ne comprend pas l'enjeu de la partie mais qui représente néanmoins une pièce maîtresse.

Aussitôt, le capitaine m'entraîna sur lui et commença à m'étrangler. Il s'écoula quelques secondes avant que je réagisse, que je cède à la panique, que je me débatte comme un fou. Mais c'était peine perdue... Au moment où j'allais perdre connaissance, mon regard fixa celui de mon meurtrier : deux gros yeux de poisson affolés, tellement écarquillés qu'on aurait dit qu'ils allaient sortir de leur orbite. Il avait peur! Le capitaine semblait avoir peur du peu de souffle qu'il me restait encore, il semblait mort de peur, tellement qu'à cet instant j'en vins à penser qu'il était réellement mort, que son cœur l'avait lâché, que ce n'était plus qu'un corps privé d'esprit, mais auquel les réflexes répondaient toujours, qui m'enlevait la vie.

À ce moment-là, une voix résonna dans ma tête, une voix qui m'ordonna de prendre la dague que je sentais collée contre l'intérieur de ma cuisse. Je la retirai du fourreau, l'agrippai à deux mains et, de toutes mes forces, plantai sa fine lame entre les grands yeux assassins. Les mains du capitaine me relâchèrent aussitôt et ses bras retombèrent mollement de chaque côté de son corps.

Je toussai plusieurs fois avant de retrouver une respiration normale. Mes doigts étaient toujours rivés au manche de la dague au sommet duquel se trouvait un saphir d'un bleu magnifique. Fiché ainsi entre les deux yeux, on aurait dit un troisième œil qui me fixait. Et, l'espace d'un instant, je compris tout. Qui j'étais exactement, le pourquoi de ma présence ici, l'importance de ce que je venais de faire... Mais j'étais incapable de retenir quoi que ce soit, tout s'échappait comme de l'eau qui coule entre les doigts. J'agrippai le manche de la dague de plus belle pour tenter de rattraper l'omniscience qui venait de parcourir mon esprit. Il était en effet possible qu'un lien se fût créé par l'entremise de la lame, qu'un message fût passé du cerveau du défunt au mien. Je poussai sur la dague, qui s'enfonça encore plus profondément dans la tête, et collai mon front contre le saphir. Le mot «Horus» se forma dans mon esprit.

Je n'apprendrais plus rien. Je retirai mes mains du manche et regardai la tête du capitaine avec un dégoût mêlé d'épouvante. Elle se trouvait profondément enfoncée au milieu d'un large oreiller de soie mauve dont les extrémités ressortaient de chaque côté de la tête comme les ailes d'un immense papillon. Ha, ha! Elle était bien bonne! La tête du capitaine ressemblait à un gros papillon épinglé! Ce rapprochement m'arracha un rire étrange, un rire qui, à travers l'inquiétant silence – je m'en apercevais maintenant – qui régnait sur la totalité du bateau, ressemblait à celui d'un démon. Des cris d'hommes affolés semblèrent y répondre aussitôt. S'ensuivit un bruit de pas précipités dans le couloir qui menait à la cabine du capitaine. Mon premier réflexe fut de me cacher, mais je n'en fis rien. En réalité, je savais qui était derrière la porte. Et, curieusement, quand elle s'ouvrit, toutes les fenêtres de la cabine volèrent en éclats. Je me jetai à plat ventre.

Une main toucha mon épaule.

— Tu n'as rien? s'inquiéta Rémy.

Je ne savais pas si je devais lui sauter au cou ou lui aplatir le nez. Les deux réflexes vinrent en même temps; mais je me contentai de répondre que tout allait bien. Cependant, je ne pus m'empêcher d'ajouter avec humeur :

— Eh bien, tu en as mis du temps! Que s'est-il passé?

— Ce serait trop long à expliquer. Et le temps presse. Il faut partir d'ici au plus vite!

— C'est toujours trop long à expliquer! dis-je, hors de moi. C'est toujours trop difficile à comprendre! C'est toujours ainsi quand on est avec toi! Eh bien non, pas cette fois-ci! Je ne bouge pas d'ici avant que tu m'aies expliqué pourquoi je suis ici et comment il se fait que j'ai trouvé la force de l'épingler comme un papillon, lui, là-bas.

Rémy n'avait toujours pas remarqué la présence du cadavre, ou il avait fait exprès pour ne pas le remarquer. Quoi qu'il en soit, il accueillit le spectacle avec stupéfaction.

— Miséricorde, Wil! Qu'est-ce qui s'est passé?

— C'est moi qui te pose la question, Rémy! C'est moi!

— William, écoute-moi bien, dit Rémy en me prenant par les épaules. Tu es en état de choc. Nous ne résoudrons rien en restant ici. Il faut partir le plus vite possible. Regarde!

Il m'entraîna vers une fenêtre de bâbord. Les stries rosées s'étaient rapprochées. De stries, elles étaient devenues fissures, de fissures elles étaient maintenant crevasses. Elles ressemblaient à d'énormes bouches aux gorges profondes qui s'apprêtaient à engloutir le bateau! Je me réveillais enfin, me rendant compte tout à coup, comme si depuis plusieurs minutes j'avais été sourd, qu'il régnait une pagaille épouvantable sur le pont.

— Allez, fit mon frère d'un voix suppliante, suis-moi!

Je le suivis.

Sur le pont, c'était la panique. Des dizaines de marins couraient comme des fous en hurlant à la mort, certains étaient agenouillés et récitaient leurs prières, d'autres sautaient carrément par-dessus bord. Le navire était recouvert d'une mystérieuse brume phosphorescente. Rémy me souleva et me jeta dans une boîte suspendue dans les airs, juste à côté du gouvernail. C'était le cercueil! Toujours sous le choc, je ne m'en étais même pas rendu compte. Notre engin vira à tribord et s'éloigna rapidement. Je regardai une dernière fois le bateau et pensai soudainement à Carlito, le seul être qui m'avait apporté un quelconque réconfort durant ce pénible cauchemar. S'il en était un qui n'avait pas pris part aux manigances du capitaine, un qui ne méritait pas le sort qui attendait tous ces pauvres matelots, c'était bien lui. Je trouvais ignoble que nous l'ayons laissé là-bas. J'ordonnai à Rémy de faire demi-tour.

— Il n'en est pas question! répondit-il. C'est trop dangereux!

Rémy ne comprenait pas, et je n'avais pas le temps de lui expliquer.

Je m'écriai :

— Carlito! Tiens bon, j'arrive!

Et sans réfléchir, je sautai par-dessus bord. Mais avant même de toucher à l'eau, la corde électromagnétique me ramena à l'intérieur du cercueil.

— Recommence ça une autre fois et je coupe la corde! grogna Rémy. Regarde en face de toi, à gauche, à droite! Il y en a partout! Nous ne sommes pas sortis du bois!

En effet, les crevasses nous entouraient de tous les côtés à la fois, et certains pans du ciel se détachaient et tombaient dans la mer comme des morceaux de glace qui se défont sous l'effet du dégel. Derrière eux, le vide... ou plutôt, l'étrange rose... Une couleur pour le moins insaisissable. En dessous de nous, la mer elle-même craquait de toute part. Le cercueil filait à vive allure vers les pans d'horizon toujours en place, mais ils étaient de moins en moins nombreux. Je suggérai à Rémy d'utiliser la vitesse de la pensée pour nous en sortir.

— Impossible! Le cercueil prendra la voie directe. Et nous traverserons inévitablement la zone dangereuse!

— Peut-être pas! En tout cas, nous pouvons toujours essayer!

— Impossible! répéta Rémy. Regarde, il ne reste que ce bout d'horizon, là-bas! Et je ne pense pas que nous réussirons à l'atteindre. Nous sommes déjà dans la zone!

La poussée du cercueil était, je le sentais, phénoménale. Mais finalement le dernier pan d'horizon se détacha, glissa curieusement dans les airs comme une feuille de papier et s'évanouit sous nos yeux.

Le cercueil continua d'avancer dans une atmosphère d'un rose étrange qui nous enveloppait de partout. La même sorte de brume qui recouvrait le bateau apparut bientôt sur l'engin.

— Il ne faut pas rester dans le cercueil! dit mon frère. Nous devons sauter!

— T'es pas fou! Pour aller où?

— Ne discute pas, Wil. Saute!

— Pas sans toi!

— Je dois d'abord désamorcer le courant électromagnétique!

— Eh bien, enlève-le maintenant et sautons ensemble ensuite!

Mon frère se rua sur moi et, en moins de deux, je me retrouvai suspendu dans les airs, hors du cercueil. Avant de me lâcher définitivement, Rémy me dit :

— Le poème, William. Souviens-toi du poème et trouve cet autre qui est en toi!

— Rem, non! Je t'en prie! Je veux sauter avec toi! Rem! Nooooon!

La chute me donna un haut-le-cœur terrifiant. Au bout d'un moment, la vitesse de la chute devint tellement folle que je perdis connaissance.

*

*   *

Quand je repris conscience, je ne voyais rien, mais j'entendais des voix. Elles semblaient humaines, ces voix, humaines mais tellement lointaines, tellement incertaines. J'aurais voulu qu'elles se rapprochent. «Ohé! Je suis tout près de vous! Je suis ici!» Ici? Je ne savais même pas où j'étais. Et je ne savais pas très bien où j'en étais non plus. Tout était brouillé dans ma tête, comme un casse-tête défait dans une boîte. Il fallait joindre les morceaux ensemble, reconstituer une image, des images... La vision des pans d'horizon se détachant d'un ciel nocturne me venait sans cesse à l'esprit, mais rien de véritablement concret ne se formait, tout était rose.

J'entendis des voix :

— ...trois jours qu'il est comme ça. Avez-vous noté une amélioration?

— Aucune. Le pouls est lent, mais régulier. Il faut attendre.

«Je ne suis pas mort.» Ce fut la seule pensée véritable qui se forma dans mon cerveau après un moment. Je ne suis pas mort... D'accord. C'était une bonne chose de réglée. Maintenant, restait à savoir : Qui est-ce qui n'était pas mort? Réponse : «Je», évidemment. Question : Qui est «je»? «Je est un autre», souffla alors une voix à l'intérieur de moi. Cette réponse eut l'effet d'une brise fraîche sur mon cerveau. Celui qui avait dit ça s'appelait Rémy; Rémy était mon frère et il adorait Rimbaud. Cette phrase, mon frère m'avait demandé de la retenir car elle avait une signification profonde liée au nom que je portais : I am : je suis; I will (be) : je serai. Celui qui existe mais qui reste en devenir. Celui qui se cherche mais qui ne réussit pas à trouver cet «autre» qui l'habite.

Mon nom est William.

Encouragé par cette découverte, j'essayai de savoir ce qu'il advenait de moi maintenant. La vision qui me hantait, celle des morceaux de ciel nocturne qui tombaient dans la mer, m'aida à reconstituer toute mon aventure jusqu'à ma perte de conscience. Avais-je été récupéré par Rémy? Étais-je à nouveau chez moi? Si seulement j'avais pu voir autre chose que ce rose... Bon Dieu! Peut-être étais-je toujours là-bas, chutant encore et toujours, mais sans m'en rendre compte, dans ce monde étrange où rien ne semblait exister, hormis le rose? Les voix de tantôt étaient-elles le fruit de ma propre imagination? J'étais peut-être réellement mort après tout? Cette pensée me fit brusquement écarquiller les yeux, et mes paupières, qui m'avaient jusque-là semblé collées, s'ouvrirent sur une pièce très éclairée. J'étais dans un lit d'hôpital, relié à des machines qui me maintenaient en vie artificiellement. Je ressentais une vague nausée; une multitude de tubes pénétraient différentes parties de mon corps; j'étais engourdi, amorphe, mais... vivant!

Une infirmière s'approcha. Je tentai de lui parler, mais c'était impossible à cause des tubes. C'était inutile aussi. Elle s'aperçut que j'étais réveillé.

— Restez calme, dit-elle. Je vais chercher le médecin.

Comment diable aurais-je pu m'énerver, retenu comme je l'étais par tous ces fils, ces tubes et même ces draps que je sentais trop soigneusement repliés sous le matelas? Je me demandais même si je pouvais parvenir à bouger un doigt. Il faudrait de toute façon qu'on me montre comment faire : j'avais oublié. Mais le médecin arriva...

Après m'avoir examiné rapidement, il m'apprit que j'avais chuté d'un escalier et qu'à la suite d'une commotion cérébrale, j'avais été dans le coma pendant trois jours.

La voix me revenait avec peine. C'était comme un crissement. Mais je finis par articuler :

— Quel escalier?

— L'escalier de votre grenier, je crois.

— Qui vous a dit ça?

— Vos parents. Ils vous ont trouvé là, sans connaissance, à la suite de ce qu'ils croient être une crise de somnambulisme. Vous êtes somnambule?

— Parfois.

Franchement, était-ce à la suite d'une crise de somnambulisme que j'étais dans cet état? Tout ce qui s'était passé n'était-il encore une fois qu'un rêve? Je ne pouvais pas y croire! Non, je ne pouvais pas y croire!

— Vos parents ont été avertis, reprit le médecin qui portait, je le remarquais maintenant, de grosses lunettes épaisses avec une monture d'écaille. Ils arrivent immédiatement.

Eh bien, on ne me ménageait pas! Pour quelqu'un qui venait de sortir du coma, la convalescence avait été plutôt rapide. On désirait m'achever à coups de mauvaises nouvelles? Mes parents étaient les dernières personnes au monde que j'aurais voulu voir à ce moment. J'aurais plutôt aimé parler à Rémy. Au fait, était-il revenu des Bermudes? Si j'étais dans le coma depuis trois jours, comme le prétendait le médecin, mon frère était sûrement rentré. Sans doute était-il en route pour l'hôpital avec papa et maman.

Ma mère fut la première personne à faire son apparition dans la chambre. Elle portait un curieux chapeau qui me rappelait quelque chose, mais je ne savais pas quoi. Mon père entra à sa suite. Je ne voyais pas Rémy.

— C'est merveilleux, William! s'exclama-t-elle, les yeux en larmes. Tu es de nouveau parmi nous!

Elle me serra dans ses bras de toutes ses forces, mais elle ne m'embrassa pas. On aurait dit qu'elle n'osait pas m'embrasser. Peut-être était-ce à cause des bandages dont je sentais ma tête et mes poignets recouverts? Ça lui donnait sans doute l'impression que j'étais une momie à moitié déroulée.

— Bravo fiston! s'égosilla stupidement mon père, dont la chemise était masquée par une large cravate rouge. Je suis fier de toi!

Fier de quoi? eus-je envie de demander. Fier d'une momie schizophrène? D'un bidule thérapeutique? D'un cobaye scientifique? De quelqu'un dont on peut se payer la tête car on sait très bien qu'elle ne fonctionne pas bien? Fier de quoi, hein? Ça sonne faux tout ça, pensai-je. Ça sonne terriblement faux! Vous semblez heureux de me voir mais en réalité vous ne l'êtes pas. Alors dites-le, ce qui ne va pas! Je suis un cas irrécupérable, c'est ça? Envoyez-la-moi votre salade! Non, vous n'osez pas? Très bien. C'est moi qui vais parler :

— Où est Rémy?

Cette question déclencha chez mes parents une vraie crise de nerfs. Ils se mirent à pleurer comme des enfants. Je redoutais le pire. Je ne voulais pas entendre ce qu'ils n'osaient me dire mais pourtant je les implorai de m'avouer ce qui n'allait pas.

— Rémy est mort, finit par articuler ma mère.

— Il a décidé de rentrer des Bermudes plus tôt que prévu, ajouta mon père. Et l'avion qui le ramenait s'est écrasé en pleine mer, il y a trois jours, à la suite d'une tempête. Les autorités n'ont retrouvé aucun corps, aucun débris, et ils ne pensent pas en retrouver non plus, l'avion étant disparu dans une zone dangereuse réputée pour ne laisser aucune trace.

— Rémy est mort, William, rajouta encore ma mère dans un sanglot. Il va falloir te faire à cette idée. Il va tous falloir nous faire à cette idée.

Je ne m'y suis jamais fait. Le ciel serait tombé sur ma tête que cela aurait été moins grave. Je suis resté quatre jours sans parler, sans boire, sans manger. Alors que je sortais à peine du coma, le médecin a reproché à mes parents de m'avoir annoncé la nouvelle trop vite. «Pas d'émotions, surtout!» leur avait-il dit. Mais comment auraient-ils pu faire autrement? La joie de me voir sorti du pétrin n'était quand même pas assez grande pour masquer la tristesse engendrée par la mort récente de Rémy. Non, ils n'avaient pas de reproches à se faire à ce sujet. Par contre, je ne leur ai jamais pardonné d'avoir laissé partir Rémy sans moi. Ce reproche d'enfant pourra paraître stupide, mais je n'ai jamais pu l'enlever de ma tête d'adulte, et il s'est transformé avec les années en une véritable haine qui ne s'est jamais apaisée : mes parents auraient dû me laisser partir avec Rémy, ainsi je serais mort avec lui, et la vie aurait été moins dure pour moi.

Car Rémy me manque terriblement. Il me manque plus que tout au monde. Cette partie de moi-même, je ne pourrai jamais la retrouver chez personne... À mon retour de l'hôpital, je conservais encore quelque espoir de le revoir vivant. Je me disais que si je n'étais pas réellement schizophrène, je le verrais un jour ou l'autre sortir d'une des quatre portes du grenier. Il me dirait alors, tout souriant : «Bonjour, Wil! Comment va? Quelle bonne farce je t'ai jouée, hein?» Et on en rirait ensemble longtemps. Mais, avec les années, la farce est devenue trop grosse et l'évidence de sa mort a pris le dessus. Bien sûr, j'ai tenté à plusieurs reprises de faire cracher le morceau à cette maudite lampe, en m'aidant du poème et tout et tout, mais elle est demeurée sourde à toutes mes tentatives. Son mécanisme vocal s'est même éteint, un jour, pour ne plus jamais repartir. On aurait dit qu'elle se repliait sur elle-même, gardant jalousement pour elle seule le secret de ses origines, semblant pleurer à sa façon la mort d'un être cher avec qui nous avions tous les deux partagé de bons moments. Plus tard, papa et maman ont vendu la maison avec tout ce qu'elle contenait à l'oncle Roschildren et ils m'ont emmené vivre avec eux à New York. Voilà une autre chose que je n'ai jamais pu leur pardonner, car avec ce départ, mes espoirs de revoir Rémy vivant s'anéantissaient, la lampe étant pour moi un peu de sa présence vivante.

Quant à ma supposée schizophrénie, mon père et ma mère ont-ils toujours joué le jeu de l'autruche avec moi? Je l'ignore et j'ai toujours préféré rester dans l'ignorance plutôt que de faire face à une révélation douloureuse. Je ne leur en ai donc jamais parlé; eux non plus. L'existence de cette maladie mentale est toujours demeurée pour moi un mystère, un problème que je n'ai jamais tenté de résoudre autrement que par mes propres moyens. Je connais tout de cette maladie, j'ai dévoré des tonnes de bouquins à son sujet! Et je dois avouer que parfois ça colle, et que parfois ça ne colle pas. La médecine n'explique pas tout, et encore moins la psychiatrie. Enfin, tout ce que je sais, c'est que malgré une santé fragile, il m'a toujours semblé que j'avais toute ma tête. Mais comment savoir quand on est sujet à des pertes de conscience momentanées, à de brusques accès de fièvre, qu'on se retrouve tout à coup dans son lit à côté de quelqu'un qui vous dit que tout va bien maintenant, comment savoir avec certitude que l'on n'a pas rêvé? Après la mort de Rémy, je n'ai plus jamais fait de voyages réels ou imaginaires le concernant, lui ou la lampe. Cela ne signifierait-il pas justement que tout ce que j'ai vécu avec lui était réel? Peut-être. Mais peut-être aussi n'est-ce qu'un piège de l'esprit, car il est possible que mes rêves se soient effacés devant la réalité de sa mort. Enfin, c'est une hypothèse parmi d'autres, mais n'est-ce pas celle que j'ai appris à accepter avec les années? Tout comme j'ai appris à accepter l'existence de mes cauchemars qui, comme bien d'autres choses depuis la mort de mon frère, ont élu domicile chez moi. Il va sans dire que je n'ai jamais parlé de tout cela à un psychiatre. Surtout pas à un psychiatre! Rémy les méprisait, et je partageais son mépris. Il appelait les psychanalystes les hermafreudistes ou les valseuses de Papa-Freud. Je trouvais cela tordant. En fait, j'ai toujours eu peur d'aller consulter un psychiatre, de crainte qu'il ne découvre que je suis vraiment schizophrène et qu'il ne décide de m'enfermer pour de bon. Cela signifierait évidemment que ma maladie est réelle alors que jusqu'à maintenant, n'étant pas spécialiste, jai pu en douter. C'est idiot de raisonner ainsi, mais ça me console de savoir que l'erreur reste une probabilité avec laquelle je peux toujours jongler. Je me suis donc rattaché au doute, à l'auto-analyse, à l'étude des phénomènes inexpliqués. En particulier aux disparitions mystérieuses qui surviennent dans le Triangle des Bermudes. Avec l'auto-analyse, je cherche à découvrir qui je suis, qui est, selon ce que Rémy m'a dit, cet «autre» qui m'habite. C'est la raison pour laquelle je me regarde tous les jours dans le miroir, bien qu'il existe une autre raison qui me pousse à agir ainsi : la peur, l'obsession morbide et constante de voir poindre un jour ou l'autre sur ma joue un comédon plus gros, sinon plus laid, à tout le moins tout aussi abominable que celui de l'oncle Roschildren.

Voilà treize ans que tu es mort, Rémy. Treize ans, c'est un peu long pour espérer encore ta résurrection. Au plus profond de moi cependant, une voix folichonne me dit que tu vis toujours et que tu attends un moment précis pour ressurgir : le moment où j'aurai trouvé cet «autre» qui m'habite, peut-être? Une autre voix me dit au contraire que tu es bel et bien mort et qu'il est inutile d'espérer. Depuis treize ans, mon cœur balance entre les deux.

Le temps est venu pour moi de faire un choix, Rem.

II

SUROH

Tempus edax rerum
Le temps qui détruit tout.

Ovide, *Métamorphoses.*

LA VÉRITÉ? *

C'est la crise ferme
D'un instant suprême
Et dans ses ténèbres
Galopent des zèbres

Et d'horribles taches
– On dirait des vaches!
Entrent dans sa danse
En contours plus denses

C'est la grise ferme
D'où coule une crème
Blanche, grise, ferme
– L'Essence suprême?

C'est le noir paddy
Et de lui je dis :
L'apparence humaine
Est sa soif malsaine

Car c'est bien la forme
Courte et filiforme
Que la race embrasse
Sous sa sombre crasse

Or décortiqué
Au départ du quai
Enfin l'homme rit
Car il a compris :

C'est l'esprit humain
Pris entre les mains
D'un affreux surhomme
Qui a bu du rhum.

* Extrait du recueil de Rémy

CHAPITRE 9

UNE LETTRE POUR L'HÉRITIER

Cher filleul,

Je sais que tu ne m'as jamais aimé, mais que tu le veuilles ou non, te voilà rendu au sommet de mon empire... Cet empire qui est désormais le tien, j'espère que tu sauras le diriger avec diligence et fermeté. En fait, je ne suis pas inquiet pour ça, je sais que tu as les talents nécessaires pour y arriver. Je te conseille néanmoins de prendre comme secrétaire personnel un nommé Viscogliosi, un homme terne, mais fidèle, qui te guidera efficacement dans ta nouvelle tâche. Il connaît les entreprises Roschildren comme le fond de sa poche, ainsi que les projets qui me tenaient à cœur et que je te demande de respecter, à tout le moins de prendre en considération. Je sais, comme je l'ai dit plus haut, que tu me détestes, mais n'oublie pas une chose : les dernières volontés d'un mort sont sacrées. Après, tu feras bien ce que tu voudras. Ces volontés, d'ailleurs, doivent être vues davantage comme des suggestions plutôt que des ordres.

Donc, comme première action à la tête de l'entreprise, je te suggère vivement d'aménager ton bureau à New York et d'y faire venir le conseil d'administration. Je te suggère aussi de fermer progressivement l'entrepôt principal de Londres et d'en faire construire un plus grand et mieux adapté à la commercialisation extérieure à New York. Fais confiance à cette ville, elle t'ouvrira la porte des marchés qui nous étaient jusque-là inaccessibles. Cependant, les ateliers d'ébénisterie et l'usine de meubles modernes devront rester à Londres à cause de la main-d'œuvre spécialisée qui s'y trouve, et qui est difficilement mobilisable. Les boutiques d'antiquités pour leur part ne nécessitent aucune attention particulière, mais tu peux toujours tenter quelques ouvertures, notamment au Japon ou au Brésil. Évidemment, les vieux cadres et certains actionnaires de la compagnie vont te critiquer, mais rappelle-toi que tu possèdes plus de soixante pour cent des actions. Ce détail fait de toi non seulement le patron mais la personne dont le pouvoir décisionnel est presque sans appel. Il n'y a, somme toute, que les lois du marché pour te rappeler à l'ordre. Pour ma part, je n'ai jamais osé faire ces changements car je me considérais comme trop vieux, et je suis resté trop attaché à ma ville natale. Mais toi, tu es jeune et sans attaches. Profites-en!

Je désire maintenant te parler de ton frère, et, par le fait même, de la haine farouche que tu me portes. J'ai cru voir plusieurs fois dans tes yeux que cette haine, entretenue et aiguisée par Rémy, trouvait sa véritable source dans la peur. Il est vrai que mon physique n'a rien d'agréable, que ma figure suscite même le dégoût. Mais on ne choisit pas le corps avec lequel on naît, sache-le bien, tout au plus peut-on l'aimer, à défaut de quoi il faut apprendre à vivre avec lui. Ce que j'ai fait, et ce ne fut pas facile. Mais je ne tiens pas à profiter de cette lettre pour me plaindre. Je veux dire en définitive que tu pars gagnant : tu es un garçon beau et intelligent, et tu as toute la vie devant toi. Bien sûr, ces paroles doivent trouver dans ta tête un écho grotesque... Mais les beaux méconnaissent l'affliction que subissent les laids et je tiens à te dire, moi, que ce n'est pas quand tu seras rendu un vieil homme tout décrépit qu'il te faudra entreprendre ta vie. Je t'offre une chance inespérée de sortir de ta coquille, d'être autre chose que l'ombre de ton frère.

L'ombre de ton frère... Willy, je te le dis en toute sincérité, méfie-toi de Rémy : il a fait de toi un être hargneux et renfermé et, même mort, il continue d'avoir de l'influence!

Ta haine (pour ne pas dire ta peur maladive face à l'inconnu que j'étais et que je suis resté) a atteint son point culminant avec l'histoire du grenier. Ce soir-là, j'avais bu beaucoup et je ne savais plus très bien ce que je faisais. Mon Dieu, ce que je donnerais pour effacer à jamais cet événement! Est-il possible pour un homme de subir une telle humiliation, une telle douleur? Il faut que tu comprennes... Le piège à rats, c'est un coup de Rémy. Je ne crois pas te l'apprendre évidemment, et peut-être même te l'a-t-il déjà avoué, mais sache qu'il a agi ainsi parce que lors du réveillon de Noël, j'avais discuté avec tes parents de la possibilité de t'emmener avec moi pour le reste de la période des Fêtes. Je devais aller à Boston, puis à New York. C'était pour moi une occasion inespérée d'essayer d'établir avec toi une meilleure relation. Mais ton frère a eu connaissance de notre conversation et pour rien au monde il ne t'aurait laissé partir avec moi. L'aventure du grenier lui aura donné l'idée, le prétexte et le moyen de m'en empêcher. Ah, il était malin, le petit salaud! Comme pantoufles, j'avais à cette époque des espèces de babouches qu'on enfile directement en sortant du lit. Ce fut tellement inattendu, tellement douloureux, que je suis resté pendant des années incapable de sortir d'un lit normalement. Mon sommeil fut lui aussi perturbé, mais pour cela je ne crois pas être le seul, pas vrai? Les apparences sont trompeuses, Willy, le monstre, ce n'est pas moi, c'est ton frère.

Voilà. Il n'y a qu'une chose qu'il te faut encore savoir à propos de ton frère : vous étiez jumeaux. Ce qu'on appelle de faux jumeaux, en fait. Je ne sais pas pourquoi je me suis fait le complice de cette cachotterie bizarre, mais c'était facile... Rémy a toujours été plus grand et plus costaud que toi. Dès les premiers mois de sa naissance, il faisait preuve d'une intelligence remarquable et quand est venu le temps de vous inscrire à l'école, on lui a fait sauter trois années de classe (il devait en sauter d'autres plus tard). Un clivage bien concret, d'ordre social, venait d'être créé entre vous, mais il avait été préparé et fabriqué avant. Tes parents avaient prévu cela et ne voulaient pas que tu souffres de la précocité prodigieuse de ton frère. Après tout, vous étiez jumeaux, vous aviez le même âge : pourquoi aurait-il sauté trois années et pas toi? Tu n'aurais pas compris. Tes parents te trouvaient trop sensible, trop émotif. Ils ont donc imaginé un stratagème pour vieillir Rémy lorsque vous étiez âgés de trois ans. À cette époque, Rémy savait déjà lire, écrire et additionner. Un vrai prodige, quoi! Il parlait aussi bien l'anglais que le français, alors que toi... Eh bien, tu suivais l'évolution normale d'un garçon de trois ans! Tes parents n'eurent aucune difficulté à te convaincre que Rémy était plus vieux, qu'il allait à l'école – alors qu'en vérité il allait chez sa tante Berthe. Plus tard, tes parents trouvèrent même le moyen de falsifier les certificats de naissance et la date de naissance de Rémy fut officiellement reculée de trois ans. Le plus cocasse, c'est que tu es né avant ton frère, toi le plus chétif, le plus malingre, mais assurément le plus beau... Je suis désolé, Willy, sincèrement désolé que tu aies été la victime de cette manigance grossière, manigance avec laquelle je n'étais pas d'accord, sache-le bien. Mais tes parents ne voulaient à aucun prix que tu sois mis un jour au courant de tout cela, fussent-ils morts. «William est trop sensible, trop émotif... Il le prendrait mal; sa vie risquerait d'être gâchée.» Or c'est maintenant que tu es en train de gâcher ta vie, et nous en sommes tous responsables. Étant ton parrain légitime, je trouvais essentiel que tu sois mis au courant, comme il serait important que tu apprennes certaines choses concernant ton père et ta tante Berthe. Mais ces choses-là, ce n'est pas à moi de te les dire, c'est à toi de les découvrir.

Il ne me reste plus qu'à te souhaiter bonne chance, à te dire que faire de toi mon unique héritier, c'est le plus grand service que je puisse te rendre.

Ton parrain,
Edgar Roschildren

CHAPITRE 10

M. EDWARD WITWORTH

Mourhu était revenu de Londres depuis plusieurs jours et il ne m'avait toujours pas appelé. On aurait dit qu'il jouait à cache-cache avec moi. Par exemple, si je téléphonais à son bureau, on me répondait sans cesse qu'il était sorti; si je laissais des messages, les appels ne m'étaient jamais retournés. À force d'appeler chez lui, j'allais battre le record de la plus longue sonnerie, mais en sens inverse... Vraiment, c'était le monde à l'envers! Jamais je n'aurais cru qu'un jour je chercherais à mettre le grappin sur lui. Seulement voilà, je désirais savoir ce qu'il avait fait de mon argent, et, d'une certaine manière, mais c'était beaucoup plus dur à admettre, je voulais prendre connaissance de la deuxième partie de la bande sonore de sa rencontre avec Suroh. Eh oui, la chose m'intriguait... Bien sûr, dans ma brève correspondance avec Mourhu, je ne m'étais pas montré très «chaud» face à tout ça, mais j'avais tenté inconsciemment de nier l'excitation qui s'était emparée de moi et qui, petit à petit, avait fini par prendre le dessus. Maintenant, depuis que j'étais sans nouvelles de Mourhu, je ne tenais plus en place, littéralement. J'avais même eu l'idée saugrenue de m'envoler pour Londres en recevant sa dernière lettre. Mais je m'étais ravisé. Si je lui avais tendu la main, il m'aurait arraché le bras, c'était son genre. De toute façon, j'étais incapable de retourner à Londres : trop de souvenirs me hantaient et me faisaient mal. Je me sentais incapable de revoir notre ancienne maison que Roschildren avait transformée en musée poussiérieux... Il aurait pourtant fallu que j'y retourne... Bon Dieu, j'aurais donné une fortune pour savoir où était Mourhu et ce qu'il mijotait.

Évidemment, j'avais accepté l'héritage. J'avais signé tous les papiers qui faisaient de moi un homme riche et puissant. Je ne dis pas cela en bombant le torse. Je n'éprouvais aucune fierté à l'égard de ma nouvelle situation. Elle m'écœurait. Mais c'était ça ou l'asile. Alors voilà, bien qu'il m'arrivait parfois d'envier le sort des fous, j'étais désormais rendu au sommet de l'empire Roschildren, moi qui ne connaissais presque rien aux vieux meubles – et qui n'avais pas envie d'en connaître davantage, d'ailleurs! Dans mon esprit, j'assurais l'intérim, le temps de trouver le moyen de redescendre de cette tour d'ivoire dont j'avais fait déménager, selon les dernières volontés de mon oncle, le bureau central et le conseil d'administration de Londres à New York. Eh oui, j'avais osé! Or comme l'avait prévu mon oncle, cette action avait créé tout un émoi chez les vieux cadres et chez certains actionnaires de la compagnie. Mais il était hors de question que j'aille vivre à Londres. D'ailleurs, j'avais signé tous les papiers ici : le notaire, l'exécuteur testamentaire, c'étaient eux qui avaient dû se déplacer. Roschildren ignorait sans doute que ces dernières volontés se trouvaient en quelque sorte à respecter les miennes. Et je ne m'étais pas gêné, lors de ma première réunion avec le conseil d'administration, pour mettre ces volontés sous le nez de ceux qui critiquaient mes changements. Si les critiques cessèrent, le mécontentement s'installa, et il devait s'amplifier par la suite.

J'avais pris comme secrétaire personnel le dénommé Viscogliosi, qui m'avait rapidement mis au courant des multiples rouages de la compagnie. Pour les chiffres, je n'avais pas éprouvé de grandes difficultés à me mettre à la page, mais pour les meubles, ce fut une autre histoire. J'avais dû feuilleter quantité de revues, de livres et d'encyclopédies spécialisés dans le domaine, visiter plusieurs boutiques et musées, apprendre à faire la différence entre un meuble de Boulle et un Chippendale... Un apprentissage qui fut long et difficile.

Pour en revenir à Viscogliosi, voilà un homme qui se montrait fort érudit mais dont la personnalité, terne et grisâtre, s'apparentait assez à celle d'un vieux meuble, pas commode du tout, qui aurait eu besoin d'une bonne rénovation. Il m'énervait royalement, ce Viscogliosi. Je l'imaginais sans cesse poursuivi par un nuage de pluie et ralenti par un boulet au pied. Car il n'était visiblement pas heureux de sa nouvelle situation. Auparavant, il dirigeait un des ateliers d'ébénisterie de Londres. Pourtant, le rendement de cet atelier avait augmenté d'environ vingt pour cent depuis que ce cher homme l'avait quitté. Je le gardais encore quelque temps, histoire de bien comprendre les rouages de l'entreprise, ensuite j'avais en tête de créer un poste spécialement pour lui, autrement dit un poste terne, sans surprise et demandant peu de mobilité. Un poste tampon, quoi, auquel sa fonction s'apparenterait assez à celle d'un appui-livres.

J'avais nommé l'exécuteur testamentaire, qui était, je l'appris plus tard, un de mes petits-cousins par alliance, au poste de vice-président, un poste que l'autre convoitait sans doute. Il s'appelait Alec Jefferson. C'était un jeune cadre dynamique pourvu d'un excellent sens de l'humour. Je m'entendais bien avec lui, et désirais m'en faire un allié. Je ne pouvais pas espérer cela de tout le monde malheureusement, surtout pas des vieux cadres de la compagnie qu'il me tardait de démanteler pour avoir une idée un peu plus nette du tableau.

$$*$$
$$* \qquad *$$

Calé dans un immense fauteuil de style victorien, qu'on avait muni de roulettes pour le rendre plus mobile, je bossais. Un bureau en chêne massif, sur lequel reposait un téléphone tel que Graham Bell avait dû en posséder un jadis, mettait une bonne distance entre moi et les postillons de mes visiteurs.

L'antiquité téléphonique se mit à sonner. C'était Christie's. Je dus faire un bel effort pour m'enlever de la tête la compagnie de biscuits qui porte le même nom. Christie's est en réalité une des plus importantes sociétés de ventes aux enchères du monde. On voulait avoir des nouvelles d'une commode, datant de 1559, que mon oncle s'était occupé de rénover personnellement. Une véritable pièce de musée qui devait figurer parmi un lot important de meubles élisabéthains lors d'une prochaine vente, m'affirma le commissaire-priseur. Je lui répondis que j'ignorais malheureusement où se trouvait cet honorable meuble – et je m'en foutais! –, mais que je m'occupais de cette affaire sans plus tarder. Un peu plus tard, j'obtenais Walter Nemirovsky au bout du fil. (Celui-là, j'avais tellement de peine à prononcer son nom que je le surnommais Némi, au lieu de Walt, comme tout le monde; je crois qu'il n'appréciait pas.) C'était le coordonnateur général des ateliers d'ébénisterie de Londres. En une semaine, il m'avait téléphoné au moins vingt fois. C'est que tout le monde s'impatientait là-bas : il ne restait plus une goutte du fameux vernis pour bois Roschildren. Depuis la mort de mon oncle, on vivait pour ainsi dire sur les réserves. Maintenant, il ne restait vraiment plus rien et nous étions incapables de procéder à la finition de plusieurs centaines de meubles. D'après Nemirovsky, nous étions au bord de la crise : les ateliers et l'usine allaient paralyser, les actions en Bourse chuter. Le pauvre était lui-même au bord de la crise nerveuse, passant le plus clair de son temps à s'arracher les cheveux. Bien vite, il ne lui resterait plus rien sur la tête, selon son propre aveu.

Je lui fis part de mon inquiétude – oh, combien feinte – pour le vieux meuble élisabéthain.

— Que voulez-vous qu'on en fasse, rugit-il, de cette vieille commode!

Puis, se rendant compte qu'il parlait somme toute à son patron, il ajouta sur un ton plus doux :

— Veuillez m'excuser. Mais il me semble que nous avons des problèmes drôlement plus urgents à régler.

— Je suis d'accord avec vous, Némi.

— Vous n'avez vraiment aucune idée de l'endroit où votre oncle a classé les papiers de sa formule de vernis?

Il sous-entendait par ce «vraiment» que je lui cachais quelque chose. D'ailleurs, tout le monde pensait cela.

— Aucune, Némi, je vous assure.

— Mais nous ne pouvons pas continuer comme ça!

— C'est évident.

— Qu'allez-vous faire?

— Raccrocher.

Je sortis prendre un café.

L'air de Wall Street était vicié, ses trottoirs, bondés. Les gens s'affolaient, pressaient le pas, couraient un peu partout pour des riens. Dans cette ville, orgueilleux symbole de la liberté, je ne me sentais pas libre : tous ces employés qui dépendaient de moi, qui attendaient après moi! Quelque chose d'anormal était en train de se produire : je me sentais responsable.

Je marchai lentement pour permettre à mon esprit de faire le point. Roschildren m'avait laissé une entreprise à la dérive. J'étais le capitaine d'un navire auquel il manquait le mât principal. Dans ce cas-ci, le secret du fameux vernis pour bois Roschildren. Mon oncle m'avait-il fait le sale coup de ne pas me révéler son secret, un secret sans lequel mon règne à la tête de la compagnie prendrait bientôt l'allure d'un fiasco? Et la réputation internationale de ses meubles, qu'en faisait-il? Pourtant sa lettre comportait le post-scriptum suivant :

P.S. : J'allais sans m'en rendre compte oublier la chose la plus importante de toutes : le fameux secret du vernis pour bois Roschildren. Si certains rivaux pensent connaître les ingrédients du mélange, personne en tout cas n'en connaît les quantités exactes. Et, pour certains meubles antiques demandant des soins très spécialisés, je suis le seul à savoir les différentes méthodes d'application de certaines cires et la durée d'attente idéale entre les couches. Tout cela, souviens-t'en, a valu aux meubles Roschildren la réputation de «meubles aux finis inégalés». Je te conseille donc de mettre un minimum de personnes dans le secret, car je sais très bien que tu n'as pas les connaissances nécessaires, ni l'expérience, pour t'occuper de cela tout seul. Entoure-toi de personnes sûres, que je te laisse le soin de dénicher. Tu trouveras tous les papiers concernant le secret du vernis et quelques autres dans le coffre-fort personnel de mon bureau, derrière le Degas. En voici le numéro : 5-0-20-40-60.

J'avais chargé Alec Jefferson, en qui j'avais confiance, d'aller à Londres chercher les papiers de la formule. Pour plus de sûreté toutefois, car ma confiance avait certaines limites, je ne lui avais donné que la première partie de la combinaison du coffre, l'autre partie ayant été communiquée par téléphone au notaire de mon oncle. Il fallait donc que deux personnes soient là pour ouvrir le coffre, et j'exigeai que quelques employés assistent également à l'ouverture, dont Walter Nemirovsky. Or, Jefferson et le notaire n'avaient trouvé dans le coffre aucune trace des papiers concernant la fameuse formule de mon oncle.

Oubli fâcheux? Quelqu'un avait-il eu vent de la combinaison? S'était-on emparé de la formule pour la vendre à un concurrent ou encore pour me faire chanter? Je fis ma petite enquête au sujet de la lettre personnelle que m'avait adressée mon oncle, celle sur laquelle figurait le numéro du coffre. Mais le notaire était formel : personne, à part moi, n'avait touché à cette lettre depuis qu'elle avait été mise dans son coffre-fort avec le reste des documents testamentaires; personne, à part moi toujours, n'avait pu prendre connaissance de son contenu à cause du sceau qui cachetait l'enveloppe dans laquelle elle se trouvait. Peut-être mon oncle avait-il décidé de ranger les papiers de sa formule ailleurs et qu'il n'avait pas eu le temps d'en aviser son notaire? Pour le moment, l'énigme semblait insoluble.

Le cours de mes pensées s'interrompit lorsque j'aperçus une boutique de perruques. Je les observai quelques minutes à travers la vitrine, puis entrai d'un bond dans le magasin, en choisis une et sortis aussitôt. Un peu plus loin, j'achetai un pot de colle et un petit pinceau. Je finis mon périple au bureau de poste, mis l'ensemble de mes achats dans une boîte et expédiai le tout à Londres par courrier express. L'employé des postes était d'excellente humeur :

— Nom du destinataire, monsieur Roschildren?

Tiens, on me connaissait déjà. La presse new-yorkaise était une véritable calamité. Mes rêves de rester incognito semblaient à jamais évanouis.

— Walter Nemirovsky, dis-je.

*
* *

Durant les deux premiers mois, les affaires de mon oncle occupèrent tout mon temps. D'un bord à l'autre de l'Atlantique, on s'arrachait les cheveux à essayer de retrouver la damnée formule secrète. Je réussis à étouffer la disparition de la formule pendant un moment, mais finalement une fuite eut lieu et bientôt toute la presse fut au courant. Je fis donc mettre sur pied, à Londres, un comité d'urgence, chargé de trouver des solutions à la situation. J'en confiai la direction à Walter Nemirovsky. On y travaillait, entre autres, à la mise au point d'un vernis de rechange. La situation n'était toutefois pas critique, car la réparation et la fabrication des meubles roulaient normalement. Le vrai problème se trouvait à la finition, un problème sérieux, évidemment, qui ne manquerait pas de devenir critique dans un proche avenir. Mais pour l'instant, les entrepôts, loin d'être vides, continuaient à approvisionner les boutiques d'antiquités, qui vendaient normalement. De mon côté, je tentais de rassurer les investisseurs et les actionnaires, et pour montrer que tout n'allait pas si mal que cela, je fis venir de nombreux cadres de Londres pour travailler à certains projets d'expansion, entrepris la construction du nouvel entrepôt de New York, tandis que je fermais progressivement l'entrepôt principal de Londres.

Bref, j'avais si peu de temps à moi que j'en vins à oublier Mourhu. Mais lui ne m'oublia pas. Un beau jour, j'entendis en décrochant mon récepteur :

— Allô? C'est Mourhu, de la criminelle.

— Mourhu? Espèce de...! Hum... Voulez-vous bien me dire où vous étiez passé?

— Tout doux, mon vieux, tout doux. J'étais sur une affaire capitale.

— Quel genre d'affaire?

— L'arrestation de l'assassin de votre oncle.

— Vous voulez rire?

— Pas du tout. Pouvez-vous passer à mon bureau?

— C'est que je suis pas mal occupé...

— Disons dans deux heures?

— Je vais tenter de me libérer.

— Vous savez où c'est?

— Oui, je crois.

— Vous croyez ou vous savez?

— Je sais.

— Très bien. Alors à bientôt.

— C'est ça.

J'annulai mes rendez-vous de l'après-midi et arrivai au poste de police deux heures plus tard exactement. C'était un bâtiment austère et poussiéreux. Le bureau de Mourhu se trouvait au troisième. Une panne d'ascenseur m'obligea à emprunter un escalier interminable et crasseux jusqu'à une petite salle où, à travers un mur à demi vitré, je l'aperçus en train de mordre dans un hamburger. Le cliché! J'entrai et dus faire beaucoup d'efforts pour cacher mon impatience, mon but en venant ici n'étant pas de connaître l'assassin de mon oncle mais bien de savoir ce qui s'était passé avec Suroh.

— Ah, vous voilà! gloussa Mourhu entre deux bouchées. Vous permettez?

Il pressa le bouton d'un interphone dissimulé sous d'épais dossiers.

— Smithy? Apporte-moi deux cafés s'il te plaît.

— Je n'aime pas le café, souvenez-vous.

— Ma foi, c'est vrai!

Pressant de nouveau le bouton :

— Smithy? Changement de programme : un café et un thé.

— On n'a pas de thé, patron, résonna une voix dans l'interphone.

— Eh bien, va en chercher en vitesse!

Mourhu continuait de manger son hamburger. Je le regardais faire : nombreux bruissements de bouche, déglutition accélérée; il s'essuyait constamment la moustache avec une serviette de table.

— Vous m'excuserez, dit-il, mais c'est le seul temps que j'ai trouvé pour avaler une bouchée.

— Continuez, je vous en prie.

Je ne voulais pour rien au monde lui montrer mon impatience. Mon regard effectua tranquillement le tour de la pièce. Elle était sombre et franchement sinistre. Les murs délavés, ou plutôt recouverts d'un vernis défraîchi, donnaient l'impression que l'endroit était à deux doigts du délabrement. Les feuilles de papier jaunies, répandues sur le plancher en quantité impressionnante, n'arrangeaient guère les choses, de même que la corbeille qui débordait de cochonneries. Le bureau de Mourhu était un véritable capharnaüm.

Mourhu finit son hamburger, se frotta les mains grossièrement et émit un énorme rot.

— Vous êtes dégoûtant!

— Peut-être. Mais ça fait du bien.

Il me tendit la main.

— Comment allez-vous?

— Assez bien, dis-je, en refusant de serrer sa main poisseuse.

— Et vos affaires?

— Plutôt mal, merci.

— Hum... Oui, je suis au courant de votre problème.

— Ah oui?

— Mais oui. N'oubliez pas que mon métier est de tout savoir...

— ...comme Sherlock!

— C'est ça. Cependant, j'ai quelque chose de plus urgent sur les bras. Peut-être que j'essaierai par la suite de m'occuper de cette histoire de formule...

— Si vous voulez.

Je feignais, je finassais. En vérité, c'était Suroh qui m'intéressait. Mais je ne voulais surtout pas entraîner Mourhu sur ce terrain. Je voulais qu'il le fasse lui-même, sinon j'aurais droit à son ironie, à des remarques du genre : «Tiens, vous vous intéressez à cette affaire maintenant? Vous n'êtes plus indifférent?» Tout plutôt que ça.

— Pour l'instant, il y a l'assassin de votre oncle, poursuivit Mourhu.

— Bien sûr... Alors c'est quoi, au juste, cette histoire d'arrestation. Une plaisanterie?

— Pas du tout! s'exclama Mourhu, offusqué. J'ai même l'intention de vous emmener avec moi pour passer les menottes au meurtrier!

— Vraiment?

— Vraiment.

— Le nom de l'assassin?

— Edward Witworth.

— Ce n'est pas nouveau.

— Mais c'est lui.

— Vous en êtes sûr?

— Sûr!

Quelqu'un fit irruption dans la pièce. C'était Smithy, qui apportait les consommations. Un verre en carton ciré, recouvert d'un couvercle plastifié, atterrit je ne sais comment entre mes mains. Mourhu attrapa le sien au vol. Qu'allais-je trouver à l'intérieur du mien? Sans doute de l'eau chaude, rien d'autre. La porte resta ouverte. Smithy – quel surnom idiot! – était demeuré interloqué en voyant mon visage.

— Mais, vous êtes... le nouveau magnat de Wall Street! Celui dont parlent tous les journaux!

— Oui, dis-je, fortement agacé.

— Ben ça alors! Voudriez-vous me signer un autographe?

— Vous plaisantez?

— Pas du tout!

— Allez Smithy, du vent! s'écria Mourhu.

— Mais c'est pour Bobby, patron! Il s'intéresse tellement aux vieux bibelots! Il en a toute une collection à la maison!

— Dites tout de suite que je suis un vieux bibelot! envoyai-je.

— Non non, mais...

— Quel âge il a, votre Bobby?

— Douze ans.

— Je ne voudrais pas vous offenser, mais je vous conseille de le faire voir par...

— Allez, allez, Smithy! Du balai! rugit Mourhu.

— Mais patron...

— DEHORS!

Et ce pauvre Smithy de partir, visiblement déçu.

— Vous l'excuserez, dit Mourhu. Ce n'est pas le plus brillant de l'étage. On pense que c'est à la suite d'une blessure à la tête qu'il est devenu comme ça. Pour en revenir à l'assassin de votre oncle...

— Justement. J'aimerais bien savoir ce qui vous permet d'être si sûr.

Je feignais toujours. J'aurais voulu vider le contenu de cette affaire le plus vite possible pour qu'on puisse parler de Suroh.

— Eh bien, c'est une longue histoire. Tout a commencé il y a deux mois, à mon retour de Londres plus exactement. J'ai reçu à mon bureau une lettre anonyme dans laquelle on affirmait avoir vu, à deux heures du matin, un homme sortir de sa maison et mettre dans son auto une poche de plastique dont la forme se rapprochait d'un corps humain. Cet homme, en dépit des apparences, semblait calme et sûr de lui. Or l'adresse donnée par ce messager anonyme correspond à celle d'Edward Witworth qui, pour des raisons inconnues, a passé les trois derniers mois en Asie, où il était impossible de le retracer avec exactitude. Il est revenu à New York ce matin.

— Alors?

— Alors? Eh bien, j'ai profité du fait que Witworth était absent pour visiter sa maison.

— Ça vous ressemble assez, ça.

— N'est-ce pas? Or justement, j'ai trouvé là une foule de choses intéressantes, pour ne pas dire incriminantes pour ce pauvre Edward.

— Lesquelles?

— Tout d'abord l'évier.

— Vous vous moquez de moi, là.

— Mais non, laissez-moi continuer, vous allez voir. Il s'agit d'un très vieil évier, en émail, comme on en retrouve encore parfois. D'ailleurs tout est vieux dans cette maison, y compris la maison elle-même, qui est une véritable antiquité. Or l'émail de cet évier, quoique légèrement jauni, est parfaitement lisse et régulier : aucune fissure, craquelure ou bosselure. Ce qui sous-entend que Witworth en prenait bien soin. Néanmoins, tout proche de la bonde, il manque un bout d'émail. Il s'agit d'une coche suffisamment profonde pour qu'on voie le fer qui est en dessous. Il manque un bout d'émail, vous comprenez? Alors que tout est si parfait, si minutieusement en ordre dans cette maison. Il est incompréhensible que Witworth ait laissé passer une telle chose.

— Mais qu'est-ce que ça prouve?

— Que cette coche est récente, du moins assez récente pour que Witworth n'ait pas eu le temps de la réparer. C'est un bricoleur, voyez-vous. Il a entièrement rénové cette maison, qui était en train de tomber en ruine selon les voisins.

— Mais Witworth est parti en voyage, voilà pourquoi...

— Justement. L'incident qui a produit cette coche a dû survenir juste avant son départ pour l'Asie. Au moment où votre oncle et lui se seraient rencontrés à New York pour procéder à l'examen du présumé bras de la Vénus de Milo. Vous comprenez?

— Vraiment pas!

— Ça veut dire que Witworth, après avoir rencontré votre oncle, est parti *précipitamment* pour l'Asie. En fait, votre oncle est arrivé à New York dans l'après-midi du quinze et Witworth est parti pour l'Asie dès le lendemain matin. Mais je continue... Le comptoir qui entoure l'évier possède les mêmes caractéristiques que ce dernier, c'est-à-dire perfection, propreté, régularité. Seulement voilà, la partie qui se trouve devant l'évier est légèrement renfoncée, comme si elle avait eu à supporter un énorme poids. La porte du dessous a subi un léger renfoncement elle aussi, mais à peine perceptible. J'ai ouvert cette porte et noté que la tuyauterie était vétuste, très rouillée même à certains endroits. En rénovant la maison, Witworth n'a donc pas fait changer la tuyauterie.

— Ce qui enlève à Witworth son côté minutieux, vous ne trouvez pas?

— Pas du tout. Tout le monde sait combien les travaux de plomberie sont coûteux. Et comme c'est une chose que Witworth ne devait pas être capable de faire lui-même, il aura simplement reporté ces travaux à plus tard.

— Pour voir plus tard des pans entiers des murs qu'il venait de rénover se faire abattre par une bande de plombiers enragés.

— Vous cherchez la petite puce, hein? Le détail qui va tout foutre en l'air!

— Oui!

— Ce détail n'enlève rien à la minutie de Witworth, continua Mourhu sans se démonter. La maison est cossue, mais pas très grande; elle ne comprend que deux salles de bains. La grande majorité des travaux de plomberie aurait eu lieu dans la cave. Un détail que Witworth n'ignorait certainement pas avant de procéder à ses rénovations. De toute façon, je me demande bien pourquoi je vous explique tout ça! Ce fait n'a pas l'importance que vous lui accordez!

— Vous en accordez bien à une foule de détails qui n'en ont pas, vous!

— Vraiment? Eh bien laissez-moi finir et nous verrons après. Donc, plomberie vétuste, émail ébréché, léger renfoncement du comptoir et de la porte, et, sur le plancher, juste au bas de cette porte, une traînée noirâtre. Cela ressemblait à une marque de soulier. Je l'ai grattée pour en prélever un échantillon... Ensuite, je me suis assis dans cette cuisine pour réfléchir, tout en mâchant un chewing-gum. J'imaginais Witworth et votre oncle soupant dans la salle à manger, située en face, le soir de son arrivée à New York. Car c'est sûrement comme ça que les choses se sont passées. Dès son arrivée, votre oncle a téléphoné à Witworth qui l'a aussitôt invité à souper. Le réceptionniste de l'hôtel est formel : votre oncle a fait monter ses bagages, il a passé un coup de fil, et demandé au responsable du restaurant qu'on ne lui réserve pas de table pour le souper, comme on avait l'habitude de le faire. Il mangerait à l'extérieur, devait-il préciser. J'imagine que c'est Witworth lui-même qui est passé le chercher.

— Pourquoi pas Santa Claus?

Mais Mourhu poursuivit, imperturbable :

— Donc, ils ont soupé ensemble, et le meurtre de votre oncle, vu l'état de sa digestion, est survenu tout juste après. Je sentais que ce meurtre avait eu lieu dans la maison, mais dans quelles circonstances? Selon le rapport du médecin légiste, votre oncle est mort d'asphyxie par l'eau.

— Tiens, vous prenez en considération ce que disent les médecins légistes, maintenant?

— Je n'ai jamais prétendu le contraire. Si je les précède, c'est uniquement pour gagner du temps. Par la suite, j'examine toujours leur rapport avec grand intérêt.

— Hypocrite!

— Et vous : prétentieux! baveux! rechignard! complètement gâteux pour votre âge! Quel triste chnoque vous serez à soixante ans!

— Je ne me rendrai sans doute pas jusque-là. Mais vous, j'ai hâte de voir jusqu'où vous allez vous rendre avec tout ça!

— J'y arrive. Mais taisez-vous! Ce soir-là, je suis resté assis une heure à mâcher mon chewing-gum...

— Au diable votre chewing-gum! Arrivez au but!

Avec la rapidité de l'éclair, Mourhu dégaina son revolver et me le pointa au milieu du front.

— Allez-vous vous taire une fois pour toutes?

— Vous n'oseriez pas, dis-je, en essayant de garder mon calme.

— Non! Mais ce n'est pas l'envie qui me manque!

— J'essaie simplement d'être la voix de votre conscience.

— Conscience mon cul! Vous n'êtes qu'un petit snobinard grincheux! Et vous allez m'écouter!

Mourhu déposa son revolver sur le bureau, le canon pointé dans ma direction. Je savais très bien qu'il n'oserait pas, mais c'était tout de même assez impressionnant pour que je me taise.

— Donc j'ai mâché mon chewing-gum pendant une heure, poursuivit-il. Puis je me suis fait un café, que j'ai bu à petites gorgées. J'ai même mangé. Je savais que Roschildren était mort par asphyxie, et cela tout juste après le repas; qu'il n'avait vraisemblablement pas quitté la maison vivant puisqu'on avait vu Witworth transporter à sa voiture une poche de plastique ressemblant à un corps. Pouvait-on imaginer que Witworth l'ait assommé – témoin la tuméfaction qu'avait votre oncle au front lorsque j'ai fait mon examen à la morgue – puis noyé dans une baignoire? À moins que Witworth ne l'ait immédiatement emporté au-dessus d'un pont pour le jeter à l'eau? Mais puisque la mort, selon l'état de la digestion, remontait à tout juste après le repas et qu'on avait vu Witworth sortir à deux heures du matin seulement, cette dernière hypothèse devait être écartée. La première n'arrivait pas à me satisfaire cependant, car la tuméfaction présente sur le front de votre oncle n'était pas assez importante pour qu'il ait perdu connaissance, tout juste aurait-il été un peu étourdi. J'ai donc fini mon café, fait la vaisselle pour que rien ne paraisse. J'ai alors constaté que l'eau présente dans l'évier se résorbait lentement – notez bien ce détail qui prendra son importance plus tard. Le siphon devait être à moitié bouché. À ce moment-là, je ne sais trop pourquoi mais j'ai senti que j'étais près du but. J'avais en main tous les éléments du puzzle, mais j'étais incapable de le reconstituer. J'étais frustré. Je suis allé faire un tour dans la salle à manger, un peu pour me calmer. Il y avait là un vaisselier magnifique, rempli de différents modèles de coupes. Plusieurs étaient ciselées, faites d'un verre ou d'un cristal très fins. Elles étaient regroupées en séries de quatre, six ou huit. En fait, il n'y avait qu'un modèle où je n'en comptais que trois. C'était de belles coupes à vin qui semblaient faites d'un cristal très pur. Je me suis souvenu de la coupure de votre oncle sur la joue. J'ai machinalement glissé une de ces coupes dans ma poche pour la faire examiner. Si jamais cette coupe se révélait être du même cristal que celui prélevé dans la joue, si jamais le caoutchouc de la trace noirâtre correspondait aux souliers de votre oncle, cette fois j'étais sûr de tenir l'assassin. Mais je ne savais toujours pas comment il s'y était pris.

— Et vous ne le savez toujours pas, je présume.

— Bien sûr que si!

— Je suppose que la tâche noirâtre provient des semelles de mon oncle et que les deux échantillons de cristal correspondent?

— Absolument! Quand j'ai reçu cette confirmation, ç'a été pour moi le déclic qui m'a permis de reconstituer toute la scène. En gros, voici ce qui s'est passé... Witworth va chercher votre oncle pour souper. Les deux hommes sont de vieilles connaissances; en fait, ils ont été scouts ensemble et ils se fréquentent depuis l'enfance. Une franche camaraderie règne entre eux, une complicité de tous les instants. Si bien que votre oncle, qui croit connaître son ami comme lui-même, ne se doute de rien. Comme dans le temps où ils étaient scouts, sans doute, Witworth fait des lentilles : un plat très riche, très lourd, qu'il arrose copieusement de vin. Ça fait un bout de temps qu'ils ne se sont vus, peut-être un mois, ou deux, depuis leur mésaventure au large de Chypre. Néanmoins ce sont là de mauvais souvenirs : dans quelques heures, ils pourront enfin examiner à leur guise un bras complet de la Vénus et se faire une idée. Alors ils blaguent, ils rigolent, ils turlupinent. Ce sont de bons vivants, voyez-vous, de gros mangeurs, le genre de personnes qui ne s'en font pas trop avec la vie et qui aimeraient qu'il en soit ainsi pour tout le monde. Après le repas, ils prennent un digestif, sans doute deux. Puis Witworth, qui a donné congé à son unique domestique pour la journée, propose à votre oncle de faire la vaisselle ensemble. Il lui lance la chose comme un défi. Votre oncle accepte avec joie, car ça lui rappelle le temps où ils étaient scouts et partageaient gaiement ce genre de corvée. N'oubliez pas ici que nous sommes en présence de deux antiquaires, de personnes qui aiment le passé, leur passé. Ils sont pleins d'entrain d'ailleurs, ils ont beaucoup bu; on s'exécute. L'évier est rempli d'eau. Votre oncle lave, habitué qu'il est à prendre des initiatives. L'autre le laisse faire, emboîte le pas. Votre oncle a-t-il seulement le temps de laver un seul verre? Witworth a sans doute attendu ce moment pour lancer une des meilleures blagues de la soirée : votre oncle se tient les côtes, il a de la difficulté à retrouver son souffle. Tout se passe alors très vite. Witworth l'empoigne derrière le cou et plonge sa tête dans l'évier. Le front de votre oncle heurte le fond, laissant une tuméfaction que je découvrirai lors de mon expertise à la morgue; sa joue s'écrase sur une des coupes à vin qui l'entaille profondément; sa canine supérieure gauche se casse à deux millimètres de la bonde, laissant une marque visible. Cet acte est tellement subit que votre oncle, dont le ventre, lourd de nourriture, est coupé en deux par le rebord du comptoir, aspire l'eau comme une outre. C'est que ce rebord a l'effet d'un coup de poing dans le ventre, à tout le moins d'une pression qui projette l'air hors des poumons. Et votre oncle est gros, il a copieusement mangé, il est sous l'effet de l'alcool. Witworth a pensé à tous ces détails, sûrement. Enfin, sous le poids, le rebord du comptoir s'enfonce. Votre oncle se débat peu : une légère marque de soulier sur le plancher, la porte de l'évier un peu renfoncée. Witworth n'a qu'à maintenir avec fermeté sa victime durant quelques secondes. C'est à ce moment-là qu'apparaîtront les marques laissées par les ongles de sa main. Vous vous souvenez, les cinq entailles que j'ai découvertes en examinant le cou? Witworth relâche finalement son emprise. Votre oncle s'écroule sur le plancher, raide mort. L'assassin, en apercevant dans l'évier l'eau maculée de sang, enlève aussitôt le bouchon. L'eau commence à s'écouler, lentement. Il s'occupe alors de votre oncle, nettoie le sang sur sa figure, l'enferme dans un sac de plastique et le met dans un endroit discret. Il revient à l'évier, ramasse les débris de la coupe de cristal, le lave soigneusement. Voilà, il croit avoir accompli un crime parfait. Il ne lui reste qu'à attendre la tombée de la nuit pour se débarrasser du corps, en le jetant du haut d'un pont. Le soupçonnera-t-on? Nullement, l'affaire de la Vénus était tenue secrète depuis le début. Ici, à New York, on le connaît très peu. Il y a bien quelques photos de lui dans la maison de votre oncle à Londres, mais qu'importe! La police de new-yorkaise n'ira pas enquêter jusque-là, du moins le pense-t-il. De toute façon, on ne l'a pas vu à l'hôtel : il est venu chercher votre l'oncle dans une Cadillac en verre teinté, comme il y en a des milliers d'autres à New York. Tout au plus aura-t-il trafiqué les plaques de son auto pour avoir l'esprit plus tranquille. Quand il arrive à sa maison, qui est entourée à la fois d'un mur et d'une haie de cèdres, il actionne l'ouverture de la grille à distance, c'est-à-dire de l'intérieur de sa voiture, sans que personne n'ait à en sortir, dont votre oncle, ce qui risquerait de tout gâcher. Là, derrière la grille, le mur d'enceinte et la haie de cèdres, on a peu de chances de les apercevoir, surtout s'ils utilisent la porte de service, celle qui est attenante au garage. Les voilà qui pénètrent dans la maison, ni vus, ni connus.

Ouf! Mourhu venait de me débiter tout cela d'un seul coup, sans respirer. Sa reconstitution des événements était étonnante, mais je ne voulais pas le lui dire. Je cherchais encore la faille.

— Comment expliquez-vous le fait que le médecin légiste n'ait pas trouvé de savon à vaisselle dans l'estomac de mon oncle? Car j'imagine que si cela avait été le cas, vous m'en auriez parlé et que l'évidence du moyen emprunté par le meurtrier pour tuer mon oncle vous aurait sauté aux yeux beaucoup plus vite.

— En effet, l'autopsie n'en fait pas mention. Est-ce un oubli, de la négligence? Je préfère plutôt penser que votre oncle était ce genre de personne qui met le savon une fois que l'évier est rempli d'eau. Vous savez, pour laver la vaisselle, il existe selon ma grand-mère deux catégories de personnes : celles qui croient que plus il y a de bulles, plus ça lave; et celles qui croient au contraire que moins il y a de bulles, mieux ça lave. Votre oncle, qui était un homme du passé, appartenait de toute évidence à cette dernière catégorie, tout comme ma grand-mère, qui croyait dur comme fer au bien-fondé de sa théorie. Dites-vous bien qu'après le souper, tout a dû se passer très vite, et Witworth aura plongé la tête de votre oncle dans l'évier avant qu'il ait eu le temps d'ajouter le savon et peut-être même avant que l'évier soit complètement rempli.

— C'est une explication.

— C'est même la seule valable à moins qu'il n'y ait eu négligence lors de l'autopsie. Avec Walter Manson, c'est toujours possible. Les médecins légistes ne sont pas nécessairement ces êtres infaillibles et pointilleux qu'on s'amuse à nous décrire; certains font très bien leur travail, d'autres, moins. Vous comprendrez peut-être pourquoi je préfère parfois aller vérifier certains détails personnellement.

— Ouais... Vous savez ce que j'en pense. Il reste tout de même un autre point, qui est loin d'être négligeable : comment expliquez-vous l'arrivée impromptue de cette lettre anonyme?

— Je ne me l'explique pas. C'est d'ailleurs la seule chose que je n'arrive pas à expliquer correctement dans toute cette affaire. Pourquoi la personne en question a-t-elle attendu près de deux mois avant de me faire parvenir ces révélations? Avait-elle peur de la police? Mais le plus bizarre : comment a-t-elle pu voir Witworth traîner un sac de forme humaine et le mettre dans son auto? Witworth a sûrement fait cette opération à l'abri des regards, empruntant la porte de service donnant directement sur le garage, dont la grille ne pouvait qu'être fermée. À moins que, par inadvertance, cette dernière ait été laissée ouverte? Mais c'est tellement invraisemblable! De plus, pour voir quelque chose, le témoin anonyme aurait dû se tenir à la grille d'entrée...

— Ou à l'intérieur de l'enceinte, comme l'aurait fait un domestique revenu chercher quelque chose qu'il avait oublié. Témoin de cette bizarrerie, il hésite à dénoncer un maître, qu'il aime et chez qui il se sent bien. Finalement, il se décide, non sans prendre certaines précautions.

— Hé! Mais vous n'êtes pas mal quand vous y mettez du vôtre. Seulement, j'y ai pensé. Or le domestique en question a passé toute la soirée dans sa famille, qu'il n'a quittée en aucun moment. Non, la seule hypothèse qui reste, c'est que la personne qui a écrit cette lettre nous ait menti. Elle a imaginé ce qui s'est passé mais ne l'a pas vu. Ou encore, ce qu'elle aurait vu, c'est un homme qui balançait un corps par-dessus un pont. Et elle aurait reconnu cet homme.

— Donc le crime parfait, hormis ce témoin gênant.

— Si on veut. Mais Witworth a commis une autre erreur qui lui méritera sans doute la corde.

— Laquelle?

— La dent de votre oncle. La canine supérieure gauche, pour être exact. Celle qui, en heurtant le fond de l'évier, a laissé une petite marque. Écœuré par la vision du sang dans l'évier, Witworth a enlevé précipitamment le bouchon. La dent, qui se trouvait à ce moment-là juste au bord de la bonde, a été entraînée dans le siphon. Et, à l'heure où je vous parle, elle y est encore.

— Vous avez enlevé le siphon pour vous en rendre compte?

— Non, cela, je veux le faire en présence de témoins... de vous, de Witworth, d'un plombier que j'ai spécialement engagé à cet effet – et qui sera là pour affirmer que personne n'a touché à ce tuyau! Au cas où on me soupçonnerait d'avoir trafiqué la chose.

— Je vois qu'on vous connaît. Mais cette fois, nous sommes dans le domaine de la spéculation : rien ne prouve que cette dent est tombée dans le trou. Witworth l'a peut-être même aperçue et s'en est débarrassé. Ou encore cette dent s'est détachée pendant le temps où Roschildren a mariné dans l'eau.

— Non. À ce moment-là, il faudrait attribuer la coupure, la tuméfaction au front, l'ecchymose au ventre et un tas d'autres choses à une chute en bas d'un pont. Or les entailles au cou ne permettent pas d'ambiguïté. J'ai pris les mesures : vous verrez qu'elles correspondront à la main de l'assassin.

— Je n'en doute pas. C'est à propos de la dent que je ne suis pas d'accord. Y a-t-il d'autres choses qui vous permettent d'être si sûr?

— Si. Le flair d'un flic qui est dans le métier depuis trente ans. Vous oubliez que j'ai passé plus de deux heures dans cette cuisine, que j'ai senti des choses... Toutes ces choses forment un tout et non pas un ensemble disparate. Cette dent, qu'on n'a retrouvée nulle part ailleurs, ne peut être que là.

— Admettons. Admettons que le dent soit tombée dans le trou de l'évier. Une dent humaine n'a cependant pas assez de poids pour rester au fond d'un siphon sans être entraînée par le courant. Allez-vous prétendre que vous êtes capable de la retrouver dans les égouts de New York?

— Rappelez-vous qu'il s'agit d'une tuyauterie vétuste, que l'eau présente dans l'évier, comme j'ai pu le constater moi-même, s'écoule lentement. Donc le siphon est bouché. Peut-être est-ce dû à la rouille, à l'âge des tuyaux, mais peut-être aussi à la dent et à certains morceaux de cristal qui ont été entraînés avec elle dans le siphon.

— Mais si le courant était assez fort pour entraîner la dent à l'intérieur du siphon, il aura été assez fort pour lui faire passer ce siphon.

— Non, pas si elle était plombée!

— Pardon?

— Vous m'avez bien entendu : elle était plombée.

— Comment savez-vous cela?

— Bonté divine! Me prenez-vous pour un débutant? Une des premières personnes à qui j'ai rendu visite à Londres était le dentiste de votre oncle. C'est lui qui m'a appris ce détail. Or la dent était tellement gâtée qu'il l'a, si vous me permettez l'expression, remplie de plomb. Son poids est au moins le double d'une dent ordinaire.

Cette fois, je restai coi. L'argument était de taille et la logique de la reconstitution des faits commençait à peser lourd sur mes propos. Mais je ne pouvais me résoudre à donner raison à Mourhu.

— C'est très fort, dis-je. Mais c'est justement trop beau pour être vrai. Je continue de croire, moi, que cette dent est ailleurs.

— Où?

— Ailleurs.

— Ailleurs n'est pas un endroit précis. Moi, je n'ai pas cessé de faire preuve de précision depuis le début.

— N'essayez pas de me convaincre du contraire, Mourhu, ça ne marchera pas. La dent n'est pas là. Et, quand tout à l'heure le plombier enlèvera ce bout de tuyau devant témoins, il n'y aura rien à l'intérieur, rien. Et vous aurez l'air d'un parfait imbécile.

— Je ne serai pas le seul puisque vous serez avec moi.

— Bien sûr! Pour rien au monde, je ne voudrais manquer votre figure déconfite!

— J'ai hâte de voir la vôtre aussi!

— Il y a encore quelques petites choses qui ne sont pas claires cependant.

— Il s'agit?

— Des dates : arrivée, départ...

— Je croyais vous en avoir parlé. Elles coïncident. L'arrivée de votre oncle à New York. Le départ de Witworth pour l'Asie dès le lendemain matin. Le temps que votre oncle a mariné dans l'eau nous rapproche également de l'heure de son arrivée à New York.

— Mais pourquoi Witworth aurait-il fait cela?

— Ça, je ne le sais pas encore. Ce sera à lui de nous l'apprendre. Mais je présume qu'il est de mèche avec les contrebandiers du Moyen-Orient.

C'était la première fois que Mourhu parlait des contrebandiers. Je ne voulais pas laisser passer ma chance de parler de Suroh.

— Justement, à propos de ces contrebandiers, vous...

La porte s'ouvrit brusquement. C'était Smithy.

— Patron, votre oiseau est de retour.

— Parfait. Prépare l'équipe, mon gars. Nous partons dans deux minutes.

— Je voulais vous parler des contrebandiers...

— Nous n'avons pas le temps, coupa Mourhu. Witworth est présentement chez lui. Il n'y reste jamais longtemps. Depuis ce matin, c'est une véritable girouette. J'ai l'impression qu'il est inquiet. S'il est parti à l'étranger, c'est sans doute par peur d'être pris, ou pour rencontrer les contrebandiers, ou les deux. Je me demande pourquoi il est revenu, si ce n'est au fond pour crâner, pour venir s'assurer que tout est parfait, que personne ne le soupçonne, qu'il a tort de s'en faire. N'a-t-il pas accompli un meurtre qui frise la perfection? C'est ce que nous allons voir!

Mourhu enfila son imperméable et m'entraîna avec lui. Nous nous engouffrâmes dans une automobile de service. Smithy était avec nous, ainsi qu'un jeune policier qui s'installa au volant. Une autre voiture nous accompagnait.

— Tu as prévenu le plombier, Smithy?

— Oui, patron. Il nous attend là-bas.

Le silence s'installa. La banquette arrière se révéla inconfortable. Je ne me sentais pas bien du tout, mais c'était dû à autre chose. J'avais l'impression d'être une fois de plus le jouet de quelqu'un. Après Rémy, mon oncle, mes parents, c'était au tour de Mourhu de m'entraîner dans une aventure invraisemblable. J'étais de mauvaise humeur et n'avais plus envie de prendre des précautions quant à l'intérêt que je portais à l'histoire de Suroh.

— Dites-moi, Mourhu. Que s'est-il passé avec Suroh?

— Ma foi, vous vous intéressez à cette histoire maintenant?

— Disons que je voudrais savoir si mon argent a été utilisé à bon escient. Avez-vous pris connaissance de l'autre partie de la bande?

— Évidemment.

— Alors, que s'est-il passé?

— Rien d'intéressant.

— Comment, «rien d'intéressant»? Elle ne vous a pas hypnotisé?

— Non.

— Menteur! Vous vous êtes fait piéger comme un lapin, mais vous n'osez l'avouer!

— Non, ce n'est pas si simple que ça. Il s'est passé un phénomène étrange, anormal, et je n'ai pas envie d'en discuter maintenant. Je vous ferai écouter la bande sonore, si vous voulez.

— J'y compte bien!

— Quant à l'argent que vous m'avez prêté, le voilà.

Mourhu me balança une grosse liasse de billets de banque entre les mains.

— Que...

— Vous pouvez vérifier, le compte y est.

— C'est à la suite d'une de vos sombres machinations que vous vous êtes procuré cet argent?

— En effet. Un emprunt bancaire représente toujours une sombre machination. Néanmoins, je vous dis merci.

— Ce n'est pas nécessaire.

— Mais je l'ai dit, malheureusement.

Après quelque temps, Mourhu tapota l'épaule du jeune policier.

— Ralentis, mon petit. C'est ici.

La voiture se gara le long du trottoir. Celle qui nous suivait passa devant et s'engagea dans un court chemin qui menait à une grille. La maison de Witworth n'était toujours pas visible, car le mur entourant la propriété mesurait au moins un mètre et demi de hauteur et se trouvait rehaussé par une magnifique haie de cèdres. L'un des deux policiers qui venaient de sortir de l'autre voiture manipula un petit appareil électronique : la grille s'ouvrit tout doucement, sans faire d'histoires. Nous avançâmes vers la maison rapidement. Je remarquai qu'une camionnette nous suivait. C'était le plombier.

Arrivée à la hauteur de la porte principale, notre petite délégation s'arrêta. Mourhu grimpa les escaliers du perron et appuya avec vigueur sur la sonnette. Le domestique qui vint nous ouvrir n'eut pas le temps d'articuler une seule syllabe que Mourhu l'avait déjà écarté en criant : «Police! Nous désirons parler à monsieur Witworth!» Nous trouvâmes ce dernier dans le salon, alors qu'il s'apprêtait à en sortir pour voir ce qui se passait.

— Eh bien, messieurs? Que signifie cette intrusion sauvage?

L'homme était corpulent, avec, dans le maintien, une certaine prestance qui lui conférait un air aristocratique. Par contre, les traits de son visage étaient épais et marqués de plusieurs cicatrices, et ses yeux durs, sa bouche lippue et ses mains velues donnaient une impression différente de la première. Au bout du compte, Witworth avait plutôt l'air d'une espèce de gorille affublé de vêtements humains. C'était un sanguin, un chasseur. On s'en rendait compte aux nombreux trophées de chasse qui ornaient les murs de son salon : têtes de buffle, d'élan, de tigre, d'antilope; de nombreuses armes à feu, aussi. Au fond de la pièce, une splendide collection de couteaux occupait tout un mur. La défense d'éléphant que j'aperçus sur un petit meuble d'ébène me rappela les safaris que mon oncle et lui avaient faits ensemble.

— Monsieur Witworth? s'enquit Mourhu sur un ton goguenard.

— En effet, c'est moi.

— Inspecteur Mourhu, de la criminelle. Monsieur Witworth, j'ai un mandat de perquisition contre vous.

— Voyons! C'est une plaisanterie!

— Pas du tout. Je vous demanderais de bien vouloir nous accompagner dans votre cuisine.

— Dans ma cuisine?

— Dans votre cuisine, vous m'avez bien compris.

— Si vous y tenez.

Une fois passé le hall, nous nous retrouvâmes immédiatement dans la salle à manger, puis dans la cuisine.

— Eh bien mon vieux, dit Mourhu à l'intention du plombier, c'est à toi de jouer.

Tout se passa alors très vite. Witworth, qui sans aucun doute bouillait intérieurement depuis plusieurs minutes, s'insurgea contre le fait qu'on veuille démantibuler sa tuyauterie. Il dut être maîtrisé par deux policiers qui l'entraînèrent de force dans la salle à manger. Le plombier, quant à lui, était déjà à quatre pattes et s'activait fébrilement. Mourhu trépignait d'impatience. Moi, je restais de glace.

— Eh bien? fit Mourhu au bout d'un instant. Vous me le décrochez ce siphon?

— Je fais de mon mieux, laissa entendre le plombier, essoufflé par l'effort. En tout cas, vous pouvez être certain que cette tuyauterie n'a pas été touchée depuis son installation.

Mourhu alla dans la salle à manger. Je le suivis.

— Ça va vous coûter cher! gueula Witworth.

Ses deux bras étaient fermement maintenus par les policiers, mais le pauvre diable se débattait tellement que plusieurs boutons de sa chemise éclatèrent et tombèrent sur le parquet. Un pendentif en or, qui ressemblait à une corne d'abondance, s'agita entre les poils de son torse, abondamment velu.

— Ça y est! s'écria le plombier. Je l'ai!

— Apportez-moi ça dans la salle à manger! dit Mourhu.

Mourhu étendit un mouchoir sur la table, s'empara du tuyau et le secoua, mais rien ne vint. Mourhu eut beau secouer le tuyau de toutes ses forces, il n'en sortit que de l'eau sale, mêlée à des débris de rouille.

Je le sentais au bord de l'emportement.

— Examinez-moi ça! éclata-t-il en fourrant le siphon entre les mains du plombier. Ouvrez-le, cassez-le, découpez-le si c'est nécessaire! Je veux savoir exactement ce qui se trouve à l'intérieur!

Le plombier examina l'intérieur du siphon à la lampe de poche, gratta ses parois, le secoua vivement.

— Ça va vous coûter cher! dit à nouveau Witworth qui, toujours fortement maintenu par les policiers, ne cessait de se débattre.

— Alors? demanda Mourhu.

— Rien, répondit le plombier. Il n'y a que de la graisse et de la rouille.

— Le salopard! vociféra Mourhu en se ruant sur Witworth pour l'empoigner par le col. Tu l'as ramassée, hein? Tu vas me dire où tu l'as cachée, salaud?

Witworth regarda Mourhu, plein de défi.

— Ça va vous coûter cher.

— J'ai les moyens! tonna Mourhu. Et je vous conseille de changer de disque!

Il relâcha son emprise et toisa tout le monde d'un regard sévère.

— Que personne ne sorte! dit-il. Je veux que tout le monde reste en place! C'est bien compris?

Je n'avais jamais vu Mourhu d'aussi mauvaise humeur, même lors de notre expédition à la morgue, où j'avais tenté de le pousser à bout.

— Compris, se risqua à répondre Smithy.

— Vous, vous venez avec moi! me dit-il.

— Pour aller où?

— Ne discutez pas!

Mourhu m'entraîna hors de la salle à manger, traversa le hall et nous fit entrer dans le salon. Il referma derrière lui les portes à carreaux vitrés.

— Ah, il est fort! s'exclama-t-il en commençant à arpenter la pièce de long en large. Il est plus fort que je ne l'avais imaginé!

— Il n'est pas fort du tout! dis-je, plein d'affront et ne craignant nullement sa colère. Il est innocent, voilà tout!

— Innocent? Franchement, j'ai assez de preuves pour l'envoyer tout de suite en prison! Vous oubliez la main, les mesures que j'ai prises dans le cou! Et tout le reste! Mais vous aviez raison pour la dent : elle n'est pas là! Il l'a donc aperçue et cachée quelque part. Mais où? Où?

— Si vous n'avez pas besoin de cette dent pour l'emprisonner, pourquoi y tenez-vous tant?

— Tout se tenait jusqu'à maintenant, vous comprenez? Et la dent, c'était le clou, le punch, la preuve inéluctable! Il me la faut!

— Vous êtes ridicule!

— Taisez-vous! J'ai besoin de réfléchir. Je sens que cette dent est toute proche, qu'un petit quelque chose m'a échappé.

— Vous voulez que je me taise? Alors pourquoi m'avoir entraîné dans ce salon?

— Vos propos m'agacent mais, d'un certain côté, ils me galvanisent. Vous agissez sur moi comme un remontant. Continuez!

— Ce n'est pas vrai? dis-je, renversé par cette révélation. Comme ma famille, vous m'utilisez vous aussi! Mais vous, ça dépasse l'entendement! C'est d'une subtilité à faire vomir! Vous utilisez chez moi...

— La paranoïa! Oui, j'utilise votre manie de la persécution! Maintenant, taisez-vous!

— Que je me taise? Que je me taise? Au contraire, vous allez m'entendre puisque ça vous fait tant plaisir!

Mourhu interrompit sa marche de long en large : une idée venait de lui traverser l'esprit. Il me toisa d'un regard bizarre, ce genre de regard que vous portent parfois les personnes qui sont dans la lune. Puis ses yeux se posèrent sur les trophées de chasse qui ornaient les murs du salon. Il commença à en faire le tour, s'attardant aussi aux armes, qu'il examina avec intérêt. Il ne tenait plus compte de mes propos. Cependant, je continuais de plus belle.

— Je vais vous dire ce que je pense de vous une fois pour toutes, Mourhu. Vous allez vous rendre compte que ce n'est pas très tendre : vous êtes un salaud! Un beau salaud, voilà!

En vérité, je ne savais plus quoi dire, mais j'étais incapable de m'empêcher de parler. Mourhu, quant à lui, venait de s'arrêter en face d'une tête de sanglier; il avait les yeux fixés sur ceux de la bête.

— Je vois que vous semblez apprécier ce genre de compagnie, dis-je. Eh oui, Mourhu, vous êtes comme lui : une vraie tête de cochon! Mais en plus obstiné, en plus ridicule. Vous ne grognez pas mais c'est bien juste! Remarquez, à l'endroit où il est, ce sanglier a son utilité, il ne peut plus nuire... tandis que vous!

— Bon sang! s'écria tout à coup Mourhu. Je l'avais sous les yeux et je ne m'en suis pas rendu compte! Venez!

Il m'attrapa par le bras et m'entraîna de force avec lui.

— Gredin! s'exclama-t-il en arrivant en trombe dans la salle à manger. Vieux filou!

Mourhu se rua sur la poitrine de Witworth, empoigna le pendentif et cassa sa chaînette d'un coup sec. Du bout des doigts, il agita le pendentif en le montrant à tout le monde.

— Regardez! dit-il. Regardez bien! C'est la dent d'Edgar Roschildren qui pend au bout de cette chaînette! Le gredin la portait fièrement à son cou! Comme un trophée!

*

* *

Un peu plus tard, je me promenais avec Mourhu dans le parc près de mon appartement. Il avait insisté pour venir me reconduire, et moi pour que nous marchions un peu. En effet, certains détails dans cette affaire méritaient des éclaircissements, et je me sentais redevable à Mourhu... Une sorte de remords, je pense, le sentiment d'avoir mal agi envers lui... Il faudrait cependant que je fasse attention pour ne pas tourner la chose en manie, comme le reste. Quant à Mourhu, il mâchait un chewing-gum avec, oserais-je dire, une certaine tendresse. Il paraissait très content de lui. Le sourire qu'il arborait était éloquent.

— Ainsi, vous connaissiez le secret de la pierre philosophale? dis-je.

— La pierre philosophale?

— Mais oui, la dent de plomb qui se change en or.

— Ah, excellent! Voilà une excellente analogie!

— Pourquoi m'avoir caché ce détail?

— Eh bien, chacun a droit à ses petits secrets, non?

— Quand vous êtes allé voir le dentiste de Roschildren, il vous a en réalité mentionné qu'il lui avait posé une dent en or.

— Exactement.

— Mais comment avez-vous deviné que cette dent était au cou de Witworth?

— Nous l'avons eue sous les yeux une fraction de seconde, souvenez-vous. J'ai pensé que c'était un bijou de famille en forme de corne d'abondance. Je trouvais cela un peu bizarre, la forme surtout, mais je n'ai pas fait le lien. J'étais ailleurs, vous comprenez? Je ne pensais aucunement la retrouver là! Mais quand je me suis mis à examiner tous ces trophées, ces fusils, ces couteaux, j'ai subitement compris quel genre d'homme était ce Witworth : un homme qui, comme tous les chasseurs, exhibe avec fierté le fruit de ses chasses. Mettez-vous à sa place! Votre oncle représentait, si vous me passez l'expression, le gibier le plus important qu'il ait jamais abattu. Comme ses autres victimes, il désirait en garder un souvenir. Or il y avait cette dent qu'il venait de ramasser dans l'évier. Pour lui, quoi de plus gratifiant que de porter une telle relique aux yeux de tous et à leur insu! Le risque était là, mais si minime. De toute façon, comme tous les chasseurs, et surtout les chasseurs de gros gibiers, Witworth aime le risque. Donc il fait percer la dent, ou la perce lui-même, passe une chaînette au travers et se la met au cou, sans penser une seconde que l'acte qu'il vient de poser équivaut à se passer la corde au cou.

— Délicieuse allusion. Cependant, quelque chose me chipote : au lieu de s'effondrer devant une telle évidence, Witworth n'a pas arrêté de clamer son innocence, de dire qu'il était la victime d'une abominable machination. Et malgré sa face de brute, il avait l'air sincère.

— Mon petit, dit Mourhu d'un ton paternaliste, j'ai vu dans mon métier des assassins dont le témoignage faisait montre de la plus profonde sincérité, dont les accents de franchise auraient fait fléchir le plus impitoyable des jurys. Ils n'en étaient pas moins coupables. Witworth est ce genre d'homme.

— Vous avez sans doute raison. Et pourtant...

CHAPITRE 11

PAUVRE TANTE BERTHE

— Comment est-ce arrivé?

— Je n'en sais trop rien, répondit Mourhu. On m'a parlé d'une explosion. Désirez-vous que je passe vous chercher?

— Oui.

Plus tard, dans l'auto :

— Ce n'est pas moi qui m'occupe de cette affaire, dit Mourhu. C'est un dénommé Burns. Mais comme vous êtes de la famille, nous ne devrions pas avoir...

— Si je comprends bien, je vous sers de sauf-conduit : grâce à moi, vous allez pouvoir fourrer vos sales pattes dans une affaire qui ne vous concerne pas, et c'est la raison pour laquelle vous êtes venu me chercher.

— Ah, elle est bien bonne! s'offusqua Mourhu. On m'y reprendra à vouloir jouer les bons Samaritains!

— Soyez honnête : cet accident vous intrigue, vous voulez savoir avec exactitude ce qui est arrivé. Vous ne pouvez vous passer des premières loges, Mourhu, vous avez besoin d'être dans le feu de l'action!

— Soit! Ce décès survient à un bien curieux moment, ne trouvez-vous pas? Au moment où l'assassin de votre oncle est mis sous les verrous; au moment où votre entreprise, au bord de la faillite à cause de cette histoire de formule, fait la une des journaux. Or voilà que, par-dessus le marché, votre tante Berthe décède! Dans des circonstances qui – je n'en doute pas un seul instant – se révéleront mystérieuses. Cet événement, mon petit vieux, ça constitue pour vous une très mauvaise publicité.

— Bah!

— Je commence sérieusement à regretter d'être passé vous chercher. J'aurais dû vous laisser apprendre la nouvelle par les journaux car la mort de votre tante ne semble pas vous affecter outre mesure.

— Je ne l'ai vue que quatre ou cinq fois au cours de ma vie. Je ne connais rien d'elle sinon qu'elle possédait un vieux meuble, assez bas, qui pourrissait dans notre grenier et avec lequel Rémy et moi nous amusions souvent. Nos jeux finissaient presque toujours par un pique-nique sur la vieille commode anglaise de tante Berthe.

— Rémy... Voilà donc le nom de votre frère.

— Oui, et elle est en partie responsable de sa mort.

C'était une phrase de trop. En aucun cas je n'aurais dû la prononcer.

— La commode ou la tante? reprit tout à coup Mourhu comme pour lui-même. La tante, sûrement...

— Taisez-vous. Je n'aurais jamais dû vous parler de ça.

— Mais vous l'avez fait... Ainsi, votre frère est mort. Je m'en doutais bien, remarquez, mais c'est un sujet sur lequel je ne voulais pas vous brusquer. Croyez que je suis sincèrement désolé...

— Ce n'est pas nécessaire, Mourhu. Je ne crois pas que vous soyez désolé.

— Vous avez raison. Je suis plutôt intrigué : votre frère est mort depuis combien de temps?

— Depuis treize ans...

— Il vous manque, n'est-ce pas?

— Oui... il me manque. Nous étions jumeaux. De faux jumeaux, s'entend. Mais je me demande bien pourquoi je vous parle de tout ça. Ce n'est pas de vos oignons!

— Si vous m'en parlez, c'est sans doute que ça vous soulage, dit Mourhu, alléché par mes confidences comme une vieille commère à l'affût des derniers potins. Comment est-ce arrivé?

— À la suite d'un accident d'avion dans les Bermudes, répondis-je malgré moi. Un accident inexpliqué qui n'a jamais laissé de traces.

— Ainsi, la mort de votre frère est un mystère, poursuivit un Mourhu au comble de l'excitation. Un événement que vous n'avez jamais pu vérifier de façon concrète, si je puis dire. Pour vous, c'est un peu comme s'il n'était pas réellement mort, et je suis sûr qu'avec les années vous l'avez idéalisé, que vous en avez fait une sorte de dieu. Or, aujourd'hui, vous n'êtes plus capable d'en faire le deuil; il vous hante et vous rejetez le blâme de sa mort sur tout le monde : votre tante, vos parents, votre oncle, qui sont à vos yeux responsables. Quand vous vous regardez dans le miroir, c'est pour tenter de retrouver en vous l'image de ce frère, de ce faux jumeau. Vous avez l'impression, en effet, qu'il vous manque une partie de vous-même et...

— Taisez-vous, je vous en prie!

Et je me mis à pleurer comme un bon. L'humiliation que je ressentais était un comble – surtout en présence de Mourhu!

— Euh... Veuillez m'excuser, dit Mourhu en me tendant un mouchoir.

— Ah, non! Pas encore un de vos mouchoirs qui aura servi à essuyer la plaie du premier cadavre venu! Gardez-le donc pour tante Berthe!

— Excusez-moi, répéta Mourhu. Je m'emballe parfois et je ne sais plus très bien ce que je dis.

— Vous le savez parfaitement! répliquai-je. C'est ça, le comble. Vous mettez toujours vos mains où vous n'avez pas affaire et, de votre index velu, vous pointez ce qui cloche. Si encore vous vous arrêtiez là! Mais non! Cette chose qui cloche, vous l'extirpez de son contexte tel un spécimen que vous prenez plaisir par la suite à disséquer. Vous me faites penser à ces devins de l'Antiquité qui ouvraient des animaux vivants pour lire l'avenir dans leurs entrailles. Il vous faut du tout frais, Mourhu, à l'inverse des gens normaux qui préfèrent le tout cuit.

— En fait de cuisson, je crois que nous allons être servis!

Nous venions d'arriver. La maison de tante Berthe, située dans le quartier de Hempstade, était entourée de plusieurs voitures de police dont les gyrophares semblaient projeter à la ronde de grands jets de sang. Deux camions de pompiers étaient sur les lieux, ainsi qu'une ambulance et, inévitablement, de nombreux curieux. Les dégâts paraissaient considérables : des débris de vitre jonchaient la chaussée un peu partout; nous dûmes garer le véhicule plus loin. Mourhu s'extirpa avec difficulté de sa vieille Oldsmobile, qu'il semblait avoir sortie tout spécialement pour l'occasion. Le trajet m'avait engourdi, moi aussi, et j'essayais de camoufler mon émotion stupide de tantôt, sans avoir pour cela la ferme conviction d'y parvenir. D'ailleurs, c'était mieux ainsi. Pour les policiers, les journalistes et les nombreux badauds présents, voir arriver le neveu de la défunte avec les yeux secs aurait sans doute semblé suspect. Et, maintenant que j'y pense, ce fut sûrement ce détail qui m'empêcha d'être incarcéré sur-le-champ.

En apercevant Mourhu, un grand sec au regard nerveux se dirigea vers nous.

— Hé, Mourhu! s'exclama ce dernier. Quelle bonne surprise!

— Burns! répondit Mourhu. Comment allez-vous?

Une poignée de main rapide fut échangée entre les deux compères, mais un bref regard suffisait pour se rendre compte que les deux hommes ne s'aimaient pas, qu'ils se détestaient même.

— Inspecteur Burns, dit Mourhu, je vous présente un des proches parents de la victime, monsieur Le Co... William Roschildren.

— Enchanté de faire votre connaissance, monsieur Roschildren, et croyez que je suis peiné de devoir le faire en d'aussi pénibles circonstances. Je vous prie d'accepter, par la même occasion, mes plus vives condoléances.

— Je vous remercie, dis-je sans croire un seul instant à la sincérité de ses sentiments.

Un silence embarrassant s'installa subito entre nous. Mourhu ne savait visiblement pas comment continuer la conversation et l'autre ne semblait pas brûler d'envie de nous faire visiter «son» territoire. Je jouai alors le parent éploré, celui que le devoir social oblige à poser une question sans laquelle j'aurais passé automatiquement pour un sans-cœur irresponsable ou un suspect éminent :

— Que s'est-il passé? dis-je en prenant mon air le plus piteux.

— C'est le gaz, répondit Burns en essayant de m'imiter sans y parvenir avec autant d'adresse. Les pompiers n'ont fini d'arroser les lieux que depuis très peu de temps. On en est toujours aux premières constatations, mais elles sont déjà fort révélatrices. Si vous voulez bien me suivre...

Nous avons enjambé plusieurs tuyaux de pompiers et nous nous sommes retrouvés sur le perron. La maison de tante Berthe comprenait trois étages dont le rez-de-chaussée, qui était indépendant des deux autres et constituait à lui seul un appartement, était occupé par une septuagénaire qui s'en était tirée saine et sauve. Un vestibule étroit, pourvu d'un escalier menant au premier, effectuait la séparation entre les deux logis. Après s'être assuré auprès d'un pompier qui descendait les escaliers que tout était O.K., Burns se mit à gravir les marches comme à contrecœur, agacé sans aucun doute de nous voir si activement sur ses talons. Une fois en haut, nous ne pûmes que constater l'ampleur des dégâts : les murs et les plafonds étaient fissurés et des morceaux de plâtre s'en détachaient comme d'un casse-tête; la moquette, parsemée des traces noirâtres laissées par les semelles des pompiers, était une véritable éponge dont l'eau jaillissait à chacun de nos pas. L'explosion s'était produite dans la cuisine, dont les deux portes, l'une donnant sur un corridor et l'autre sur une salle à dîner, étaient demeurées fermées; la fuite provenait d'un rond de cuisinière resté ouvert, et la concentration du gaz à l'intérieur de la pièce avait été telle que le mur du côté nord avait été complètement soufflé et le plancher rabattu jusqu'au rez-de-chaussée. Le feu s'était mis de la partie, mais avait été rapidement maîtrisé. On reconstituait les faits ainsi : en arrivant de son travail, tante Berthe était montée à l'étage prendre une douche et, revêtue d'une robe de chambre, elle était redescendue à la cuisine pour se faire un café; c'est en ouvrant la porte donnant sur la salle à dîner que l'explosion était survenue, mais les experts ignoraient encore comment; sous l'impact, tante Berthe avait été projetée par-dessus la table de la salle à dîner, était passée au travers de la baie vitrée et avait atterri quatre mètres plus bas, en travers d'une plate-bande ornée de fleurs.

L'inspecteur Burns nous expliquait tout cela avec aisance, empruntant un ton frivole et presque badin. En passant ma tête à travers la baie, j'aperçus le corps de tante Berthe, qui reposait quelques mètres plus bas. On ne l'avait pas encore déplacé, mais ça ne tarderait pas. Les nombreux policiers et photographes qui bourdonnaient tout autour m'empêchaient de la voir correctement, mais je remarquai tout de même, sous le plastique qui la recouvrait, une robe de chambre jaune et une pantoufle de même couleur qui était restée accrochée à l'un de ses pieds. L'autre se trouvait dans la salle à dîner, juste à côté de moi. Je l'examinai un instant avant de la ramasser, un peu comme un entomologiste qui vient de découvrir un drôle d'insecte. Exception faite de sa largeur, plutôt disproportionnée pour le pied d'une dame, cette pantoufle n'avait rien de spécial : elle était faite d'un lainage fin avec, curieusement, une marguerite brodée à son extrémité; la semelle était mince et le talon, presque plat, se trouvait légèrement renfoncé de l'intérieur. Ce dernier détail ne m'étonnait pas. Tante Berthe possédait une solide réputation de meneuse d'hommes et comme beaucoup de personnes autoritaires, elle avait la mauvaise habitude de marcher du talon. Une des seules fois où elle était venue à la maison, elle avait été frappée d'insomnie et je l'avais entendue arpenter le corridor du premier étage durant toute la nuit. On aurait dit un mastodonte! Ce soir-là, je l'aurais volontiers abattue avec le fusil de chasse de mon père si seulement j'avais osé sortir de ma chambre. Mais j'en avais trop peur. Pour moi, tante Berthe était une sorte de bête curieuse : les traits de son visage ressemblaient à ceux d'un homme, de même que ses épaules carrées, son large torse, ses bras et ses jambes poilus; et sa voix! Oh! Une voix dure et éraillée qui me donnait des frissons et semblait m'égratigner la figure à chaque fois qu'elle m'adressait la parole, toujours pour me dire la même chose, d'ailleurs : «Ça va, mon p'tit Willy? Tu as un peu grandi depuis la dernière fois.» À ses yeux, j'étais une larve qui évolue lentement; aux miens, elle était une araignée velue dont les baisers gluants n'avaient d'autre but que de me sucer le sang.

Quelqu'un tapota soudainement mon épaule. Je me retournai et un flash photographique m'accueillit comme un coup de poing en pleine figure. Je restai éberlué quelques secondes, tenant ridiculement du bout des doigts la pantoufle de tante Berthe. Puis j'entendis l'inspecteur Burns s'écrier :

— Bon Dieu! Qu'est-ce que vous faites là, vous? Personne ne vous a donné la permission de monter jusqu'ici : retournez en bas tout de suite!

On descendit les escaliers à la course.

— Ça va? demanda Mourhu en posant sur mes épaules ses deux mains velues.

— Oui.

— Quelle est cette pantoufle que vous tenez dans votre main?

— La pantoufle de tante Berthe.

— Montrez-moi ça.

Tandis que Mourhu examinait la pantoufle avec un intérêt non déguisé, l'inspecteur Burns s'approcha de moi et m'examina à mon tour comme si j'avais été une vulgaire pantoufle. Il ne m'aimait pas, c'était évident, et j'en ressentis comme un frisson d'angoisse.

— Il paraît que vos affaires vont plutôt mal, dit-il.

— Disons que ce n'est pas le Klondike.

— Votre tante Berthe possédait-elle des actions dans votre compagnie?

— À peine cinq pour cent.

— L'avez-vous rencontrée dernièrement, vous paraissait-elle dépressive, inquiète, vous a-t-elle confié quelque chose?

Il se faisait soupçonneux.

— N'est-ce pas un accident? dis-je, exaspéré par ces questions.

— Bien sûr, répondit-il d'un ton qui se voulait subitement rassurant. Seulement, nous en sommes encore aux premières constatations, et le métier exige...

— Ne trouvez-vous pas cela curieux? dit tout à coup Mourhu en fourrant la pantoufle de tante Berthe sous notre nez. Il y a une marguerite en or, brodée avec de la soie, sur le bout de cette pantoufle. Pour ma part, j'ai rarement vu une soie d'une aussi belle qualité. Qu'en pensez-vous?

— Rien, fit Burns d'une voix méprisante. Enfin, il me semble que Berthe Roschildren avait les moyens.

— De plus, continua Mourhu sans tenir compte de sa remarque, cette soie semble postérieure à l'âge de la pantoufle. En ce sens que la marguerite a été brodée là récemment.

— Qu'est-ce que ça prouve? s'exclama Burns qui, cette fois, laissait clairement entrevoir que notre présence l'indisposait.

— Rien, mais vous en êtes toujours aux premières constatations, n'est-ce pas? lui renvoya Mourhu.

Burns nous toisa d'un œil sévère.

— Je crois, dit-il, qu'il est inutile de rester ici plus longtemps.

De retour dans l'automobile de Mourhu, je lui confiai ma forte antipathie pour l'inspecteur Burns. Cette confidence m'amena subitement à constater que, malgré ses grossièretés coutumières et ses méthodes d'enquête peu orthodoxes, j'éprouvais envers Mourhu un sentiment inverse. Je me mis à le regarder pour la première fois comme une sorte d'allié et même, à la rigueur, comme un *ami*.

— Vous avez raison, dit Mourhu. Je le déteste également : ce Burns est un véritable sot! Il a en outre la détestable manie de voir des coupables partout. Combien d'innocents a-t-il envoyés sous les verrous à la suite de preuves frauduleuses, voire insignifiantes? Je l'ignore, mais ils doivent être légion.

— Un coupeur de cheveux en quatre, quoi.

— Pire : un coupeur de têtes! Un chasseur de primes qui pense uniquement argent et avancement; il serait prêt à vendre sa femme et ses enfants pour obtenir un poste plus élevé.

— Vous y allez un peu fort.

— Non, je vous le dis : ce Burns adore trouver des coupables là où il n'y en a pas. Il est ainsi capable de transformer un simple accident en un meurtre prémédité. C'est un machiavel. Et ce n'est pas bon pour vous ça, pas bon du tout.

— Vous voulez dire qu'il me voit déjà... coupable?

— Oui.

— Ce n'est pas sérieux, voyons!

— Peut-être pas. Mais s'il a la chance de découvrir la moindre anomalie, il va vous en faire voir de toutes les couleurs.

— Ma situation n'est déjà pas rose!

— Je me sens responsable, soupira Mourhu. Vous aviez raison tout à l'heure... J'ai agi égoïstement en venant vous chercher : vous étiez ma porte d'entrée auprès de Burns; il ne m'aurait jamais laissé monter là-haut! Vous risquez maintenant de payer le prix d'une curiosité malsaine qui me poursuit depuis l'enfance... Je suis désolé.

— Vous voilà en train de dramatiser! On croirait m'entendre!

— Je ne suis peut-être pas dans mon assiette. Mais je me trompe rarement dans mes intuitions. Cette façon que Burns avait de vous regarder... Tout cela ne me dit rien qui vaille.

— Allons, Mourhu, cessez de vous faire du souci pour moi. Ça ne vous ressemble pas et ça vous va très mal. Je puis vous assurer, quant à moi, que vous vous faites du mouron pour rien. En fait, cette escapade a été très instructive et j'ai passé un excellent moment en votre compagnie.

— Vous n'êtes pas sérieux!

— Si!

Et je lui appliquai un coup de poing amical sur l'épaule.

— Eh bien, dit Mourhu, encore soucieux. Je n'aurais jamais cru entendre un jour des propos semblables de votre part. Allons prendre une bière!

CHAPITRE 12

AU TROU

J'étais nu, recroquevillé à l'intérieur d'un trou chaud et humide dont les parois gluantes adhéraient à ma peau. Je pouvais à peine remuer, et si j'y parvenais c'était au prix d'immenses efforts qui me laissaient exténué. Juste au-dessus de moi, une membrane cireuse empêchait ma tête de sortir hors du trou. J'avais beau pousser, elle ne cédait pas.

Au bout d'un moment, je parvins à dégager un de mes bras et à gratter la membrane avec mes ongles, longs et pointus. Mes cheveux aussi étaient longs, comme si j'avais dormi pendant des semaines. À force de gratter, je réussis à passer une main à l'extérieur, et finalement à m'extirper jusqu'à la taille. Dehors, une lumière crayeuse brillait un peu partout, notamment au sommet d'une montagne curieuse et sur la surface d'un lac non moins curieux, dont les rives, ourlées, laissaient s'épanouir de longs roseaux recourbés et immobiles. Tout autour du trou, et quasiment à perte de vue, poussait une herbe qui ressemblait à de jeunes troncs d'arbres noircis coupés en biais. J'entendis soudain un vent puissant rugir dans la montagne, puis revenir à intervalles réguliers, comme une respiration humaine, et parfois la montagne frémissait, comme ébranlée par un tremblement de terre dont je ressentais les secousses.

J'osais à peine quitter mon trou. Tout compte fait, je le trouvais confortable, ce trou. Mais je n'allais quand même pas y passer le reste de ma vie. Il fallait donc que je parte, que je coure, que je m'évade de cet endroit! Je pris une direction au hasard et je me mis à courir. Mais je revins me réfugier dans le trou quand une masse blanche tomba du ciel et s'étendit partout. Ce n'était ni un brouillard, ni un nuage, ni de la neige, car rien ne pénétrait dans le trou, bien qu'il fût entièrement recouvert par cette substance. On aurait dit une mousse dense, d'une texture proche de la crème

Chantilly. J'étendis le bras et en recueillis une parcelle dans le creux de ma main. La substance sentait le citron. J'y goûtai. Elle goûtait le savon citronné.

Soudain, tout se mit à vibrer; un bruit assourdissant m'obligea à me boucher les oreilles. Quelque chose effleura ma tête. Cela dura une seconde, puis la mousse partit. Il me manquait des cheveux au sommet du crâne. Je risquai un coup d'œil à l'extérieur et vis un objet qui ressemblait à une immense gratte passer à quelques pieds de moi, puis repasser encore, puis disparaître. Les troncs noirs de tout à l'heure étaient maintenant tous coupés rasibus! Je pris alors conscience du véritable endroit où je me trouvais. Le ciel au-dessus de moi était un immense miroir qui me renvoyait l'image complète du paysage dans lequel je me trouvais; et je me rendis compte que ce que j'avais pris tantôt pour une montagne, tantôt pour un lac, étaient en vérité un nez et un œil appartenant à un visage humain gigantesque. Et les deux yeux de ce visage me fixaient méchamment. Était-ce les yeux de Dieu? Allons donc! Il s'agissait des yeux globuleux de l'oncle Roschildren. Et j'étais dans son visage, dans sa joue; mon trou n'était autre chose qu'un pore dilaté : j'étais l'affreux comédon de l'oncle Roschildren!

Le visage de Roschildren doubla subitement de volume, et deux énormes doigts vinrent presser les rebords du trou, ou plutôt du pore dans lequel je tentai de me replier le plus profondément possible. Mais la pression fut bientôt si forte que je fus éjecté sur le miroir, auquel j'adhérai comme de la glu. Un énorme doigt s'avança vers moi dans le but de m'écraser contre la paroi, mais je réussis à me dégager et tombai dans le trou d'un immense évier; ma chute se trouva amortie par l'eau du siphon. Je refis surface péniblement, mais une cascade d'eau s'abattit soudainement sur moi et m'entraîna à toute vitesse dans les profondeurs du renvoi. Je me réveillai, dans mes draps, tout trempé .

J'avais dû crier, à entendre les grognements du voisin du dessus. Le pauvre devait en avoir assez de se faire réveiller au beau milieu de la nuit. Je faisais en effet de fréquents cauchemars ces derniers temps. J'en sortais épuisé. Je devais pourtant trouver de l'énergie pour voir au fonctionnement boiteux de la compagnie, dont la situation sur le marché mondial se détériorait de jour en jour et allait continuer ainsi tant qu'on n'aurait pas retrouvé la fameuse formule de mon oncle, si toutefois on la retrouvait... Car plus le temps passait et moins j'étais sûr de sa découverte imminente : malgré le fait que plusieurs détectives avaient été engagés et que même Mourhu s'était mis sur la piste, le mystère demeurait aussi complet qu'il l'était au départ.

Peu de temps après l'arrestation d'Edward Witworth, j'avais tenté de sortir la compagnie du marasme en mettant de l'avant un plan que j'avais élaboré de concert avec le vice-président, Alec Jefferson. En gros, ce plan consistait à faire croire aux journalistes que nous avions retrouvé ladite formule et à procéder, simultanément, à la mise en circulation de quelques centaines de meubles recouverts de ce que nos experts, poussés par le comité d'urgence, avaient pu faire de mieux comme vernis. À ce moment-là, nous désirions surtout limiter les dégâts et gagner du temps, convaincus de la découverte prochaine de la formule. Cependant les meubles n'avaient pas dupé nos rivaux aussi longtemps que nous l'avions souhaité et, lorsque la supercherie avait été découverte, les effets avaient été catastrophiques sur les actions en Bourse et la vente au détail.

Ma montre indiquait six heures du matin. Voilà deux heures que je me retournais dans mon lit, en proie à l'angoisse et aux réflexions les plus diverses. Je me levai, me fis un thé et ramassai les journaux qui se trouvaient sur le palier de ma porte : *Wall Street Journal, New York Times, Washington Post...* Je les recevais tous... Obligation professionnelle, en quelque sorte. J'étais apparu dans tous ces quotidiens au moins une fois et, depuis le scandale du faux vernis, il ne se passait pas une semaine sans qu'il y ait un article disgracieux sur ma personne ou sur la compagnie en général. Je devais aussi me tenir au courant des cours de la Bourse, et de bien d'autres choses auxquelles je n'accordais pas vraiment d'importance, mais que je devais connaître... pour les autres. En ouvrant la porte, quelle ne fut pas ma surprise d'apercevoir Mourhu sur le seuil.

— Qu'est-ce que vous faites là ?

Pour toute réponse, Mourhu me balança dans les mains un journal et rentra d'un bond dans la pièce. Encore heureux que je n'aie pas été nu, fidèle à mon habitude, car je poussais quelquefois l'intrépidité jusqu'à ramasser mes journaux dans cette tenue. Mais ce matin-là, je ne savais trop pourquoi, j'avais revêtu une robe de chambre dès ma sortie du lit. Mais il était bien question de ça! Le journal que m'avait remis Mourhu était du type sensationnaliste et une photo de moi occupait toute la première page. Un titre en gros caractères mentionnait : «Affaire Roschildren : le neveu soupçon-né du meurtre de sa tante». À ma grande stupéfaction, je me rendis compte qu'il s'agissait de la photo prise chez tante Berthe quand un photographe m'avait surpris, la pantoufle à la main. J'avais vraiment l'air ridicule! Mes yeux, ronds comme des billes, ressem-blaient quasiment à ceux de l'oncle Roschildren. Et – horreur! – il y avait sur la photo, juste à la hauteur de ma joue, une tache minuscule qui donnait l'impression que j'avais un comédon! Mais était-ce vraiment une tache? Était-ce possible qu'un tel comédon se fût logé dans ma joue, à mon insu?

Je courus à toute vitesse à la salle de bains. Devant mon miroir, je scrutai un à un tous les pores de ma joue... Dieu soit loué, je n'aperçus rien de suspect.

— Ça va? questionna Mourhu.

Je revins, visiblement soulagé.

— Ça va, dis-je.

Puis je ramassai avec fureur le torchon que m'avait remis Mourhu.

— Qu'est-ce que c'est que cette plaisanterie?!

— Ce n'en est pas une, malheureusement! soupira Mourhu en se laissant tomber sur le canapé.

— Comment? Je pensais que l'affaire avait été classée comme un accident?

— Un accident inexplicable, oui. Mais je vous dirais que tout policier qui se trouve devant un accident inexplicable soupçonne derrière tout ça un meurtre inexplicable, prémédité, fabriqué à l'avance par un meurtrier astucieux. Et dans ce cas-ci, ce meurtrier astucieux, c'est vous!

— C'est complètement ridicule! Vous me croyez capable de tuer?

— Certes pas. Néanmoins, je vous l'avais dit : ce Burns est un salaud!

— Comment? C'est lui qui est derrière ça?

— Évidemment.

— Mais Burns ne peut rien prouver puisque je suis innocent!

— Détrompez-vous! Il a trouvé un mobile, une façon... En gros, il prétend qu'un homme capable de monter sur le marché mondial une supercherie comme celle du faux vernis est bien capable d'imaginer un petit meurtre de province – c'est son expression, pas la mienne... Il prétend ainsi que votre tante Berthe savait où se trouvait la formule, qu'elle l'avait à la rigueur en sa possession et que, grâce à cela, elle opérait sur vous un chantage qui avait pour but d'augmenter sa part de revenus au sein de votre compagnie. Cependant, elle se serait montrée trop gourmande et, comme vous n'arriviez à aucun compromis avec elle – et croyant tout à coup vous en sortir sans la formule authentique grâce à la supercherie du faux vernis –, vous avez décidé de vous venger et de l'éliminer. Oh! pas vous personnellement, car Burns sait que je suis passé vous prendre juste après l'explosion, mais un professionnel que vous avez engagé spécialement à cet effet.

— Voyons! Tout cela est grotesque! Ça ne tiendra pas debout devant un jury!

— Vous croyez? Eh bien, ce n'est pas tout : il a réussi à obtenir sur vous des renseignements, comment dirais-je... compromettants! Il est allé puiser dans les archives policières où il a découvert, avant que j'aie eu le temps de la faire disparaître, cette fameuse histoire d'exhibitionnisme sur votre balcon; il est même allé interroger une partie de vos employés qui ne se sont pas gênés – entre autres un certain Viscogliosi – pour lui révéler certains comportements qu'ils trouvent bizarres chez vous. Par exemple, votre manie de vous regarder constamment dans un petit miroir qui se trouve sur votre bureau.

— Il a fait ça!

— Il a fait ça et bien d'autres choses. Il est en train de brosser de vous un portrait que vous ne reconnaîtrez même pas à votre procès.

— Mon procès?

— Eh oui! Un mandat d'arrêt a été émis contre vous ce matin. Burns devrait passer d'ici quelques minutes. Je voulais être là avant qu'il n'arrive.

— Mais c'est complètement débile!

— Je vous ai dit que ce Burns était un chasseur de primes. Maintenant qu'il vous a, il ne vous lâchera plus. Peu importe que vous soyez coupable ou non : pour lui, une tête comme la vôtre vaut de l'or. Déjà associée au faux vernis qui a fait scandale sur le plan international, cette nouvelle affaire risque de prendre des proportions tout aussi énormes, et si jamais il parvient à vous coffrer, nul doute qu'il aura droit à la promotion qu'il espère depuis tant d'années.

— Mourhu, je ne me sens pas bien du tout.

— Il y a de quoi! s'écria-t-il en attrapant la bouteille de cognac qui traînait sur mon buffet. Vous permettez?

— Faites.

Il prit une coupe et y versa une bonne rasade.

— Tenez, buvez cela! dit-il en me la mettant sous le nez.

Je bus, avidement. Lui aussi, mais à même la bouteille.

— Aaah, grand Dieu! soupira-t-il après deux bonnes gorgées. J'aurais aimé déguster cette bouteille d'une façon un peu moins cavalière, mais vu les circonstances... Enfin, rien n'est perdu, mon petit. Dans cette affaire, vous êtes une victime toute désignée et nous plaiderons contre cela. Mais ce qui cloche vraiment dans cette histoire, c'est la façon dont le professionnel que vous auriez engagé s'y serait pris. Ça tient du ridicule : se faisant passer pour un employé du gaz, il serait monté chez votre tante environ une heure avant son arrivée; là, il aurait ouvert le gaz et refermé les deux portes de la cuisine pour permettre à celui-ci de s'accumuler; ensuite, il serait allé s'installer sur le balcon arrière d'où il aurait guetté l'arrivée de votre tante; en effet, la porte de ce balcon est à demi vitrée et donne sur un corridor qui rejoint le vestibule;

l'arrière de la maison est entouré d'arbres, ce qui rendait le meurtrier invisible aux voisins; lorsque votre tante s'est dirigée vers la cuisine après avoir pris sa douche, il l'a vue passer dans le corridor et c'est avec l'aide d'une perche télescopique au bout de laquelle était fixée une mèche allumée qu'il aurait déclenché l'explosion; c'est-à-dire en introduisant la mèche dans un trou pratiqué à travers la vitre d'une des deux fenêtres de la cuisine, celle qui se trouve à quelques pieds du balcon pour être exact. Il est à noter que l'on n'a retrouvé aucune trace de la prétendue perche ou de la mèche et que la vitre, que l'on a retrouvée éparpillée partout, est beaucoup trop émiettée pour permettre une reconstitution, laquelle aurait permis de confirmer ou d'infirmer cette hypothèse.

J'écoutais Mourhu, trop ébranlé pour poser une seule question, trop abusé pour tenter de contredire quoi que ce soit.

— Or c'est sur cet aspect de la question que devra porter votre défense, continua Mourhu. Les preuves sont...

— On n'a certainement retrouvé aucune trace de ce prétendu professionnel, dis-je soudainement, puisqu'il n'existe pas.

— Pas tout à fait, tempéra Mourhu. Il existe un délateur... Une petite merde qui tente de se racheter aux yeux de la police pour une obscure histoire de mœurs. Ce merdeux prétend que le soir de l'explosion, il a fait la fête avec un dénommé Tunderpool, une crapule bien connue des milieux policiers pour sa propension à exécuter ce genre de besogne. Ce dernier lui aurait confié être l'auteur de l'explosion, que ce «contrat» lui avait rapporté assez d'argent pour aller s'établir définitivement dans le Sud. Plus tard dans la soirée, alors qu'il était à demi ivre, il lui aurait confié la façon dont il s'y était pris, mais il n'aurait rien voulu dire sur le nom de la personne qui l'avait payé, sinon que c'était elle qui avait tout imaginé et qu'elle était très connue du milieu des affaires. Une fois ivre, il aurait poussé l'indiscrétion jusqu'à mentionner qu'il s'agissait d'un proche parent de la victime. Autrement dit, il vous aurait désigné sans pour autant avoir mentionné votre nom. Enfin, je suis sûr que cette saloperie de Charlie Macfie – c'est le nom du délateur-témoin – ment pour obtenir une réduction de peine. Il aura lu les détails de l'accident dans les journaux et, connaissant Burns, il aura imaginé cette histoire en sachant qu'il trouverait preneur.

— Mais enfin, comment une personne peut-elle trouver le culot de mentir à ce point?

— Dans cette ville, le mensonge est une vérité... presque un dieu. On croit davantage une personne qui ment bien qu'une autre qui dit la vérité, mais mal. C'est un monde où la profondeur est sacrifiée au mythe de l'apparence et de la superficialité, une jungle où les plus faibles tentent de s'en sortir par tous les moyens. Or vous êtes une grosse «poche» comme on dit désormais dans le milieu; le plus faible, le plus démuni vous regarde avec envie et s'il possède le moyen pour vous en faire baver, il n'hésitera pas une seule seconde.

Voyez-vous, continua Mourhu, votre malheur dans tout cela, c'est d'être innocent, dans les deux sens du mot... Ce qui vous arrive vous semble impossible, irréel, alors qu'en réalité c'était prévisible, logique même. Quand on passe une partie de sa vie le nez dans les livres de comptabilité, et l'autre à se regarder dans le miroir au lieu de regarder le monde dans lequel on vit, on devient comme vous, on devient «autre».

J'étais trop las pour rechigner devant la leçon de morale que me servait Mourhu, je trouvais même que ses propos avaient du sens. Je me contentai de murmurer, comme pour moi-même :

— «Je» est un autre.

— Pardon?

— Rien.

— Le véritable hic dans toute cette histoire, poursuivit Mourhu qui arrivait à la fin de la bouteille de cognac, c'est de ne pas savoir avec exactitude comment l'explosion s'est produite. Cela donne cours à tous les scénarios possibles et imaginables, et n'importe qui, sachant justement que l'on ignore ce comment, peut profiter de la situation. Dans ce cas-ci, c'est une petite merde comme Macfie qui en profite, à moins que ce ne soit Burns qui l'ait payé pour cela... Avec lui, c'est toujours possible.

— Ce Tunderpool, l'a-t-on retrouvé?

— Non. Il serait réellement parti dans le Sud, où l'on tente en ce moment de le retracer. Mais ça ne prouve rien, croyez-moi. Car Macfie a très bien pu élaborer son histoire en ayant connaissance de ce fait. J'imagine bien Tunderpool confiant le plus simplement du monde à Macfie qu'il en a marre de la pègre et qu'il a ramassé assez d'argent pour aller s'établir dans un endroit calme où personne ne le retrouvera, le reste étant l'invention de Macfie.

— Mais comment savez-vous tout cela?

— C'est un collègue de Burns qui m'a tout raconté. Et je possède également – vous n'êtes pas sans le savoir – certaines méthodes qui me permettent d'être bien informé.

— Je sens toutefois que vous ne m'avez pas tout dit.

— Quelque chose m'échappe... Pour que le juge ait émis un mandat d'arrêt et qu'un procès soit intenté contre vous, il faut qu'il y ait derrière tout cela une preuve, disons une pièce à conviction plus substantielle... Il m'a été impossible de savoir ce que c'était et j'ai l'impression que nous n'en saurons rien avant le procès. De plus, il y a la vieille...

— La vieille?

— Oui, celle qui habite le rez-de-chaussée. Elle prétend qu'un employé du gaz est monté au premier juste avant le souper. C'est compromettant, je l'avoue, mais à mon avis c'est une simple coïncidence. Pensez, cette septuagénaire à demi percluse, et myope de surcroît, a pu confondre un employé du gaz avec un employé de l'électricité et même, à la rigueur, avec un simple commis. Enfin, il n'est pas exclu non plus que cette personne, seule et oubliée de tous, veuille se donner de l'importance et profite, tout comme Macfie, de la situation.

Les arguments de Mourhu avaient beau être sincères, se vouloir rassurants, j'étais atterré. J'avais l'impression qu'un énorme complot avait été organisé contre moi.

— Allons, dit Mourhu qui commençait à être ivre, il ne faut pas vous en faire : je suis avec vous, je vais vous aider à vous en sortir. En fait, ce procès est une lutte à finir entre Burns et moi.

On sonna à la porte. J'étais trop las pour aller répondre. Mourhu s'en chargea.

— Qu'est-ce que vous faites ici? dit Burns en entrant dans la pièce suivi de deux policiers.

— Je suis venu réconforter mon ami.

— Votre ami? gloussa-t-il ironiquement. Votre ami est un assassin, mon cher, et je me ferai un plaisir de le démontrer au procès.

Ce cynisme m'écœura définitivement de Burns dont le nez busqué, je le remarquais maintenant, traduisait bien ses aspirations hautaines alors que ses petits yeux de fouine trahissaient sa méchanceté et son hypocrisie.

— Monsieur William Roschildren, fit-il en se tournant vers moi d'un air solennel. Vous êtes...

— Une victime des circonstances! glissa Mourhu.

— Ça va, dis-je en me levant debout. Je connais le baratin. Passez-moi les menottes et, de grâce, taisez-vous.

Je vacillais sous l'effet de l'alcool.

— Puisque que vous y tenez, dit Burns en faisant signe à un policier. Mais ce cynisme vous passera après quelques jours en cellule.

Lorsque le policier s'avança vers moi, je paniquai. Ce fut comme si je me rendais subitement compte que ce n'était pas un jeu. Je le renversai et m'enfuis à toutes jambes dans le corridor. Malheureusement, je fus rattrapé et maîtrisé par un autre policier, qui me passa les menottes et me ramena sans ménagement dans l'appartement.

— Ha, ha! ricana stupidement Burns. Voilà une tentative de fuite fort compromettante.

J'avais l'impression de jouer dans un film policier de série B : l'action se déroulait trop vite et les rôles étaient tenus par de mauvais comédiens dont Burns, dans le rôle principal, était le plus médiocre.

— Ça ne veut rien dire! dit Mourhu.

— On verra au procès!

— Burns! s'exclama Mourhu en vacillant, la bouteille de cognac à la main. Je vais sortir mon ami de vos sales mains griffues! Vous m'entendez? Je vais...

Mais Mourhu était complètement ivre et visiblement dépassé par les événements. Et de le voir dans cet état ne me donnait pas grand espoir pour l'avenir.

*

*   *

Le délai entre ma comparution et le début de mon procès fut exceptionnellement court, sans doute parce que cette affaire passionnait l'opinion publique. Ma caution avait été fixée à une somme astronomique que j'avais réglée sans sourciller. Bénéficiant à nouveau de ma liberté, j'avais employé le temps qu'il me restait d'ici au procès à essayer de redresser la compagnie, mais tout le tapage qui s'était fait autour de ce futur procès n'avait guère aidé les choses, plusieurs membres du conseil d'administration m'ayant même suggéré de laisser ma place et de vendre mes actions... Je ne leur avais pas fait ce plaisir.

Quand le procès commença, je fus incarcéré. Après une semaine, je connaissais déjà son issue : je serais condamné, inévitablement. Je dis inévitablement car tout s'emboîtait depuis le début comme un casse-tête dont je représentais le dernier morceau, celui que tout le monde avait hâte de voir inséré de façon définitive dans l'ensemble afin d'en avoir une vision plus saisissante, même si on connaissait pourtant déjà toutes les facettes de cet ensemble. En effet, aucune surprise n'était à prévoir : il ne restait que cette formalité, qui représentait évidemment le clou du spectacle. Je serais condamné, non pas parce que j'avais une gueule d'assassin, mais bien parce que j'avais une gueule de victime et que je ne pouvais rien y changer. La société, en l'occurrence ses douze jurés, venait de trouver preneur! Fatalisme? Peut-être, mais le débat du jury faisait partie de cette formalité à laquelle je n'étais pas convié, à laquelle les recommandations du juge avant la délibération ne changeraient rien. C'est quand on se retrouve dans le box des accusés qu'on se rend compte que toute cette procédure judiciaire est une énorme farce car elle repose sur une montagne d'incertitudes qui doivent finalement aboutir à une seule et unique certitude. On s'aperçoit aussi que le nombre de jurés est inéquitable, voire ridicule. Pour qu'il y ait une véritable équité, pourquoi ne pas établir ce nombre à treize et interdire l'unanimité? N'éviterait-on pas ainsi des débats longs et oiseux?

Certains moments furent pénibles, la couronne n'ayant de cesse d'orienter ses accusations en prenant à témoin mes comportements bizarres : exhibitionnisme sur le balcon, narcissisme, haine injustifiée envers mon oncle, mes parents... Le moment le plus pénible fut sans aucun doute l'interrogatoire de ma mère où, sous la verve fielleuse de Nicoletti, l'avorton de la couronne, elle avait fini par éclater en sanglots. Mon père, quant à lui, s'était montré plutôt distant lors de son témoignage mais avait finalement avoué que, depuis la mort de mon frère, ma façon de vivre lui semblait malsaine, pour ne pas dire pathologique. Néanmoins, ces témoignages n'eurent pas sur moi l'effet traumatique visé par la couronne. Ce procès se déroulait d'ailleurs trop vite pour que je ressente un véritable malaise, j'avais plutôt de la difficulté à croire à tout ce qui m'arrivait, me demandant parfois si ce n'était pas un mauvais rêve duquel je risquais de me réveiller à tout moment.

Si le fait que j'allais être condamné semblait inévitable, c'est qu'en plus de Macfie, dont le témoignage fit montre d'une sincérité accablante, Burns possédait une pièce à conviction fort coquette à exhiber aux membres du jury, formé en grande majorité de mâles chez qui l'attrait de la beauté, même abstraite, a parfois de redoutables conséquences. Cette preuve, qui selon moi ne représentait pas un atout inéluctable, allait peser lourd dans la balance de cette justice aveugle. Laissez-moi évaluer le poids des conspirateurs, semblait-elle dire du haut de son socle, la mignonne. Et j'avais pu constater qu'ils avaient du poids quand Nicoletti m'appela à la barre, histoire de me cuisiner un tantinet avant d'exposer cette preuve.

— Votre antipathie pour votre oncle n'est un mystère pour personne, roucoula-t-il en se glissant vers moi comme une couleuvre.

Il portait la toge et quand il levait les bras au ciel pour souligner la portée de ses propos, il prenait l'aspect du cobra qui se dilate, fin prêt à mordre. C'était d'autant plus réel qu'après cela suivait souvent un commentaire insidieux et parfois même blessant... Il attaquait sans cesse, louvoyant autour du témoin comme le serpent autour de sa victime : tantôt charmeur, tantôt menaçant, tantôt espiègle ou même stupide à dessein. Curieusement, sa langue était pointue et il avait la manie de la darder au milieu de sa lèvre supérieure, un genre de tic sénile qu'on remarque parfois chez certains vieillards. Mais là s'arrêtait la comparaison puisqu'il la rentrait subitement, en sifflant, et ne la ressortait que beaucoup plus tard, comme quelqu'un qui vient d'être pris en défaut. Il portait des lunettes rondes, écaillées et cerclées d'or, qui grossissaient ses yeux petits et un peu bridés. Il les ajustait continuellement sur le bout de son nez tout en essayant de se donner un air innocent, ce qu'il n'arrivait pas à faire car on avait plutôt l'impression d'avoir devant soi un éminent zoologiste qui avait étudié les reptiles toute sa vie et avait fini par adopter leur comportement... Bref, il inspirait la méfiance.

— Pourriez-vous expliquer aux membres du jury le pourquoi de cette antipathie? poursuivit Nicoletti.

Ici, je regardai mon avocat pour savoir si je devais répondre à cette question; je trouvais en effet curieux qu'il ne s'y soit pas objecté. Mon avocat, qui se nommait Alfred Rhysen, avait les yeux creux, une petite barbichette et ne s'objectait pas assez souvent à mon goût, me fit signe de répondre. Sur quoi Nicoletti me pressa lui aussi de répondre tandis que le juge, à son tour, m'ordonna de le faire. Je répondis donc, un peu hésitant :

— C'est une longue histoire.

— Une histoire qui remonte à votre enfance, n'est-ce pas?

— Exactement.

— Pouvez-vous nous raconter brièvement les grandes lignes de cette histoire?

Je le regardai, incrédule, me demandant s'il était en train de finasser ou si au contraire il avait eu vent de certaines choses concernant mon enfance. J'hésitais. Cette hésitation qui me prenait parfois avant de répondre à certaines questions me rendait, j'en étais sûr, très suspect aux yeux des badauds qui remplissaient la salle d'audience. Ce voyeurisme de bas étage me donnait mal au cœur d'ailleurs, mais je parvins néanmoins à narrer ce qui s'était passé le soir où mon frère et moi avions surpris notre oncle dans le grenier.

— Donc, c'est à la suite de cet incident, plutôt banal je le ferai remarquer aux membres du jury, que vous vous êtes mis à haïr votre oncle?

— Je crois.

— Comment ça, vous croyez? Vous n'en êtes pas sûr?

— Vous ne comprenez pas! dis-je, légèrement exaspéré. Cette histoire, c'est la goutte d'eau qui a fait déborder le vase! C'est un prétexte. Il m'aide à justifier le fait que je n'ai jamais pu supporter mon oncle. Sa figure me donnait des cauchemars et le comédon qu'il avait sur la joue, la nausée.

— Donc, vous ne l'aimiez pas à cause de sa laideur, caractérisée par un énorme comédon sur la joue, mais vous étiez conscient que ce n'était pas sa faute. Et, comme vous vous sentiez coupable de le détester à cause de sa laideur, vous vous êtes servi de cette histoire pour justifier votre répulsion. Avec les années, cette aversion est devenue de la haine. Reformulé en d'autres termes, c'est bien cela?

— Oui.

— Ne trouvez-vous pas que c'est un curieux raisonnement?

— Sans doute. Mais vous semblez l'avoir compris sans peine, non?

— Raisonnez-vous souvent de la sorte?

— Quand on se sent coupable, on emprunte parfois de curieuses tournures d'esprit pour tenter de se déculpabiliser.

— Je comprends très bien que vous vous sentiez coupable, mon cher ami.

— Objection, Votre Honneur! Maître Nicoletti joue avec les mots!

— Objection acceptée.

Nicoletti continua comme s'il ne s'était rien passé :

— Est-ce pour des raisons sensiblement équivalentes que vous détestiez votre tante Berthe?

— Je ne la détestais pas, répondis-je. Je ne l'aimais pas, certes, mais j'étais loin de la détester. Elle me laissait plutôt indifférent.

— Jusqu'au jour où, ayant en sa possession la fameuse formule de votre oncle, elle a décidé de vous faire chanter!

— C'est ridicule, voyons! Comment aurait-elle eu en sa possession la formule? Elle...

— Je vais vous le dire, coupa Nicoletti. Votre tante était très intime avec votre oncle. C'était sa sœur, ne l'oublions pas! Ils se voyaient souvent; il allait chez elle; elle venait chez lui. Or imaginons ceci : un jour qu'elle est chez lui, elle tombe par hasard sur son testament et se rend compte avec stupeur qu'elle n'y figure pas, que c'est au contraire un petit avorton de votre espèce qui va...

— Objection, Votre Honneur! Maître Nicoletti insulte mon client!

— Objection acceptée, dit le juge qui semblait cette fois ennuyé d'avoir dû intervenir pour donner raison à mon avocat.

— Maître Nicoletti, poursuivit-il, veuillez faire preuve à l'avenir d'une plus grande politesse envers l'accusé.

Nicoletti acquiesça d'un signe de tête.

— Donc, votre tante tombe sur le testament et se rend compte que vous héritez de tout, emboîta Nicoletti. Imaginez! (Ici, il venait de lever les bras au ciel, signe que quelque chose de blessant allait suivre.) Une femme qui, contrairement à vous qui avez eu tout cuit dans la bouche, a travaillé toute sa vie et s'est trouvée à investir dans la compagnie de son frère. N'est-il pas normal qu'elle éprouve du ressentiment? N'est-il pas normal qu'elle veuille se venger de cet affront? Oui, et en lisant la lettre personnelle qui vous est adressée, elle voit le numéro du coffre de votre oncle et décide de se venger. Voilà ce qui explique comment votre tante s'est emparée de la formule à la mort de votre oncle.

Nicoletti attendait que je réagisse. Comme je restais de glace, il ajouta, histoire de donner encore plus de poids à ses propos :

— Votre tante était reconnue pour être une femme d'action qui n'hésitait pas à prendre des moyens draconiens pour arriver à ses fins. Nombre de ses employés l'ont appris à leurs dépens et...

— C'est vrai! explosai-je. Mais de là à ce que les choses se soient passées comme vous le dites, il y a un monde!

— Peut-être, dit Nicoletti, peut-être. Mais le but de la couronne ne consiste pas, en réalité, à démontrer comment votre tante s'est emparée de la formule mais bien pourquoi vous l'avez tuée et comment.

— Il me semble que tout cela est relié! Et comme rien ne prouve qu'elle avait la formule en sa possession!

— Tout le prouve, au contraire, minauda Nicoletti d'une voix assurée. Votre attitude, le témoignage de Charlie Macfie sur la façon dont...

— Macfie ment!

— Je ne pense pas que ce soit l'impression qu'il a donnée aux membres du jury, monsieur Roschildren. Enfin, puisque vous prétendez que rien ne prouve que votre tante s'est emparée de la formule comme je l'ai dit, soumettez-moi une autre explication.

Comme je ne répondais pas, il ajouta brusquement :

— Allez! Soumettez-moi une autre explication!

Je restai muet, et même un peu trop penaud à mon goût.

— Dites-moi, reprit Nicoletti sur un ton subitement suave, vous considérez-vous comme une personne normale?

Il tournait autour du box des témoins depuis un bon bout de temps déjà et, cette fois, je sentais que les anneaux du serpent se resserraient sur sa victime.

— Je ne sais pas, dis-je, fortement incommodé par la question.

Mon avocat me lança un regard désapprobateur. Évidemment, il aurait aimé m'entendre dire un «oui» franc et catégorique. Mais je m'en sentais incapable. Je trouvai néanmoins la force d'ajouter :

— D'après vous, qu'est-ce que la normalité?

— Je ne tiens pas à développer ici mon point de vue sur la normalité, dit Nicoletti, ni à définir cette notion selon les normes établies par la société. Non. Je vous demande simplement si vous, William Roschildren, vous vous considérez comme une personne normale?

— Je crois bien que oui. Je ne suis pas un voleur, ni un violeur...
Mon comportement ne ressemble pas nécessairement à celui de la
majorité des individus, mais en définitive...

— Vous êtes un être humain comme les autres.

— C'est cela.

— Bien sûr, murmura Nicoletti comme pour lui-même, bien sûr.
Puis, plus fort : Vous remarquerez cependant, mesdames et messieurs les jurés, que lorsque j'ai demandé à l'accusé s'il se considérait comme une personne normale, ses réponses furent évasives :
«Je ne sais pas», «Je crois bien que oui». Est-ce là, à votre avis, les
réponses d'un individu parfaitement sain d'esprit? D'un individu
qui a la conscience tranquille?

Nicoletti s'arrêta un moment pour mesurer la portée de ses
propos chez les membres du jury.

— Encore une question, dit-il. Avez-vous des amis?

— Non.

— Ai-je bien entendu?

— Vous avez bien entendu : je n'ai pas d'amis.

— Pas un seul?

— Enfin... Il y a bien quelqu'un, mais je ne sais pas si je dois le
considérer comme un ami.

Je pensais à Mourhu dont l'absence, depuis le début de ce
procès, me décevait terriblement. Et je ne trouvais pas sérieux de
parler à Nicoletti de mon miroir vénitien!

— Voilà qui est curieux, fit Nicoletti, faussement intrigué.
J'aimerais bien connaître le nom de cet ami-qui-n'en-est-pas-un-
mais-qui-pourrait-en-être-un.

— Ça ne vous regarde pas!

— Je n'insiste pas, remarquez... Le jury peut aussi bien que moi
noter votre manque de coopération.

Il avait cette détestable manie de prendre continuellement le jury
à témoin, comme si ce dernier lui était acquis, comme si le verdict
de culpabilité était déjà rendu. Et le plus enrageant, c'était de se
rendre compte qu'il en était sans doute ainsi.

— Je n'en vois tout simplement pas l'importance, dis-je pour
tenter de me reprendre.

— Alors, si cela n'a pas d'importance, pourquoi cacher ce nom?

— Je ne le cache pas!

— Mais vous ne le dites pas!

— Bon, très bien. Il s'agit de l'inspecteur Mourhu.

— L'inspecteur Mourhu !? s'écria Nicoletti, ironique. N'est-ce pas l'inspecteur qui a arrêté l'assassin de votre oncle?

— Oui.

Je regrettais déjà d'avoir répondu. Nicoletti n'avait de cesse de tourner en ridicule tout ce que je disais.

— Une bien triste histoire, remarqua Nicoletti sur un ton faussement compatissant. L'inspecteur Mourhu a cependant démontré une perspicacité tout à fait exceptionnelle dans cette affaire. Ce qui ne l'empêche pas d'être reconnu comme quelqu'un qui utilise – ici, il envoya une œillade entendue à Burns qui se trouvait dans les premiers bancs de la salle – des méthodes, comment dire... non orthodoxes pour arriver à ses fins. Cette amitié n'est donc pas surprenante puisque, vous aussi, vous semblez avoir utilisé des moyens assez inusités pour occire votre tante... peut-être, après tout, avez-vous agi de même avec votre oncle!

— Objection, Votre Honneur! Mon client est accusé du meurtre de sa tante. Je me demande bien ce que vient faire ici le meurtre d'Edgar Roschildren : le procès de son assassin est terminé et il a été reconnu coupable de tous les chefs d'accusation!

— Objection acceptée. Cette allusion doit être effacée du procès-verbal et en aucun cas le jury ne devra en tenir compte lors de sa délibération... Maître Nicoletti, veuillez à l'avenir éviter ce genre d'allusion douteuse... En outre, je vous rappelle à l'ordre : votre interrogatoire traîne en longueur et je crois que vous avez une pièce à conviction à apporter au jury. Je vous prierais donc de le faire dans les plus brefs délais.

— J'y arrive, Votre Honneur, j'y arrive...

Il ressemblait à un enfant qui vient d'être rabroué. Il était tout à coup moins sûr :

— En fait, depuis que j'ai commencé cet interrogatoire, j'ai tenté de démontrer comment cet individu, doté d'une personnalité à coup sûr psychopathique, n'a pas hésité à payer un tueur pour...

— C'est faux! dis-je.

— C'est vrai! riposta Nicoletti d'un ton aigre. Il aurait été plus sage de votre part de plaider coupable et de vous attirer ainsi la clémence du tribunal car, outre le témoignage déjà fort accablant de Charlie Macfie, la couronne possède une pièce à conviction qui vous incrimine de façon définitive!

Nicoletti venait de brandir dans les airs une feuille de papier bleu, déchirée et légèrement chiffonnée.

— Mesdames et messieurs les jurés, dit triomphalement Nicoletti, j'ai dans les mains le fragment d'une lettre que nous avons fortuitement récupéré dans la corbeille à papier de Berthe Roschildren. L'écriture de ce fragment a été identifiée par nos experts comme étant, sans nul doute possible, celle de la victime. Nous ignorons malheureusement où se trouve le reste de cette lettre, ce fragment n'étant de toute évidence qu'un brouillon. Néanmoins, le maigre paragraphe que je vais vous lire laisse entendre clairement que celle-ci craignait pour sa vie et, sans jamais citer directement le nom de son futur assassin – du moins dans l'échantillon que nous avons –, elle nous laisse clairement comprendre qu'il s'agit de William Roschildren!

Nicoletti présenta la pièce à conviction au juge, puis à la défense, après quoi il la fit glisser sous les yeux des jurés.

— Je tiens à souligner que nous ignorons l'identité du destinataire, dit Nicoletti. Néanmoins, il s'agit d'un détail qui ne nuit en rien aux propos que je vais vous lire.

Puis il commença la lecture, d'une voix quasiment théâtrale, en appuyant sur les pronoms susceptibles de me désigner :

«(...) je ne me sens pas en sécurité, mon cher Toby. Je crois que je suis allée trop loin et je crains pour ma vie. Edgar est mort et un vent de malédiction semble souffler sur notre famille. J'ignore ce qu'il a l'intention de faire à présent, mais il veut la formule, c'est certain (...)»

Et cetera. Sans jamais mentionner mon nom, évidemment. Mais en accentuant les «il», les «sa», les «son» susceptibles de me désigner. En d'autres circonstances, ce bout de lettre aurait été inoffensif, mais dans un procès où on ne demandait rien de mieux que de trouver un coupable, c'était une mine d'or pour la couronne.

À partir de ce moment, je cessai de me débattre, je me mis à faire le béni-oui-oui, oh! pas complètement car je continuais à nier ma culpabilité, mais je devins plus courtois, plus coopératif, je laissai voir le calme et la nonchalance de celui qui s'est résigné, et si je persistais à nier, c'était uniquement pour la forme, car pour le reste, mes conspirateurs avaient gagné.

Quelques jours avant la fin du procès, mon avocat me confia ce que je savais déjà, à savoir que nous avions peu de chances de l'emporter, qu'il faudrait de toute évidence aller en appel et que, pour le prochain procès, il vaudrait mieux plaider l'aliénation mentale ou quelque chose dans le genre... Cela me choqua.

*

*   *

La veille de la plaidoirie, j'étais incapable de dormir. Recroquevillé dans mon lit, j'imaginais sans cesse que le premier juré se levait et répondait «coupable» à tous les chefs d'accusation. C'est alors qu'un bruit de pas quasiment imperceptible résonna dans le corridor de la prison. Moins d'une minute plus tard, une ombre imposante se dessinait derrière les barreaux de ma cellule.

— Psst! chuchota l'ombre.

— Qui est là?

— C'est moi, Mourhu.

— MOURHU?

— Pas si fort! Vous allez réveiller les autres prisonniers!

— Qu'est-ce que vous faites ici?

— Je suis venu vous chercher...

— Vous êtes fou! Me faire évader ne va...

— Non, non, vous n'y êtes pas. Nous allons seulement faire une petite balade. J'ai soudoyé les gardiens : je dois vous ramener avant l'aube.

— Pour quoi faire?

— Je vous l'ai dit : une petite balade...

— Mais où cette petite balade, où?

— À la maison de votre tante. Je dois vérifier certains détails et il n'y a que vous qui...

— Non mais dites-moi que je rêve!?

— Je suis tout près du but : il n'y a qu'une ou deux choses qui m'ont échappé et j'ai besoin de votre compagnie pour me «galvaniser». Mon petit, vous allez m'aider à résoudre cette mystérieuse explosion!

— Il n'est pas question que je quitte ma cellule, dis-je. S'il nous arrive quelque chose, vous serez également mis en prison. C'est ça que vous voulez?

— Non. Mais j'ai besoin de vous pour résoudre l'énigme et vous avez besoin de moi pour vous en sortir. Désirez-vous passer le reste de votre vie en prison pour un crime que vous n'avez pas commis?

— Non.

— Alors suivez-moi.

Après tout, qu'avais-je à perdre?

— C'est bon, dis-je. Je vous suis.

Mourhu actionna la serrure et la porte s'ouvrit en grinçant. Il était revêtu d'un uniforme de gardien trop petit pour lui. Je pouffai de rire.

— Taisez-vous!

Je suivis Mourhu vers la sortie.

— Hé! dit soudain la voix d'un prisonnier. Où allez-vous comme ça?

— Ta gueule! dit Mourhu.

— Hé! Pete! Réveille-toi! On emmène le p'tit nouveau! Y'a un gardien qui veut se payer du bon temps!

— Aaaah, laisse tomber! répondit une voix ensommeillée.

Le simple fait de marcher sur le trottoir s'avéra pour moi un phénomène curieux. Dans l'auto, Mourhu changea de vêtements. Je lui demandai de faire un détour par Manhattan avant d'aller chez tante Berthe. J'avais envie de me dégourdir les jambes, de prendre un bain de foule.

— C'est malheureusement impossible, répondit-il. Il est déjà deux heures du matin et j'ai promis aux gardiens de vous ramener aux environs de quatre heures et demie.

— Pourquoi n'êtes-vous pas venu au procès?

— C'était mieux ainsi : je serais sorti de mes gonds, inévitablement. Je préférais utiliser ce temps pour tenter de résoudre cette histoire d'explosion.

— J'ai pensé, un instant, que vous aviez changé de camp.

— Comment voulez-vous que je porte foi aux âneries que racontent les journaux?

Nous n'échangeâmes aucune autre parole durant le trajet. Arrivé chez tante Berthe, Mourhu gara l'auto en face de la maison comme si de rien n'était. La maison était condamnée : de nombreuses planches avaient été clouées aux fenêtres et aucun travail de rénovation ne semblait avoir été amorcé. Nous sommes montés à l'appartement en passant par la galerie située à l'arrière. Mourhu s'arrêta un moment sur le seuil :

— Regardez, c'est ici que se serait tapi l'assassin, autrement dit, l'homme que vous auriez payé. Or ça ne colle pas! Je sens que ça ne colle pas... Enfin!

Une fois à l'intérieur, Mourhu se dirigea dans la salle à manger, ouvrit le tiroir d'un buffet et en sortit une bougie qu'il alluma aussitôt. Sur la table, divers croquis des lieux, qui avaient été, semble-t-il, griffonnés par Mourhu, gisaient pêle-mêle avec les restes d'un récent repas. Un lit de camp était installé à côté de la baie qui faisait face à la rue, une rue que nous n'apercevions pas car la baie se trouvait, comme toutes les autres fenêtres, recouverte de planches. La pénombre, l'humidité et le silence oppressant qui régnaient dans l'appartement me donnaient la sensation d'être enfermé à l'intérieur d'un tombeau.

— L'électricité n'a pas été rétablie, dit Mourhu dans le but de rompre le silence bien plus que de dire quelque chose d'intéressant.

— Vous couchez ici souvent? demandai-je en regardant le lit de camp.

— À vrai dire presque tous les soirs depuis le début de votre procès.

— Presque tous les soirs!?

— Oui. C'est même moi qui ai empêché qu'on procède aux rénovations. Un indice capital, ayant jusqu'à maintenant échappé aux recherches, aurait pu être effacé à tout jamais.

— Comment avez-vous fait pour empêcher ces rénovations?

— En réalité, il ne s'agissait pas de rénovations. Il était question de tout raser pour construire un HLM. J'ai dû acheter la maison.

— Vous avez acheté cette maison! dis-je, au comble de l'ébahissement.

— Il le fallait bien! Personne n'en voulait, pas même votre famille. Je l'ai donc achetée en me disant que lorsque j'aurais trouvé comment l'explosion s'était produite et que vous seriez acquitté, vous me rembourseriez.

— Ah, c'est malin! Et où avez-vous trouvé l'argent nécessaire à cet achat?

— Votre mère m'a aidé.

— Je vois! Eh bien, ne comptez pas sur moi pour vous racheter cette bicoque! Je vous conseille de procéder le plus vite possible à des rénovations et d'en faire un lieu d'asile pour les retraités. C'est la seule façon de rentrer dans votre argent.

— Ce n'est pas chic de votre part. C'est pour vous que j'ai fait ça.

— Je comprends. Mais vous, vous ne semblez pas comprendre que je vais être condamné : CONDAMNÉ!

— Il faut garder espoir! dit Mourhu.

— Mais c'est demain le dernier jour du procès. Il n'y a plus rien à faire, comprenez-vous? Au diable cet endroit sinistre! Allons prendre un verre quelque part pendant qu'il est encore temps!

— Justement! Il est encore temps. C'est la raison pour laquelle il ne faut pas en perdre, dit Mourhu en m'invitant à m'asseoir à la table pour examiner ses croquis.

Je finis par m'asseoir, résigné. Mourhu me présenta alors ses croquis et commenta les indications qui y figuraient. J'en reproduis deux qui donnent une idée approximative des lieux.

2ᵉ étage :

CHAMBRE D'AMI

Salle de bain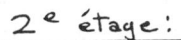

Boudoir

Chambre de Berthe Roschildnen

1ᵉʳ étage :

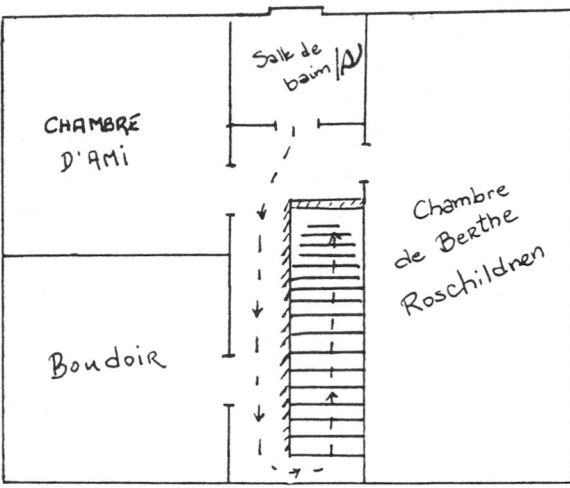

X Endroit où fut retrouvé le corps

Salle à dîner

HALL

SALON

Cuisine

Fenêtre →

Cuisinière

Fenêtre où fut introduite la cigarette

Meurtrier guettant le passage de la tante.

Balcon arrière

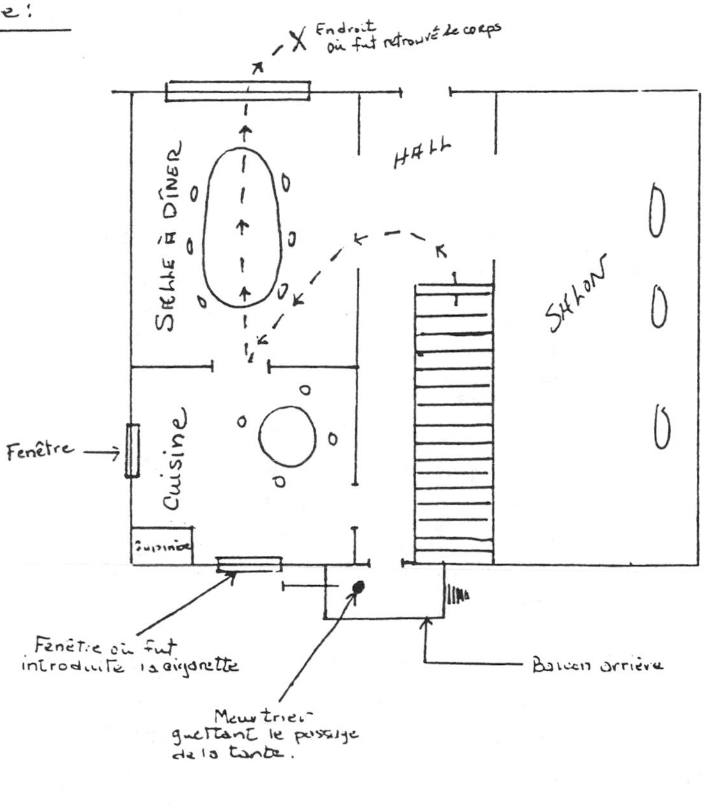

— Comme vous pouvez le constater, dit Mourhu, les pointillés représentent le trajet qu'a suivi votre tante de la salle de bains jusqu'à la porte de cuisine donnant sur la salle à manger, ainsi que la trajectoire suivie par son corps à la suite de l'explosion. Entre le cabinet et la cuisine, la distance est d'environ vingt mètres. J'ai fait ce trajet plus d'une centaine de fois depuis que je suis ici. Au début, je me suis attardé à trouver un objet que votre tante aurait pu ramasser sur son chemin ou rapporter de la salle de bains ou de sa chambre, un objet susceptible de provoquer une explosion une fois mis en contact avec le gaz. Je pensais à un briquet, à une bougie, à une cigarette allumée – même si votre tante ne fumait pas – ou encore à un cône d'encens que votre tante, subitement consciente qu'une odeur nauséabonde régnait dans la maison, aurait allumé et transporté avec elle. Mais rien de tout cela n'a été trouvé pendant l'expertise et, malgré mes propres recherches, je n'ai rien trouvé non plus. Vous vous demanderez peut-être pourquoi je me suis attardé à ces détails? Pour une raison bien simple : il est prouvé que l'explosion a eu lieu au moment où votre tante ouvrait la porte de la cuisine. Témoin : la force prodigieuse avec laquelle elle fut projetée à travers la baie vitrée. Je me disais que l'explosion aurait pu survenir n'importe quand et que cette coïncidence, si réellement c'en était une, était bizarre. Enfin, comme l'exploration dont je vous parle ne m'a rien apporté, j'ai commencé à accepter cette coïncidence et à imaginer que l'explosion s'était produite sans le concours de votre tante. J'ai alors pensé à une fuite d'électricité, mais j'ai dû y renoncer car, bien que la maison soit vieille, les fils sont dans un très bon état. J'ai alors pensé à un rat ou à une souris qui, en rongeant un fil, aurait pu produire une étincelle, ce qui...

Et l'exposé de Mourhu se poursuivit. Au bout d'une demi-heure, je n'en pouvais plus :

— Écoutez Mourhu, j'apprécie beaucoup ce que vous faites pour moi, mais c'est peine perdue. Je ne vois vraiment pas comment nous allons faire pour résoudre ensemble, en quelques minutes, un mystère avec lequel vous jonglez depuis des jours. Nous perdons notre temps. Je vais être condamné, entendez-vous, CONDAMNÉ.

— Vous êtes vraiment un type étrange. On dirait que ça vous fait plaisir.

— Non! Mais vous perdez votre temps! Depuis le début, vous ne comprenez rien! Car je l'ai tuée, comprenez-vous? C'est réellement moi qui ai tué ma tante!

— Qu'est-ce que c'est que cette plaisanterie?

— Ce n'est pas une plaisanterie! Réfléchissez. Voilà des jours que vous butez sur ce problème et vous n'avez rien trouvé jusqu'à maintenant. En temps normal, un détective de votre trempe et de votre expérience aurait depuis longtemps trouvé la cause de l'explosion, si toutefois elle avait été accidentelle. En vérité, il ne reste qu'une hypothèse que vous avez écartée dès le début parce qu'elle vous semblait invraisemblable, à savoir que Burns a raison et que je vous ai menti.

— Ça ne prend pas avec moi.

— Eh bien, tant pis!

Mourhu se renfrogna et se mit à fixer le plancher. Je crois que je l'avais blessé.

— Il règne dans cette maison une puanteur infecte! dis-je pour tenter de briser le malaise qui venait de s'installer entre nous. Savez-vous d'où ça vient?

— Des tapis, répondit Mourhu d'un air distrait. Votre tante en avait partout : dans le corridor, dans les escaliers, jusque dans sa salle de bains! Avec l'eau qu'ils ont absorbée durant l'incendie, ils sont en train de moisir.

Nouveau malaise. Mourhu semblait las.

— On dirait que c'est vous qui allez être condamné, dis-je au bout d'un moment.

— C'est un peu le sentiment que j'éprouve...

Le retour dans ma cellule s'effectua sans problème. Je regardai Mourhu s'éloigner dans le corridor, l'air fatigué et dégoûté. Il ne croyait sûrement pas ce que je lui avais dit, mais mon comportement l'avait sans nul doute découragé.

Le lendemain matin, une alerte à la bombe perturba les activités du palais de justice et le procès se trouva reporté d'une semaine. Cet incident entraîna la Cour à déménager ses pénates dans une salle d'audience plus petite pourvue d'une épaisse moquette à poils rouges. Dès le début de l'audience, mon avocat se dirigea vers le juge pour lui remettre un papier. Le juge parut de mauvaise humeur et invita Nicoletti à venir les rejoindre. Une discussion serrée s'engagea aussitôt entre les trois magistrats tandis qu'un murmure intrigué parcourait l'assistance. Un rappel à l'ordre fut demandé d'un coup de marteau vif et cinglant.

— Allons, allons, du calme! dit le juge. J'ai entre les mains un message dont l'auteur, qui dit se trouver parmi l'assistance, prétend être en mesure d'innocenter l'accusé en démontrant de façon scientifique que l'explosion qui a coûté la vie à Berthe Roschildren est d'origine accidentelle. Étant donné la position très précaire de la défense dans cette affaire, la Cour se dit prête à écouter cette personne en la priant de bien vouloir s'identifier.

— Je suis ici, Votre Honneur! dit une voix en provenance du fond de la salle.

Toutes les têtes se retournèrent pour voir surgir dans le couloir central une physionomie qui m'était des plus familières : celle de l'inspecteur Mourhu! Mais attention, un inspecteur Mourhu tiré à quatre épingles.

— Veuillez croire, Votre Honneur, dit Mourhu en s'avançant vers le juge, que je serai bref. Néanmoins, comme je suis le seul à savoir – disons, à prétendre savoir – comment cette mystérieuse explosion s'est produite, je sollicite de votre part la faveur de jouer le rôle de maître Rhysen pour quelques instants. En effet, j'aurais deux témoins à interroger afin d'exposer en toute clarté ce qui s'est passé.

— Objection, Votre Honneur! s'exclama Nicoletti. Cette proposition va à l'encontre des règles de la magistrature!

— Objection rejetée! dit le juge. Pour le moment, du moins.

Se retournant vers Mourhu, il ajouta aussitôt :

— J'espère que vous vous rendez compte, monsieur... Au fait, quel est votre nom?

— Mourhu... Inspecteur Mourhu, de la criminelle. C'est moi qui ai procédé à l'arrestation de l'assassin d'Edgar Roschildren.

— Ah, très bien, dit le juge qui sembla tout à coup soulagé, mais qui rajouta, visiblement inquiet : J'espère que vous vous rendez compte du caractère inhabituel de votre demande?

— Tout à fait. Et croyez que vous n'aurez pas à le regretter si vous y consentez. Je suis même prêt à mettre ma carrière en jeu!

— C'est très chevaleresque de votre part, inspecteur, dit le juge avec une pointe d'ironie. Mais en réalité, si je vous accorde cette faveur, c'est bien plus dans le but de gagner du temps dans un procès qui en a jusqu'à maintenant trop pris, la procédure habituelle voulant que j'ajourne le procès pour laisser à la défense le temps de prendre connaissance des nouvelles données que vous apportez, ou plutôt que vous prétendez apporter. En fait, mon consentement dépendra de votre réponse à cette question : De combien de temps croyez-vous avoir besoin pour expliquer, de façon scientifique, l'origine accidentelle de cette explosion?

— Je dirais que d'ici une demi-heure tout devrait être terminé.

— Eh bien dans ce cas, vous l'avez! Mais dites-vous bien que vous ne disposerez d'aucun temps supplémentaire et que si vos propos n'ont pas le sérieux ni la rigueur scientifique que vous leur donnez, la Cour se réserve le droit d'interrompre à tout moment cette procédure. Cela dit, nous vous écoutons!

— Je vous remercie, Votre Honneur. En tout premier lieu, j'aimerais entendre à la barre le jeune Peter Harrison.

Un adolescent d'une douzaine d'années s'amena timidement dans le box des témoins. On le fit jurer sur la Bible et après lui avoir recommandé de parler fort pour que l'assistance le comprenne bien, Mourhu lui posa une première question :

— Dis-moi, Peter, que fais-tu dans la vie pour gagner des sous?

— Je suis camelot, dit l'adolescent avec une pointe de fierté.

— Pour quel journal?

— Le *New York Times*.

— Et madame Roschildren figurait sur la liste des abonnés que tu desservais, n'est-ce pas?

— Oui.

— Tu la connaissais bien?

— Oui... Enfin, elle était gentille avec moi. Elle me donnait des pourboires énormes et aussi des friandises.

— Le soir de l'explosion, c'était le jour de la collecte et tu es passé chez elle, n'est-ce pas?

— Comme d'habitude.

— Ici, Peter, j'aimerais que tu te souviennes avec exactitude de ce que tu as vu lorsque tu es entré. Cela va être capital pour l'homme que tu vois assis là-bas.

L'index velu de Mourhu me désignait et le jeune Harrison me lança un regard timide.

— Eh bien, une fois entré dans le vestibule, commença l'adolescent, je suis monté à l'étage et j'ai sonné.

— Berthe Roschildren est venue répondre?

— Non.

— Qu'as-tu fait?

— J'ai frappé à la porte, personne n'est venu. Comme j'avais aperçu de la lumière avant de monter et que j'entendais du bruit derrière la porte, je suis entré...

— C'est une chose, de toute façon, que madame Roschildren t'avait recommandé de faire si jamais...

— Oui, coupa le garçon, la sonnette fonctionnait mal et si madame Roschildren se trouvait à l'étage, elle ne m'entendait pas frapper. Le jour de la collecte, elle laissait toujours la porte déverrouillée pour moi.

— Le rituel voulait que lorsque tu n'avais pas de réponse, tu rentres directement dans l'appartement et que tu l'appelles de vive voix.

— Oui.

— Très bien. Donc, tu es entré et tu as appelé, mais tu n'as toujours pas obtenu de réponse.

— Non. Je me suis rendu compte que j'étais légèrement en avance sur l'heure à laquelle je passe habituellement. Madame Roschildren se trouvait sous la douche. Voilà pourquoi elle ne m'entendait pas.

— Sais-tu si madame Roschildren prenait toujours une douche en arrivant de son travail?

— Une douche ou un bain, toujours, car elle venait souvent me répondre en robe de chambre, la tête enroulée dans une serviette.

— Donc, elle était sous la douche... Alors qu'as-tu fait?

— J'ai attendu une ou deux minutes, pour voir si elle ne sortirait pas bientôt, puis je suis parti, préférant repasser.

— Cinq minutes plus tard, tu entendais l'explosion.

— Oui.

— Bon. C'est très bien Peter, encore une ou deux questions et ce sera terminé. Dans le court moment où tu es resté à l'intérieur, attendant la sortie éventuelle de madame Roschildren, n'as-tu rien remarqué d'anormal?

— Si. Il y avait une drôle d'odeur qui semblait provenir de la cuisine.

— As-tu pensé, à ce moment-là, qu'il pouvait y avoir une fuite de gaz?

— Non. Je pensais qu'on avait fait cuire des brocolis ou des choux-fleurs.

— Il n'est pas rare, en effet, dit Mourhu en se tournant vers le jury et l'assistance, que les employés du gaz soient dérangés pour de fausses fuites qu'on a tôt fait d'identifier à la cuisson de ces légumes.

Puis de nouveau à l'endroit du garçon :

— J'aimerais maintenant que ton attention se porte sur la salle à manger, Peter. D'où tu étais, tu apercevais bien la porte qui donnait sur la cuisine?

— Oui.

— J'aimerais que tu nous décrives cette porte.

— C'est une porte en accordéon, non à volets...

— Tu veux dire qu'elle se plie en deux, de l'intérieur, pour s'ouvrir?

— C'est ça!

— Bon. Cette porte était-elle fermée, ouverte, entrouverte?

— Elle était légèrement entrouverte.

— De combien de centimètres : un, deux, trois...?

— De un ou deux. Pas plus.

— Tu en es sûr?

— Sûr!

— Elle n'était pas fermée, tu es bien certain de cela?

— Tout à fait certain.

— Eh bien, c'est parfait. Une dernière question. D'où tu étais, tu apercevais la porte qui donnait sur la balcon arrière?

— Oui. J'étais en face du corridor qui arrive juste sur elle.

— Bon. Pendant ce moment où tu es resté à attendre, est-ce qu'il t'a semblé apercevoir à travers la vitre de cette porte une lumière, une ombre, enfin quelqu'un sur le balcon arrière?

— Non.

— As-tu entendu du bruit en provenance de cet endroit?

— Non.

— Bon. J'ai fini Peter, tu peux t'en aller... À moins, évidemment, que maître Nicoletti n'ait des questions à te poser.

— Comment voulez-vous? s'exclama Nicoletti, bonhomme. J'ai seulement hâte de voir où vous nous emmenez avec tout ça!

— Vous allez voir, dit Mourhu en regardant le jeune Peter regagner sa place parmi l'assistance. Je vous demande simplement de retenir ce détail concernant la porte de la cuisine, laissée légèrement entrouverte. Il s'agit d'un détail capital. J'appelle maintenant à la barre le docteur Robert Macfallen.

Un homme dans la cinquantaine environ, le teint clair, les cheveux grisonnants, vint prendre place dans le box des témoins.

— Monsieur Macfallen, dit Mourhu, quelle est votre profession?

— Je suis physicien.

— Et professeur à l'Université de Columbia, si je ne m'abuse?

— C'est exact.

— Dans quel domaine de la physique êtes-vous spécialisé, monsieur Macfallen?

— Celui des gaz.

— Vous êtes l'auteur de nombreux ouvrages sur ce sujet?

— Oui.

— Vous êtes aussi récipiendaire de nombreux prix, toujours dans le même domaine?

— En effet.

— J'aimerais savoir, professeur Macfallen, dit Mourhu d'un air songeur... Le gaz naturel, comme celui qui était utilisé à la maison de Berthe Roschildren, constitue une matière extrêmement inflammable.

— À qui le dites-vous!

— Explosive, même.

— Tout le monde sait cela.

— Évidemment, évidemment, dit Mourhu qui n'avait pas perdu son air songeur. Maintenant, j'aimerais savoir si un rond de gaz laissé ouvert pendant une heure dans une cuisine comme celle de Berthe Roschildren peut laisser échapper suffisamment de gaz pour provoquer une explosion de la force de celle que nous avons connue?

— Tout dépend de l'étendue de la fuite : plus il y aura de gaz, plus l'explosion sera forte, c'est logique.

— Vous êtes au courant de l'étendue des dégâts qu'il y a eu suite à cette explosion?

— Oui.

— D'après vous, est-ce qu'en une heure le gaz pouvait avoir acquis suffisamment de concentration pour, une fois enflammé, provoquer une telle explosion?

— Même si le rond de la cuisinière avait été laissé ouvert au maximum, je ne crois pas. Et ce n'était pas le cas d'après ce que j'ai lu dans les journaux. Il semble que la clé était ouverte à demi.

— Vous êtes allé mentionner ce détail à la police?

— Oui.

— Que vous a-t-on répondu?

— Qu'il s'agissait d'une très vieille maison et que c'était la raison pour laquelle les dégâts étaient si considérables.

— Maintenant que vous savez qu'une des portes était légèrement entrouverte et que le rond de la cuisinière, d'après l'enquête, n'était ouvert qu'à demi, combien de temps aurait-il fallu, d'après vous, pour que le gaz atteigne une concentration susceptible de provoquer l'explosion que nous avons connue?

— Quelques heures.

— Dites un chiffre, même approximatif, s'il vous plaît.

— Je dirais environ huit heures.

— Donc, le temps qu'il faut pour partir le matin en oubliant de refermer correctement le rond de la cuisinière, aller au travail, revenir, prendre une douche et...

— Objection Votre Honneur! La couronne soutient quant à elle que le rond de la cuisinière fut ouvert intentionnellement, qu'il était tourné au maximum et que c'est l'explosion qui a ramené la clé à demi.

— C'est idiot! s'exclama Mourhu.

— En outre, poursuivit Nicoletti à l'endroit du juge, tous les détails évoqués par l'inspecteur Mourhu ne nous disent pas comment l'explosion s'est produite! Or c'est vraiment là que...

— Objection rejetée, dit le juge. Vous pouvez continuer, inspecteur Mourhu. Vous commencez à m'intriguer.

— Je vous remercie, Votre Honneur. Monsieur Macfallen, revenons à cette extrême inflammation des gaz, et tout particulièrement à celle du gaz naturel. Il suffit en vérité d'une étincelle, si minime soit-elle, pour enflammer un tel gaz et provoquer une explosion.

— Bien évidemment.

— Et cette étincelle pourrait être de quelque nature que ce soit : électrique, mécanique...

— Oui, interrompit le physicien, il suffit d'une étincelle.

— Vu l'ampleur de l'explosion, la concentration du gaz à l'intérieur de la cuisine devait être énorme, et cela malgré le fait qu'une des deux portes était restée entrouverte de quelques centimètres.

— Oui. Si on tient compte de l'ouverture, qui était minime, le gaz a pris plus de temps à s'accumuler mais il n'a pas eu la chance de se propager en grande quantité dans toute la maison. Tout au plus pouvait-on sentir une vague odeur de brocoli ou de chou-fleur, comme l'a noté le jeune Peter. La plus grande quantité du gaz, je dirais environ quatre-vingts pour cent, est demeurée dans la cuisine. À preuve, l'un de ses murs a été complètement soufflé.

— Or, étant donné cette concentration de quatre-vingts pour cent environ, dit Mourhu, il suffit d'une étincelle, nous l'avons dit, pour l'enflammer.

— Bien sûr. Mais, même à cela, le gaz n'a pas besoin d'avoir une densité aussi élevée que celle...

— D'accord, mais vu l'ampleur de l'explosion, nous ne contesterons pas que cette densité était là.

— En effet.

— Il suffisait donc – ici, vous m'excuserez de me répéter encore une fois, mais cela revêt une importance primordiale – qu'il y ait dans la cuisine une étincelle, même microscopique, pour provoquer l'explosion.

— Tout à fait.

— C'est tout ce que je voulais savoir, monsieur Macfallen. Je vous demanderais de rester encore un moment dans le box des témoins pendant que je vais me livrer à une petite expérience. Après, j'aurai peut-être une ou deux questions à vous poser. Vous n'y voyez pas d'inconvénients?

— Aucun.

— Je vais effectuer devant vous, mesdames et messieurs les jurés, une reconstitution des faits. J'ai dans ce sac les vêtements que la victime portait au moment de l'explosion.

— Comment avez-vous pu!? s'indigna Nicoletti. Il s'agit de pièces...

— ...que personne n'a réclamées et que j'ai récupérées avant qu'elles ne partent pour les bonnes œuvres. Et maintenant, grâce à l'expérience que je vais exécuter devant vous, je vais vous démontrer comment l'explosion qui s'est produite chez Berthe Roschildren était d'origine accidentelle et non pas d'origine criminelle. Maître Nicoletti, je vais justement avoir besoin de vous.

— De moi? Mais...

— Ce ne sera pas long, je vous assure. Il suffit de venir vous installer ici.

Nicoletti se leva et alla s'installer à l'endroit que venait de lui indiquer Mourhu, soit juste en face du bureau du juge. Mourhu lui demanda de se tenir bien droit et de se tourner légèrement de biais.

— Enfin, à quoi tout cela rime-t-il!? s'impatienta Nicoletti.

— Vous allez voir, dit Mourhu. Mais, oh! j'aperçois dans l'assistance le célèbre inspecteur Burns. Celui-là même qui fut chargé de cette pénible affaire. J'aimerais, inspecteur Burns, ajouta Mourhu en s'approchant de lui, que vous disiez aux jurés si les vêtements qui sont dans ce sac appartenaient bel et bien à la victime.

Mourhu retira du sac la robe de chambre jaune et les pantoufles de même couleur. Burns n'était visiblement pas content.

— En effet, dit-il, ces vêtements appartenaient à la victime.

— Elle les portait au moment de l'explosion?

— Oui, répondit sèchement Burns.

— Je vous remercie, dit Mourhu en partant s'installer dans le fond de la salle où il enfila la robe de chambre et les pantoufles.

L'assistance se mit à rire.

— Un peu de calme, je vous prie, dit Mourhu en haussant le ton. Malgré les apparences, cette expérience est très sérieuse. Il est heureux, remarquez, que les pantoufles de Berthe Roschildren ne soient pas trop petites pour moi. Mais enfin, le cas échéant, j'aurais pu en chausser d'autres, ce qui serait revenu au même...

— Et moi, dit Nicoletti qui s'impatientait de plus en plus. Qu'est-ce que je fais dans tout cela?

— Vous? dit Mourhu. Eh bien, vous êtes la porte!

— La porte?

— Mais oui. Je tente de reconstituer de façon sommaire les événements qui se sont produits juste avant l'explosion. Vous représentez la porte de la cuisine.

— Mais enfin, vociféra Nicoletti, c'est un cirque ici ou quoi!?

— Allons, allons, un peu de calme! s'exclama le juge. Inspecteur Mourhu, vos propos étaient jusqu'à maintenant des plus éloquents, mais j'ai bien peur qu'avec cette mise en scène vous ne soyez en train de tourner en ridicule votre argumentation.

Parmi l'assistance, les rires et les murmures se faisaient grandissants.

— Je ne vous demande encore que cinq minutes et un peu de silence, Votre Honneur.

— Très bien. Que tout le monde se taise!

— Donc, la distance entre la salle de bains et la porte de la cuisine est semblable à celle qui sépare présentement maître Nicoletti et moi-même. Un tapis fort ressemblant à celui de cette salle d'audience recouvre toute cette distance. Car il y avait du tapis partout dans la maison de Berthe Roschildren. Partout, sauf dans la cuisine.

— J'incarne donc la victime, continua Mourhu. Je viens de finir de prendre une douche, je sors de la salle de bains et me dirige vers la porte de la cuisine, pour me faire un café, par exemple.

Mourhu s'exécuta. Il se mit à marcher dans le couloir qui séparait l'assistance en deux, se dirigeant droit sur Nicoletti. Il semblait boiter.

— Vous avez sans doute remarqué ma démarche, dit-il. C'est que j'essaie d'imiter celle de la victime qui était reconnue pour marcher des talons, tout en se traînant les pieds. Ce qui donne une démarche plutôt singulière.

La salle était encore traversée par quelques rires qui eurent vite fait de s'évanouir à mesure que Mourhu se rapprochait de Nicoletti.

— Voilà, dit Mourhu, qui n'avait plus que deux mètres à parcourir. J'arrive à cette porte, légèrement entrebâillée, derrière laquelle se trouve concentré un gaz extrêmement inflammable. Pour ouvrir cette porte, mon premier réflexe n'est pas d'agripper la poignée qui, sur ce genre de porte, se trouve au milieu et s'avère bien peu pratique, mais bien de passer mes doigts dans l'entrebâillement et d'agripper le rebord, comme cela!

Mourhu toucha l'épaule de Nicoletti. Aussitôt, une étincelle jaillit et on entendit un bruit de claquement.

— Aïe! s'écria Nicoletti.

— N'est-ce pas? dit aussitôt Mourhu en se secouant la main. C'est exactement l'expression que j'ai eue quand j'en ai fait la découverte.

— Mais oui! s'exclama aussitôt le physicien. Une étincelle d'origine statique! Elle aura enflammé la forte densité de gaz qui se trouvait derrière la porte.

— Exactement! renchérit Mourhu. Il y a plus de vingt mètres à parcourir entre la salle de bains et la porte de la cuisine. Pendant ces vingt mètres, Berthe Roschildren se traîne les pieds, accumule une électricité statique qui lui sera fatale, car la première chose qu'elle touchera sera le rebord métallique de la porte accordéon, laquelle, comme l'a clairement affirmé le jeune Peter, se trouvait entrouverte de quelques millimètres. Cette ouverture est tout de même suffisante pour que son premier réflexe soit d'ouvrir la porte en agrippant le rebord métallique et non la poignée qui, comme je l'ai dit tout à l'heure, est située au milieu de la porte et n'est pas pratique du tout... Mourhu marqua une pause, jeta un regard à la ronde, et conclut:

— Je crois, mesdames et messieurs, qu'il est inutile d'en dire davantage.

CHAPITRE 13

LA MYSTÉRIEUSE DAME EN NOIR

En revenant à la tête de la compagnie, ma première action fut de mettre Viscogliosi à la porte. Devant les supplications de ce vieillard grincheux, j'ai même perdu patience et lui ai foutu mon pied au cul, chose que j'aurais dû faire dès le début. Enfin, nombreux étaient ceux et celles qui pensaient que mon acquittement, qui ne laissait que très peu de marge à l'ambiguïté – en fait, tellement peu que j'en ressortais grandi et que la couronne n'avait pas jugé bon d'aller en appel –, nombreux étaient ceux et celles, donc, qui pensaient que cet acquittement allait rehausser la cote de la compagnie et la sortir du marasme. Mais c'était trop espérer des clients pour qui la qualité des meubles Roschildren se limitait à une formule bizarre qui, jusqu'à preuve du contraire, demeurait toujours introuvable. D'ailleurs, ce retour en poste, loin d'être considéré par tous comme le miracle qui allait nous sortir du pétrin, me faisait déjà redouter la prochaine réunion du conseil d'administration. Il y serait non pas question de mon limogeage mais de la faillite complète de la compagnie, une faillite que nous devions désormais accepter comme inévitable et dont j'étais tenu pour le principal responsable (on me reprochait, en effet, d'avoir déstabilisé la compagnie de façon irrémédiable en déménageant le siège du conseil d'administration à New York). Perdre des millions aurait été pour moi un soulagement réel si seulement j'avais pu faire quelque chose pour ces pauvres bougres d'ébénistes qui allaient perdre leur emploi et n'auraient pas la chance, vu le haut niveau de leur spécialisation, de s'en trouver un de sitôt.

Entre temps, les ateliers de Londres avaient retrouvé le meuble élisabéthain que Christie's réclamait avec tant d'empressement. On l'avait cherché partout, ce meuble : aux expéditions, aux ateliers de rénovation, alors qu'il était tout bonnement dans une petite pièce attenante au bureau de mon oncle. J'avais pourtant ordonné qu'on fouille partout. Malheureusement, allez savoir pourquoi, on avait négligé cette pièce et c'est par hasard que le concierge, chargé d'y mettre bon ordre, était tombé sur l'antiquité. Mon oncle en avait achevé la rénovation, fort heureusement, et Nemirovsky l'expédia tout de suite à New York. Peu de temps après, le commissaire-priseur de Christie's m'appelait pour me féliciter.

— Monsieur Roschildren?

Il avait une façon de prononcer «monsieur». C'était un «monsieur» élastique et flasque, comme un baiser mouillé sur l'oreille. Je réussis à feindre une bonne humeur empruntée je ne sais où :

— Ah, cher monsieur Buchanam! m'exclamai-je. Comment allez-vous?

— Très bien, très bien. Je tenais à vous remercier personnellement pour la promptitude que vous avez mise à régler cette affaire.

Promptitude? Cette affaire traînait depuis des lustres. Le pauvre devait être tellement soulagé de ne pas manquer sa vente qu'il en avait vraisemblablement perdu la notion du temps.

— Je vous remercie, dis-je, non sans éprouver un certain malaise.

— Aurons-nous le plaisir de vous voir assister à la vente?

Je faillis pouffer de rire.

— Hélas! non, repris-je en me contenant. Je suis beaucoup trop occupé par les temps qui courent.

— C'est bien malheureux. Il s'agit d'une pièce tout à fait exceptionnelle, croyez-moi; elle n'aurait pas manqué d'intéresser votre oncle.

— Je n'en doute pas.

— Je le soupçonne même d'avoir accepté le contrat de rénovation parce qu'il avait des vues sur la collection.

— C'est fort possible, mais je ne pourrai y assister, je regrette.

— Je comprends. Une prochaine fois, alors?

— Je n'y manquerai pas. Au revoir, monsieur Buchanam.

Cinq jours plus tard, soit autant de jours avant la vente aux enchères, je reçus une curieuse missive à mon bureau :

CHER MONSIEUR,

JE VOUS CONSEILLE FORTEMENT D'ASSISTER À LA PROCHAINE VENTE AUX ENCHÈRES DE CHRISTIE'S. IL Y VA DE VOS INTÉRÊTS. UNE SURPRISE VOUS ATTEND.

UN AMI

Un ami? Je n'avais que des ennemis depuis que j'étais à la tête de la compagnie de mon oncle. Cette lettre anonyme me laissa songeur une bonne partie de la journée. Vers six heures, alors que je sortais du bureau pour rentrer chez moi, j'entrai en collision avec Smithy, l'assistant de Mourhu.

— Bon Dieu! m'écriai-je. Vous ne pourriez pas faire attention?

— Je... Je suis désolé, monsieur Roschildren. Je ne vous avais pas vu.

En fait, c'était moi qui n'avais pas fait attention. Néanmoins, Smithy n'arrêtait pas de se confondre en excuses.

— Ça va, ça va, ça va! dis-je. Vous n'allez quand même pas vous excuser jusqu'à demain matin.

Je remarquai soudain que Smithy était pâle et nerveux, comme sous l'effet d'un choc.

— Vous allez bien? questionnai-je.

— Eh bien, je ne sais pas trop comment vous dire ça, monsieur Roschildren.

— Vous vous êtes déjà excusé, ce n'est pas la peine d'insister.

— Il ne s'agit pas de ça.

— Alors de quoi s'agit-il?

— Votre père vient d'être assassiné.

*

* *

Je ne dis pas un mot. Je ne versai pas une larme. L'émotion que je ressentis fut caractérisée par une absence d'émotion, mais au fond de moi le ressentiment de l'adolescent meurtri s'éternisait. Les larmes ne coulaient pas, pourtant le réservoir lacrymal était plein! Mais enracinée au plus profond de moi-même comme un bouchon auquel il manque la chaîne, ma rancœur bloquait tout.

La voiture de Smithy m'entraînait vers les lieux du crime à une vitesse folle, et je regardais défiler les numéros de rues sans les voir. Mes paupières, semblables à des essuie-glace passant et repassant sans cesse sur un pare-brise sec, grinçaient à l'intérieur de mon crâne.

Le crime avait eu lieu dans un restaurant de Manhattan, et l'activité qui s'y trouvait était semblable au bourdonnement d'une ruche. Tout le monde parlait en même temps, se bousculait, se marchait sur les pieds. Les flashes photographiques fusaient de toutes parts tandis qu'on procédait, sur place, à un interrogatoire serré des témoins. Des témoins nombreux car le meurtre avait eu lieu vers six heures dans une salle à manger bondée. Mes parents prenaient tranquillement un apéritif lorsqu'une femme était arrivée à leur table, avait sorti de son sac un pistolet et fait feu sur mon père, le tuant d'une balle dans l'œil gauche. Il était mort sur le coup, et la meurtrière s'était enfuie en courant. Ma mère avait été transportée à l'hôpital où elle était présentement soignée pour un état de choc... Mais pourquoi diable avais-je insisté auprès de Smithy pour qu'il m'amène ici? «L'inspecteur Mourhu m'a donné l'ordre de vous reconduire à l'hôpital, auprès de votre mère!» m'avait-il dit. Mais je ne l'entendais pas ainsi et j'avais insisté pour aller au restaurant d'abord. C'était même les seules paroles que j'avais prononcées.

Je voulus arrêter la civière sur laquelle on évacuait mon père, mais n'y parvins pas. Une envie incompréhensible m'était venue : voir sa figure, contempler son œil éclaté. Au lieu de cela, je dus me contenter d'un corps fantomatique aux contours tracés à la craie; un corps bidimensionnel, impalpable et vide de toute substance : un homme vide, un père absent... Une image qui en disait long sur un être que je n'avais jamais vraiment connu et que je ne connaîtrais jamais. C'était le dernier souvenir que j'en aurais, l'image la plus nette que je conserverais de lui. Mais pourquoi diable avais-je insisté auprès de Smithy pour qu'il m'amène ici? Et cette envie bizarre de voir l'œil éclaté?

Mourhu était chargé de l'enquête. Le meurtre avait eu lieu dans son secteur. Ses hommes l'accostaient à tout moment pour lui demander conseil, lui faire part de l'avancement des témoignages. À travers toute cette fébrilité, les journalistes le bombardaient de questions comme une bande de guêpes enragées qui aiguillonnent leur malheureuse victime. De temps en temps, il parvenait à jeter des coups d'œil inquiets dans ma direction. Il ne savait trop comment procéder avec mon moi, en effet. J'errais sur les lieux du crime comme un somnambule, le regard absent, les yeux vides. L'absence prolongée de larmes commençait à me peser, d'ailleurs. Heureusement, Mourhu avait disposé une barrière naturelle entre les journalistes et moi : deux gorilles rondouillards empestant la transpiration qui essayaient tant bien que mal de me faire passer pour l'homme invisible. J'appréciais.

Une fois les témoins et les experts partis, Mourhu s'empara d'une bouteille de cognac et de deux verres. Le patron de l'établissement, qui avait hâte de fermer boutique, le regarda faire en rechignant. Nullement démonté, Mourhu s'assit avec moi et remplit les verres.

— Alors, comment vous sentez-vous?

— Je n'arrive pas à pleurer!

C'était un cri de détresse, plutôt qu'une réponse.

— Rituel inutile, quant à moi, trancha Mourhu. Vous ne l'aimiez pas vraiment, entre nous.

— Mais c'était mon père!

— Et après?

Mourhu venait de prononcer cela sur un ton extrêmement banal, comme s'il y avait des choses plus importantes à discuter.

— Pour ce qui est de la meurtrière, reprit-il d'ailleurs sur un ton plus sérieux, nous sommes en pays de connaissance. Presque tous les témoins s'accordent pour dire qu'il s'agit d'une très jeune femme, vêtue de noir et portant des verres fumés.

— Suroh?

262

— D'après les descriptions, oui. Mais j'attends évidemment les portraits-robots.

— Croyez-vous que mon père était de mèche avec les contrebandiers du Moyen-Orient?

— Je crois bien que oui. Nous sommes de toute évidence devant un règlement de compte. Votre père, votre oncle et même votre tante, tout ce beau monde semblait baigner dans la même marmite, hormis votre mère qui, s'il en avait été autrement, aurait subi ce soir le même sort. J'ai néanmoins envoyé deux de mes hommes pour la surveiller, au cas où.

— Pourquoi mettez-vous ma tante dans ce lot? Elle a été victime d'un accident, pas d'un assassinat.

— Bien sûr. Mais vous oubliez la lettre : elle craignait pour sa vie. Ce n'était évidemment pas de vous qu'elle parlait dans le fragment que Burns a retrouvé, mais bien du chef de l'organisation qui est le maître dœuvre de ces crimes, autrement dit du chef des contrebandiers du Moyen-Orient dont Suroh semble être un des agents les plus actifs. En fait, j'ai fait mon enquête à propos du destinataire que la couronne n'a pas réussi à identifier, le fameux Toby à qui votre tante s'adresse. Eh bien, il s'agissait...

— De mon père.

— Vous le saviez? Pourquoi ne pas m'en avoir parlé? Vous vouliez vraiment vous faire condamner!

— Je l'ignorais. J'ai répondu cela à tout hasard.

— Je l'espère pour vous! dit Mourhu. Vous me feriez regretter d'avoir favorisé votre acquittement! Enfin, Toby était le sobriquet de votre père quand il était dans l'armée; de l'armée à la famille, il n'y avait qu'un pas, semble-t-il. Belle famille que la vôtre, en tout cas : un père qui, au courant de tout, n'a même pas levé le petit doigt pour défendre son fils. Quel salaud! J'en déduis que les intérêts en jeu doivent être considérables. Mais pour les remords, vous repasserez!

Mourhu vida son verre et s'en versa aussitôt un autre.

— Donc, pour en revenir à votre tante, poursuivit-il, l'explosion n'a fait que précéder l'inévitable. D'ailleurs, à bien y penser, je ne suis pas sûr que cette explosion ait été vraiment accidentelle.

— Comment cela? Vous avez pourtant expliqué comment elle s'est produite!

— Bien sûr...

— Vous semblez agacé. Dites-moi ce qu'il y a!

— Bah, autant vous le dire tout de suite : le témoignage du jeune Harrison était truqué.

— HEIN?

— Mais oui! renchérit Mourhu sur un ton presque frivole. De connivence avec moi, le jeune Harrison a fait un faux témoignage. Et après? Avant de vous formaliser, laissez-moi vous expliquer comment cela s'est passé. Tout d'abord, l'explication de cette mystérieuse explosion est arrivée de façon accidentelle, juste après vous avoir ramené dans votre cellule. Votre attitude m'avait tellement dépité qu'elle avait procuré à mon esprit le relâchement nécessaire pour que la solution me vienne d'un coup, dès que je suis revenu dans l'appartement de votre tante. Ce phénomène est bien connu, vous vous acharnez sur un problème et c'est quand vous n'y pensez plus que la solution survient. J'ai ainsi passé le reste de la nuit à imaginer la meilleure façon d'exposer ma découverte à la Cour. J'ai pensé que le mieux serait, tout d'abord, de m'assurer la coopération d'un des plus éminents spécialistes des gaz, le docteur Macfallen, que j'avais déjà rencontré pour discuter de l'inflammabilité des gaz. Il était rendu sept heures du matin quand tout cela s'est précisé dans ma tête. Je devais faire vite, votre procès reprenait à neuf heures; ça ne me laissait que très peu de temps, et même pas assez. Alors j'ai pensé à une alerte à la bombe.

— Comment? C'est VOUS!

— Oui.

— Mais vous êtes d'une malhonnêteté à toute épreuve! Vous êtes...

— Écoutez, m'interrompit Mourhu. Avez-vous oui ou non fait assassiner votre tante?

— Non.

— Alors, pourquoi vous indigner devant les moyens que j'ai pris pour vous sortir du trou? La justice allait commettre envers vous une erreur irréparable, il fallait agir vite et j'ai pris les moyens nécessaires. De toute façon, j'avais besoin d'un tapis pour ma démonstration devant le jury. Or la salle où se tenait votre procès n'en avait pas. J'ai glissé dans mon appel anonyme que la bombe avait été justement placée dans la salle de votre procès. Par la suite, je me suis entendu avec mon ami James Filder, responsable de l'administration des locaux, pour faire déménager votre procès dans une salle pourvue d'un épais tapis.

— Et si aucune des salles du palais de justice n'avait eu de tapis?

— J'aurais tout simplement demandé à une compagnie de tapis de m'en livrer un!

— Mais le jeune Harrison?

— C'est en sortant pour aller donner mon coup de fil anonyme que j'ai rencontré sur mon chemin le jeune Harrison; il était en train de passer ses journaux. À tout hasard, je lui ai demandé s'il était passé dans le coin le soir de l'explosion. C'est là qu'il m'a confié, contre toute attente, qu'il était entré dans l'appartement cinq minutes avant qu'elle n'ait lieu. Ce qu'il a raconté est donc vrai, à l'exception qu'il n'a fait que glisser sa tête à l'intérieur de l'appartement et qu'il est ressorti aussitôt en s'apercevant que votre tante prenait une douche. Il n'a pas remarqué la porte, il n'a pas remarqué l'odeur, mais j'ai vu combien son témoignage, avec quelques ajouts ayant trait notamment à la porte de la cuisine, pouvait apporter de la force à ce que j'allais tenter d'expliquer à la Cour... J'ai remarqué qu'il avait une vieille bicyclette, que les espadrilles qu'il portait étaient très usées. Ce garçon provenait d'un milieu défavorisé, mais je sentais que, malgré une certaine timidité, il respirait l'audace et l'envie de réussir. Tout à fait moi à son âge, que je me suis dit. Alors je lui ai demandé : «Ça te plairait d'avoir un vélo neuf?» Il s'est aussitôt montré très coopératif. Voilà.

— Voilà! Vous avez entraîné un jeune de douze ans à faire un faux témoignage et vous êtes fier!

— Je lui ai enseigné une très vieille maxime : «Qui veut la fin prend les moyens.» Je lui ai également montré que mentir est parfois nécessaire pour arriver à faire le bien dans une société où la tricherie est devenue une loi. Mais bon sang! rugit Mourhu, de quoi vous plaignez-vous? La couronne a tellement triché dans toute cette histoire que je pouvais bien, à mon tour, faire une petite entorse aux règlements. Et malgré cela, le témoignage du jeune Harrison n'est pas essentiel, car l'explication que j'ai donnée en Cour reste valable, avec ou sans son témoignage. Il n'y a qu'une chose qui change : le facteur de probabilité, qui devient plus mince. Et encore : comme vous êtes innocent, que l'explosion n'est pas survenue telle que la couronne l'a expliquée, on doit envisager mon explication comme la seule hypothèse valable et en déduire, par le fait même, que la porte de la cuisine était réellement entrouverte. Au fond, je n'ai pas fait mentir le jeune Harrison, je lui ai demandé d'extrapoler.

— D'extrapoler! Mais vous venez d'avouer, il n'y a pas cinq minutes, que vous n'étiez pas sûr de votre explication. C'est d'ailleurs de là qu'est partie toute votre envolée.

— C'est vrai. Je considère qu'on peut rarement être sûr d'une chose à cent pour cent. Surtout que votre tante craignait pour sa vie et que ses deux frères, eux, sont morts de façon non équivoque... Enfin, plutôt que de revenir sur l'explication de cette fameuse explosion, il vaudrait mieux essayer de trouver le mobile de ces assassinats. C'est cela, le plus obscur.

— Mais pour le jeune Harrison, vous n'avez pas peur que Burns découvre le pot aux roses?

— Burns se contentera de faire les vérifications d'usage. Il n'ira pas plus loin. Or le jeune Harrison est réellement camelot, votre tante figure bel et bien sur la liste de ses abonnés, et il y a plusieurs personnes pour confirmer qu'il est passé faire sa collecte dans l'heure où est survenue l'explosion. Malgré qu'il connaisse mes méthodes peu orthodoxes, Burns n'osera pas imaginer le reste. D'ailleurs, le jeune Harrison ne parlera pas. Il m'a déjà oublié.

— Mais le vélo neuf? Il mettra la puce à l'oreille de Burns!

— Ce n'est pas moi mais vous qui l'avez expédié au jeune Harrison en guise de remerciement pour son témoignage. Rien de mal là-dedans, non? Dans un souci d'équité, j'ai également fait parvenir un petit quelque chose au physicien, toujours en votre nom. Quant à moi, je vous remercie d'avance pour la bouteille de cognac que vous ne manquerez pas de m'offrir pour tant de loyaux services.

— ...

— Allez! s'exclama Mourhu en m'attrapant par le bras. Allons voir votre mère, je crois qu'elle a besoin de nous!

*
*   *

Le lendemain de l'assassinat, j'accompagnai Mourhu au bureau de mon père. J'étais soucieux. Plusieurs choses me rendaient inquiet : Burns et son fallacieux Nicoletti, notamment, qui verraient peut-être dans le meurtre de mon père une occasion de me ramener dans le box des accusés, car l'envie de le rabouter aux deux autres pour en faire une sorte de trilogie sherlockholmesque devait déjà prendre forme dans leur crâne raboteux. J'éprouvais également de l'agacement face à la lettre anonyme que j'avais reçue la veille. Mais la réaction de ma mère m'inquiétait davantage. «C'est Rémy! avait-elle crié lorsque j'étais allé la voir avec Mourhu. Ton frère est de retour, William! Ton frère n'est pas mort! C'est lui qui a fait assassiner ton père!» Ses yeux, vitreux, se perdaient à travers l'épaisseur de sa figure, rendue écarlate par une respiration saccadée. Il avait fallu une autre dose de sédatifs pour la calmer et l'endormir. Cependant ses paroles avaient eu sur moi l'effet d'une bombe, et j'étais resté pétrifié à côté du lit, réprimant l'envie qui m'était venue en ouvrant la porte de sa chambre de l'embrasser, de la prendre dans mes bras, comme si j'avais voulu, du revers de la main, balayer des années de révoltes infantiles. Mais le regard hystérique qu'elle m'avait jeté aurait freiné le plus chaleureux des fils, surtout qu'elle m'avait traité de monstre et de démon, qu'elle n'avait cessé de dire que Rémy était vivant et que nous formions ensemble un duo satanique. «Rien ne laissait présager une telle réaction», m'avait confié le médecin qui songeait sérieusement à l'envoyer en psychiatrie. Je lui avais dit de faire le nécessaire, accablé par les paroles qu'elle venait de prononcer, n'osant endosser moi-même cette idée qui avait si longtemps fait son chemin à travers mon esprit. Une idée invraisemblable : Rémy, vivant!

C'est donc l'esprit empreint de préoccupations que je pénétrai avec Mourhu dans le bureau de mon père. Ce bureau était divisé en trois parties : le hall d'entrée, où se trouvait la secrétaire; le salon, meublé d'une table de conférence, d'une chaîne stéréophonique, d'un bar, de canapés et de fauteuils destinés aux clients; puis finalement le bureau personnel de mon père, qui abritait une magnifique bibliothèque.

La secrétaire nous accueillit avec le sourire, mais il était possible de voir dans ses yeux une certaine tristesse. Mourhu nous présenta.

— Oh! s'exclama-t-elle en me dévisageant. Je vous présente toutes mes condoléances.

Elle semblait confuse, comme une serveuse qui vient de renverser une tasse de café sur un client. Mourhu profita de sa confusion pour lui poser certaines questions. Pendant ce temps, j'allai faire un tour dans le salon. Je m'attardai un instant devant l'imposante collection de disques de mon père. Mourhu vint me rejoindre au bout d'un moment.

— Votre père était un véritable mélomane! dit-il en promenant ses doigts velus sur les rayons de disques.

— En effet, il aimait particulièrement la musique classique. Beethoven surtout. J'ignorais cependant qu'il avait une telle collection ici.

Mourhu se mit à fureter partout. Il examina la moquette, regarda sous les meubles, ouvrit la porte du petit bar et siffla en apercevant une bouteille de cognac; il en retira le bouchon, huma l'arôme (ça paraissait divin), puis, alors que je m'attendais à le voir prendre une gorgée à même le goulot, il remit la bouteille à sa place.

— Saviez-vous que vos parents avaient adopté un enfant? dit-il au bout de quelques secondes.

— Qu'est-ce que vous dites?

— Mais oui, il était ici le soir du meurtre. Votre père en avait confié la garde à sa secrétaire qui devait finir de taper un important dossier pour le lendemain. Après, elle devait l'emmener au cinéma... Il paraît que le jeune garçon ressemble beaucoup à votre frère, que c'est la raison pour laquelle ils l'ont adopté, ou plutôt qu'ils comptaient l'adopter.

— Mais qu'est-ce que c'est que cette histoire? Mes parents, adopter un enfant, à leur âge? Voyons, ça n'a pas de sens!

— Bien sûr que ç'a du sens. Votre frère est mort il y a treize ans. Ils vous ont perdu peu de temps après, si vous me permettez l'expression. Il y avait comme un vide, là. Or un beau jour, ils rencontrent dans une maison de parrainage un garçon qui lui ressemble beaucoup. Ils prennent contact avec le jeune, sortent plusieurs fois avec lui pour tenter d'établir un lien, qui finit par se créer. L'adoption devait avoir lieu la semaine prochaine... Ils le connaissaient depuis quelques semaines à peine.

— Et où est-il maintenant?

— Il est retourné à l'institut. Enfin, Myriam, la secrétaire de votre père, l'a ramené là-bas. Brave fille.

Il aurait tout aussi bien pu dire brave toutou, brave chien, brave Médor, semblant considérer la secrétaire de mon père comme un animal bien domestiqué.

— Bon! ajouta Mourhu. Allons voir le bureau!

Le bureau proprement dit était une grande pièce, attenante au salon, dans laquelle se trouvaient un magnifique secrétaire en acajou, de nombreuses peintures et une superbe bibliothèque.

— Hum... Bibliophile également, dit Mourhu en se dirigeant vers la bibliothèque.

Sur le secrétaire en acajou, une photographie attira immédiatement mon attention. Elle représentait le jeune garçon dont venait de me parler Mourhu encadré par les visages souriants de mes parents. Il portait des verres teintés, ce qui empêchait de voir distinctement ses yeux. Mais pour le reste, c'était le portrait frappant de Rémy alors qu'il avait quinze ans, ou plutôt treize puisqu'on l'avait délibérément vieilli de deux ans. En fait, si mes parents avaient paru plus jeunes, si la photographie n'avait pas eu cette finition qui caractérise les photos récentes, j'aurais juré qu'elle avait été prise il y a treize ans! Je ne pouvais en décrocher mon regard, et plus je la regardais, plus je ressentais une profonde humiliation, comme si quelqu'un s'était amusé à mes dépens, comme si les trois visages que j'avais devant moi m'avaient dit en riant : «Ha, ha! On s'est bien moqué de toi, hein?»

Je glissai la photo dans mon manteau. Ce geste se fit spontanément, sans arrière-pensée, je veux dire sans l'idée que j'accomplissais là une mauvaise action, même si, justement, je me sentais coupable d'agir de cette façon en présence de Mourhu. Mais, comment dire? J'avais ressenti une impression bizarre, à savoir que si Mourhu avait aperçu la photographie, non seulement je me serais désagrégé de honte, mais aussi le jeune garçon aurait été menacé... Et j'avais eu l'étrange envie de le protéger. Je ne pouvais expliquer mon geste autrement. Enfin, d'autres choses attirèrent mon attention : à côté du «portrait de famille», il y avait un réveil de poche dans le boîtier duquel je découvris deux épingles droites ainsi qu'une petite tige métallique dont l'une des extrémités était tordue. Cela me rappelait quelque chose de relié à mon adolescence... Je subtilisai le réveil, et j'eus envie d'en faire autant pour un livre en cuir rouge qui reposait au centre du secrétaire, mais Mourhu arriva sur ces entrefaites.

— Avez-vous fait des découvertes intéressantes? demanda-t-il d'un ton badin.

— Non, rien d'intéressant, répondis-je en ramassant d'une façon détachée le livre en cuir rouge.

Mourhu remua d'une main négligente les divers objets présents sur le secrétaire, farfouilla dans les tiroirs, ne trouva rien d'intéressant, se montra fort déçu.

— Qu'est-ce que vous tenez là?

Le livre, dont je venais de m'emparer d'un air détaché, était malheureusement trop grand pour que je le dissimule dans mon manteau. Mourhu me le retira sans ménagement, demeura interloqué en examinant la couverture.

— Bon Dieu! s'écria-t-il. Il est exactement comme le livre de poésie que j'ai acheté à Londres, à Portobello Road!

— Vous en êtes sûr?

— Il n'y a pas de doute. La couverture est identique : un faucon entouré du Soleil et de la Lune, et un arc-en-ciel au-dessus.

— Le contenu est peut-être différent, dis-je, fort déçu de voir le livre m'échapper de cette façon.

Mourhu se mit à feuilleter les pages avec fébrilité.

— Non, c'est bien le même volume. Les poèmes sont identiques. Mais... voilà qui est curieux : il manque également le poème de la page treize... ainsi que les pages qui identifient l'auteur et l'éditeur. Regardez, comme dans mon volume, elles ont été arrachées!

Mourhu continua de feuilleter l'ouvrage. Arrivé à la dernière page, il cria de joie en apercevant l'adresse de l'imprimeur.

— Voilà qui est différent de mon exemplaire, fit-il tout agité. Grâce à ce détail, il va m'être possible de remonter à la source.

— Pour quoi faire?

— Oh... Disons que j'ai été fort impressionné par les poèmes que j'ai lus et que j'aimerais bien connaître le nom de leur auteur.

— Rien que ça?

— Bien sûr... Je me demande tout de même ce que vient faire ce livre sur le bureau de votre père.

— Votre intérêt devrait plutôt porter sur ce fait.

— C'est sans doute une simple coïncidence, bien que je n'aie pas l'habitude d'y croire... Mais regardez! Voilà qui est étrange. Il y a comme deux petites perforations sur les dessins de la page couverture : une dans l'œil du faucon, l'autre au centre de la Lune.

Mourhu s'ingénia à passer et repasser ses doigts velus sur les minuscules aspérités.

— On dirait qu'on a planté là des aiguilles...

CHAPITRE 14

VENTE AUX ENCHÈRES

Nous étions là depuis une heure, installés dans les tout premiers rangs de la salle. À chaque fois qu'une pièce était disposée sur le plateau, un silence de mort s'emparait de l'assistance, composée en majorité de personnalités des mondes de la finance et du spectacle. Mourhu avait insisté pour m'accompagner, prétextant qu'il n'avait jamais vu de près une vente aux enchères, insinuant que l'assassinat de mon père ne présageait rien de bon pour moi, que la lettre anonyme pouvait bien être un guet-apens. «Vous avez besoin d'un garde du corps, me dit-il. Et je suis prêt à jouer ce rôle pour un temps.» J'avais accepté, non sans protester un peu, mais au fond j'étais content. N'était-il pas la seule personne sur qui je pouvais compter? Mon seul véritable ami?

Pour cette vente, la majeure partie des lots était composée de meubles, et ce fut la vente d'un meuble de Boulle qui ouvrit la voie à la collection élisabéthaine, composée de trois pièces qu'on avait décidé de vendre séparément. La première pièce ne resta pas longtemps sur le plateau. Elle trouva rapidement preneur à un prix fort raisonnable. C'est dire qu'on ne se disputait pas longtemps ce genre d'antiquités. Quelques marchands spécialisés dans le domaine les convoitaient déjà, les dilettantes se faisant plutôt rares. Au début, ma présence avait semblé gêner certains de ces marchands, mais mon désintéressement les avait rassurés, surtout l'un deux, un petit homme à la barbiche pointue, à l'œil perçant comme celui d'un aigle, qui fit l'acquisition du deuxième meuble de la collection et semblait bien décidé à ne pas laisser le dernier lui échapper. Or il n'entrait nullement dans mes intentions de faire obstacle à qui que ce soit. J'attendais, simplement. J'attendais d'être surpris, comme le laissait entendre la lettre. Et c'était loin d'être le cas jusqu'à maintenant. Mourhu bayait aux corneilles, lui qui ne tenait pas en place quelques minutes auparavant. Je me surpris même à somnoler.

Mon intérêt s'aiguisa brusquement quand arriva la dernière pièce de la collection. Je pensai un moment être la victime d'une hallucination car le meuble, qui rutilait orgueilleusement sous le feu des projecteurs, ressemblait à s'y méprendre à la vieille commode anglaise de tante Berthe! On m'avait informé qu'il s'agissait du meuble retrouvé aux ateliers de Londres, mais je n'avais jamais eu l'occasion de le voir et n'avais pas eu la curiosité de feuilleter le catalogue avant le début des enchères. Était-il possible que, pendant des années, ce que nous avions pris dans ma famille pour une commode sans valeur fût en réalité un meuble de grand prix? Si c'était le cas – et, à première vue, cela semblait l'être –, je commençais à comprendre ce qu'avait voulu dire l'expéditeur de la lettre anonyme. Mais quel chemin la commode avait-elle parcouru pour se retrouver ici, et comment l'auteur de la lettre anonyme avait-il fait pour savoir l'importance que cette commode revêtait à mes yeux? En regardant le meuble, la figure de mon frère me revint en mémoire : ses yeux bleus lumineux, son mystérieux sourire... Je revis le jour où nous avions gravé nos initiales à l'intérieur du tiroir secret. Si vraiment c'était le meuble en question, elles devaient toujours y être, et j'étais bien décidé à m'en assurer.

Je laissai les enchères monter lentement, désirant profiter de l'effet de surprise que créerait ma participation. Le petit homme à la barbiche pointue semblait une fois de plus avoir le dessus, et le commissaire-priseur avait déjà commencé le décompte quand je levai hardiment la main. Il n'en fallut pas plus pour arrêter le geste d'un homme habitué à faire la différence entre une offre véritable et un mouvement involontaire de la tête. Buchanam, m'ayant reconnu, parut surpris de me voir rentrer dans la course, de même que Barbiche-Pointue, qui semblait furieux de voir le meuble lui échapper à bon prix.

— Qu'est-ce qui vous prend? me demanda Mourhu en sortant de sa torpeur. Je croyais que les vieux meubles vous laissaient indifférent.

— Il serait peut-être temps que je commence à m'y intéresser, non?

L'homme à la barbiche venait de faire une nouvelle offre, offre sur laquelle je renchéris immédiatement.

— Il vous intéresse tant que ça, ce meuble? insista Mourhu.

— Vous vous souvenez de la vieille commode anglaise dont je vous ai parlé, cette commode sur laquelle Rémy et moi faisions des pique-niques?

— C'est elle?

— Oui... Enfin, je n'en suis pas complètement sûr, mais je ne tarderai pas à le savoir.

— Je croyais que c'était un meuble sans valeur.

— Je le croyais aussi.

— Qu'est-ce qu'il fait ici?

— Je l'ignore. Il faudra poser la question au commissaire-priseur.

L'obstination du petit homme à la barbiche pointue commençait à m'exaspérer. Afin de lui montrer que j'étais décidé à faire cette acquisition coûte que coûte, je lançai de vive voix une offre qui triplait la mise minimum. L'assistance eut alors un sursaut visible, et toutes les têtes se tournèrent vers Barbiche-Pointue. Il était hésitant, déjà il secouait la tête en signe de résignation. Buchanam répéta la dernière enchère et commença le décompte. Soudain, une voix s'écria :

— Soixante-dix mille dollars!

Soixante-dix mille dollars! C'était non pas le triple de la mise, mais le triple de la valeur réelle du meuble. En regardant vers l'arrière de la salle, j'aperçus une femme aux cheveux noirs, au visage jeune, qui portait des lunettes fumées. Elle m'adressa un sourire, tira une bouffée de sa cigarette et laissa exhaler une mince volute de fumée bleue.

— Soixante-dix mille dollars! renchérit comme un écho le commissaire-priseur qui semblait heureux de voir les enchères prendre une nouvelle tournure. On vient de me faire une offre à soixante-dix mille dollars! Alors, monsieur Roschildren, que décidez-vous?

— C'est elle! dit Mourhu en m'empoignant le bras si fort qu'on eût dit qu'il allait me le casser. C'est Suroh!

— Ça va, ce n'est pas la peine de me casser le bras!

— Elle est gonflée! Toute la police de l'île possède son signalement, et la voilà ici, en train de nous narguer!

— Soixante-quinze! lançai-je d'un ton ferme afin de montrer à Buchanam que j'étais toujours dans la course.

— Je crois que le meuble l'intéresse vraiment, dis-je à Mourhu. N'oubliez pas que mon oncle a rénové ce meuble personnellement. Or imaginez que mon oncle ait laissé ou caché momentanément à l'intérieur des papiers intéressants ou compromettants pour Suroh. Et pourquoi pas un morceau de la Vénus?

— Continuez de faire monter les enchères, dit Mourhu. Je fais encercler l'immeuble.

Mourhu s'éclipsa discrètement tandis que commença une véritable épreuve de force entre Suroh et moi. Les enchères, qui montaient à coup de cinq mille, atteignirent rapidement les cent mille dollars. Il n'y avait aucun moment d'hésitation ou de réflexion entre les offres. Nous semblions aussi obstinés l'un que l'autre, et cela devint bientôt ridicule. J'avais l'impression de participer à un jeu dont les règles n'obéissaient pas à la logique du monde adulte mais plutôt à celle des enfants du parc quand, par exemple, ils décident de jouer aux morts. Plus j'étudiais le profil de Suroh, plus je subodorais quelque chose de complexe et même de diabolique : ces lèvres charnues et sensuelles, ce nez droit et fin, ces cheveux noirs, cette éternelle paire de lunettes fumées, tout cela renforçait l'impression de malaise que Mourhu m'avait décrite dans une de ses lettres et que je ressentais maintenant.

Les enchères frisaient la somme incroyable de cent soixante-quinze mille dollars quand Mourhu revint s'asseoir à côté de moi.

— L'immeuble sera bientôt cerné, dit-il. Des hommes seront postés à toutes les issues d'ici quelques minutes.

Quant à moi, j'étais bien décidé à mettre un terme à cette escalade insensée.

— Deux cent mille dollars! criai-je en me levant debout. Je suis prêt à donner un million s'il le faut!

L'assistance sursauta à nouveau; et le commissaire-priseur, que mon intervention semblait également avoir surpris, dit à Suroh :

— Alors, madame, désirez-vous relancer les enchères?

Les centaines de têtes qui s'étaient tournées pour dévisager la jeune femme semblaient émerger d'un enchevêtrement de cous torsadés à travers lesquels se dessinaient la tension, la fébrilité, l'attente.

— Je trouve ce meuble très beau, répondit Suroh dont la voix douce était presque choquante. J'en offre trois cent mille dollars.

Trois cent mille! Le meuble en valait à peine cinquante! Les événements prenaient une tournure grotesque. Mais cette nouvelle offre, loin de me désarçonner, renforça chez moi l'idée qu'il y avait anguille sous roche. Dans le silence pathétique que les paroles de Suroh avaient laissé dans la salle, je me levai et dis au commissaire-priseur :

— Madame ignore de toute évidence à qui elle se frotte. Je double sa dernière offre!

Mes paroles eurent un effet monstre. Un murmure tumultueux s'éleva de l'assistance.

— Six cent mille dollars! reprit le commissaire-priseur d'une voix qui se voulait apaisante mais à travers laquelle on commençait à sentir de l'agacement.

Il désirait de toute évidence mettre un terme à cette escalade ridicule. Il demanda d'une voix insistante :

— Madame, monsieur Roschildren semble décidé à acquérir ce meuble, désirez-vous faire une autre offre?

— Huit cent mille dollars! répondit Suroh du tac au tac.

C'était dingue! Cette offre était complètement dingue et cette femme allait me rendre complètement dingue. La gorge sèche, les lèvres tremblantes, je laissai échapper la somme fatidique :

— Un million!

Cette fois, un formidable brouhaha secoua l'assistance. Il y eut des ricanements, des rires étouffés. Demain, on lirait dans tous les journaux : Roschildren paie un million un meuble qui en vaut cinquante mille!

Buchanam éprouva de la difficulté à ramener le calme dans la salle. Finalement, il dit :

— Alors, madame...

Mais il s'arrêta aussitôt : Suroh n'était plus là.

Elle avait profité du tumulte provoqué par ma dernière offre pour s'éclipser. Rien de plus facile puisqu'elle occupait un banc situé à l'arrière de la salle, lequel donnait, en plus, sur l'allée extérieure. Mourhu se rua vers l'arrière comme un forcené, enjambant les fauteuils, dégainant son revolver en hurlant :

— Police! Que personne ne bouge! Cette femme est dangereuse!

Mais son intervention provoqua l'effet contraire. On crut avoir affaire à un fou furieux et la panique s'empara de la foule : tout le monde chercha à sortir de la salle en même temps, et Mourhu fut arrêté dans sa course. Je fus bien une des seules personnes à rester tranquillement assis dans mon fauteuil pendant que la salle se vidait. Au bout d'un moment, le commissaire-priseur se dirigea vers moi, le visage interrogateur :

— Allez-vous me dire à quoi rime toute cette comédie?

— Nous n'allons pas tarder à le savoir, dis-je en me levant brusquement et en me dirigeant d'un pas décidé vers la commode.

— Qu'allez-vous faire? Je ne veux pas d'incident!

Mon empressement trahissait une nervosité qui pouvait facilement être attribuée à la colère. À me voir, certes, on aurait pu croire que je voulais mettre le meuble en morceaux. En réalité, je me contentai de tirer fermement sur le premier tiroir de la commode, mais il resta bloqué.

— C'est fermé à clé, m'expliqua Buchanam.

— Qu'attendez-vous pour me donner la clé? fis-je avec humeur.

— Je... Je ne l'ai pas sur moi!

— Ce meuble m'appartient! Je viens de le payer assez cher. Donnez-moi cette clé ou je vous casse la figure!

— Très bien, très bien, la voilà.

Il me remit une minuscule enveloppe que j'ouvris avec fébrilité, faisant tomber dans le creux de ma main une petite clé dorée. J'ouvris aussitôt le premier tiroir et vis mes soupçons confirmés.

— J'en étais sûr! m'exclamai-je en retirant un petit paquet de
feuilles jaunies. Voilà ce qui l'intéressait. Aha! C'est extraordinaire!

— Qu'est-ce que c'est?

— Vous n'avez pas deviné? fis-je en feuilletant le paquet. C'est
la formule du vernis de mon oncle. Ce n'était pas le meuble qui
intéressait cette femme, c'était la damnée formule! Avec ça, elle
aurait pu m'extorquer une somme considérable... Dire que cette
foutue formule se trouvait là-dedans depuis le début. Mais comment diable s'est-elle retrouvée là et comment cette femme a-t-elle
fait pour le deviner?

Mourhu revint sur ces entrefaites. Je m'informai pour Suroh.

— Disparue! dit-il. Envolée! Vraiment je n'y comprends rien!

— Regardez, c'était à l'intérieur!

— La formule?

— Exactement! C'est pour cette raison qu'elle voulait le meuble!

— C'est incroyable, dit Mourhu en examinant les feuilles. Vous
aviez deviné?

— Quand les enchères ont atteint les trois cent mille dollars, je
me suis dit que ce qu'elle cherchait devait valoir son pesant d'or.
C'est à ce moment-là que j'ai pensé à la formule. En fait, pourquoi
la formule n'était-elle pas dans le coffre de mon oncle si ce n'est
qu'il ne la sentait pas là en sécurité. Il a donc décidé de la cacher
ailleurs, disons dans un endroit où personne ne penserait à venir la
chercher : la commode de tante Berthe, cachette sans aucun doute
temporaire puisque la commode devait retourner chez Christie's,
mais cachette sûre, du moins pour un temps. Mais voilà, il s'est
fait tuer avant de la cacher ailleurs et d'effectuer les modifications
testamentaires nécessaires.

— Mais est-ce réellement la commode de votre tante?

Dans mon empressement, j'avais oublié de vérifier la présence
des initiales. Comme beaucoup de meubles anciens, la commode
possédait un tiroir secret, et c'était à l'intérieur de celui-ci que
Rémy et moi avions gravé nos initiales. Ce tiroir, petit et peu
profond, semblait faire partie de la frise, une surface plane qui

formait une bande étroite tout autour du meuble. Cette frise était marquetée de bois de rose, entrecoupée de petites rosaces sculptées dans le bois d'origine. Il suffisait de pousser avec son index sur la dernière rosace de gauche et de tirer pour faire apparaître le tiroir. Les grands ébénistes savaient repérer du premier coup d'œil l'emplacement de ces tiroirs secrets, et ils respectaient ordinairement leur présence dans la rénovation. Cependant il arrivait que des restaurateurs incompétents en bouchent l'emplacement ou le mécanisme avec du vernis ou un placage quelconque. À ce moment-là, il fallait prendre un canif et gratter, ou décoller le placage pour les ouvrir. Mais mon oncle n'était évidemment pas ce genre d'homme, et le tiroir glissa vers l'extérieur sans faire de difficultés.

Je constatai avec surprise qu'il n'était pas vide. Une vingtaine de petits sachets transparents, contenant ce qui aurait pu être du sucre en poudre, étaient cordés en rang d'oignons. Mourhu s'empara de l'un deux et en goûta le contenu.

— Cocaïne, marmonna-t-il. Il semble que ce ne soit pas uniquement les formules qui aient attiré notre amie.

J'écartai les sachets et vis apparaître les lettres R.R. et W.R.

— Est-ce la commode en question? demanda Mourhu.

— Oui.

— Vous y comprenez quelque chose?

Lorsque nous avions déménagé pour les États-Unis, mes parents avaient vendu la maison et tous ses meubles à l'oncle Roschildren. Je n'avais jamais revu ou réentendu parler de la commode.

— Pas le moins du monde, répondis-je.

— Et vous? demanda Mourhu au commissaire-priseur.

— J'aurais besoin qu'on m'explique deux ou trois choses.

— Mais c'est à vous au contraire que je demande des explications! grommela Mourhu.

— Vous désirez connaître le nom du vendeur, peut-être?

— Et nous n'en resterons pas là! gronda Mourhu.

— Eh bien, balbutia Buchanam qui sentait le soupe chaude, je ne l'ai jamais vu personnellement. Nous avons toujours fait affaire par téléphone ou par courrier. Nous avons été chercher le meuble chez lui et il nous a chargés, moyennant une forte commission à la vente, de négocier le contrat de rénovation en insistant fortement pour que ce soit Edgar Roschildren qui s'en charge. Cela sous-entendait de gros frais puisque nous allions devoir expédier l'antiquité à Londres, mais notre client voulait que son meuble soit recouvert du fameux vernis, et quand le client exige, nous...

— Le nom du vendeur! s'impatienta Mourhu.

— Il s'appelait... Enfin, il disait s'appeler... Suroh...

— Non mais, vous vous foutez de ma gueule! tonna Mourhu en empoignant Buchanam par le collet.

CHAPITRE 15

SUROH

Si Buchanam n'avait jamais rencontré Suroh personnellement, il connaissait en revanche l'endroit où sa maison de vente avait pris livraison du meuble : un appartement luxueux de Christopher Street, pas très loin de Sheridan Square, dans Greenwich Village. Mourhu et moi nous y rendîmes immédiatement. L'appartement comprenait plusieurs pièces meublées avec excentricité, dont un immense cabinet de travail rempli de statues égyptiennes. Mourhu commença à fouiller le cabinet tandis que je fis le tour des autres pièces. Dans une des chambres, pourvue d'un grand lit à baldaquin, je fus attiré par une coiffeuse sur laquelle il y avait trois perruques noires installées sur des têtes de polystyrène. Quatre paires de lunettes fumées, ainsi que du nécessaire à maquillage, se trouvaient à côté. À droite, dans une large garde-robe, je découvris pas moins d'une vingtaine de robes noires et de nombreux souliers, noirs également, munis pour la plupart de talons hauts. Les perruques me fascinaient; je caressais leurs cheveux d'un air attendri quand je vis tout à coup une enveloppe, identifiée à mon nom, collée dans le coin du miroir de la coiffeuse. Je trouvai à l'intérieur une feuille de papier jaunie, pliée en trois et déchirée au milieu. Je me sentis mal. Je dus m'asseoir sur la chaise de la coiffeuse. Un instant, je vis ma tête hébétée dans le miroir et l'épouvantable vérité commença à prendre forme dans mon esprit. «Le salaud, pensai-je. Il est vivant!»

— Mourhu! criai-je. Mourhu!

Mourhu arriva en courant, le revolver au poing, roulant des yeux inquiets dans chaque coin de la pièce.

— Qu'est-ce qu'il y a? fit-il. Vous l'avez vue?

— Rengainez votre revolver, répondis-je. Vous pourriez m'abattre sans vous en rendre compte. Regardez plutôt!

J'indiquai à Mourhu les perruques, le nécessaire à maquillage, les robes noires.

— Eh bien! fit Mourhu au bout d'un moment. Elle a vraiment un goût prononcé pour le noir.

— Pas «elle», dis-je, mais «il»! Suroh est un garçon, vous n'avez pas encore compris? Et pas n'importe lequel : c'est mon frère, mon frère Rémy!

— Qu'est-ce que vous me chantez là?

— Regardez! dis-je en lui mettant entre les mains la feuille jaunie. C'est un poème que mon frère a écrit il y a plusieurs années, et je viens de le retrouver ici, collé sur le miroir!

— Et alors?

— Et alors? Mais vous êtes idiot ou vous le faites exprès?

— Je suis idiot.

— Ce n'est pas une coïncidence! Comment expliquez-vous qu'un poème que j'ai cherché pendant des années se retrouve ici, dans l'appartement de Suroh, à l'intérieur d'une enveloppe adressée à mon nom?

— Je l'ignore. Vous pouvez peut-être me répondre?

— Je viens de vous dire que c'est mon frère qui l'a laissé là à mon intention, que Suroh, c'est lui!

— Mais votre frère est mort il y a treize ans. C'est vous-même qui me l'avez dit!

— Eh bien, je me suis trompé. Nous avons tous pensé qu'il était mort, mais il s'en est tiré.

— Comment?

— Comment voulez-vous que je le sache? On n'a jamais retrouvé aucune trace de l'accident! Déjà, cette bizarrerie mérite qu'on s'y attarde, non?

— C'est ridicule, voyons! Même en admettant que votre frère s'en soit tiré, pourquoi aurait-il mis tout ce temps à revenir?

— Amnésie, folie, goût de la cachotterie, du jeu? Je ne sais pas moi. Avec Rémy, tout est possible.

— Ben voyons! Votre frère n'est quand même pas un dieu! Et pourquoi se déguiserait-il en femme, pourquoi aurait-il assassiné son propre père?

— Déjà, quand nous étions petits, Rémy avait le goût du travestissement, de la mystification. Il était capable de poser des gestes d'une cruauté incroyable, en même temps qu'il pouvait faire preuve d'une très grande bonté. Pourquoi se déguise-t-il en femme? Justement à cause de ce goût pour le travestissement et la mystification. Quant à savoir pourquoi il a tué notre père, je l'ignore totalement. Mais la folie pourrait être une explication. Elle expliquerait en même temps pourquoi il a mis tout ce temps à se montrer et pourquoi il évite de rentrer en contact direct avec moi. Mon frère s'amuse avec nous, Mourhu. Il est devenu dément et il faut l'arrêter avant qu'il n'y ait d'autres victimes.

— Vous ne me demandez quand même pas de croire à un tel ramassis d'invraisemblances?

— Attendez, j'ai avec moi quelque chose qui va vous intéresser.

Je donnai à Mourhu la photographie que j'avais subtilisée sur le bureau de mon père, le lendemain de son assassinat. Depuis que je m'en étais emparé, je la gardais constamment sur moi, comme un fétiche, et je la regardais chaque soir avant de me coucher. Ce sentiment que Rémy était toujours vivant ne m'avait en réalité jamais quitté, et quand j'avais vu cette photo, outre le trouble que j'avais éprouvé, le mince espoir que j'avais conservé de le revoir vivant s'était transformé tout à coup en conviction. Mais cette conviction, j'avais tenté de la nier tant la tournure des événements me glaçait d'horreur : d'accord, Rémy était de retour, et j'espérais cette renaissance depuis sa mort, mais en meurtrier sanguinaire qui avait perdu la raison, ça, je ne pouvais l'admettre.

Je traînais également, à l'intérieur d'une des poches de mon veston, le réveil de poche que j'avais trouvé à côté de la photographie, et je me surprenais parfois à caresser son boîtier sans m'en rendre compte, comme si ça avait été une sorte de porte-bonheur. Je me surpris justement en train de le faire pendant que Mourhu examinait la photographie.

— C'est le garçon que vos parents comptaient adopter?

— Exactement. J'ai trouvé cette photo sur le bureau de mon père.

— Il ressemble beaucoup à votre frère, d'après les souvenirs que je conserve des photographies que j'ai vues à Londres, mais c'est vague.

— Vous ne remarquez rien?

— Non.

— Non mais vous le faites exprès : les lunettes fumées! Il porte des lunettes fumées, tout comme Suroh! Et cette paire est identique à celle-ci!

J'avais pris sur la coiffeuse une des quatre paires de lunettes.

— Peuh! Il y en a des milliers comme ça à New York.

— Ce n'est pas une coïncidence!

— Holà, attendez! Attendez! Vous essayez de me faire croire que le jeune qui se trouve sur cette photographie, entre vos parents, est non seulement votre frère mais également Suroh? Mais c'est du délire!

— Non, c'est la vérité, l'horrible vérité!

— Voyons, dit Mourhu. Le jeune qui se trouve sur cette photo a à peine quinze ans : votre frère n'aurait pas vieilli d'un poil depuis sa disparition. Vous vous rendez compte?

— Mais mon frère n'est pas un être ordinaire. C'est lui! C'est bien lui! De retour après treize ans d'absence!

— Franchement, il en faudrait plus pour me convaincre!

Je pris dans le nécessaire à maquillage un crayon noir et me mis à dessiner sur la photographie de longs cheveux noirs autour de la figure du garçon.

— Regardez! dis-je en tendant une nouvelle fois la photographie à Mourhu. Cela ne ressemble-t-il pas à la jeune femme que vous avez rencontrée à Londres, au pub The Lamb?

— Hum... Oui. Ça pourrait être ça. Mais ça ne prouve rien. Tenez, amusez-vous à revêtir une de ses perruques, ça pourrait être vous aussi. Vous ressemblez beaucoup à votre frère, et avec votre baby face...

— Mais bon Dieu! hurlai-je presque. On croirait m'entendre dans mon incrédulité des plus mauvais jours!

— Allons, mon petit William. Calmez-vous. Je crois que toute cette histoire commence...

— Je ne suis pas votre petit William! Je ne suis le petit William de personne! Vous ne comprenez pas! Vous ne voulez pas comprendre que Rémy est de retour! Qu'il s'amuse! Que je suis une fois de plus son pantin! Que vous et moi sommes ses jouets!

Mourhu alla s'asseoir sur le lit. Il avait le regard vague. Il devait me croire fou. Il avait déplié la feuille et lisait machinalement le poème. Il me demanda tout à coup :

— Vous dites que votre frère a écrit ce poème il y a treize ans?

— Oui.

— C'est curieux, les caractères du poème ne proviennent pas d'une machine à écrire. Ce sont des caractères d'imprimerie, et on dirait que la feuille, dont le côté gauche est effiloché, a été arrachée d'un livre. De plus, elle est numérotée : le chiffre 13 apparaît au bas de la page. Vous n'avez jamais pensé que votre frère pouvait ne pas être l'auteur du poème?

— Non. Rémy composait des poèmes depuis qu'il était tout petit, et ses poèmes suscitaient l'admiration de ses professeurs. Il avait à son actif plusieurs recueils et disait souvent qu'un jour il en publierait un.

— Mais ce poème, il pourrait très bien ne pas avoir été composé par lui.

— Si vous le dites.

— Je ne l'affirme pas, seulement son style me rappelle celui...

— Du livre de poésie? Celui qui traînait sur le bureau de mon père et auquel il manque la page 13?

— C'est ça!

— Où est-il?

— À mon bureau.

— Allons-y!

Je pourrais difficilement décrire l'état de fébrilité dans lequel je me trouvais. La consternation de tout à l'heure avait fait place à une excitation dont les effets se faisaient également sentir chez Mourhu, lequel prenait beaucoup trop de temps à mon goût à retrouver le livre qu'il cherchait comme un dément dans son capharnaüm. Je m'en voulais déjà de l'avoir laissé partir avec l'autre jour quand il l'extirpa enfin d'un paquet de vieux journaux.

— Je savais bien qu'il était dans le coin! fit-il en l'ouvrant en hâte à la page manquante.

La dimension de la feuille allait de pair avec les autres; les caractères d'imprimerie étaient identiques; elle s'ajustait parfaitement au reste du livre.

— C'est incroyable! dit Mourhu. La seule différence, c'est que la feuille est plus jaune que les autres. Phénomène tout à fait normal, remarquez, car elle a sans doute été exposée plus longtemps à l'air libre et à la lumière... Mais enfin, comment est-ce possible? Qu'est-ce que cela veut dire?

— C'est un indice.

— Un indice?

— Oui! Je vous l'ai dit : Rémy s'amuse. Nous sommes présentement en train de remonter le fil d'une énigme vieille de treize ans!

— Je ne comprends pas.

Je me mis à raconter à Mourhu les événements qui s'étaient produits le soir où Rémy et moi avions joué les détectives amateurs. Mourhu avait sorti de son bureau un verre et un flacon de whisky. Il m'écoutait attentivement, en s'envoyant de temps en temps une rasade au fond du gosier. Lorsque j'eus fini, il me dit :

— Ce que vous me dites est de plus en plus incroyable, mon vieux. Et si jamais j'accepte de croire à cela, je devrai sérieusement songer à consulter un psychiatre.

— Voilà des années que j'y pense!

— Vous peut-être, mais pas moi. Enfin, il faut bien admettre qu'il existe quelque chose de mystérieux chez Suroh, quelque chose qui dépasse l'ordinaire, et cela ouvre la voie à plusieurs hypothèses, dont la vôtre, qui me semble néanmoins invraisemblable sur plusieurs points. Car, si je la résume, nous avons à peu près ceci : Rémy revient après treize ans d'absence; pendant toutes ces années, il n'a pas vieilli d'un poil; c'est que Rémy n'est pas un être ordinaire : extra-terrestre, fantôme, demi-dieu, gourou, qui sait? Tout ce que nous savons, c'est qu'il pousse l'audace jusqu'à se faire adopter par ses propres parents qui voient en lui un garçon lui ressemblant étrangement; ainsi réinstallé au sein de votre famille, il a tout le loisir de mettre au point un plan qui vise à éliminer votre père.

— C'est un peu brouillon comme résumé, mais c'est à peu près ça.

— Mais attendez! C'est impossible : la secrétaire de votre père a quitté le bureau à sept heures avec le garçon, et votre père a été tué à six heures. Comment le garçon, qui selon votre histoire se trouve être Suroh en même temps que votre frère, aurait-il fait pour supprimer votre père alors qu'il se trouvait dans le bureau avec la secrétaire?

— Il aura quitté le bureau et sera revenu, tout simplement.

— Comme ça, sous les yeux de Myriam qui en avait la garde?

— Il faudrait lui poser la question.

— Je vais l'appeler.

— Pourquoi ne pas aller au bureau de mon père et lui demander en personne. Nous pourrions du même coup inspecter les lieux plus attentivement et peut-être découvrir autre chose. N'oubliez pas que c'est là que nous avons trouvé le livre de poésie.

— C'est une idée. Mais nous sommes samedi, et les bureaux sont fermés. Je vais demander à Smithy d'aller chercher Myriam à son domicile et de venir nous rejoindre au bureau de votre père.

Mourhu décrocha le combiné. Comme il composait le numéro, il s'arrêta et me dévisagea.

— Puis-je être sincère?

— Qu'est-ce qui vous en empêche?

— J'ai énormément de difficulté à avaler toute cette histoire. En réalité, c'est par amitié que j'accepte de faire cette vérification auprès de Myriam. Peut-être qu'après l'avoir interrogée, vous pourrez vous rendre compte de l'invraisemblance de votre récit et vous affranchir de l'obsession de votre frère.

— Vraiment, vous avez raté votre vocation, Mourhu. Vous auriez dû vous lancer en psychiatrie.

— Peut-être... Smithy? Oui. Je voudrais que tu me rendes un service, mon p'tit. Je veux que tu ailles me chercher une jeune femme du nom de Myriam Dexford...

Que Mourhu doutât de mon hypothèse ne m'étonnait pas du tout. J'en doutais moi-même tant l'absurdité de mes affirmations me sautait aux yeux. Mais ces faits que nous venions de mettre à jour n'étaient-ils qu'un ensemble de coïncidences? Quelque chose me disait que non.

— Mais, dites donc, fit Mourhu une fois qu'il eut raccroché. Vous vous êtes fait mal à l'œil dernièrement?

— Moi?

— Oui, vous! Votre œil gauche est rouge.

Cet œil me piquait en effet depuis plusieurs jours. Je passais mon temps à le frotter. J'étais allé voir un médecin qui m'avait prescrit de la pénicilline. Cela n'avait donné aucun résultat jusqu'à maintenant.

— Ce n'est pas grand-chose, dis-je. Une petite infection.

Nous avons commencé notre inspection par le bureau personnel de mon père où j'entrepris de fouiller minutieusement chaque tiroir du secrétaire tandis que Mourhu, qui semblait peu enthousiaste, regardait la circulation par la grande baie vitrée. Le cœur n'y était pas, je le voyais bien. Il était venu pour me faire plaisir et, au fond, il ne croyait pas un seul mot de toute mon histoire. Il quitta bien vite la pièce et s'affaissa sur un des canapés du salon, se relevant presque aussitôt pour ouvrir le cabinet à liqueurs et s'emparer de la bouteille de cognac qui s'y trouvait; il en but deux bonnes gorgées, puis se laissa choir à nouveau sur le canapé. Je n'avais pour ma part découvert aucun indice susceptible de corroborer mes affirmations, et je m'apprêtais à rejoindre Mourhu quand mon attention fut attirée par une boîte renversée qui reposait par terre, entre la bibliothèque et la porte menant au salon. Des épingles droites étaient fixées à chaque coin. Leur utilité et la présence inusitée de cette boîte m'intriguèrent. On aurait dit qu'elle avait été placée là dernièrement. Je m'accroupis pour examiner la chose de plus près et ramassai juste à côté une encyclopédie dont la couverture représentait un magnifique navire du dix-huitième siècle. Je me mis à feuilleter distraitement l'ouvrage. Trois autres livres, d'un format plus petit, se trouvaient également à côté de la boîte, de même qu'une rallonge à prise multiple branchée dans une prise de courant murale. Une autre rallonge, provenant du salon et pourvue d'une fiche mâle, traînait là aussi.

Je regardai ces choses avec un mélange d'intérêt et de perplexité. Si nous ne les avions pas aperçues lors de notre première visite, c'était sans doute parce que la porte du bureau était rabattue davantage contre le mur. Les livres de petit format traitaient tous les trois du mystère entourant le Triangle des Bermudes.

Nous étions sûrement devant un indice important. Cependant, je décidai de ne pas en informer Mourhu, de garder cette découverte pour moi seul. En regardant ces choses, je ressentais en effet de la honte, de l'humiliation, mêlées à une envie irrésistible de les dissimuler ou de les subtiliser, bref une envie semblable à ce que j'avais ressenti pour la photographie et le réveil de poche. Mais je ne pouvais emporter la boîte sans risquer d'éveiller l'intérêt de Mourhu. Je me contentai donc de mettre sous mon bras l'encyclopédie et les trois livres, et j'allai le rejoindre dans le salon.

— Eh bien, que faisiez-vous? demanda Mourhu d'une voix bougonne.

— Je bouquinais.

— Vous avez trouvé des lectures intéressantes?

— Oh, pas grand-chose.

— Faites voir.

Je n'eus même pas le temps de protester que Mourhu m'avait déjà retiré les livres des mains. Il se mit à les feuilleter d'un air distrait, car sa plus grande activité consistait à s'envoyer une lampée de cognac derrière la cravate et à consulter sa montre.

— Eh bien! fit-il en rejetant les livres avec humeur sur le canapé. Il y met le temps, le Smithy! Si nous mettions un peu de musique?

— Pourquoi pas? dis-je. Ce n'est certes pas le choix qui manque.

— Voilà qui tombe bien, fit Mourhu, s'approchant en vacillant de la chaîne stéréophonique. Il y a justement une cassette installée dans l'appareil.

Mourhu appuya sur le bouton d'alimentation, mais rien ne se produisit.

— Qu'est-ce qui se passe? dit-il. Il y a une interruption de courant?

— Laissez-moi voir. Sans doute est-ce mal branché.

Je regardai sous le meuble : le fil électrique de l'appareil se trouvait fixé à une rallonge, laquelle se rendait dans la pièce voisine en passant sous la porte. En suivant le fil, je me rendis compte que la rallonge de l'appareil se rendait juste à côté de la boîte aux quatre épingles. Je les raboutai ensemble et le courant fut aussitôt rétabli. Les premières mesures de la sixième symphonie de Beethoven retentirent à travers les haut-parleurs. La sixième symphonie! N'était-ce pas un indice de plus? Mourhu repartit s'asseoir sur le canapé en suivant le rythme; il se remit à feuilleter mes livres.

Sous le meuble de la chaîne stéréophonique, j'avais aperçu une prise de courant murale, et je me demandais bien pourquoi on n'y avait pas branché directement le fil de la chaîne plutôt que de le fixer à une rallonge qui allait tirer son courant dans la pièce d'à côté. Cette prise de courant murale devait être défectueuse. Je décidai de vérifier. Je débranchai le fil rabouté à la rallonge et le branchai dans la prise murale. La musique, après s'être interrompue, repartit aussitôt. La prise de courant murale n'était donc pas défectueuse... Je venais de faire une importante découverte.

— Qu'avez-vous fait? demanda Mourhu.

— Rien... L'appareil était mal branché. J'ai fixé le fil plus solidement.

— Mais dites donc! fit Mourhu en arrivant à côté de moi. Vous ne seriez pas en train de me cacher des choses par hasard?

L'arrivée soudaine de Smithy, seul et désemparé, me sauva d'une interrogation en règle. Pauvre Smithy! Il ressemblait à une estafette qui vient de traverser les lignes ennemies au pas de course et qui s'apprête à faire son rapport à l'officier. C'était un véritable rôle de composition. Mais Mourhu n'était pas dupe. Depuis le temps, Smithy aurait dû le comprendre.

— Eh bien, dit Mourhu avec humeur. Qu'est-ce qui se passe? Myriam n'est pas avec toi?

— Elle n'est pas chez elle, répondit Smithy qui ne dérogeait pas de son rôle dramatique. Les voisins m'ont dit qu'elle était montée à Boston voir sa grand-mère. Elle sera de retour demain dans le courant de la soirée.

— T'aurais pu m'appeler pour m'avertir! cria Mourhu.

— Je... J'avais mal noté le numéro que vous m'aviez donné.

— Venez! fit Mourhu à mon adresse. Je vous ramène chez vous!

Je décidai d'emporter avec moi les livres, l'encyclopédie et la cassette qui se trouvait dans l'appareil. Dans l'auto, il régnait un silence mortuaire. Mourhu avait pris un air renfrogné, celui des plus mauvais jours. À mi-chemin du trajet, il quitta brusquement sa mine bougonne et engagea la conversation :

— Vous y croyez, vous, à ces histoires de disparitions dans le Triangle des Bermudes?

— Euh... Oui. Ces disparitions sont réelles et elles constituent de véritables énigmes. Cela m'a toujours intrigué.

— Bien sûr, bien sûr, marmonna Mourhu d'un air agacé. Je voulais plutôt parler des hypothèses qu'on met de l'avant pour expliquer le phénomène : brèche dans l'espace-temps, ouverture vers d'autres dimensions, enlèvements par des extra-terrestres... Vous croyez à toutes ces balivernes, vous?

— Je ne sais pas.

— Ces choses semblent relever davantage de la science-fiction que de la réalité. C'est comme votre histoire. Alors, vous comprenez mon scepticisme. Il y a sûrement une explication, mais je doute que ce soit la vôtre. Je crois qu'il est sérieusement temps pour vous de consulter quelqu'un... Je veux dire un...

— Psychiatre?

— Oui.

— Nous y voilà! Et vous viendrez me voir à l'asile!

— Allons! Du calme, mon petit.

— Je ne suis pas votre petit! Ah, c'est donc pour ça que vous avez cet air de vieux bougon renfrogné. En vous-même vous pensez que je suis mûr pour le cabanon!

— Ne dramatisez pas! Mais arrivez sur terre un peu : un frère qui revient après treize ans d'absence; qui n'a pas vieilli d'un poil pendant toutes ces années; qui se fait adopter par ses propres parents qui voient en lui un autre enfant qui lui ressemble étrangement... Pourquoi un être, même fou, se donnerait-il tant de peine?

— Parce qu'il aime ça! Il aime compliquer les choses, brouiller les pistes. C'est son jeu. Il a horreur de la simplicité.

— Ben voyons!

— Arrêtez-vous ici!

— Il n'en est pas question.

— J'aimerais faire le reste du chemin à pied. Je vous demande d'arrêter.

— Non! insista Mourhu. Je vous reconduis chez vous. J'ai encore deux ou trois choses à vous dire.

— Je vais crier.

— Vraiment?

Je me mis à crier comme un bon. J'ouvris même la fenêtre de l'auto pour qu'on m'entende davantage. Mourhu rangea finalement la voiture contre le trottoir.

— Vous avez gagné, dit-il. Mais vous ne vous en tirerez pas comme ça : c'est l'asile qui vous attend!

Je rassemblai mes livres en vitesse et, dans un geste qui ne manquait pas d'audace vu les circonstances, attrapai le livre de poésie qui traînait sur la banquette arrière.

— Hé! Mais c'est mon livre! protesta Mourhu.

— Erreur! répliquai-je. C'est le mien! Vous l'avez pris sur le bureau de mon père. La propriété privée, vous connaissez?

Mourhu ne répondit pas. Dès que j'eus refermé la portière, il partit en faisant crisser les pneus sur la chaussée.

J'étais soulagé. L'air du dehors me fit du bien, et le simple fait de marcher me rendit ma bonne humeur. Je me préparai un thé bien corsé en arrivant chez moi, mis à jouer la cassette de Beethoven et entamai la lecture du livre de poésie. Je lus et relus plusieurs fois le poème de la page 13. Soudain, après une vingtaine de minutes de lecture, la musique s'intensifia au point de devenir insupportable, et je dus me lever pour la baisser. Je pensais que mon appareil était déréglé, mais je constatai bien vite en faisant rejouer la cassette qu'il y avait une défectuosité dans l'enregistrement : à la vingt-cinquième minute, le volume de la musique doublait subitement.

Le boîtier indiquait que l'enregistrement avait été réalisé par Deutsche Grammophon, mais la cassette elle-même ne portait pas la marque de la compagnie. Il s'agissait donc d'un enregistrement réalisé par un particulier, et mal enregistré par-dessus le marché. Je m'expliquais difficilement la présence d'une telle cassette dans le bureau de mon père, lui d'ordinaire si tatillon sur ces questions-là. Mais la cassette avait très bien pu être mise dans l'appareil par quelqu'un d'autre. Myriam? Il faudrait que je lui pose la question.

Je revins au livre de poésie et, avant de l'ouvrir, m'amusai à passer le bout de mes doigts sur les minuscules aspérités de la couverture, tout comme l'avait fait Mourhu lorsqu'il était tombé sur l'ouvrage la première fois. «On dirait qu'on a planté là des aiguilles», avait-il dit pour tenter d'expliquer la présence de ces trous. Ces paroles opérèrent sur moi un déclic. J'allai chercher le réveil de poche que je traînais continuellement dans mon veston, ouvris son boîtier et en retirai les deux épingles droites ainsi que la tige métallique à l'extrémité tordue. Or les épingles s'ajustèrent parfaitement aux trous de la couverture! En forçant légèrement, je découvris également que le réveil de poche se détachait de son boîtier. À l'endos du réveil, le remontoir était pourvu d'un anneau amovible, en forme d'anse, qui pouvait se rabattre contre le cadran; cet anneau était éraflé au point qu'à certains endroits il manquait une partie du revêtement. Or, on retrouvait des fragments de ce revêtement sur l'extrémité tordue de la petite tige métallique. L'extrémité de cette tige était flexible; elle se fixa sans difficulté au remontoir.

Il y avait donc un lien entre le réveil de poche et le livre de poésie. Et sans doute y en avait-il un avec la boîte, les livres traitant du Triangle des Bermudes, l'encyclopédie sur les bateaux et la cassette. J'avais l'impression de me trouver en face d'un problème qui ne m'était pas étranger. Tous ces éléments me rappelaient quelque chose qui était relié à mon enfance mais que j'étais incapable de reconnaître et de déchiffrer. J'avais ressenti la même chose en me retrouvant devant la photographie et le réveil de poche. Et toujours, comme maintenant, survenait cette incapacité à rattacher ces réminiscences à quelque chose de concret, de connu.

Ma mémoire ressemblait plus que jamais à un immense casse-tête auquel il manquait les principaux morceaux.

J'apportai le livre de poésie, le réveil et les autres babioles sur ma table de travail pour les examiner plus attentivement. En jouant avec l'épingle qui perçait l'œil du faucon, je fus tout à coup troublé : on aurait dit que ma douleur à l'œil s'accentuait à mesure que j'augmentais la pression. Sur le moment, je me demandai vraiment si je n'étais pas en train de devenir fou. J'enlevai sans plus tarder l'épingle et m'empressai de rejeter le blâme d'un tel malaise sur la fatigue. «Trouble psychosomatique, allai-je jusqu'à penser pour me réconforter. Mon inconscient a dû faire un lien entre l'œil perforé du faucon et mon œil malade.»

Enfin, pour me changer les idées, je laissai tout cela de côté et commençai à esquisser un plan du bureau de mon père, histoire de découvrir comment le jeune garçon aurait pu quitter les lieux et revenir sans se faire voir de la secrétaire dont le bureau est situé devant la seule entrée et sortie visible. Il faut dire que le bureau personnel de mon père comprend deux portes : l'une donnant sur le salon, l'autre sur le hall d'entrée juste derrière le bureau de la secrétaire. Il eût donc suffi que Myriam aille au salon un instant, par exemple, pour que le jeune s'éclipse par cette porte; le retour à l'intérieur du bureau sans se faire voir représentant la réelle difficulté.

La sonnerie du téléphone me réveilla en sursaut. Je m'étais endormi sur mon esquisse, la barbouillant même avec mes joues. Il faisait toujours nuit et ma montre m'avisa qu'il était deux heures du matin. Dès lors, je ne me posai plus de questions sur l'identité de la personne qui me téléphonait.

— William?

— Que voulez-vous?

— Euh... Je désire m'excuser pour cet après-midi.

— À deux heures du matin, évidemment!

— Oui. J'ai été brutal avec vous.

— Moi pas assez. Je raccroche.

— Ne faites pas ça! J'ai une chose importante à vous dire!

— Vous avez toujours des choses importantes à me dire, et le plus souvent ce sont des banalités.

— Pas cette fois!

— Vous avez cinq secondes.

— J'ai rejoint à son domicile l'imprimeur du livre de poésie.

— Et alors?

— Figurez-vous que le livre n'a pas d'éditeur!

— Et après?

— Il a été publié à compte d'auteur.

Mourhu marqua une pose voulue. Il me révélait l'information au compte-gouttes.

— Ensuite.

— L'imprimeur se souvient très bien de l'auteur : un jeune garçon aux cheveux blonds, aux yeux noirs, âgé de quinze ans à peine, qui est venu le voir il y a environ treize ans. Le jeune est arrivé avec son livre et des plaques de métal qu'il avait fabriquées lui-même pour la couverture. Il a demandé qu'on imprime cent exemplaires de son livre et a réglé la totalité des coûts d'impression en argent comptant. Après la livraison, l'imprimeur n'a jamais plus entendu parler de lui, sinon par le biais d'une histoire bizarre : plusieurs des livres qu'il avait imprimés pour le jeune auteur auraient été victimes d'actes de vandalisme, la page treize de chaque exemplaire ayant été arrachée. Mais il dit qu'il n'a jamais pu vérifier. Ce jeune garçon aux yeux noirs ne ressemblerait-il pas à votre frère?

— Devinez!... L'imprimeur vous a-t-il dit son nom?

— Malheureusement non. Après treize ans, il est encore beau qu'il se soit souvenu de l'événement. Enfin, Smithy est monté à Boston. Je lui ai demandé de ramener Myriam dans le courant de la matinée. J'ai également appelé la maison de parrainage. Figurez-vous qu'ils sont sans nouvelles du garçon depuis le soir du meurtre. Je vais envoyer demain un autre de mes hommes, Brandoff, pour qu'il fouille la chambre du garçon. Je passe vous chercher à dix heures. Je tiens à réexaminer le bureau de votre père avant d'interroger Myriam. Bonne nuit!

Bonne nuit? Pouvais-je dormir après ce que venait de m'apprendre Mourhu? Non seulement je ne fermai pas l'œil de la nuit, mais un tremblement de joie, mêlé à une soif de vengeance indescriptible, s'empara de mon être tout entier. Bonne nuit? Le ridicule de ces mots, leur incroyable naïveté résonnèrent dans ma tête jusqu'au petit matin. Le doute venait de s'effacer. Rémy vivait! Il avait tout planifié, tout prévu jusque dans les moindres détails comme d'habitude. Mais sa résurrection sanglante était à cent lieues des retrouvailles que ma fantaisie s'était complu à imaginer pendant toutes ces années où j'avais vécu dans le regret et la douleur de sa mort. Du coup, la rancune conservée envers mes parents et la haine que je leur vouais perdirent tout leur sens, et le remords, celui d'un homme tourmenté que l'on a dupé pendant des années, apparut comme une plaie vive que jamais le temps ne parviendrait à cicatriser. Pour ne pas perdre la face, pour enrayer ce tremblement de joie qui continuait de m'agiter malgré l'horrible vérité, il ne me restait qu'une solution : remonter à la source, trouver le sens des indices que Rémy avait laissés sur son passage et tuer ce démon de mes propres mains.

Je me remis au travail et fabriquai une boîte à quatre épingles identique à celle qui se trouvait dans le bureau de mon père. Je mis à ses côtés les trois livres, l'encyclopédie, le réveil de poche, le livre de poésie et tentai d'assembler les morceaux de cet incroyable casse-tête. Je désirais à tout prix trouver et je trouverais.

*

* *

Mourhu passa me chercher à l'heure dite. J'apportai dans une mallette les livres, l'encyclopédie, le réveil, la cassette et le plan que j'avais dessiné la veille. Mourhu ne put malheureusement pas réinspecter le bureau de mon père tel qu'il l'avait primitivement souhaité, car Smithy arriva avec Myriam tout juste après nous. Nous nous sommes immédiatement installés au salon. Myriam, fort coquette, portait une robe bleu pâle à fleurs mauves, Smithy l'ayant vraisemblablement attrapée alors qu'elle s'apprêtait à partir pour la messe avec sa grand-mère. Malgré cela, elle paraissait d'excellente humeur et toute disposée à répondre aux questions de Mourhu.

— Dites-moi, Myriam, commença Mourhu sans préambule. Vous m'avez dit avoir quitté le bureau de votre patron à sept heures avec le jeune garçon dont vous aviez la garde.

— Oui. À sept heures et quart plus exactement.

— Pourquoi étiez-vous restée aussi tard au bureau?

— Monsieur Roschildren m'avait donné un important dossier à taper pour le lendemain matin. Ensuite, je devais accompagner le jeune homme au cinéma et le reconduire à la maison de parrainage.

— Votre patron vous confiait-il souvent ce genre de «mission»?

— Non. C'était la première fois.

— Comment cela s'est-il décidé?

— Eh bien, la journée s'annonçait calme pour monsieur Roschildren. Et voilà longtemps que le jeune garçon manifestait l'envie de venir passer une journée au bureau avec son futur père adoptif. Monsieur Roschildren est donc parti le chercher à l'heure du dîner.

— Parlez-moi de ce garçon. Vous ne l'aviez jamais vu auparavant?

— Non.

— Comment est-il?

— Gentil, mais un rien étrange.

— Que voulez-vous dire?

— Eh bien, il est très en avance sur son âge. Intellectuellement, je veux dire. Il connaît la peinture, la musique, la littérature; il en parle avec une telle facilité qu'on croirait entendre par moments un professeur d'université.

— Comment était la relation entre lui et monsieur Roschildren?

— Étrange... C'est encore ce mot qui me vient à l'esprit.

— Pourriez-vous être plus explicite?

— Je dirais que le jeune avait l'air de jouer un jeu.

— Comment cela?

— Eh bien, par moments, il avait l'air très sérieux et d'autres fois, il avait plutôt l'air de se marrer.

— Donnez-moi des exemples.

— Dans l'après-midi, j'ai aperçu le jeune garçon en train de flâner dans le salon. Sa figure m'a frappée, car il regardait les peintures et les différents objets d'art qui s'y trouvent avec... comment dire... une moue de dédain, une espèce de suffisance qui m'a donné froid dans le dos. À un certain moment, il avait franchement l'air de se marrer, d'être au-dessus de tout ça, puis quand la porte du bureau de monsieur Roschildren s'est ouverte, il est subitement devenu très sérieux. Pourtant, il n'avait rien à se reprocher, vous comprenez? Il ne faisait rien de mal. Mais il semblait comme cela avec monsieur Roschildren : sérieux et distant. Tandis qu'avec moi, il se montrait spirituel, gai, aimable.

— Tout à l'heure, je vous demandais pourquoi votre patron vous avait confié la garde du jeune homme?

— Eh bien, la journée s'annonçait calme, je vous l'ai dit. Mais au milieu de l'après-midi, monsieur Roschildren a reçu un coup de téléphone qui a changé le rythme de la journée. «Un gros client vient de m'appeler», m'a-t-il dit en me faisant venir dans son bureau, et, moins d'une demi-heure plus tard, j'avais un important dossier à mettre au propre pour le lendemain. Monsieur Roschildren devait également souper avec son client; il me demanda d'appeler sa femme car elle devait y être elle aussi. Il m'a ensuite demandé si je pouvais m'occuper du jeune homme. Il avait prévu souper avec lui et l'emmener au cinéma, et il ne voulait surtout pas le décevoir. Il faudrait ensuite le reconduire à la maison de parrainage. Je lui ai dit que je serais heureuse de lui rendre ce service.

— Vous aimiez votre patron?

— Oui. C'était un homme aimable.

— À quelle heure a-t-il quitté le bureau pour aller souper?

— Vers cinq heures. Le souper était à six heures.

— Et, de cinq heures à sept heures, vous êtes restée dans le bureau avec le jeune?

— Oui.

— Vous tapiez votre dossier?

— Oui.

— Où étiez-vous exactement?

— À mon bureau, qui est situé à l'entrée.

— Et le jeune garçon?

— Il était dans le bureau de monsieur Roschildren. Il lisait, en attendant que j'aie fini.

— Est-ce que ce jeune homme s'est absenté pendant ces deux heures?

— Non.

— Il n'est pas sorti pour aller manger?

— Non. Nous nous étions entendus pour manger ensemble après le cinéma.

— Il n'est pas allé aux toilettes?

— Non.

— Il n'est pas venu vous voir?

— Non.

— Vous n'êtes pas allée le voir?

— Non.

— Écoutez-moi bien Myriam, dit Mourhu d'un ton à la fois doux et paternaliste. J'aimerais maintenant que vous me décriviez en détail quel a été votre emploi du temps à partir du moment où votre patron a quitté le bureau et celui où vous l'avez quitté avec le garçon.

— C'est simple. J'ai tapé à la machine.

— Tout le temps?

— Oui. Je n'avais pas de temps à perdre : le dossier devait être prêt sans faute pour le lendemain matin, et le film que nous devions aller voir débutait à sept heures et demie.

— Et le jeune, lui, qu'a-t-il fait exactement pendant ces deux heures?

— Il lisait dans le bureau, je vous l'ai déjà dit.

— A-t-il posé des gestes bizarres ou est-il venu vous parler avant de se retirer?

— Eh bien, juste après que monsieur Roschildren eut quitté le bureau, il est allé dans le salon se faire un chocolat chaud et en a profité pour me préparer une tasse de thé. Il m'a dit qu'il me trouvait nerveuse et que ça me ferait du bien. J'ai trouvé son geste aimable. Il m'a ensuite parlé du film qu'il était censé aller voir avec monsieur Roschildren et m'a mise au courant de l'heure de la représentation. Puis il s'est retiré dans le bureau de monsieur Roschildren et n'en est plus ressorti.

— Et vous, vous êtes-vous levée pendant ces deux heures?

— Si, une fois.

— Pour quoi faire?

— Pour aller aux toilettes.

— Quelle heure était-il?

— Il devait être cinq heures vingt.

— Vous en êtes sûre?

— Oui. Je regardais souvent ma montre, car j'avais peur de ne pouvoir terminer le dossier à temps pour le film.

— Combien de temps êtes-vous restée aux toilettes?

— Deux minutes, tout au plus.

— Vous ne vous êtes pas levée une autre fois, histoire de vous dégourdir les jambes?

— Non.

— Je vais vous poser une question qui va sans doute vous sembler bizarre, mais j'aimerais que vous y répondiez le plus honnêtement possible. D'après vous, le jeune garçon aurait-il pu s'absenter du bureau, disons environ une heure, puis réintégrer celui-ci sans que vous vous en soyez rendu compte?

— Comment aurait-il pu? s'étonna Myriam. Mon bureau est situé juste à l'entrée et il n'y a pas d'autres issues.

Mourhu me regarda avec un air perplexe. Son regard semblait dire : «Je ne comprends plus rien.»

— Réfléchissez bien, dis-je en prenant tout à coup la parole. Vous ne vous êtes pas relevée, ne serait-ce qu'une autre fois?

— Non.

— Vous n'êtes pas allée voir le jeune garçon pendant ces deux heures? insistai-je.

— Attendez... Maintenant, ça me revient. Je me suis levée pour baisser la musique du salon. Elle était tout à coup devenue très forte. Ensuite, j'ai cogné à la porte du bureau pour dire deux mots au jeune homme. Je n'ai eu aucune réponse. Je suis venue pour entrer : la porte était verrouillée. J'ai appelé. Je n'ai toujours pas eu de réponse. Alors que je m'apprêtais à faire le tour pour entrer par l'autre porte, elle s'est ouverte brusquement et il est apparu.

— Quelle heure était-il? demandai-je.

— Je ne comprends pas. Pourquoi vous acharnez-vous à me demander l'heure de chaque fait et geste?

— C'est très important pour nous, dit Mourhu. Répondez, je vous en prie.

— Il devait être sept heures moins vingt.

— Vous êtes certaine?

— Oui, à quelques minutes près. J'ai dit tout à l'heure que je regardais souvent l'heure.

Myriam semblait agacée. Nous n'avions plus devant nous la jeune femme souriante de tantôt. Elle voulait comprendre ce qui se passait. Mais Mourhu et moi étions trop pressés de savoir ce qui s'était exactement passé durant ces deux heures pour commencer à donner des explications. Je continuai de poser les questions. Mourhu me laissait faire en me regardant d'un œil amusé.

— Vous dites que vous avez été obligée de vous lever pour baisser la musique qui jouait dans le salon. Est-ce vous qui aviez mis cette musique?

— Non. C'était le garçon.

— À quelle heure?

— Encore!

— Répondez, je vous en prie.

— À six heures et quart environ.

— L'avez-vous vu mettre le disque ou la cassette?

— C'était une cassette, répondit Myriam. Un enregistrement stéréo de la sixième symphonie de Beethoven. Mais pour répondre à votre question : non, je ne l'ai pas vu. D'où se trouve mon bureau, il m'est impossible de voir la chaîne stéréo.

J'avais donc rapporté à mon appartement la cassette qui jouait ce soir-là. La sixième! Le morceau de musique préféré de Rémy, le morceau des grands coups. Je sentais la vérité toute proche. Je continuai :

— Que lui avez-vous dit lorsqu'il a ouvert la porte?

— Oh! une banalité, répondit Myriam. Je désirais savoir pourquoi il ne s'était pas levé pour baisser la musique. Elle était devenue très forte, comme ça, sans avertissement, et ça m'empêchait de travailler. Habituellement, ça ne me dérange pas, vous savez. J'adore la musique. Monsieur Roschildren a même installé un haut-parleur à côté de mon bureau.

— Vous êtes-vous demandé pourquoi la musique était subitement devenue très forte?

— Un bris électronique ou un mauvais enregistrement. Je ne sais pas.

— Le jeune garçon vous a-t-il dit pourquoi il n'était pas allé baisser la musique lui-même? Après tout, il se trouvait plus proche de l'appareil, non?

— Oui... Mais il m'a répondu qu'il s'était assoupi... que c'était d'ailleurs la raison pour laquelle il avait mis du temps à m'ouvrir.

— Avait-il l'air ensommeillé?

— C'est difficile à dire, car il porte toujours des verres teintés. Il est atteint, paraît-il, d'une maladie des yeux et il doit faire attention à la lumière.

— Il porte ce genre de lunettes?

J'avais subtilisé une des paires de lunettes qui traînaient dans l'appartement de Suroh et je l'avais apportée avec moi, à tout hasard.

— Oui, dit Myriam sans hésiter.

— Lorsque vous êtes allés au cinéma, poursuivis-je, les portait-il durant la projection?

— Non. Il les a enlevées.

— Ses yeux étaient-ils de couleur noire?

— Je n'ai pas vu grand-chose : il faisait sombre et il était de profil. Mais j'ai quand même remarqué que ses deux yeux ne semblaient pas de la même couleur. Son œil gauche avait quelque chose d'orangé et il brillait dans le noir, un peu comme les yeux d'un animal. Ça m'a fait une curieuse impression.

— Quel genre d'impression?

— L'impression d'être assise à côté d'un pur inconnu.

Myriam sembla un instant ailleurs.

— Une dernière question, mademoiselle Dexford, fis-je pour récupérer son attention. Quand il est arrivé au bureau, le jeune avait-il un sac avec lui?

— Oui, un sac à bandoulière.

— L'a-t-il rapporté avec lui à la maison de parrainage?

— Oui.

— Je vous remercie. Pour ma part, je n'ai pas d'autres questions à poser. Mourhu?

— J'en ai une, dit Mourhu qui semblait se contenir depuis plusieurs minutes. Mais c'est à vous qu'elle s'adresse. J'ai l'impression que vous me cachez quelque chose depuis le début de cet interrogatoire. Vous en savez plus que moi. N'ai-je pas raison?

— Oui, vous avez raison. Et, depuis quelques minutes, je sais exactement ce qui s'est passé.

— Alors là, j'ai hâte de vous entendre! J'ai déjà ma petite idée sur les événements, mais je ne suis pas sûr que tout puisse coller parfaitement.

— Moi si.

— Franchement! dit subitement Myriam. J'aimerais bien qu'on m'explique ce qui se passe ici! À quoi tout cela rime-t-il?

— Moi aussi, emboîta Smithy qui s'était retiré dans un coin et n'avait pas dit un mot depuis le début de l'interrogatoire.

Je me crus en devoir de répondre.

— Nous pensons que le jeune garçon a assassiné mon père.

— Il pense, rectifia Mourhu. Pour ma part, je n'en suis pas convaincu.

J'aurais pu prendre cette rectification de Mourhu comme un affront, et même à la rigueur comme une trahison, mais j'étais si sûr de moi que rien n'aurait pu m'ébranler.

— Mais c'est ridicule, voyons! s'exclama Myriam. C'est une femme qui a tué votre père!

— Il s'est déguisé en femme, dis-je.

— Mais comment aurait-il fait pour sortir d'ici et revenir sans que je m'en aperçoive?

— C'est justement ce que j'essayais de découvrir en vous posant toutes ces questions.

— Et vous y êtes arrivé?

— Oui.

Myriam se tourna vers Mourhu, paraissant lui demander du regard si j'étais sain d'esprit.

— Voyez-vous mademoiselle Dexford, repris-je sur un ton tellement assuré que je me surpris moi-même, ce qu'il faut retenir d'important dans votre témoignage, c'est que dans les deux heures que vous avez passées ici avec le jeune avant d'aller au cinéma, vous ne l'avez vu ou ne lui avez parlé qu'à deux reprises : soit à 17 h, lorsque, une fois mon père parti à son rendez-vous, il vous a apporté du thé; soit à 18 h 40, lorsque, après vous être levée pour baisser la musique, vous êtes allée cogner à la porte du bureau pour lui parler. Entre 17 h et 18 h 40, autrement dit pendant plus d'une heure et demie, le jeune est resté seul dans le bureau, où vous nous avez dit qu'il lisait. Or il faut environ une demi-heure pour rejoindre à pied le restaurant où dînaient mon père et ma mère. Il n'en faut guère plus pour revenir. Pour sortir du bureau sans se faire voir, le garçon s'y est pris d'une habile façon. Il a pris soin de mélanger dans votre thé un diurétique et à 17 h 20 environ vous étiez contrainte d'aller aux toilettes. Il attendait ce moment en vous épiant par la porte, celle qui se trouve à l'arrière de votre bureau et qui communique avec le cabinet de mon père. Il en profite aussitôt pour sortir, emprunte l'escalier de secours, se déguise en femme à l'aide des vêtements dissimulés dans le sac à bandoulière qu'il avait en arrivant au bureau, sort à l'extérieur, marche jusqu'au restaurant et tue mon père. Il se sauve et, pour échapper à la police, se glisse dans une impasse – enfin, n'importe où – et se change à nouveau. À ce moment-là, il est environ 18 h. Il n'a plus qu'à revenir tranquillement, remonter par l'escalier de secours et réintégrer le bureau de mon père au moment où vous vous levez pour baisser la musique, à 18 h 40. Voilà pourquoi il a mis un certain temps avant de vous répondre.

— C'est bien beau, dit Myriam. Mais comment aurait-il fait pour deviner que je me lèverais, et précisément à cette heure-là? De plus, vous semblez oublier que c'est lui qui a mis la cassette à jouer vers

18 h 15 et qu'à ce moment-là il était, selon votre propre version des faits, tout près des lieux du crime.

— C'est cela, le plus beau : il ne l'a pas mise à jouer!

— Mais voyons! dit Myriam qui donnait l'impression de défendre son propre enfant. J'ai entendu la musique partir!

— Oui, mais l'avez-vous vu mettre la cassette?

— Non.

— C'est que la cassette était déjà en place au moment où il a quitté le bureau. Voyez-vous, il a tout calculé à la perfection, mettant au point un système capable de faire fonctionner la chaîne stéréophonique du salon à une heure voulue, soit 18 h 15 dans le cas qui nous occupe, se donnant ainsi un alibi parfait. La conception de ce système est artisanale, mais il fonctionne à merveille. Et, par rebondissement, il me fait étrangement penser à un système que mon frère avait mis au point quand nous étions jeunes – mais cela, c'est une autre histoire. Pour que ce système fonctionne, il faut débrancher la chaîne stéréophonique et la régler comme s'il y avait du courant, c'est-à-dire enfoncer la touche «power», mettre le volume et placer la cassette.

Je sortis de ma petite valise la cassette de Beethoven et la plaçai dans le magnétocassette. J'enfonçai la touche «power» et mis le volume à un degré respectable.

— Si aucune musique ne sort présentement des haut-parleurs, c'est que j'ai pris soin de débrancher la chaîne en arrivant tout à l'heure. De plus, je tiens à vous faire remarquer que la cassette que je viens de mettre dans l'appareil est celle qui jouait le soir du meurtre. Il s'agit d'une cassette dont l'enregistrement a été réalisé par un particulier. Retenez bien ce détail, il deviendra important plus tard... Donc, une fois la cassette placée dans l'appareil, tout est réglé pour que la musique se mette en marche dès que le courant sera rétabli, et c'est justement la fonction du système dont je vous ai parlé, qui se trouve dissimulé dans le bureau de mon père. Le fil électrique de la chaîne stéréophonique, au lieu justement d'être branché dans la prise murale qui est juste en dessous, se trouve rabouté à une rallonge qui passe de l'autre côté de la porte et se rend à côté du système. La fiche mâle de cette rallonge est à moitié engagée dans la fiche femelle d'une autre rallonge qui, elle, est branchée dans le mur. Le courant ne se rend pas à la chaîne stéréophonique pour la simple raison que la fiche mâle n'est pas assez enfoncée dans la fiche femelle. Or la fonction principale du système sera d'enfoncer complètement la fiche mâle dans la fiche femelle afin de rétablir le courant. Passez avec moi de l'autre côté, je vais vous montrer cela.

J'emportai ma mallette et passai dans le bureau de mon père. Tout le monde me suivit. Je rabattis légèrement la porte, faisant apparaître la boîte à quatre épingles ainsi que la fiche mâle à moitié enfoncée dans la fiche femelle. Je sortis alors de la mallette les trois livres qui traitaient du Triangle des Bermudes et les plaçai sur la boîte. Je mis par-dessus ces trois ouvrages le livre de poésie de façon à l'incliner vers l'avant dans un angle d'environ quarante-cinq degrés. Il fut maintenu aisément dans cette position par les épingles placées à l'avant de la boîte, les deux autres situées à l'arrière de la boîte étant là pour maintenir les autres livres.

— Vous voyez ce réveil de poche, dis-je en l'exhibant fièrement comme un accessoire de magicien. Je l'ai trouvé sur le bureau de mon père le lendemain du meurtre. À l'intérieur du boîtier, il y avait deux épingles et cette tige flexible dont l'extrémité a été tordue de façon à la fixer au remontoir du réveil. Regardez, ces épingles s'ajustent parfaitement dans les trous du livre de poésie et la tige flexible au remontoir. Maintenant, je sors le réveil de son boîtier, en remonte le mécanisme, règle la minuterie pour qu'elle sonne dans cinq minutes et place le réveil entre les deux épingles : l'extrémité de la tige fixée au remontoir va prendre appui sur l'épingle du haut et la partie inférieure gauche du cadran sur l'épingle du bas. Ainsi, le réveil se trouve maintenu en équilibre sur le livre de poésie.

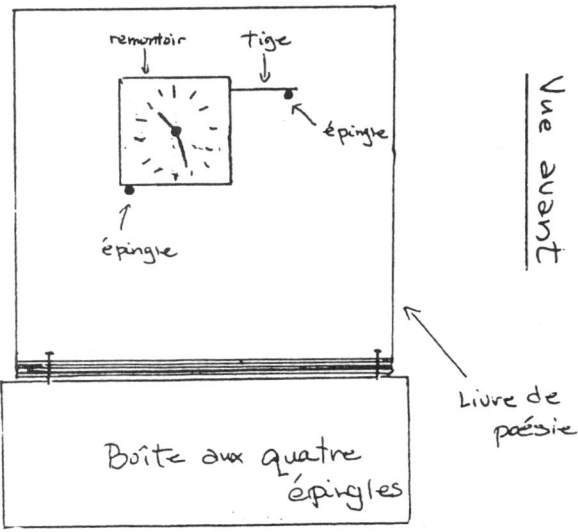

remontoir   tige

épingle

épingle

Vue avant

Livre de poésie

Boîte aux quatre épingles

— Lorsque la sonnerie se mettra en marche, le remontoir se déroulera en entraînant avec lui la tige qui prend appui sur l'épingle du haut. Le réveil chutera alors vers le bas, là où l'attend cette encyclopédie que j'installe à angle droit juste en avant de la boîte, laquelle encyclopédie, sous la poussée presque imperceptible du réveil, tombera sur la fiche mâle située juste en dessous. La fiche mâle s'enfoncera alors complètement dans la fiche femelle et le courant sera rétabli.

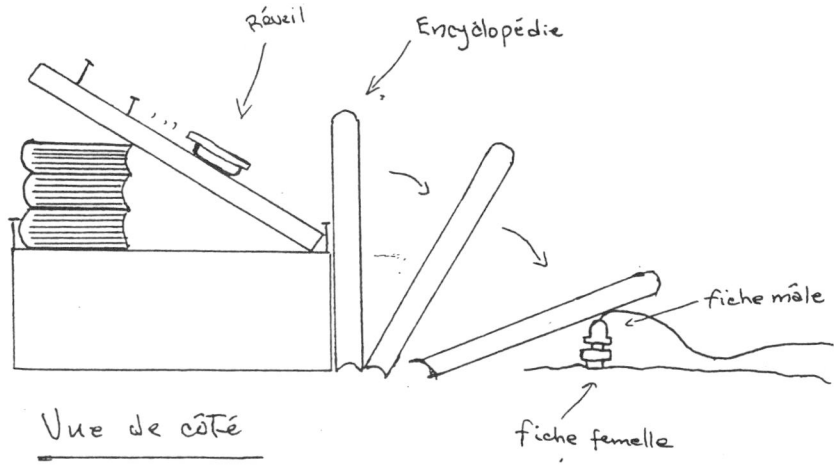

Réveil

Encyclopédie

fiche mâle

fiche femelle

Vue de côté

— Le reste est un jeu d'enfant. Le garçon, qui a réglé le réveil à 18 h 15 pour se donner un alibi convaincant, sait qu'il sera de retour vers 18 h 40. Il enregistre donc sur une cassette la sixième symphonie de Beethoven et, à la vingt-cinquième minute, double le volume de l'enregistrement. Il sait ainsi que la personne qui se trouve dans la pièce d'à côté, c'est-à-dire Myriam, n'aura pas le choix de se lever pour baisser le son; d'autant plus qu'un haut-parleur est situé non loin de son bureau. Une fois Myriam rendue dans le salon, il n'a plus qu'à réintégrer le bureau de mon père en passant par la porte la plus proche.

À la seconde où je finissais mes explications, la sonnerie se mit en marche. On vit le réveil chuter et heurter l'encyclopédie, laquelle tomba directement sur la fiche mâle. Moins d'une seconde plus tard, les premières mesures de la sixième symphonie résonnaient à travers la pièce.

*

*   *

— Il n'avait pas besoin de faire tout ça, évidemment. Et s'il n'avait pas laissé traîner la photo sur le bureau de mon père, le livre de poésie, le réveil, jamais personne ne l'aurait soupçonné. Mais il l'a fait exprès, vous comprenez? Ces choses ont été laissées là comme des indices que nous pouvions déchiffrer, des indices qui, dans le fond, m'étaient personnellement destinés. Car vous ne pouviez pas savoir pour la photographie; vous ne pouviez pas savoir pour le réveil. J'étais le seul à pouvoir me souvenir de tout ça, à pouvoir agencer tout ça.

Myriam était partie avec Smithy depuis plusieurs minutes déjà et Mourhu m'écoutait, évaché sur un canapé en buvant la bouteille de cognac qu'il avait entamée la veille. Il affichait une mine renfrognée. Il était humilié. J'avais mis les pieds dans son domaine, empiété sur ses compétences.

— Il y a quelque chose de changé en vous, dit-il. Je ne saurais dire quoi, mais ce n'est pas exactement ce à quoi je m'attendais. Enfin, pour ma part, il est temps que je songe à prendre ma retraite.

— Ne dites pas de bêtises!

— Mais oui, mais oui! Votre exposé était brillant. Je n'ai rien à ajouter. C'est complet. Malheureusement, j'ai toujours de la difficulté à croire à tout cela. Car en supposant que votre frère soit Suroh, en même temps que le jeune garçon qui se trouvait ici le soir du meurtre, pourquoi aurait-il fait tout ça? Hein? Pourquoi un être capable de passer entre les mailles de la police quand il le veut se donnerait-il autant de mal? Enfin, il pouvait l'abattre n'importe où, votre père, n'importe quand!

— Mais justement, je vous l'ai dit : il s'amuse! Rémy adore jouer! Il aime compliquer les choses pour rien.

— Ouais... Votre frère est fou à lier, s'il existe vraiment.

Le téléphone sonna au bureau de Myriam. Machinalement, j'allai répondre. Voilà une chose qui avait changé : je ne ressentais plus d'hésitation, ni d'agacement face au téléphone. C'était Brandoff, l'inspecteur que Mourhu avait envoyé à la maison de parrainage. Je passai la communication.

— Brandy? fit Mourhu. Quoi de neuf, mon vieux? Pardon? Tu en es sûr? Bon, laisse tout ça sur mon bureau. Je passerai y jeter un coup d'œil tout à l'heure.

— Qu'est-ce qui se passe?

— Le sac dont vous avez parlé. On l'a ramassé dans la chambre du garçon. À l'intérieur, on a trouvé une perruque et une robe noires, des souliers à talons hauts et une paire de lunettes fumées.

Vous aviez raison, dit Mourhu en se laissant tomber sur la chaise de Myriam. En tout cas, c'est bien le garçon qui a tué. Et si ce garçon est réellement votre frère, eh bien... enfin... c'est un vrai démon! Comment allons-nous faire pour le retrouver maintenant?

— Nous pourrions commencer par essayer d'y voir plus clair dans le meurtre de mon oncle et l'accident de ma tante. J'ai le sentiment que certaines choses nous ont échappé. Même un fou procède avec méthode... Pensez-vous qu'il soit possible d'approcher Edward Witworth et d'avoir un entretien avec lui?

— Je ne crois pas avoir de difficulté à obtenir une autorisation.

— Vous m'étonnez. Un instant, j'ai pensé que vous me répondriez quelque chose dans le genre : nous n'aurons pas de difficulté à nous glisser jusqu'à sa cellule sans nous faire voir.

— Que voulez-vous? Tout le monde change! Vous avez une idée derrière la tête?

— Oh, je pensais emmener avec nous le Dr Albert Davinson.

— Qui est-ce?

— Un excellent psychiatre d'après ce que j'ai entendu dire. Et il se trouve qu'il est aussi l'auteur de plusieurs ouvrages sur l'hypnose.

CHAPITRE 16

MACHINATION

Witworth entra dans une rage folle dès qu'il aperçut Mourhu, qu'il avait identifié comme la source de tous ses ennuis. Il ne se calma que lorsque ce dernier, sous mon conseil, eut quitté la pièce. Je me retrouvai donc seul avec Witworth, qui ressemblait vraiment à un gorille dont la seule puissance des bras et des mains pouvait me briser en deux. Pourtant, je ne ressentais aucune crainte, et de son côté Witworth semblait me faire confiance, comme si, entre nous, venait de surgir l'étrange complicité qui unit parfois un être plus fort à un individu plus faible. J'expliquai aussitôt à Witworth que j'étais convaincu de son innocence, et que je désirais l'aider à sortir de prison. Il se montra surpris. Depuis son incarcération, c'était la première fois qu'il rencontrait quelqu'un qui le croyait innocent. Certes, il n'avait pas toujours été un ange, m'avoua-t-il; il avait déjà fait la guerre, volé, réalisé des escroqueries; il avait même été contrebandier; mais jamais il n'avait tué ce pauvre Edgar. Ce dernier lui avait téléphoné et il était allé le chercher à son hôtel, c'était vrai. Il l'avait emmené chez lui et ils avaient mangé ensemble, c'était toujours vrai. Mais, après le repas, Roschildren était reparti en taxi à son hôtel et il n'avait plus entendu parler de lui, sauf dans les journaux, qui avaient annoncé sa mort, ce qui l'avait terriblement secoué. À ce moment-là, il était en vacances en Grèce, et il s'était immédiatement rendu en Angleterre pour assister aux obsèques. Cet homme paraissait tellement sincère dans ses affirmations qu'il était difficile de ne pas le croire. Pourtant, toutes les preuves étaient contre lui; il avait été reconnu coupable de tous les chefs d'accusation. Mais j'étais prêt à l'aider, à condition qu'il accepte de se livrer à une petite expérience.

— Une expérience? fit-il. Que faut-il que je fasse?

— Rien.

— Comment, rien?

— Vous devrez vous laisser faire, vous détendre le plus possible. Vous avez déjà participé à une séance d'hypnose?

— C'est ça votre truc? Vous voulez m'hypnotiser?

— Exactement.

— Pour quoi faire?

— Pour connaître avec exactitude ce qui s'est passé quand mon oncle est venu vous voir.

— Je viens tout juste de vous le dire, ce qui s'est passé.

— Mais personne ne vous croit, voilà votre problème.

Witworth resta un moment pensif, puis ajouta :

— Ça ne me plaît pas votre truc. Ça ne me plaît pas du tout!

— Qu'avez-vous à perdre? insistai-je. Vous avez tout à gagner au contraire si vous êtes innocent.

Witworth semblait patauger entre deux eaux. D'un côté, il paraissait convaincu de son innocence; de l'autre, il donnait l'impression de ne pas avoir la conscience tout à fait tranquille.

— Vous devrez être calme, détendu et confiant. Sinon, ça risque de ne pas fonctionner. Vous en sentez-vous la force?

— Je ne sais pas, répondit Witworth. Je n'ai pas l'habitude de m'abandonner. Ça risque d'être dur.

Puis il ajouta :

— Mais je veux bien essayer. Qui va m'hypnotiser?

— Il s'appelle Davinson. Il est médecin et psychiatre.

J'aurais dû m'arrêter au premier qualificatif. Cela n'avait rien pour rassurer Witworth, qui semblait constamment sur le point de renoncer.

— Un psychiatre? s'étonna-t-il. Mais je ne suis pas fou!

— Il n'est pas question de folie, mais d'hypnose. C'est un spécialiste.

— Et quand doit avoir lieu cette séance?

— Quand vous serez prêt. Immédiatement, si vous le désirez. Le docteur Davinson est dans le couloir.

— On dirait que je n'ai pas le choix.

— Vous pouvez toujours refuser.

— Bah, fit-il, ennuyé. Autant se débarrasser de cela tout de suite.

Puis il demanda, d'une voix inquiète :

— Ce... ce Mourhu. Va-t-il assister à la séance?

— Si vous ne voulez pas, non. Mais à mon avis sa présence pourrait vous être utile. Il pourrait témoigner en votre faveur dans l'éventualité d'un nouveau procès. Nous allons enregistrer la séance sur bande magnétique évidemment, mais un témoin visuel de plus, c'est une chance de plus de votre côté.

— Je n'ai pas eu beaucoup de chance jusqu'à maintenant, si vous désirez mon avis.

— Voilà une chance qui s'offre à vous.

— Vraiment? J'espère que vous ne m'offrez pas de faux espoirs, car j'accepte. J'accepte, mais à une condition : ne faites pas entrer ce Mourhu tout de suite; je risque de perdre mon calme. Je préfère être endormi avant qu'il n'entre, si toutefois votre psychiatre parvient à m'hypnotiser.

Witworth demanda à être seul quelques minutes avant la séance. Je sortis dans le couloir et marchai jusqu'au poste de contrôle où m'attendaient le docteur Davinson et Mourhu.

— Alors? demanda Mourhu. Est-il d'accord?

— Oui. Il accepte de tenter l'expérience.

— Parfait, dit Mourhu. Allons-y!

— Une minute! dis-je en arrêtant Mourhu. Il a demandé à être seul un moment et, comme vous avez pu le constater, il ne vous porte pas trop dans son cœur. Il serait préférable que vous ne soyez pas là quand monsieur Davinson essaiera de le mettre en transe hypnotique. Restez dans le couloir, je viendrai vous chercher.

Mourhu dut faire un terrible effort sur lui-même pour ne pas protester. Il se sentait écarté des premières lignes, et par un blanc-bec par-dessus le marché. Cela ne lui disait rien d'occuper l'arrière-scène. Il acceptait mal, en fait, que Witworth ait porté sa confiance sur moi plutôt que sur lui.

Davinson me suivit dans la pièce où nous attendait Witworth. Le psychiatre paraissait calme et sûr de lui, qualités assurément essentielles pour réussir une bonne séance d'hypnose. Il s'était montré aimable et très attentif à ma requête quand je lui avais rendu visite avec Mourhu.

Witworth était assis sur une chaise; il paraissait calme. Mais n'était-ce pas le feu sous la cendre? Je lui demandai s'il n'avait pas changé d'avis. Il me répondit que non. Je lui présentai alors Davinson. Les deux hommes se serrèrent la main et le psychiatre amorça aussitôt la conversation, discutant avec Witworth de toutes sortes de choses. En procédant ainsi, Davinson désirait évidemment mettre le sujet en confiance avant de tenter quoi que ce soit. Par un heureux concours de circonstances, le psychiatre était un amateur de chasse. Certes, on aurait pu croire qu'il le faisait exprès pour augmenter la confiance de Witworth, mais à l'entendre parler avec aisance des techniques de chasse qu'il avait essayées et des contrées qu'il avait visitées, il fallait se rendre à l'évidence que son intérêt n'était pas feint. Finalement, au bout d'une quinzaine de minutes, Davinson demanda à Witworth s'il était prêt à faire un premier essai. Ce dernier acquiesça. Je mis en marche l'enregistreuse, baissai l'intensité de la lumière et me retirai dans un coin de la pièce, exactement comme Davinson me l'avait auparavant demandé.

— C'est bon, dit le psychiatre en sortant de son veston une lampe de poche-stylo qu'il déposa au milieu de la table. Je vais vous demander dans un premier temps de vous détendre le plus possible. Je ne vais pas essayer de vous endormir tout de suite, rassurez-vous, mais plutôt essayer de vous faire atteindre un certain degré de relaxation. Commencez par respirer profondément, assez profondément pour que j'entende votre respiration... Oui. Voilà, c'est très bien. Respirez lentement. Ne vous pressez pas surtout. Nous avons tout notre temps. Ce n'est pas un concours, vous savez. Si vous n'y arrivez pas maintenant, nous recommencerons une prochaine fois. Respirez... Ne faites rien d'autre... Respirez... C'est bien. Ça va très bien. Maintenant, essayez de faire le vide dans votre esprit, de ne plus penser à rien. Respirez, et faites le vide dans votre esprit. Respirez... C'est parfait. Continuez ainsi.

Au bout d'une soixantaine de secondes, Davinson reprit :

— J'aimerais maintenant que vous fixiez un point au plafond, n'importe lequel. Lorsque vous l'aurez trouvé, vous me ferez signe en clignant lentement les paupières.

Witworth releva la tête et se mit à scruter le plafond attentivement. Soudain, il s'arrêta et cligna des yeux.

— C'est parfait, dit Davinson. Je veux que vous fixiez ce point et que vous ne le lâchiez plus. C'est essentiel si vous voulez atteindre une bonne relaxation. Continuez également à respirer profondément et ne pensez à rien. Faites ces trois choses simultanément : fixer le point, respirer profondément et ne penser à rien. C'est facile. Fixer, respirer, ne rien penser... Commencez-vous à sentir un certain relâchement? Surtout ne répondez pas de vive voix. Ne prenez pas la peine de faire cet effort. Contentez-vous simplement de baisser les paupières, puis de les ouvrir. Tout cela avec lenteur. Voilà... C'est bien. À chaque fois que je vous poserai une question, vous y répondrez ainsi. Un clignement de paupières pour oui, deux pour non. C'est entendu? Oui, je vois que vous avez compris. Continuez à respirer.

Et ainsi de suite. Finalement, Davinson n'eut aucune difficulté à faire tomber Witworth dans le sommeil hypnotique.

Davinson s'approcha alors tout près de Witworth et lui parla à voix basse, la bouche quasiment collée contre son oreille.

— Vous êtes bien, monsieur Witworth? Non, ne clignez pas des yeux pour me répondre. Je veux que vous laissiez vos yeux fermés. Vous pouvez dorénavant me répondre de vive voix. Vous êtes bien?

— Oui, répondit une voix qui semblait appesantie par le sommeil hypnotique. Oh, oui!

— Voudriez-vous dormir plus profondément?

— Non, ce n'est pas nécessaire... Je suis très bien...

— Alors c'est parfait. Je suis très content de vous. Je sens que nous allons faire tous les deux une très bonne équipe. Vous avez confiance en moi?

— Oui.

— Bon. Je vais maintenant m'éloigner de vous quelques secondes.

Aussitôt, le front de Witworth se plissa; son visage exprima une crainte douloureuse. Davinson reprit d'une voix douce et apaisante :

— Surtout ne vous alarmez pas. Vous êtes très bien, parfaitement détendu et vous avez entièrement confiance en moi. Je ne vais pas loin. Je vais juste parler à un ami qui se trouve là, à côté, dans la même pièce que vous et moi. Vous n'avez donc pas raison d'avoir peur puisque je reste avec vous. Vous ne ressentez aucune peur et vous êtes bien. Dites-moi que vous n'avez pas peur?

— Non, non, je n'ai pas peur.

— Voilà qui est parfait. Vous allez sagement attendre mon retour et goûter au bien-être que vous ressentez. Je reviens dans un instant.

Davinson vint me trouver et se mit à parler à voix basse, m'invitant à faire comme lui.

— C'est fait, dit-il. Il est en transe. Vraiment, je n'aurais pas cru que j'y serais parvenu si rapidement. Il semblait calme au début mais en vérité il était tendu.

— Comment peut-on être sûr qu'il dort vraiment?

— La voix... Ça ne s'imite pas. De plus, remarquez la posture de son corps : il est complètement relâché. Ça non plus, ça ne trompe pas. Une personne qui reste à l'état de veille demeure sur ses gardes et il est possible de remarquer une tension quelconque, notamment à la base du cou. Or c'est ce que j'ai vérifié tout à l'heure en lui parlant à l'oreille, une chose pas très agréable, voire même menaçante, pour une personne qui n'est pas véritablement en transe. Néanmoins, je procéderai tout à l'heure à un test qui nous donnera la certitude que la transe hypnotique est atteinte.

— Dites, vous aimez vraiment la chasse?

— Mon frère est un amateur de chasse. Disons que j'ai eu l'occasion d'en parler beaucoup avec lui.

— Pourquoi ne vous êtes-vous pas servi de la lampe de poche-stylo que vous avez mise sur la table?

— Oh, c'est un vieux truc. La lampe-stylo, c'est un classique, tout comme le pendule. En la sortant de ma poche et en la mettant bien en évidence sur la table, Witworth a automatiquement pensé que je m'en servirais pour l'endormir. Cela le rassurait de voir ou de savoir que cette lampe-stylo était toujours sur la table et que je ne m'en servais pas. J'ai pu ainsi capter pleinement son attention pendant la phase initiale de détente. Et, durant cette phase, j'ai passé le plus clair de mon temps à le rassurer en lui disant que le moment de dormir n'était pas encore venu. Au moment de l'endormir, il était tellement détendu que c'en était un jeu d'enfant. Toutefois, j'ai trouvé qu'il s'est laissé aller trop vite. C'est rare, une première fois. Parfois, il faut s'y prendre par deux ou même trois fois pour arriver aux résultats que vous voyez là. Ce qui pourrait confirmer votre hypothèse.

— Il aurait donc été hypnotisé auparavant?

— Il semblerait. Mais assez parlé. Je dois retourner à ses côtés sinon il risque de tomber dans une phase de sommeil normal et tout serait à recommencer. Profitez-en pour faire rentrer l'inspecteur Mourhu. Mais rappelez-vous : je veux le calme absolu pendant le questionnement. J'ai bien en mémoire les informations que vous désirez obtenir. Si vous avez des questions qui vous viennent à l'esprit lors du questionnement, communiquez-les-moi à voix basse, sans vous précipiter. J'insiste une fois de plus : restez calme, et cela quoi qu'il arrive. Certains sujets ont parfois des réactions vives.

Je sortis chercher Mourhu, qui faisait les cent pas dans le couloir. Vraiment, il était surprenant qu'il n'ait pas encore ouvert la porte pour nous demander si tout allait bien.

— Alors? fit-il en se précipitant vers moi.

— Surtout, pas de précipitation. N'oubliez pas qu'à partir de maintenant, nous avons un rôle passif et qu'il faut faire confiance à Davinson.

Je lui répétai les consignes du psychiatre.

— Mais Witworth, dort-il?

— Oui.

— Comment pouvons-nous en être sûrs? Ne va-t-il pas justement profiter de l'occasion pour se déculpabiliser?

— Davinson va procéder tout à l'heure à un test pour vérifier le degré de l'état hypnotique de Witworth. Maintenant, venez. Et surtout, gardez votre calme!

Une fois entrés, nous nous retirâmes sans bruit dans un des recoins de la pièce et nous mîmes à observer sans mot dire. Le psychiatre sortit de la poche de son veston un petit étui duquel il extirpa une longue épingle.

— Vous êtes toujours là, monsieur Witworth? demanda-t-il. Vous entendez bien ma voix?

— Je vous entends bien, oui, oui.

— Levez votre bras gauche, je vous prie. Voilà, c'est très bien. Maintenant, un phénomène étrange va se produire. Votre bras va devenir dur comme de la pierre, si dur que vous ne pourrez plus le bouger. La peau de votre bras va se pétrifier, ainsi que ses muscles, ses tendons, ses ligaments, tout va devenir dur, extrêmement dur. Vous sentez votre bras devenir dur?

— Oui, répondit Witworth dont la figure venait également de se durcir.

— Maintenant, ma main va toucher votre bras, et lorsque ma main va entrer en contact avec votre bras, le durcissement que vous ressentez va s'atténuer pour faire place à une sensation d'engourdissement et de froid intense. Vous sentez ma main?

— Oui.

— Vous sentez l'engourdissement, le froid?

— Oui.

— Plus je caresse votre bras avec ma main, plus le froid se propage à l'intérieur de votre bras. Si bien que vous ne le sentez plus. Sentez-vous encore votre bras?

— Non.

— Sentez-vous ma main?

— Non.

— Très bien.

Davinson étira la peau de l'avant-bras et transperça la chair de bord en bord avec son épingle. Witworth ne montra aucune réaction.

— Vous ne ressentez toujours rien? demanda Davinson en laissant l'épingle en place.

— Non, je ne sens rien.

— C'est parfait, dit Davinson en retirant l'épingle. Je suis très content de vous, monsieur Witworth. Vous êtes très coopératif. Vous et moi, nous formons une très bonne équipe.

Witworth se mit à sourire bêtement. Il émit même un petit rire de satisfaction.

— Maintenant, une chaleur douce envahit votre bras. Et, sous l'effet de cette chaleur, il devient mou et glisse doucement, tout doucement le long de votre corps. Voilà...

Davinson prit quelques secondes pour encourager Witworth, avant de continuer :

— Nous allons cette fois faire un voyage, dit-il. Vous aimez les voyages?

— Oh oui! fit Witworth en poussant un soupir de ravissement.

— Ce n'est pas un voyage ordinaire cependant. Nous allons faire un voyage dans le passé, dans votre passé : le jour où votre ami Edgar Roschildren est venu souper à votre domicile. Vous avez en mémoire cette journée?

Witworth ne répondit pas tout de suite. Il fronça les sourcils, faisant de visibles efforts pour se souvenir. Il finit par acquiescer.

— Eh bien, nous y sommes, précisément. Il est disons trois heures de l'après-midi. Où êtes-vous?

— Chez moi. Dans mon salon.

— Que faites-vous?

— Je lis une revue.

— Sur la chasse?

— Oui, sur la chasse dans le Northland.

— Faites-vous autre chose?

— J'attends... J'attends qu'il m'appelle.

— Edgar Roschildren?

— Oui.

— Vous avez rendez-vous?

— Oui, je dois aller le chercher à son hôtel; je l'ai invité à souper chez moi.

— Quel est votre état d'esprit face à cette rencontre avec votre ami Edgar?

— Je suis content qu'il vienne me voir.

— Voilà longtemps que vous ne l'avez vu?

— Plusieurs semaines.

— Nous allons nous transporter plus tard dans la journée, fit Davinson. Disons tout juste après le repas, au moment de prendre le digestif. Vous y êtes?

— Oui, dit Witworth qui arbora soudainement un large sourire.

— Où êtes-vous?

— Dans la salle à manger avec Edgar.

— Que se passe-t-il?

Witworth s'était mis à rire bruyamment.

— Que se passe-t-il? insista Davinson. Qu'est-ce qui est drôle?

— Edgar, répondit Witworth. Edgar est drôle. Il n'arrête pas de faire des blagues. Moi aussi, je fais des blagues, mais elles sont moins drôles. Il a toujours été meilleur que moi pour conter des blagues.

— Vous avez bu?

— C'te question! fit Witworth dont le langage devenait familier. Bien sûr que nous avons bu! Et nous buvons encore! Nous aimons boire! Nous ne sommes pas des...

Ici, il prononça un mot incompréhensible tout en faisant une horrible grimace. Après quoi, il se remit à rire, mais cette fois à gorge déployée.

— Qu'est-ce qu'il y a de si drôle? questionna le psychiatre. Décrivez-moi exactement ce qui se passe.

— Edgar vient de s'enrouler une serviette autour de la tête et il imite Grinchka, mon domestique hindou. Il veut faire la vaisselle. Je lui dis de laisser tomber, que Grinchka va s'en charger quand il va revenir. Mais il insiste... Je l'aide à desservir la table.

— Où est Grinchka? Il n'est pas là?

— Non. Je lui ai donné congé pour deux jours.

— Pourquoi?

— Je voulais être seul avec Edgar.

— Pourquoi, seul?

— Je ne sais pas. C'est mieux, plus... personnel.

Le visage de Witworth devint tout à coup sérieux.

— Que faites-vous maintenant? demanda Davinson.

— Edgar fait couler l'eau dans l'évier. Je m'apprête à essuyer la vaisselle.

— Ce n'est plus drôle?

— Oh si! Edgar a toujours sa serviette autour de la tête. Il est ridicule et je me moque de lui. Mais le téléphone sonne. Je dois répondre.

Witworth fit le geste de répondre au téléphone et sa physionomie changea : son visage devint dur, son teint pâlit. Il donnait l'impression de vivre un moment angoissant.

— Qui est-ce?

— Je ne peux pas le dire.

— Pourquoi?

— Parce qu'elle ne veut pas.

— Elle... C'est donc une femme?

Après quelques hésitations :

— Oui.

— Comment s'appelle-t-elle?

— Je ne sais pas. Elle ne m'a jamais dit son nom.

— Que veut-elle?

— Elle dit que c'est le moment. Que je dois le faire.

— Qu'est-ce que vous devez faire?

— Je ne peux pas le dire, mais je dois le faire... J'y vais!

— Attendez, fit Davinson. Rien ne presse. Vous avez tout votre temps. Pour l'instant, je veux que vous restiez tranquillement où vous êtes et que vous répondiez à mes questions sans tenir compte des demandes de cette femme. Tout d'abord, vous sentez-vous dans votre état normal?

— Je... Je ne sais pas. Je sens en moi des choses que je ne peux pas contrôler. C'est en moi et j'ai fortement envie d'y répondre. Je dois obéir.

— J'aimerais que vous me parliez d'elle.

— Je ne la connais pas.

— Pourtant, vous l'avez déjà rencontrée?

— Oui.

— Vous avez beaucoup de difficultés à parler d'elle. N'est-ce pas?

— Oui.

— Je veux dès maintenant que vous oubliiez le lieu, l'heure et la journée où vous vous trouvez présentement et que vous remontiez en arrière, au moment où vous avez rencontré cette personne pour la première fois. Vous y êtes?

— Oui.

— Quelle journée sommes-nous?

— Mercredi.

— À quel endroit êtes-vous?

— Chez moi...

— Décrivez-moi exactement ce qui va se passer dans les prochaines minutes sans vous interrompre.

— On sonne à la porte. Grinchka va répondre. C'est elle... Elle veut me voir. Grinchka lui demande si elle a rendez-vous. Elle répond que non. Il ne veut pas la laisser rentrer. Elle insiste. Grinchka ne veut rien entendre. J'interviens. C'est bien elle, toute vêtue de noir et portant des verres teintés. Je suis automatiquement attiré par elle. Je lui demande comment elle a fait pour entrer sur la propriété. Elle dit qu'elle a trouvé la grille ouverte, tout simplement. J'ordonne à Grinchka d'aller vérifier le fonctionnement de la grille. Je l'invite à entrer. Nous passons au salon. Je lui sers un scotch et elle m'explique l'objet de sa visite. Elle représente un organisme de charité ou quelque chose de semblable. Je joue l'intéressé, mais en vérité, c'est elle qui m'intéresse. Sa voix est douce et chantante; elle me séduit; je l'écouterais sans interruption pendant des heures, mais Grinchka revient et m'informe que la grille est effectivement ouverte, et cela sans raison apparente. Je lui dis d'appeler un électricien pour la faire vérifier et exige de ne plus être dérangé. Je ferme les portes du salon. Elle sort une cigarette et se met à fumer. Nous parlons de toutes sortes de choses. Elle s'intéresse aux antiquités, ce qui n'est pas pour me déplaire... Je remarque qu'elle porte au poignet une montre bizarre, pourvue d'un voyant lumineux rouge. Elle me dit que ce voyant suit son rythme cardiaque et non les secondes, comme on pourrait le croire. Je suis sceptique. Elle m'invite à vérifier. Je m'assois à ses côtés. Je sens sa chaleur. Elle continue de me parler sans se troubler. Elle me parle doucement, me demande de prendre son pouls et de fixer le voyant pour vérifier si elle dit vrai. Je ne me fais pas prier. Elle continue de me parler, de me dire des choses charmantes et apaisantes. À force de fixer le voyant, je sens une fatigue me gagner. Elle me suggère de me laisser aller. Je l'écoute. Je me laisse aller... Je... Qu'est-ce qui se passe? JE NE SAIS PLUS QUI JE SUIS!

— Allons, restez calme. Tout va bien. Vous allez continuer à me dire ce qui se passe sans vous énerver.

—Je... Je sens que je ne suis plus vraiment moi-même. C'est bizarre, j'ai l'impression de dormir et d'être éveillé en même temps... Je... Je crois qu'elle contrôle une partie de ma personne, qu'elle a sur cette partie beaucoup de pouvoir.

— Vous ne vous sentez plus maître de vous-même?

— Non.

— Cet état est-il semblable à celui que vous ressentez avec moi?

— Je crois...

— À partir de ce moment-là, que vous dit-elle exactement?

— Elle dit que je dois l'écouter attentivement, qu'elle ne veut pas me faire de mal, qu'elle désire simplement que je lui rende un service...

— Un service?

— Oui. Elle demande si Edgar Roschildren m'a appelé dernièrement pour une affaire concernant la Vénus de Milo. Je lui réponds que oui, qu'il doit venir prochainement à New York, que je l'ai invité à souper chez moi pour discuter de cette affaire. Elle dit que c'est très bien, que je ne dois rien changer à ce projet, sinon le petit service qu'elle attend de moi.

— Quel service?

Ici, Witworth hésitait, semblait vivre un véritable dilemme.

— Oubliez les ordres que cette femme vous a donnés, dit Davinson. Oubliez-les complètement. Vous êtes avec moi et vous n'avez rien à craindre. Vous pouvez parler librement. Quel service devez-vous lui rendre?

— Elle veut que je le tue.

— Edgar Roschildren?

— Oui.

— Continuez.

— Elle dit qu'elle ne veut pas m'entendre protester, que je suis la seule personne qui peut faire cela et qu'elle a confiance en moi. Elle dit que Roschildren est un sale type, un profiteur, un exploiteur de la pire espèce, qu'il ne mérite pas de vivre. Il ne mérite pas de vivre parce qu'il m'exploite; il m'exploite depuis que je suis tout petit; il se sert justement de moi dans cette affaire de la Vénus de Milo. Je dois l'éliminer, dit-elle, car au fond de moi je le déteste, je le hais à mort. Elle me demande de ressentir en moi la haine, la jalousie, l'envie de le tuer. Je ressens toutes ces choses... Elle ajoute que je devrai attendre son signal pour l'éliminer; elle va m'appeler le soir où Edgar sera chez moi et, dès que j'entendrai sa voix, je devrai le faire. En fait, dès qu'elle me donnera le signal, qui tient en un mot.

— Quel est-il?

— Horus.

— Pourquoi Horus?

— Je ne sais pas.

— Rien d'autre?

— Non.

— Que dit-elle encore?

— Elle me demande si j'ai bien compris ce qu'elle attend de moi. Je dis oui. Alors elle dit que je vais bientôt me réveiller et que je ne devrai plus me souvenir de ce qui vient de se passer, sauf pour le service qu'elle m'a demandé : je m'en souviendrai dès que j'entendrai sa voix et le signal. Elle me demande de répéter le signal. Je le répète. Elle dit qu'elle est très contente de moi.

— Moi aussi, je suis très content de vous, fit Davinson en guise d'encouragement. Je veux maintenant que vous oubliiez la rencontre que vous venez d'avoir avec cette femme et que nous retournions au moment où vous avez reçu son fameux coup de téléphone. Vous y êtes?

— Oui.

— Je vous demande encore une fois de ne pas tenir compte des recommandations ou des ordres que vous a donnés cette femme. Que faites-vous après que le signal vous a été donné?

— Je raccroche le récepteur et je vais à la cuisine.

— Roschildren est là?

— Oui.

— Que fait-il?

— Il a commencé à laver la vaisselle. Il me tourne le dos.

— Vous voulez le tuer?

— Oui... Je vais le tuer.

— Décrivez-moi sans vous interrompre ce qui va se passer. Je veux tout savoir : vos émotions, ce qui arrive à Edgar... N'omettez aucun détail.

— Edgar ne m'entend pas marcher derrière lui. J'agrippe sa nuque d'une seule main et plonge sa tête dans l'évier. Je la maintiens sous l'eau pendant qu'il se débat... Pas beaucoup. Il ne comprend pas. Il est trop surpris. Moi, je prends un curieux plaisir à voir les bulles éclater à la surface de l'eau. J'attends qu'il n'y en ait plus et qu'il cesse de bouger pour le relâcher. Voilà. Il ne bouge plus. Je le relâche et son corps glisse sur le plancher. Il est sur le dos... Une large entaille traverse sa joue gauche; ses yeux sont grands ouverts, ronds comme ceux d'un poisson...

Quelques secondes d'un silence pesant, puis Witworth ajouta :

— C'est fait.

— Il est mort?

— Oui.

— Vous êtes content?

— Je me sens délivré. Elle va être contente de moi.

Witworth souriait bêtement.

— Ensuite, que se passe-t-il?

— Rien.

— Vous restez là et vous ne faites rien?

— Non, pas tout à fait. J'attends.

— Vous attendez quoi?

— Qu'elle me rappelle.

— Pourquoi?

— Pour me dire quoi faire avec le corps.

— Voilà. Vous entendez sonner le téléphone. Allez répondre!

Witworth fit mine de décrocher l'appareil.

— Que dit-elle?

— Elle me demande si Roschildren est mort. Je réponds oui. Elle se met à rire et dit qu'elle est très contente de moi. Elle veut maintenant que je prenne une pince et que j'arrache une dent dans la bouche de Roschildren. Elle dit que c'est une dent en or; je vais trouver facilement : juste à la place de la canine supérieure gauche. Elle dit qu'une fois que ce sera fait, je devrai envelopper la dent dans un papier mouchoir et la mettre dans ma poche. Ensuite, elle veut que je mette le corps dans un sac de plastique et que j'aille le porter dans le garage. Elle demande si mon auto est dans le garage. Je dis oui. Elle dit de mettre le corps dans le coffre, de prendre place dans l'auto et de l'attendre.

— Vous avez fait tout ce que vous venez de me dire, et vous avez pris place dans l'auto. Que se passe-t-il?

— Je vois deux phares. Une auto s'immobilise derrière la mienne. C'est elle... Elle me demande d'ouvrir le coffre de mon auto et de mettre le cadavre dans le sien. Je le fais. Elle veut la dent en or. Je la lui donne. Elle regarde la dent et se met à rire. Elle dit que c'est parfait.

Witworth fronça subitement les sourcils.

— Que se passe-t-il? demanda Davinson.

— Elle veut maintenant que j'oublie tout. Elle veut que je ne parle à personne de ce qui s'est passé... Elle précise : de ce qui s'est passé après le coup de téléphone. Si on me pose des questions sur Edgar Roschildren, je devrai répondre qu'après le repas, il est reparti en taxi à son hôtel. Je ne sais rien d'autre. Je ne dois pas parler d'elle, surtout pas parler d'elle, sous aucun prétexte.

Witworth se tut.

— Vous dit-elle autre chose?

— Elle dit qu'elle reviendra me voir pour me faire un cadeau. En attendant, je dois aller dormir et ne plus me souvenir de rien au réveil...

— Est-elle revenue vous voir?

— Oui.

— Vous a-t-elle donné le cadeau dont elle vous avait parlé?

— Oui.

— Comment s'est déroulée cette rencontre?

— Comme la première fois. Elle m'a endormi. Elle m'a donné le cadeau.

— Qu'est-ce que c'était?

— La dent en or.

— C'est tout ce qu'elle vous a remis?

— Oui, une chaînette passait à travers, comme pour un pendentif. Elle me l'a passée au cou et m'a dit de la porter tout le temps. Elle a dit de ne l'enlever sous aucun prétexte et de ne jamais me poser de questions sur sa provenance. Elle m'a dit ensuite de prendre des vacances.

— Est-elle revenue vous voir une autre fois?

— Non.

Cette réponse allait mettre un terme à la séance, qui avait duré près d'une heure et demie. Witworth fut réveillé avec d'infinies précautions; Davinson trouvait en effet opportun de maintenir son patient dans un état de bien-être post-hypnotique. Les faits qu'il venait de nous relater lui seraient révélés plus tard. Le psychiatre aida les gardiens à raccompagner le prisonnier dans sa cellule.

— Il faudra faire un nouveau procès, dis-je.

— Évidemment, répondit Mourhu, qui semblait assommé par ces révélations soudaines. Comment avez-vous fait pour deviner qu'il y avait anguille sous roche?

— Je n'ai rien deviné. Je n'ai rien déduit non plus. J'ai procédé par intuition : ce quelque chose qui est situé en nous, hors de la logique et du vraisemblable. Vous vous souvenez, lors de l'arrestation de Witworth? Je vous avais dit qu'il m'avait paru sincère. L'idée a fait son chemin, tout simplement.

— Eh bien, pour ma part, je n'aurais jamais cru que l'hypnose puisse permettre à quelqu'un d'arriver à de pareils résultats.

— Seulement en certaines circonstances, dit Davinson qui rentrait à nouveau dans la pièce. Car l'hypnose a ses limites, inspecteur Mourhu. Il est faux de penser qu'on peut arriver à faire faire n'importe quoi à n'importe qui. Par exemple, on ne peut se servir de l'hypnose pour faire commettre un vol à une personne qui est foncièrement honnête. De même, on sera incapable de faire commettre un meurtre à une personne qui n'a pas assez d'agressivité, qui est timide ou timorée. Pour arriver aux résultats dont nous avons été les témoins, il faut qu'au départ l'hypnotisé possède en lui des pulsions concordantes, pulsions que l'hypnotiseur saura éveiller et manipuler. C'est le cas de Witworth : chasseur professionnel, sanguin, impulsif, agressif, audacieux, sans doute inconsciemment jaloux de la réussite de son ami, etc. Victime parfaite, autrement dit. Car Witworth est une victime, non un meurtrier. Il a été le jouet d'une personne extrêmement persuasive qui n'ignorait pas les principes dont je viens de vous parler et qui a donc choisi son homme en conséquence.

Bien que je ressente une répulsion certaine pour cette dame en noir, ajouta Davinson, je salue néanmoins son incroyable habileté et son esprit machiavélique. J'ai hâte de connaître la suite.

— Vous êtes donc toujours libre pour cet après-midi? demandai-je.

— Bien sûr.

— Alors ne perdons pas de temps. Nous avons tout juste le temps de dîner et de nous rendre chez madame Hartington. Je lui ai dit que nous passerions chez elle cet après-midi ou demain matin.

— Un instant, fit Mourhu. Un instant! J'ai l'impression qu'on ne m'a pas tout dit. De quelle dame parlez-vous?

— De la septuagénaire à demi percluse qui occupait le rez-de-chaussée de la maison de tante Berthe.

— Qu'est-ce qu'elle vient faire dans tout ça, elle? demanda Mourhu avec une pointe d'agressivité.

— Ce n'est qu'une hypothèse, répondis-je, mais j'ai bien peur qu'elle n'ait reçu la visite de la dame en noir.

— Tiens, fit Davinson. Vous me faites penser que j'ai oublié de poser une de vos questions concernant l'identité exacte de cette jeune femme.

— Vous aurez la chance de vous reprendre cet après-midi.

Après un dîner copieux, où je fis preuve d'une jovialité comme je n'en avais pas connu depuis des années – j'étais taquin, cynique, gouailleur, tandis que Mourhu, qui mangeait en silence dans son coin, était plus renfrogné que jamais –, nous nous rendîmes en hâte chez Mme Hartington, qui habitait depuis peu un nouvel appartement dans Garden City. Cette septuagénaire «à demi percluse», comme l'avait qualifiée Mourhu, nous reçut avec empressement, nous servant thé, café et petits fours; elle se montra tellement aimable envers nous que je craignis un instant qu'elle ne se soit méprise sur le but véritable de notre visite, que je lui avais pourtant longuement expliqué au téléphone quelques heures plus tôt. En fait, Mme Hartington regrettait tellement la mort de son amie Berthe Roschildren, dont elle n'avait pas eu la chance de parler beaucoup depuis sa disparition. Elle était toute disposée à aider la police comme elle avait aidé la justice lors du procès, se hâtant d'ajouter à mon adresse qu'elle ne m'avait jamais considéré comme le véritable coupable, mais que, malheureusement, elle n'avait pas eu le choix de venir témoigner.

Elle parlait beaucoup, se bourrait de petits fours et buvait goulûment son thé; or il devenait impérieux qu'elle se taise si nous ne voulions pas passer tout l'après-midi chez elle.

— Si l'hypnose peut vous aider à identifier la personne que j'ai prise pour un employé du gaz, mais dont je n'arrive pas à me souvenir de la figure, dit-elle, alors je suis toute disposée à vous rendre ce service et...

— Eh bien, madame Hartington, l'interrompis-je, c'est justement ce que le docteur Davinson va s'empresser de faire. Il faut dans un premier temps essayer de vous détendre et écouter attentivement ce qu'il va vous dire.

En regardant Davinson qui se trouvait déjà à demi relevé, je me rendis compte que mon intervention l'avait précédé de peu. Il me lança un sourire entendu et commença à s'entretenir avec madame Hartington qui, contrairement à Witworth, ne semblait nourrir aucune inquiétude à l'égard de l'hypnose. Il fallut en fait deux fois moins de temps que pour Witworth pour la rendre dans un état de transe profonde.

— Madame Hartington, commença Davinson, je voudrais que vous vous souveniez de cette journée où votre amie Berthe Roschildren a perdu la vie. Vous avez en mémoire cette journée?

— Ou... Oui.

— Nous sommes dans votre ancien appartement. Il est quatre heures de l'après-midi. Que faites-vous?

— J'écoute la télévision.

— Vous allez voir maintenant en accéléré tout ce qui s'est passé de quatre heures à six heures. Vous allez me raconter au fur et à mesure vos moindres faits et gestes. Vous me comprenez bien?

— Oui.

— Allez-y, je vous écoute.

— Je regarde la télévision... J'entends le tic-tac de l'horloge qui se trouve dans la salle à manger. C'est un navet qui joue à la télé, un film avec John Wayne que j'ai dû voir une bonne dizaine de fois... Je me lève pour me faire une tasse de thé... Je grignote des biscuits... Je reviens au salon. Le film est ennuyant... Je pense à Héléna : elle ne devrait pas porter des vêtements aussi provocants; elle s'attire des ennuis. Elle...

— Est-ce que quelque chose d'anormal, d'inusité, est en train de se produire?

— Je... Je ne comprends pas votre question.

— Est-ce que vous voyez un homme, qui ressemblerait à un employé du gaz, passer devant votre fenêtre et monter au deuxième étage? Peut-être l'entendez-vous monter l'escalier?

— Non.

— Vous êtes certaine?

— Oui, je ne vois aucun homme. Je n'entends personne... Oh... Oh!

— Que se passe-t-il?

— Le téléphone sonne.

— Allez répondre.

— Oui, tout de suite.

— Qui est-ce?

— C'est Suzanita. Elle me demande si j'ai l'intention d'aller à la réception offerte par les Redden mardi soir. Je lui réponds que j'ignorais que les Redden donnaient une réception ce soir-là. Je n'ai pas reçu d'invitation que je lui dis, et...

— Madame Hartington, l'interrompit Davinson. Cette conversation avec Suzanita est maintenant terminée. Vous raccrochez et vous allez vous rasseoir dans le salon. Vous voyez toujours les choses en accéléré. Que se passe-t-il?

— Le téléphone sonne à nouveau. Je réponds.

— Qui est-ce?

Pas de réponse.

— Est-ce quelqu'un que vous connaissez?

— Je... Je ne sais pas...

Le ton de la voix venait de changer.

— Est-ce une femme?

— Je ne peux pas le dire.

— Je vais vous demander d'oublier immédiatement les recommandations ou les ordres de cette personne. Vous êtes avec moi et vous vous sentez bien; vous pouvez tout me dire, vous n'avez rien à craindre. Cette femme qui est au téléphone, que désire-t-elle exactement?

— Oh, je ne crois pas que ce soit une femme.

Davinson parut un instant surpris.

— Vous pensez que ce n'est pas une femme?

— Je... Oui, je vois le quiproquo. La première fois qu'elle est venue me voir, je me suis dit que quelque chose clochait. Elle disait vendre des produits de beauté.

— Revivez immédiatement ce moment-là. Racontez-moi ce qui se passe à partir du moment où elle entre chez vous.

— Oui... Je l'invite à passer au salon et je lui sers une tasse de thé. Elle est charmante, toute vêtue de noir, un joli sourire. Mais, je... Je trouve que quelque chose ne va pas.

— Qu'est-ce qui ne va pas?

— Je... Je ne sais pas.

— Regardez sous les lunettes. Elle porte des lunettes?

— Oui.

— Regardez.

— Oh, je vois des yeux étranges... Un orange... Un noir...

— Et les cheveux? Ont-ils quelque chose de bizarre?

— Oui, sous les cheveux, je vois d'autres cheveux, des cheveux blonds... Oh, c'est un garçon! Quatorze, quinze ans peut-être... Il a les traits aussi fins que ceux d'une jeune fille... Il... Il veut se servir de moi... Il... Non... Non!

— Restez calme, dit doucement Davinson. Vous êtes avec moi; vous n'avez rien à craindre. Revenons à la journée où Berthe Roschildren a perdu la vie. Revenons à ce mystérieux coup de téléphone que vous avez reçu. Qu'est-ce qu'elle veut, cette femme?

— Ce n'est pas une femme, fit remarquer la vieille dame.

— C'est vrai, dit le psychiatre. Alors, que veut-il, ce jeune homme?

— Il désire que je fasse ce qui a été convenu entre nous. Je dis que c'est parfait. Je raccroche et je monte à l'appartement de Berthe Roschildren. J'entre dans la cuisine...

— Un moment. Comment faites-vous pour entrer dans l'appartement?

— J'ai une clé.

— Qui vous l'a donnée?

— Berthe Roschildren.

— Pour quoi faire?

— À chaque semaine, j'ouvre la porte à la femme de ménage.

— C'est bien. Donc, vous êtes dans la cuisine?

— Oui.

— Que faites-vous?

— Je mets de l'eau à bouillir.

— Pour vous?

— Non. Pour Berthe lorsqu'elle sera de retour.

— C'est le jeune garçon qui vous a dit de faire ça?

— Oui.

— Vous ouvrez un des ronds de la cuisinière?

— Oui.

— Vous servez-vous d'une allumette pour enflammer le gaz?

— Non... Pourquoi?

Dans ce «pourquoi», l'angoisse d'avoir fait quelque chose de mal transparaissait chez le sujet. La cuisinière de tante Berthe possédait en effet des ronds à gaz qui ne s'allumaient pas sans l'aide d'une allumette. C'était une antiquité et, comme bien d'autres, elle y tenait jalousement.

— Que faites-vous ensuite?

— Je ferme les portes de la cuisine et je redescends chez moi.

Mourhu se leva d'un bond et alla trouver Davinson.

— Demandez-lui si elle a complètement fermé la porte qui donne sur la salle à manger.

— Oui, j'ai bien fermé cette porte, dit Mme Hartington après que Davinson lui eut posé la question.

Mourhu revint s'asseoir, l'air préoccupé. En effet, cette porte fermée, l'hypothèse de l'étincelle d'électricité statique qu'il avait avancée lors du procès ne tenait plus.

— Que faites-vous, une fois redescendue chez vous? poursuivit Davinson.

— J'attends le retour de Berthe Roschildren.

— La voilà justement qui arrive. Que faites-vous?

— J'attends encore un peu, puis je descends à la cave. J'ouvre la boîte des fusibles. Je coupe le courant.

— Vous coupez l'électricité de toute la maison?

— Oui.

— Faites-vous autre chose?

— Je vais à la ligne de départ.

— La ligne de départ? s'étonna Davinson.

— Oui, la ligne de départ pour la course.

— Quelle course?

— La course à relais.

Sous hypnose, Mme Hartington se montrait plus difficile à contrôler que Witworth. Cette fois, nous étions complètement déroutés par les réponses de la vieille dame, et Davinson devait se demander en lui-même s'il n'avait pas perdu le contrôle de sa patiente. Elle continua, de fait, sans attendre ses questions.

— Oui, dit-elle avec un sourire radieux. Je suis une grande coureuse. Je dois courir très vite pour récupérer le relais. J'attends la détonation.

Les paroles de la vieille dame devinrent tout à coup compréhensibles. Grâce à cette dernière remarque, nous commencions en effet à deviner, sous le masque de la manipulation hypnotique employée par Suroh, l'incroyable vérité : détonation signifiait ici explosion. L'explosion qui avait coûté la vie à Berthe Roschildren; une explosion qui, à travers le sommeil hypnotique de Mme Hartington, allait se produire d'un instant à l'autre.

— Lorsque vous entendrez la détonation, dit Davinson, faites-le-moi savoir immédiatement. Ensuite, décrivez-moi en détail chacun de vos faits et gestes.

Moins de trente secondes et Mme Hartington s'écriait :

— Ça y est! Je suis partie! Je cours! J'ai des ailes! Je franchis les obstacles! C'est merveilleux! C'est... Oh!

— Qu'est-ce qu'il y a?

— Il y a du brouillard sur la piste. Mais je dois continuer. Rien ne peut m'arrêter. Le brouillard se dissipe. J'aperçois ma coéquipière, étendue en travers de la piste; elle a trébuché, elle s'est blessée. Mais le relais d'abord. Il n'est plus dans sa main. Il ne doit pas être loin. Je le vois! Je m'en empare! Je reprends ma course! C'est merveilleux! Je pourrais courir pendant des heures sans me fatiguer. Mais je suis déjà revenue à la ligne de départ. C'est fini. Je mets le relais dans un tiroir; je retourne à la cave, je rétablis le courant; je remonte; je suis fatiguée; je tombe... Je me sens soulevée, emportée par d'énormes bras. Il y a beaucoup d'agitation. On m'installe sur quelque chose de dur, une civière, je crois... Oui. On me pousse dans une ambulance. On m'emmène à l'hôpital. Mais je ne veux pas! Je me sens très bien!

— Allons, allons, ne vous énervez pas, fit Davinson. Vous êtes ici, avec moi... Vous êtes très coopérative madame Hartington, et je suis content de vous. J'aimerais cependant revenir sur certains détails que je ne suis pas sûr d'avoir bien compris. Vous m'avez parlé d'un relais; il se trouvait, m'avez-vous dit, non loin d'une coéquipière qui avait trébuché. J'aimerais que vous reveniez vers cette coéquipière et que vous la regardiez attentivement. Ressemble-t-elle à quelqu'un que vous connaissez? Regardez bien son visage.

— Je... Je ne vois pas bien. Son visage est couvert de noir et de rouge... Je ne la reconnais pas.

— C'est bon. J'aimerais maintenant que votre regard se porte sur le relais qui se trouve non loin d'elle. Vous le voyez?

— Oui.

— Regardez-le attentivement et décrivez-le-moi.

— Il est blanc... de forme cylindrique... L'extrémité supérieure forme une sorte de cône... Au bout, une petite mèche noire...

— Prenez-le dans votre main. Comment est-il?

— Il est lisse... Un peu collant...

— Oubliez désormais la course, oubliez la notion même du relais. Ne gardez en mémoire que l'objet dans votre main. Dites-moi exactement à quoi il ressemble.

— Il ressemble à une bougie... C'est une bougie!

La course à relais imaginée par Rémy ne s'inspirait que très peu des véritables règles de cette discipline, mais l'efficacité de la tactique consistait à faire courir, comme si elle avait eu vingt ans, une femme âgée de soixante-dix ans afin qu'elle puisse récupérer la bougie qui était à l'origine de l'explosion avant l'arrivée de la police et des pompiers. Cela s'était fait en quelques secondes et même les curieux arrivés sur place juste après l'explosion n'en avaient pas eu connaissance. Le reste était facile à imaginer. La panne de courant, provoquée artificiellement, avait contraint tante Berthe à quitter la douche et à se précipiter directement dans sa chambre où, machinalement, elle s'était emparée d'une bougie. En avait-on disposé une expressément sur sa table de chevet ou sur le dessus de sa commode? Avait-on pris soin de faire disparaître de sa chambre une éventuelle lampe de poche? Rémy s'était sans doute chargé lui-même de ces détails, comme il avait dû, lors de l'hypnose, suggérer à la vieille dame la visite impromptue de l'employé du gaz pour brouiller les pistes. La porte de la cuisine était en fait bel et bien fermée lorsque tante Berthe était descendue en bas, sinon l'explosion aurait eu lieu avant qu'elle n'ouvre la porte. L'exposé de Mourhu lors du procès avait été brillant, mais il n'expliquait pas en effet pourquoi en pénétrant dans son appartement tante Berthe n'avait pas remarqué l'odeur du gaz, même si elle avait toujours comme premier réflexe de monter prendre une douche en arrivant de son travail. Nicoletti avait soulevé ce détail, mais personne ne s'y était attardé, car le sensationnalisme de l'explication apportée par Mourhu avait pris le dessus sur tout. J'appris plus tard que tante Berthe souffrait d'une malformation des cloisons nasales; cela expliquait non seulement pourquoi elle n'avait rien senti, mais surtout pourquoi Rémy avait choisi le gaz pour parfaire son crime.

Peu après la séance, Mourhu me demanda ce qui m'avait mis la puce à l'oreille pour la vieille dame.

— À la vérité, lui répondis-je, je n'ai jamais été complètement satisfait par vos explications. J'ai toujours trouvé qu'elles manquaient de piquant.

— Vraiment?

— Mais oui. Vous ne serez donc pas étonné d'apprendre que vous êtes le prochain sur la liste du docteur Davinson.

— Moi?

— Exactement! Je brûle d'envie de savoir ce qu'il y avait sur la cassette que vous étiez censé me faire écouter.

— Vous seriez déçu, dit Mourhu, car je me suis simplement fait avoir, comme tout le monde.

— Vous croyez peut-être m'apprendre quelque chose?

— Au point où vous en êtes, non. Seulement n'allez pas me croire tout à fait stupide : je sens que vous mourez d'envie de me parler du notaire.

— Le notaire, pourquoi donc?

— Parce que le notaire qui avait en sa possession les documents testamentaires de votre oncle a également reçu la visite de la mystérieuse dame en noir. Et quand je l'ai appelé, juste avant le dîner, il m'a avoué que j'étais le deuxième individu à lui poser la question en moins de vingt-quatre heures.

— Évidemment, la visite de Suroh chez le notaire explique pourquoi nous n'avons pas retrouvé la formule dans le coffre de mon oncle. Après avoir hypnotisé le notaire, Rémy a pris connaissance du numéro du coffre de Roschildren, s'est emparé de la formule, l'a ensuite cachée dans la commode de tante Berthe qui se trouvait là pour fins de rénovation, et il s'est débrouillé pour rendre la commode discrète. Je me demande comment mon oncle a réagi en voyant échouer après tant d'années la commode dans son atelier. Sans doute assez mal. Enfin, plus tard, peut-être en soudoyant le concierge, Rémy s'est arrangé pour que le meuble soit retrouvé avant la vente aux enchères, et il m'a envoyé une lettre anonyme m'invitant à assister à cette vente. Voilà où nous en sommes.

— Autrement dit, pas très loin.

CHAPITRE 17

LE POÈME

La découverte de la formule n'avait pas amélioré le sort de la compagnie : la débâcle durait depuis trop longtemps et l'assassinat de mon père, dont on parlait encore dans les journaux, avait réussi à faire chuter les actions et les ventes à un niveau dramatique. À la conférence de presse, où experts en ébénisterie et en graphologie étaient venus témoigner de l'authenticité de la formule, on avait senti qu'un doute persistait parmi les journalistes. «On ne nous la fera pas deux fois!» avait justement titré dès le lendemain un journal à sensation. Bref, Roschildren était désormais un nom louche qui inspirait une méfiance telle que l'ouverture éventuelle d'un nouveau procès pour Edward Witworth ne ferait que mettre de l'huile sur le feu. En fait, le contenu des révélations que nous avions eues grâce à l'hypnose était tellement explosif que Mourhu avait jugé bon de négocier en privé la libération de Witworth, histoire de limiter les dégâts, du moins pour un moment. Car si nous connaissions maintenant le vrai meurtrier, nous ignorions toujours son mobile véritable. De plus, l'affaire du jeune orphelin déguisé en femme était tellement incroyable qu'elle avait peu de chances de trouver preneur auprès de la magistrature et même de la presse. Mieux valait ne pas raconter tout. Enfin, pour régler les détails de la faillite, j'avais laissé plein pouvoir à mon bras droit Alec Jefferson, qui m'avait déjà rudement épaulé lors de mon procès. Je lui avais confié également la codirection des affaires de mes parents, dont j'étais, jusqu'à ce que ma mère sorte de l'hôpital, le directeur par intérim.

Quant à moi, je m'étais reclus dans mon appartement pour échapper à la folie qui s'était emparée de tous. J'avais débranché mon téléphone, fait l'épicerie pour un mois, fermé mes stores et verrouillé ma porte avec la ferme intention de ne répondre à personne. Ma seule activité consistait à lire le poème de mon frère et à méditer sur sa signification cachée, tout en écoutant la sixième symphonie de Beethoven. J'étais convaincu qu'il représentait le nœud du problème et, comme pour la boîte à quatre épingles, comme pour le reste, j'étais résolu à en percer le mystère.

Seule ombre au tableau de cette résolution : mon état de santé. Je souffrais de terribles maux de tête, de nausées, de coliques, joints à de brusques accès de fièvre. Mon infection à l'œil gauche s'était aggravée au fil des jours; la douleur était désormais tellement épouvantable qu'elle me donnait parfois l'impression qu'il était transpercé par une aiguille, impression qui m'amenait à penser que je ne souffrais pas d'une simple infection mais que j'étais plutôt la victime d'un acte de sorcellerie, comme si quelqu'un avait voulu, à distance, me mettre à l'épreuve, ou plutôt m'empêcher de découvrir la véritable signification du poème. Je gardais en mémoire, pour m'en convaincre, la douleur que j'avais ressentie en enfonçant l'épingle dans l'œil du faucon, celui qui se trouvait sur la couverture du livre de poésie. Mon œil devint si rouge durant les quatre premiers jours de ma réclusion que, craignant de le perdre, je faillis mettre un terme à celle-ci pour aller consulter un médecin. Mais je ne voulais pas courir le risque qu'on me garde à l'hôpital et je décidai, contre tout bon sens, de reporter à plus tard cette visite. Or, dès le lendemain, mes accès de fièvre diminuèrent et ma douleur à l'œil cessa brusquement. Les seuls symptômes qui persistèrent furent une très grande fatigue et des étourdissements fréquents. De plus, si ma première peur avait été de perdre l'œil, je devais constater que son acuité avait au contraire augmenté, tandis que mon œil sain, à l'inverse, semblait avoir faibli. Le rouge de mon œil malade, qui s'étendait jadis sur l'ensemble du globe oculaire, se résorba tranquillement et se concentra dans la pupille et l'iris, qui prirent une teinte orangée, striée de rouge brillant. L'autre œil, qui était d'un naturel gris-bleu, revêtit une couleur laiteuse qui se transforma au bout de quelque temps en un blanc scintillant parsemé de petites taches sombres. Lorsque je me regardais dans le miroir – et, depuis ma réclusion, je m'y regardais plutôt deux fois qu'une –, j'avais le sentiment d'être en face de quelqu'un d'autre. Ma propre image m'épouvantait, et je ne devais jamais plus sortir sans m'affubler d'une paire de lunettes fumées.

J'ai dit que mon acuité visuelle avait augmenté. Je voyais en effet plus clair et je distinguais des couleurs auxquelles je ne pouvais pas donner de nom. Cela me rappelait mon premier voyage avec Rémy, celui dans la crique, là où le contour de chaque être vivant et de chaque chose était si net. Sur le plan auditif, les sons que je percevais étaient également plus nets et je dus baisser le volume de la sixième de Beethoven que j'écoutais sempiternellement car la musique commençait à me faire mal aux tympans. Je ne mangeais pratiquement pas : je n'avais pas d'appétit, et je restituais tout ce que j'avalais. Mais je me contraignis un jour à mordre dans une pomme; la saveur du fruit traversa mon corps avec une telle vigueur que j'eus l'impression de le goûter jusqu'au bout des doigts et des orteils. Cette sensation, non désagréable, qui faisait penser à un orgasme, me laissa K.-O. durant deux bonnes heures. Mes extrémités devinrent à leur tour sensibles : le moindre effleurement me procurait une kyrielle de sensations, et ma peau se mit à supporter si mal les vêtements que je dus les enlever et vivre nu dans l'appartement. Mais ce fut l'augmentation de mon sens olfactif qui me fit le plus souffrir. Comme je n'avais pas faim, que la moindre nourriture me soulevait le cœur, je fus pris de nausées violentes en reniflant malgré moi l'odeur de friture qui provenait des appartements voisins. C'est à l'heure des repas, que je craignais comme la peste, que je pris l'étrange habitude de porter un pince-nez. Toutes ces sensations, nouvelles et déroutantes, furent dures à vivre et surtout à assimiler; à maintes reprises, je me crus fou. Mais rien n'aurait pu arrêter ma réclusion, car j'étais bien décidé à aller jusqu'au bout de ma folie, si vraiment c'en était une.

Ainsi, pendant les premiers jours que dura ma réclusion, on aurait dit que mon esprit, qui était complètement tourné vers le poème, n'était traversé par aucune lueur d'intelligence; seul mon corps et les multiples sensations que je ressentais existaient, vivaient, palpitaient en moi; mon esprit, lui, semblait mort; il se contentait en effet de ressasser continuellement les strophes du poème sans jamais s'arrêter vraiment à les analyser. Au fond, je ne pensais pas, je récitais. Je me comportais exactement comme un écolier qui apprend par cœur une leçon qu'il ne comprend pas, et je devais constater, au bout d'une semaine, que j'en étais toujours au même point avec le poème. Ce fait, et uniquement ce fait, m'obligea à m'arrêter et à réfléchir à ma situation. Peut-être qu'au lieu de concentrer mon énergie sur le poème, je devais le faire sur mon propre corps : il se transformait et représentait en lui-même une véritable énigme. Je laissai donc le poème de côté et arrêtai de faire jouer la sixième symphonie, laquelle, d'ailleurs, commençait à me tomber rudement sur les nerfs. Mais, alors même que je commençais à réfléchir sur les changements qui se produisaient en moi, mes maux de tête reprirent ainsi que mes accès de fièvre. Je décidai dès lors de ne plus penser à rien, de ne me concentrer sur rien, de prendre du repos.

Le soir du huitième jour, la fièvre me cloua au lit, pareil à un mourant au bord de l'agonie. J'étais brûlant. Je délirais. Je croyais entendre et même voir bouillir ma propre sueur à travers les pores de ma peau. Incapable de me lever, le moindre mouvement me demandait un effort surhumain. Heureusement, j'avais eu la présence d'esprit d'apporter à côté de moi une cruche d'eau, et cette initiative me sauva assurément des tourments de la déshydratation. Enfin, la fièvre finit par diminuer et je tombai alors dans un état second; une sorte de sommeil cataleptique entremêlé de réveils courts, parfois brutaux, durant lesquels je me contentais d'étendre la main pour prendre une gorgée d'eau. C'est pendant cet étrange sommeil que je perdis la notion complète du temps, bien que j'eusse déjà commencé à la perdre durant mon délire, car ce sommeil était continu (je calculai plus tard qu'il avait duré six jours!), interrompu uniquement à trois ou quatre reprises par des cauchemars violents, qui étaient peuplés de momies, de morts-vivants, d'hommes à têtes d'animaux.

Le premier de ces cauchemars, dont je garde un vilain souvenir, se déroulait comme suit :

J'étais nu au milieu du désert. Au loin, j'apercevais les trois grandes pyramides et, situé plus à l'écart, le Sphinx. Puis, sans crier gare, tout se déformait et je me retrouvais dans une immense clairière bordée de tous les côtés par une épaisse forêt. C'était une nuit de pleine lune et au centre de la clairière, complètement recouverte de neige, se trouvait une construction bizarre qui faisait penser à un château. De chaque côté du château s'élançaient vers le ciel deux tourelles surmontées d'un toit conique. Entre les deux, une sentinelle faisait les cent pas derrière un petit rempart dentelé. Il n'y avait que deux fenêtres à ce château. Derrière chacune, on voyait scintiller un flambeau. Toutes deux étaient situées de part et d'autre de la façade avant et, entre elles, il y avait une entrée en forme d'arche pourvue d'une grille aux pointes saillantes et d'un pont-levis peint en rouge. Il faisait très froid et, toujours nu, je frissonnais sans jamais oser faire le moindre mouvement. Tout à coup, j'aperçus à l'orée de la forêt une ombre gigantesque qui semblait se mouvoir en direction du château. Je regardais le phénomène avec un mélange de curiosité et d'indifférence. Je ne pouvais l'identifier à rien de précis. Je l'associais, vu la forme incurvée de la clairière, à une grosse tache d'huile qui dégoulinait vers le centre d'une cuvette. La forme de cette tache paraissait varier selon sa vitesse et sa progression, se subdivisant parfois en petites parcelles qui finissaient toujours par se rabouter au noyau. Quand elle fut proche du château, je pus me rendre compte qu'elle avait une certaine épaisseur et que la neige virevoltait sur son passage. Puis, quand j'entendis les premiers hurlements, je compris ma méprise : cette curieuse tache était en réalité une meute de loups affamés qui avaient flairé l'odeur de la chair fraîche. Je retrouvai immédiatement l'usage de mes membres et courus à toutes jambes en direction du château.

Lorsque mon pied entra en contact avec le revêtement du pont-levis, je fus surpris de découvrir qu'il était chaud, spongieux et même gluant. Je ne me sentis en sécurité qu'une fois l'enceinte du château franchie. Du moins, je le pensais, car je découvris bientôt que la manivelle de la grille était coincée et que je ne pouvais à moi seul remonter le pont-levis. L'enceinte du château, au reste complètement vide, ne permettait aucun repli, et il n'y avait plus aucune trace de la sentinelle que j'avais aperçue auparavant. Mon seul espoir résidait dans les tours qui, je m'en rendis compte assez vite malheureusement, n'étaient dotées d'aucune porte derrière laquelle j'aurais pu me replier : un escalier en spirale en occupait toute la largeur et c'est réfugié au sommet de l'une d'elles que, impuissant, je vis les loups pénétrer dans l'enceinte. Ils me trouvèrent rapidement, me traînèrent au milieu de l'enceinte et firent un cercle autour de moi. Ils paraissaient calmes et nullement pressés de me mettre en pièces, étant sans aucun doute assurés que chacun aurait sa part du festin. Enfin, quatre loups se détachèrent du cercle et agrippèrent chacun leur tour un de mes pieds et une de mes mains. Était-ce le froid? Mais je ne sentais pas la morsure de leurs crocs bien que je visse mes membres saigner. C'était en réalité l'écartèlement qui me faisait mal, les loups maintenant mon corps dans la position d'un crucifié. Soudain, un énorme loup à tête noire se détacha du cercle. Il était différent des autres : sa tête fine faisait penser davantage à un chien et, contrairement aux autres, qui étaient tous plus ou moins noirs, il avait un corps entièrement blanc et... humain! Ses yeux étaient d'une drôle de couleur, passant successivement du rouge au noir, puis au gris-bleu, pour revenir au rouge. Il haletait bruyamment, et sa langue, rouge et épaisse, montait et descendait rapidement entre ses crocs. Je ne pouvais détacher mon regard de ses yeux étranges. Un instant, je dus perdre conscience, car lorsque je fixai à nouveau sa langue, elle m'apparut plus épaisse et plus rouge. Il semblait avoir quelque chose dans sa gueule, quelque chose de rouge vin qu'il mâchait à belles dents. En fixant ma poitrine, je me rendis compte que je venais d'être éventré sans douleur et que c'était mon propre cœur qu'il était en train de dévorer! Et je sentis subitement les crocs de la bête me transpercer le cœur. Je me sentis mal. Je criai de douleur et de dégoût. Alors tous les autres loups se jetèrent sur moi.

Je m'étais réveillé en nage, le cœur battant. Il y eut plusieurs autres cauchemars, mais un seul dont je gardai le souvenir.

Je me trouvais sur une île minuscule, perdue en plein océan; une île au milieu de laquelle il y avait un cocotier qui mesurait à peine un mètre et demi. Un gazon fin poussait autour de l'arbre et s'étendait sur plus de trois mètres, arrêté bientôt par un sable d'une blancheur éclatante qui recouvrait entièrement l'île dont il était possible d'effectuer le tour en moins de vingt enjambées. J'ai dit que le sable était d'une blancheur éclatante, mais par moments il était traversé par des stries rouges qui ressemblaient à des veinules.

L'eau était turquoise et cristalline. Après m'y être trempé le bout des orteils, je décidai de me baigner. Quelle ne fut pas ma surprise de voir que j'en avais par-dessus la tête dès le premier pas : le sol s'arrêtait net avec le début de l'eau. Je plongeai le plus profondément possible et constatai que la masse entière de l'île formait une espèce de globe circulaire qui semblait ne pas avoir d'assises dans le fond de l'océan. Cette impression devint même une certitude quand, remontant à la surface, l'écart entre la plage et moi se fit plus grand bien que je ne bougeasse pas. Non seulement l'île flottait-elle, mais encore elle dérivait! Je rejoignis la plage et m'étendis sur le sable, désirant profiter d'un soleil éblouissant pour me sécher. Au bout d'un moment, je fus inquiété par l'ombre d'un oiseau qui tournoyait dans les airs et décrivait des cercles toujours plus bas et rapprochés. Cet oiseau, qui appartenait à l'ordre des rapaces, aigle ou faucon, je ne savais trop, fondit sur moi et m'écorcha le crâne avec son bec. Une poignée de mes cheveux fut également arrachée par l'une de ses serres. Je saignais beaucoup, mais je n'eus pas le loisir de m'attarder à évaluer l'étendue de mes blessures car le rapace, qui fonçait à nouveau sur moi, réussit à me blesser une fois de plus, cette fois à l'oreille gauche. Je courus trouver refuge sous le cocotier. L'oiseau passa plusieurs fois au-dessus de l'arbre, puis il disparut. Sortant de mon maigre abri, je risquai un coup d'œil vers le ciel et le soleil, qui se trouvait alors à son zénith, m'éblouit violemment. Lorsque je fus en mesure de voir à nouveau correctement, l'oiseau se trouvait en face de moi, niché au sommet du cocotier, à un demi-mètre à peine de ma figure. C'était un faucon, un immense faucon dont l'œil droit, entièrement blanc, et le gauche, couleur rouge feu, me dévisageaient. Je n'eus pas la moindre chance d'esquiver l'attaque qui me creva l'œil droit d'un seul coup de bec. Je roulai par terre, et j'aperçus, comme dans un songe, le faucon reprendre son envol. J'allai trouver à nouveau refuge sous le cocotier où je constatai, au bout de quelques minutes, que j'étais devenu borgne. Je m'expliquais mal le comportement agressif du rapace, si ce n'est qu'il essayait de défendre un territoire devenu trop petit par ma présence. Mais je compris qu'il était question de bien plus que cela en découvrant un nid dissimulé au sommet du cocotier nain. À l'intérieur, il y avait quatre œufs, chacun de couleur différente : un rouge, un vert, un jaune et un bleu.

Je passais mon temps à scruter le ciel dans la crainte d'un retour possible du faucon. L'île était réellement trop petite pour une mère faucon, ses petits et moi. Je devais m'en aller, mais il n'y avait autour de moi que de l'eau à perte de vue.

Soudain, je vis se profiler à l'horizon une tache sombre, quelque chose sans forme vraiment mais qui paraissait tout de même plus concret qu'une simple manifestation de l'esprit. Mon angle de vision étant situé trop bas, je me hissai au sommet du cocotier à la suite d'une acrobatie dangereuse afin de ne pas écraser le nid et les œufs. Là, je vis mieux. Il y avait une autre île, qui semblait identique à la mienne, et qui était habitée par un homme. Même si mon handicap récent m'empêchait de pouvoir évaluer correctement les distances, j'estimai quand même qu'elle ne devait pas être située à plus d'une demi-heure de nage. Je pouvais l'atteindre sans problème, à condition évidemment de ne pas rencontrer de requin ou de me noyer purement et simplement à la suite d'une crampe.

Au moment où je m'apprêtais à redescendre de mon poste d'observation, je fus projeté par terre tête la première par les puissantes serres du faucon. Dans ma chute, mes pieds accrochèrent le nid et tous les œufs s'écrasèrent sur le sol. Tous, sauf un, le bleu, lequel par miracle ne craqua même pas, ou plutôt si : il y avait une craquelure à peine visible à l'œil nu. Malgré la menace du faucon, qui planait toujours dans les airs et s'apprêtait de toute évidence à faire une nouvelle attaque, je pris le temps de rapporter l'œuf dans le nid. J'esquivai de justesse un autre coup de bec. Puis je plongeai dans la mer et me mis à nager en direction de l'île.

J'avais surestimé mes capacités de bon nageur. Même si l'île était située à moins d'une demi-heure de nage et qu'en plus elle semblait dériver dans ma direction, mes bras et mes jambes commencèrent à donner des signes de fatigue au bout d'une vingtaine de minutes. J'essayai de ne pas céder à la panique. Je me tournai sur le dos pour faire la planche. Peut-être avais-je abusé trop vite de mes forces? Je me sentais déjà plus reposé. La mer était lisse comme un miroir et cette absence de vagues rendait ma position très confortable. J'aurais presque pu m'endormir, n'eût été du faucon dont je craignais toujours une attaque. Enfin, au bout de quelques minutes, j'avais repris des forces et je me remis à nager.

Je me rapprochais de l'île de plus en plus, et j'avais maintenant de bonnes chances de l'atteindre quand je vis deux ailerons de requins fendre l'eau. Ce que j'avais redouté le plus, mais dont j'avais fini par oublier la menace à cause de la fatigue, venait de se concrétiser droit devant moi. J'étais trop loin pour faire demi-tour et il n'y avait personne autour pour me venir en aide. Les ailerons furent bientôt à quelques mètres de moi et j'arrêtai tout mouvement, me préparant psychologiquement à la première morsure. Mon immobilité me sauva sûrement d'une mort immédiate, car les requins firent plusieurs cercles autour de moi avant de m'attaquer, sans doute afin de pouvoir humer à loisir le fumet de leur future victime. Mais, alors que je voyais déjà la gueule d'un des requins s'ouvrir pour me happer la chair, deux poignes griffues m'agrippèrent par les cheveux et me tirèrent hors de l'eau. C'était le faucon! Jamais je ne l'aurais cru capable de faire une chose pareille.

Le supplice des cheveux était aussi horrible sinon plus qu'une morsure de requin, mais au moins j'étais sauf... du moins pour l'instant.

Le faucon prenait le chemin le plus court vers la terre ferme, autrement dit vers l'île que je désirais atteindre. Bientôt, nous la survolâmes et je fus surpris de constater qu'elle ressemblait, vue d'en haut, à un œil géant perdu au beau milieu de l'océan. Le rapace amorça soudain une descente rapide et me largua en plein sur le seul habitant de l'île. Je roulai avec lui jusque dans la mer où nous en eûmes par-dessus la tête dès notre entrée dans l'eau. Visiblement, l'homme ne savait pas nager, et c'est avec beaucoup de peine que je réussis à le sortir de l'eau. Lorsque sa figure se tourna vers moi, je n'y vis aucune espèce de reconnaissance, mais plutôt un regard farouche où il était possible de déceler non seulement de la fureur, mais aussi de la haine. Il s'agissait d'un vieillard dont l'œil droit était éteint, tandis que le gauche semblait injecté de sang.

Je n'eus même pas le temps de lui adresser la parole que, déjà, il était sur moi et me ruait de coups. J'essayai de lui faire entendre raison, mais rien n'y fit. Il était d'une force incroyable malgré son vieil âge et je me retrouvai bientôt sur le dos, les épaules maintenues à plat sur le sable pendant qu'il entreprenait de m'étrangler à mains nues. J'agrippai ses cheveux pour tenter de le renverser, mais – horreur! – ils me restèrent dans les mains par poignées sans que jamais sa tête ne bougeât ni que j'eusse à faire le moindre effort pour les arracher. Mon bras fit le tour de sa tête et ma main attrapa finalement une oreille sur laquelle je tirai de toutes mes forces. Cette fois, la tête suivit, et le corps bascula par-dessus moi. Le vieillard se tint l'oreille et poussa un cri aigu qui ressemblait à celui d'un oiseau épouvanté. Il partit en courant se réfugier sous le cocotier, qui était identique à celui de l'autre île; là, il se mit en petit bonhomme, rentra sa tête entre ses jambes, mit ses mains sur sa nuque et ne prononça plus un son, ne bougea plus du tout. Quant à moi, je m'étais relevé, les deux poings serrés, toujours sous le coup de l'émotion. Quand je sortis de ma torpeur, je sentis dans ma main quelque chose de mou et de gluant. C'était l'oreille du vieillard! Elle n'avait pas tenu le coup! Elle s'était détachée de sa tête, tout comme ses cheveux. L'insulaire n'était rien d'autre qu'une sorte de mort-vivant.

Je courus à la plage me laver les mains... Tout à coup, toute l'île se mit à vibrer.

Le ciel se couvrit, la mer revêtit une teinte olivâtre, et le soleil, qui déclinait à l'horizon, éclaira ce mauvais temps comme une pâle lueur de fin du monde. L'île remuait; elle semblait secouée par d'étranges frissons, tout comme la mer, dont la surface se ridait tel un visage de vieille femme. L'opacité de l'eau, qui se faisait sans cesse plus grande, se trouvait traversée par des tourbillons d'écume qui s'évanouissaient en pétillant. J'eus bientôt l'impression de tourner sur moi-même, mais c'était en vérité l'île qui tournait et avançait, selon un trajet précis. En effet, au lieu tout simplement de dériver comme elle l'avait fait jusqu'à maintenant, elle décrivait une courbe autour d'un point où la mer avait pris une teinte couleur d'ébène, et cette courbe devint au bout d'un moment un cercle parfait, l'île se comportant exactement comme un satellite qui tourne autour d'une planète; et sa vitesse de rotation autour du point, qui avait pris l'apparence d'une grosse tache sombre, allait en augmentant, tandis que sa propre rotation diminuait au fur et à mesure qu'elle s'en rapprochait. Car nous nous en approchions! Et quand la surface de l'eau s'incurva en direction de la tache couleur d'ébène, je compris qu'il s'agissait d'un énorme trou dans la mer... d'un maelström!

La force du vent doubla subitement, et l'île s'inclina de plusieurs degrés. Je me rapprochai instinctivement du cocotier nain où, sans faire attention, j'entrai en contact avec le vieillard, qui roula comme un pneu jusqu'au milieu de la plage et s'affaissa sur le côté, toujours replié. La froideur et la dureté de la peau que je venais de toucher, de même que l'absence de toute réaction, m'assurèrent de sa mort. Mais je ne voulais pas le laisser où il était et j'aurais aimé le ramener sous le cocotier, seulement la force du vent, l'inclinaison de l'île et notre imminente plongée dans le gouffre m'obligèrent à agripper le tronc du cocotier avec une telle force qu'il aurait fallu dix hommes pour me déloger. Une bonne partie du sable de la plage s'écoulait déjà dans la mer et, en arrivant juste au bord du gouffre, l'île s'inclina à un tel point que le vieillard tomba au milieu du tourbillon. Je ne pourrais décrire à ce moment-là ce qui se passa en moi, mais lorsque je vis tomber ce petit paquet de chair repliée, j'eus le sentiment qu'une partie de moi-même venait de mourir, et je me mis à pleurer sans savoir exactement pourquoi; je dis bien sans savoir exactement pourquoi, car, en même temps, la mort de cet individu que je ne connaissais même pas me faisait du bien. Je sentis en moi une sorte de libération, une libération qui, malgré ma situation désespérée, me procura un bref moment d'euphorie.

J'avais passé mes bras et mes jambes autour du tronc car l'île venait de glisser à l'intérieur du tourbillon et, rivée aux parois, elle descendait lentement vers le fond. La vitesse de rotation me donnait d'épouvantables nausées, mais je savais que si je me mettais à vomir, je relâcherais immanquablement mon étreinte et serais immédiatement entraîné dans les profondeurs du gouffre, dont les parois lisses et foncées me faisaient penser à un énorme piège à mouches caramélé et gluant. Un bruit assourdissant régnait à l'intérieur, et je songeai que s'il existait un enfer, le son qui s'en échappait devait ressembler à ce bruit – peut-être, même, ce trou y menait-il directement? Ce bruit n'était-il pas en réalité la plainte, morbide et profonde, de plusieurs millions de suppliciés? La nausée devint de plus en plus forte, mais je tins bon. Et puis l'imprévisible se produisit, l'arbre se déracina et m'entraîna avec lui au plus profond du gouffre.

La sensation de descente était intolérable; je m'agrippai aux couvertures de mon lit, et je vomis dans mes draps en me réveillant. À quatre pattes, je me traînai jusqu'à la salle de bains où je continuai à dégobiller dans la cuvette... J'étais étourdi à un tel point que je dus attendre plusieurs minutes avant de pouvoir me mettre debout, véritable exploit qui me laissa tout chancelant, car je me sentais aussi alerte sur mes jambes qu'un bébé qui vient de faire ses premiers pas, et je constatai en revenant vers mon lit combien j'avais en effet de la difficulté à mettre un pied devant l'autre. Je constatai également que j'avais fait un incroyable dégât. Toute cette vomissure! D'où venait-elle puisque je ne mangeais même pas? C'était de la bile, une bile brunâtre et rose qui donnait envie de vomir juste à la regarder.

Je me sentais honteux et humilié. J'ouvris les fenêtres pour chasser l'odeur infecte qui régnait dans l'appartement et nettoyai les dégâts. Je pris une douche et, peu après, je sortis sur mon balcon aspirer une bonne bouffée d'air frais. Il faisait nuit. La lune était pleine, éclatante même malgré les taches sombres qui la recouvraient. Ces taches, elles étaient là depuis toujours mais il me sembla que c'était la première fois que je remarquais leur existence, et leur seule vision me procura un indicible bien-être. De toute ma vie, je pense que je ne sentirai jamais un bien-être aussi libérateur que celui que je ressentis à ce moment-là. La honte et l'humiliation de tout à l'heure n'étaient plus et je compris, bizarrement, qu'elles ne seraient jamais plus. J'étais en pleine possession de moi-même, comme rempli de moi-même, comme rempli par toutes mes capacités à la fois physiques et mentales. J'étais comme mort... Enfin, une partie de moi était morte, laissant place à une partie plus sensible, plus courageuse, plus lucide... et c'était à cette partie-là, je le sentais, que je devais m'abandonner désormais et apprendre à faire confiance. Je compris du même coup que cette partie de moi, qui était réellement moi, avait été étouffée, comprimée pendant des années par la peur, la rancœur et la haine, et qu'elle occupait aujourd'hui la place qui était la sienne. Car j'avais beau chercher à l'intérieur de moi, je ne trouvais plus qu'une force vive... sans haine, sans peur, sans rancœur.

Je ressentis subitement un désir qui ne trompait pas, et auquel je n'avais pas répondu depuis plusieurs jours : celui de me regarder dans mon miroir. Je crus un instant que j'allais m'évanouir lorsque je me vis, non que mon reflet fût celui d'un homme aigri et malmené par la fièvre, c'était au contraire l'image d'un homme en pleine forme qui semblait avoir rajeuni de plusieurs années. Mon visage était lisse comme celui d'un enfant! On aurait dit une deuxième naissance. Et mes yeux! Ils étaient devenus complètement noirs, d'un noir de jais luisant et inquiétant avec, sur les pourtours, un mince rayonnement orangé. Dans ces yeux, je croyais distinguer quelque chose, quelque chose qui ressemblait à une vaste prairie, verte et ondoyante, parsemée de centaines de marguerites aux pétales orange. C'était comme un film que je regardais à travers moi, dans un angle de 180 degrés. J'avais l'impression d'y être. Et j'y étais! Je pouvais humer le parfum des fleurs. Je sentais un vent léger frôler ma figure; je sentais les rayons du soleil caresser mon corps; un corps étrange qui flottait et tournoyait dans les airs juste au-dessus d'un soleil qui se trouvait non pas dans le ciel mais au milieu de la prairie, parmi les fleurs. Et je compris tout à coup ce qui m'arrivait, à savoir que j'étais en train de vivre le poème, à savoir qu'à force de le répéter, il avait fini par prendre vie à l'intérieur de moi. J'en étais maintenant prisonnier comme de mon propre corps! J'étais en train d'en revivre chaque strophe pendant que j'entendais, simultanément, ma propre voix, comme un narrateur qui raconte les scènes d'une pièce de théâtre dont l'action se déroule sous les yeux du spectateur. Et j'étais à la fois le spectateur, l'acteur et le narrateur. Et quand je fus happé par le soleil, je sentis la masse phénoménale de mon propre corps, et une sensation de brûlure qui me procura l'impression d'être une torche vivante. Je perdis connaissance.

Quand je me réveillai, tout était devenu clair dans mon esprit. Je commençais à comprendre qui j'étais et qui était Rémy. Mais cela ne resta pas, malheureusement. Le détail des dessins du poème me revint cependant en mémoire peu à peu, car, n'ayant jamais retrouvé ce poème et ses dessins après la mort de mon frère, je n'avais eu jusqu'à maintenant que des souvenirs incomplets, voire inexacts, les concernant. En fait, je ne faisais que retrouver par bribes une mémoire qui semblait s'être montrée temporairement défaillante, ou plutôt de laquelle on avait intentionnellement effacé certaines informations. Je pus faire ainsi un rapprochement entre les quatre principaux dessins du poème et certains détails entourant l'assassinat des trois membres de ma famille. Par exemple : Mourhu avait retrouvé, épinglé au veston d'Edgar Roschildren, un écusson dont le motif rappelait une étoile ou un astre quelconque; sur la pantoufle de tante Berthe que j'avais ramassée dans sa salle à manger, juste après l'explosion, une marguerite avait été brodée – un travail qui semblait avoir été ajouté de façon intentionnelle; finalement, mon père avait été tué d'une balle dans l'œil. Chacun de ces détails correspondait à l'un des dessins du poème. «Même un fou procède avec méthode», avais-je dit à Mourhu.

Mais je n'étais pas satisfait. J'allai chercher une carte de New York et marquai d'un point noir chaque endroit où les victimes avaient été assassinées. Edgar Roschildren l'avait été dans la demeure d'Edward Witworth, située dans le quartier de Mill Basin; Berthe Roschildren, chez elle, dans le quartier de Hempstade; mon père, dans un restaurant de Manhattan. Par rapport au centre de la ville, j'obtenais des directions opposées l'une à l'autre, soit le sud-ouest pour Comédon la Poire, l'est pour tante Berthe et l'ouest pour mon père. Si, pour Comédon la Poire, je troquais le lieu de l'assassinat contre celui où son corps avait été découvert, soit dans

Jamaica Bay, près de Old Mill Creek, j'obtenais une direction beaucoup plus franche par rapport aux deux autres, soit plein sud, et cela expliquait sans doute pourquoi Rémy avait pris la peine de venir chercher le corps chez Witworth et l'avait balancé à la flotte. De plus, autre détail intéressant : la couleur des vêtements que portaient les victimes. Cela semblait également signifier quelque chose. Tonton Comédon portait un complet rouge pâle; tante Berthe, une robe de chambre et des pantoufles jaunes; mon père, un veston et une cravate vert olive. Ces couleurs correspondaient à celles que projetait la lampe dans chacune de ces directions. Autrement dit, rouge au sud, jaune à l'est et vert à l'ouest. C'était comme un rituel, comme un défilé où tout avait été soigneusement préparé à l'avance. Il ne manquait finalement que la direction nord et le dessin du papillon. Et, machinalement, mes yeux regardèrent sur la carte un point situé au nord. L'hôpital central du Bronx me sauta en pleine figure : ma mère avait été transférée dans l'aile psychiatrique de cet hôpital!

Je sortis en hâte de mon appartement pour héler un taxi. Malheureusement, il était plus d'une heure du matin, et je dus marcher un bon moment avant d'en trouver un. Quand finalement j'arrivai à l'hôpital, il était près de deux heures. Je dus passer par l'urgence où je tentai d'expliquer le plus calmement possible à l'infirmière de garde le but de ma visite. Je crois que la couleur de mes yeux l'intimida et même lui fit peur. Elle s'excusa et alla discuter de mon cas avec une autre infirmière qui vint me trouver et me pria de l'accompagner avec une gentillesse et une délicatesse qui, je le compris plus tard, n'étaient pas réellement franches. En effet, une fois l'aile psychiatrique atteinte, un joli comité d'accueil formé d'une infirmière à l'air revêche, d'un jeune psychiatre ventripotent et d'un infirmier aux bras musculeux m'attendait en face du poste de garde. Je compris immédiatement qu'on me prenait pour un dérangé. Plutôt que de m'en montrer vexé, j'arborai un large sourire et me dirigeai vers le psychiatre.

— Cher docteur Fusteinberg, dis-je, au hasard, en lui donnant la main et en prenant mon air le plus égaré. Comment se porte notre patiente?

— Oh... Très bien! répondit le psychiatre, qui était moins bon comédien que moi.

Et il ajouta, comme pour tenter de donner le ton à une mauvaise réplique de théâtre :

— Elle fait d'énormes progrès!

— À la bonne heure! fis-je en serrant la main de l'infirmier comme s'il s'agissait d'un confrère.

L'infirmier se montrait plus réticent à entrer dans le jeu, mais il finit par sourire et relâcher son attention devant l'affabilité de mes manières. J'en profitai pour lui assener un coup de genou en pleines couilles. Il s'écroula aussitôt par terre et se mit à aboyer comme un chien. J'envoyai le psychiatre au plancher d'un solide crochet à la mâchoire. Quant aux deux infirmières, elles restèrent un moment figées avant de réaliser qu'elles étaient désormais seules contre ce qu'elles imaginaient être un fou furieux. Celle qui m'avait accompagné tourna les talons et partit en courant chercher de l'aide, la chose à mon avis la plus intelligente à faire étant donné les circonstances. L'autre prit un air farouche et commença à esquisser les gestes d'un étrange rituel, taï-kuan-do, kung-fu ou quelque chose du genre, tout cela entremêlé de roucoulements gutturaux ridicules. Personnellement, je l'aurais enfermée sur-le-champ. Je m'en débarrassai à l'aide d'un simple croc-en-jambe, sautai par-dessus le comptoir du poste de garde, parcourus la liste des patients, et moins d'une minute plus tard j'étais dans la chambre de ma mère.

Une bougie parfumée brûlait tout doucement sur sa table de chevet. Ma mère dormait paisiblement, revêtue d'une chemise d'hôpital bleu pâle sur laquelle était épinglée une magnifique broche en forme de papillon. Rémy était donc venu, et il l'avait épargnée! Pourquoi? Il me sembla entendre une voix sourde répondre à l'intérieur de moi : «Arrête de te poser des questions et regarde sous la bougie!» Il y avait en effet une enveloppe. Je l'ouvris.

Cher docteur Watson,

Je vois que vous avez réussi à remonter jusqu'au nœud du problème en dépit des obstacles que j'avais disposés devant vous. Il ne vous reste qu'à trouver le code... le vrai.

Au plaisir de vous retrouver!

Sherlock Holmes

Une agitation grandissante se fit entendre dans le couloir : les renforts arrivaient!

J'attrapai une chaise et fis éclater en morceaux les fenêtres de la chambre. Je me ruai à l'extérieur. J'ignore combien de temps je courus, ni combien de rues différentes j'empruntai pour semer mes poursuivants, mais lorsque je m'arrêtai, j'étais épuisé et perdu. Je fouillai machinalement dans les poches de mon veston, histoire de trouver un mouchoir pour m'éponger le front, et tombai sur la paire de lunettes que j'avais subtilisée dans l'appartement de Suroh. Je m'en affublai immédiatement, et me remis en route, d'un pas lent cette fois, ne voulant pas laisser transparaître l'agitation dans laquelle je me trouvais. Je n'arrêtais pas de penser au mot que m'avait laissé Rémy. Le code, le code, le damné code!

Au bout d'une demi-heure de marche, j'arrivai à l'avenue Westchester, et me rappelai soudainement que c'était l'avenue où résidait Mourhu, dont j'étais sans nouvelles depuis maintenant trois semaines. J'avais bien tenté de le rejoindre avant ma réclusion, mais la seule personne avec qui j'avais pu parler avait été Smithy, qui m'avait appris les tentatives de Mourhu pour négocier en coulisse la libération de Witworth. Je devais apprendre ensuite que Mourhu était parti en voyage pour deux semaines sans laisser ni adresse ni numéro de téléphone. Sur le coup, j'en avais été froissé, car je trouvais inhumain qu'il m'ait lâché à un moment aussi crucial de l'enquête. Smithy devait m'avouer cependant que son patron n'avait pas un comportement tout à fait normal depuis quelque temps. Il était distrait, gaffeur. «Personnellement, je ne l'avais jamais vu dans un état pareil, et surtout pas abandonner une enquête si près du but!» m'avait-il confié. Il faut dire que je lui avais damé le pion à plusieurs reprises dans cette affaire et qu'il en avait assurément éprouvé du dépit, mais était-ce une raison suffisante pour tout laisser tomber?

J'essayais de me souvenir de son adresse exacte quand j'aperçus sa vieille Oldsmobile. La chance était avec moi. J'entrai dans l'immeuble en face duquel elle était garée. Il y avait plusieurs locataires, mais un seul qui portait un nom aussi ridicule que Mourhu. Il habitait au deuxième étage, appartement 4. J'y fus en moins de trente secondes. Soudain, j'eus une hésitation : il était près de trois heures du matin! «Tant pis! me dis-je. Après tout, il ne se gêne pas, lui, pour m'appeler à des heures indues.» Je commençai par cogner doucement, puis je dus bientôt marteler la porte.

— Qui est là? demanda une voix ensommeillée.

— William.

Mourhu m'ouvrit d'un air bougon. Il portait une robe de chambre bleue rayée jaune qui lui descendait jusqu'aux chevilles.

— William? s'étonna-t-il. Qu'est-ce que vous faites là?

— Je prenais une petite marche dans le coin quand j'ai aperçu votre voiture. Je me suis dit : allons lui rendre une petite visite! Alors me voici.

— Mais il est presque trois heures du matin!

— Et après? C'est une de vos heures favorites pour m'appeler lorsque vous désirez me parler.

— C'est bon, fit-il. Entrez.

Mourhu m'invita à m'asseoir sur le canapé du salon. L'intérieur de son appartement était un peu fade, quoique rafraîchi par des rénovations récentes. Il affichait certaines touches de coquetterie, par exemple des fleurs dans un vase, chose que je ne me serais pas attendu à voir dans l'appartement d'un inspecteur de police célibataire. Quant au maître des lieux, il n'était pas loquace. Ma présence semblait le mettre mal à l'aise. Je compris bientôt pourquoi quand une voix ensommeillée demanda tout haut :

— Qu'est-ce qui se passe, chéri? Un ennui?

— Ce n'est rien, Mimi, répondit Mourhu. Un ami... Tu peux rester couchée.

— MIMI? fis-je, abasourdi. Qui est-ce?

— Une femme.

— Je m'en doute bien! Mais encore? Je la connais?

— Non, mentit-il maladroitement. Enfin, oui... se reprit-il, toujours maladroit. Il s'agit de Myriam Dexford.

— Vous n'êtes pas sérieux?

— Si.

— Eh ben ça alors! Ça dure depuis combien de temps?

— Pas si fort, dit Mourhu, pas si fort. Ce n'est pas ce que vous pensez. Je... C'est arrivé par accident. Après l'interrogatoire, j'ai...

— Je ne pense rien du tout, l'interrompis-je. Et il est inutile de m'expliquer quoi que ce soit. Je suis content pour vous.

— Vraiment?

— Oui.

Les yeux de Mourhu pétillèrent. Il était comme un enfant que l'on vient de complimenter pour une bonne action. Un moment, il avait eu peur que je ne l'approuve pas, que je lui fasse des remontrances, lui qui ne se souciait d'habitude jamais de l'opinion des autres!

— Vous êtes amoureux, dis-je.

Il ne répondit pas, mais il rougit.

— Et elle?

— Je l'ignore. Mais elle m'aime bien.

— C'est avec elle que vous êtes parti en voyage?

— Comment? Vous saviez?

— Smithy m'a mis au courant... pour le voyage, je veux dire.

— Eh bien, oui. Nous sommes allés aux Bermudes. Deux semaines magnifiques! Je compte y retourner bientôt et peut-être même m'y installer... si Myriam me suit, évidemment. J'ai fait quelques économies.

— Je comprends.

— J'en suis content. Mais parlons de vous. Qu'est-ce qui vous amène à cette heure indue?

— Oh, pas grand-chose, sinon la faillite officielle des entreprises Roschildren, et peut-être bien la faillite de ma propre personne.

Mourhu resta un moment pensif.

— Je vois ce que vous pensez, murmura-t-il. Vous pensez que je vous ai laissé tomber.

— Il y a un peu de ça. Mais je ne vous en veux pas. Vous aviez d'excellentes raisons de le faire. Après tout, je vous ai donné à plusieurs reprises l'impression que j'en savais plus que vous dans cette affaire.

— J'ai toujours cette impression, releva Mourhu.

— Ma foi, vous n'avez sans doute pas tort.

— Désirez-vous une tasse de café? demanda-t-il en se levant pour me signifier qu'il était prêt à reparler de l'affaire.

— Reste assis, chéri, ordonna aimablement Myriam qui venait de rentrer dans le salon revêtue d'une robe de chambre bleu pâle. Je vais m'en occuper...

Bonjour, monsieur Roschildren, ajouta-t-elle. Vous êtes bien matinal.

Je lui rendis son bonjour. Elle s'approcha de Mourhu, lui caressa la nuque et l'embrassa sur le front; puis elle se dirigea vers la cuisine d'un pas velouté de jeune chatte.

Lorsque je tournai la tête vers Mourhu, il était rouge comme une pivoine. Les petites attentions personnelles de Myriam l'avaient mis mal à l'aise. Je souris pour le réconforter.

— Elle est splendide, fis-je remarquer.

— En effet, convint-il, en effet. Mais, dites-moi, pourquoi portez-vous ces lunettes fumées?

— Parce que c'est mieux ainsi.

— Ce n'est pas une réponse.

— Disons que je crains de vous faire peur.

— Me faire peur? Hum... Il y a quelque chose de changé en vous.

— Vous m'avez dit une chose semblable la dernière fois que nous nous sommes vus.

— Non, la dernière fois, je parlais d'un changement psychologique. Cette fois, c'est physique. Vous paraissez plus jeune et... Levez-vous!

Je me levai.

— Oui, dit Mourhu. C'est bizarre mais vous avez également grandi.

— Vous allez rire, dis-je en m'assoyant. J'ai suivi durant les deux dernières semaines une cure de rajeunissement. Je vous la conseille : enfermez-vous dans votre appartement... tirez les rideaux, verrouillez les portes, débranchez votre téléphone et passez votre temps à boire de l'eau et à lire un poème débile qui est censé signifier quelque chose que vous ne comprenez pas.

— Vous voulez parler du poème de votre frère?

— Évidemment.

Myriam arriva avec le café. Elle était d'excellente humeur, ce qui semblait être un des traits déterminants de son caractère. Le café était chaud et je soufflai dessus à plusieurs reprises avant de pouvoir y goûter. Il était délicieux.

— Mais, dit tout à coup Mourhu en me dévisageant, VOUS BUVEZ DU CAFÉ!

— Oui, pourquoi?

— Mais vous détestez le café! Vous me l'avez dit de nombreuses fois!

— Vraiment?

— Si! Chaque fois que je vous ai offert un café, vous avez fait la moue et réclamé un thé.

— C'est que je ne voulais pas de votre affreux café de restaurant, tout simplement. Celui-ci au contraire est exquis, et, sans vouloir vous vexer, je suis certain que vous n'êtes pas capable d'en faire un aussi bon.

Myriam émit un rire coquin et nous pria de l'excuser. Ma venue tombait bien, disait-elle, car elle désirait rentrer de bonne heure à son appartement. Elle partit dans la salle de bains faire sa toilette.

— Allons, dis-je à Mourhu, nous n'allons pas nous quereller pour une tasse de café.

— Vous! dit Mourhu qui ne quittait pas son air bougon. Vous êtes vraiment quelque chose!

— Et vous aussi! répliquai-je. Voilà sans doute pourquoi nous sommes amis.

Cette dernière réplique fit plaisir à Mourhu; il perdit sa mine contrariée et retrouva une certaine bonne humeur. Je jugeai le moment venu de lui raconter mes dernières découvertes.

— Voyez-vous, dis-je au bout d'un certain temps, tout réside dans le poème : il est le nœud du problème et la dynamique autour de laquelle Rémy a bâti toute sa machination. Il est donc essentiel de nous attarder à son contenu. Or j'ai beaucoup réfléchi à ce contenu au cours des dernières heures... Si nous laissons de côté les dessins – qui nous ont, semble-t-il, révélé leur secret –, il nous reste à cerner la signification cachée du poème, de quoi il parle exactement.

Je venais de déposer la feuille originale du poème sur la table à café. Mourhu s'en empara et le relut attentivement.

— C'est très simple, fit-il au bout d'une minute. Le titre latin l'indique assez clairement : il parle d'une éclipse de Soleil.

— C'est la conclusion à laquelle j'étais arrivé. Mais elle est fausse. Ce n'est pas d'une éclipse que nous parle le poème, mais d'une paire de yeux qui est décrite comme étant ou ressemblant à une éclipse. Ces yeux représentent ou plutôt cachent un personnage subtil : Horus, dieu symbolisé dans la mythologie égyptienne par un homme à tête de faucon dont les yeux représentent le Soleil et la Lune. La présence de l'Égypte et de son dieu nous est habilement révélée par le fait que le héros du poème, le «je», trouve la réplique de cette paire de yeux «Dans les prés d'une île». Phrase que nous pouvons interpréter phonétiquement en faisant la liaison entre «une» et «île» comme étant : «Dans les prés du Nil»; soit le plus grand fleuve de l'Égypte, considéré par les anciens Égyptiens comme le fleuve de la vie. C'est dans ces prés que pousse une marguerite étrange dont la couleur des pétales et du pistil symbolise une éclipse de soleil annulaire. À l'intérieur justement, le cœur du héros, transformé en papillon, y voit l'astre de nuit au Soleil se croiser, donc une éclipse en train de se produire. Et c'est à ce moment-là que l'histoire, jusqu'à maintenant doucereuse, prend une pente tragique qui finit par la cécité symbolique du «je», les ocelles étant chez le papillon des yeux postiches. Ce revirement est prévisible puisque Horus, dieu essentiellement bon, est aussi un dieu vengeur, et sa vengeance est ici pernicieuse, «invisible» et inattendue; elle est symbolisée par la réunion de ce qui, pris séparément, était inoffensif : le Soleil et la Lune.

— Mais où tout cela nous mène-t-il? s'impatienta Mourhu. À part les dessins, que vous avez justement écartés, je ne vois pas très bien le rapprochement à faire avec votre frère et les meurtres.

— Il y en a un. En prenant le nom de Suroh et en l'inversant, on obtient Horus. Ce même Horus qui est symbolisé sur la page couverture du recueil par le faucon entouré du Soleil et de la Lune. Maintenant, rappelez-vous ce que nous a dit Myriam à propos de sa sortie au cinéma avec mon frère. Elle a mentionné qu'un de ses yeux était orange, et même phosphorescent. Même chose pour Mme Hartington qui nous a révélé ce détail sous hypnose, en spécifiant que l'autre œil était noir. Je vous dis cela car j'ai vécu, par je ne sais quel tour de passe-passe, une mystérieuse transformation physique au cours de ma réclusion : mon œil droit est devenu orangé et mon œil gauche entièrement blanc. L'un symbolisant le Soleil, évidemment, l'autre, la Lune. Retirez mes lunettes.

Mourhu s'exécuta.

— Bon Dieu! s'écria-t-il. C'est incroyable!

Myriam accourut immédiatement dans le salon; Mourhu eut tout juste le temps de l'entraîner hors de la pièce pendant que je remettais mes lunettes. Elle eut beau le questionner sur ce qui venait de se passer, il ne dit rien. Il lui donna simplement les clés de son auto et l'invita à retourner chez elle sans plus tarder. Elle partit de mauvaise humeur.

— Je suis désolé, dis-je à Mourhu quand il fut de retour dans le salon. Je ne voulais pas faire de la bisbille entre vous. Je...

— C'est sans importance. Elle aura oublié d'ici peu. Mais vous... Que vous est-il arrivé?

— Je ne sais pas... À mon avis, j'ai subi une sorte d'envoûtement dont je ne suis pas encore sorti. Ainsi, après que mon corps fut passé successivement dans ce que j'appellerais une phase lunaire et une phase solaire, je suis maintenant dans une phase que je qualifierais d'écliptique. Mes yeux ont pris la couleur d'une éclipse de Soleil annulaire. Il s'agit à mon avis d'une phase temporaire. Je ne sais pas comment vous expliquer cela au juste, mais il semble qu'il y ait un lien étrange qui m'unisse à mon frère, un lien qui va au-delà de la famille et du fait que nous somme jumeaux. Or, je ne saurais décrire la nature exacte de ce lien. Tout ce que je sais, c'est que je dois rencontrer mon frère durant cette phase. Après, il sera sans doute trop tard. Mais pour cela, je dois trouver le code, vous comprenez? Voilà pourquoi je suis ici. Pour que vous m'aidiez à trouver ce fameux code! Je dois le trouver!

J'entrai subitement dans un tel état d'énervement que Mourhu sortit une bouteille de whisky et m'obligea à en avaler deux verres.

— Il est inutile de vous énerver de cette façon, dit-il. Nous allons le trouver ce code. J'ai ma petite idée là-dessus, vous pensez bien.

Il s'envoya deux verres derrière la cravate et ajouta :

— Tout d'abord, je crois que vous faites fausse route. Non sur le fond, car ce que vous avez dit sur le sens caché du poème me semble hautement pertinent. Cependant, vous nagez depuis un certain temps dans l'abstrait, alors que votre frère, lui, n'a jamais quitté le domaine du concret. Exemple : les meurtres et tout ce qui s'y rattache – points cardinaux, images, couleurs – représentent des choses très concrètes. Il est donc logique de penser qu'il en va de même pour le code, qui doit être aussi concret que les mots du poème, ces mots qui, une fois découpés et disposés d'une certaine façon, ont formé des images, toujours très concrètes elles aussi.

— Qu'est-ce que vous venez de dire à propos des mots? fis-je brusquement.

— Je disais qu'ils étaient...

— Vous avez parlé de mots découpés!

— Oui, lorsque vous m'avez raconté votre histoire, vous m'avez dit que votre frère avait découpé les mots pour...

— Justement! l'interrompis-je. Regardez la feuille du poème!

— Quelque chose ne va pas?

— Et comment! Il n'y a aucune trace de découpures sur cette feuille! Or c'est la feuille originale! Il devrait normalement y en avoir puisque le soir où nous avons joué aux détectives, Rémy m'a affirmé qu'il avait découpé les mots répétitifs et que c'est par hasard qu'ils avaient emprunté une disposition qui lui avait permis de faire ses images. Il m'a donc menti. Il n'a pas découpé les mots. Il n'a pas mis la feuille sous une lampe dans l'espoir d'obtenir une forme concrète. Allez me chercher une lame, vite!

J'allumai une des lampes sur pied du salon et ajustai son abat-jour. Lorsque Mourhu revint avec une lame, je me mis à découper les mots avec une telle fébrilité que je me coupai le bout des doigts à deux ou trois reprises. À la fin, Mourhu ferma les lumières et je disposai la feuille entre la lampe et le plancher. La forme qui se dessina sur le parquet ne représentait malheureusement rien de concret.

— Ce n'est pas vrai, murmurai-je, découragé. J'aurais pourtant juré...

— Moi aussi, dit Mourhu. Moi aussi...

Dépité, Mourhu se versait un grand verre de whisky quand je m'écriai :

— Bon sang! Mais c'est beaucoup plus simple! Les trous de cette feuille de papier, ça ne vous rappelle rien?

— Non.

— Les machines électroniques d'un journal tapent les articles selon un code fait à partir de bandes perforées. Lorsque vous payez votre compte d'électricité ou de téléphone, il y a le plus souvent sur votre enveloppe-réponse un code informatique fait de plusieurs petites bandes noires destinées à être identifiées par l'ordinateur de la compagnie. De même les clés de certains hôtels sont en fait des cartes perforées; de même pour les corrigés des examens à choix de réponses. Or il y a justement sur le côté gauche de la lampe un espace dont la présence et la fonction sont toujours demeurées un mystère. Et d'après les souvenirs que je conserve de cette ouverture, elle correspond tout à fait aux dimensions de cette feuille de papier! Vous saisissez?

— Oui. Je vous suggère tout de même de reproduire cette série d'espaces sur une feuille un peu plus rigide. La feuille du poème est tellement défraîchie que vous pourriez avoir des ennuis à la glisser dans l'ouverture.

— C'est un détail. Je peux me servir de votre téléphone?

— Que voulez-vous faire?

— Partir à Londres dans le prochain avion!

— Je viens avec vous!

CHAPITRE 18

REM

Je réussis à me glisser de justesse dans un avion en partance pour Londres. Par bonheur, une annulation avait eu lieu au moment où j'appelais l'aéroport – une annulation double, malheureusement, et Mourhu en profita pour s'emparer de la place restante. Cela me rendit de mauvaise humeur, d'autant plus que nous étions assis au beau milieu d'un 747 bondé. Certes, j'étais redevable envers Mourhu de l'aide qu'il venait de m'apporter pour résoudre le code et je le considérais depuis un bout de temps comme un véritable ami, néanmoins ce qui allait suivre ne le concernait pas : c'était une affaire personnelle à régler entre Rémy et moi.

— Allons, souriez un peu! lança Mourhu qui multipliait les cognacs-whiskies depuis que nous avions décollé. Nous ne sommes pas si mal installés, après tout!

J'ai toujours envié (en fait, je devrais plutôt dire que je n'ai jamais compris) les gens qui ne ressentent jamais l'impression de déranger les autres. Pour ma part, je n'ai jamais été en mesure de me départir complètement de cette saine paranoïa. Sans doute faut-il être très imbu de sa personne pour ne pas se rendre compte que notre présence peut parfois gêner les autres et même les exaspérer. Cette attitude correspondait bien à Mourhu qui fut d'autant plus détestable qu'il n'arrêta pas de vouloir me faire partager la soûlerie à laquelle il se livrait depuis notre départ. Le comble fut qu'il insista pour que je mange alors que je n'avais pas faim (et que je ne voulais surtout pas courir le risque d'être malade au beau milieu des gens), allant jusqu'à commander des plats que je ne touchai même pas et que je fus, par la suite, gêné de rendre intacts à l'hôtesse. Je n'eus la paix que lorsqu'il s'endormit, repu et bien ivre. J'allai aussitôt aux toilettes.

Je regrettais beaucoup de ne pas avoir emporté avec moi un miroir de poche. Je guettais en effet avec inquiétude le moindre changement pouvant se produire dans la couleur de mes yeux – j'avais peur, à vrai dire, de ne pas arriver à temps au rendez-vous. Je pris l'habitude de me lever aux deux heures, afin de déranger le moins possible les occupants des sièges voisins, et, grâce au ciel, mes yeux restèrent d'un noir de jais entouré d'une couronne jaune-orange brillante durant tout le voyage.

À l'aéroport, j'essayai par tous les moyens de me débarrasser de Mourhu, qui me suivait partout avec un air de chien battu, peu fier de sa performance dans l'avion. Je sautai finalement dans un taxi, non sans qu'il réussisse à s'y engouffrer à ma suite. Sans bagage important, sans endroit où loger véritablement, la destination que je donnai au chauffeur fut immédiatement celle de la maison de mon oncle. Je mis les choses au point avec Mourhu.

— Jusqu'à maintenant, lui dis-je, vous m'avez accompagné et je n'ai pas protesté. Mais quand nous arriverons à la maison de mon oncle, j'y entrerai seul, pendant que vous, vous m'attendrez sagement à l'extérieur.

— Qu'est-ce que c'est que ces manigances? s'indigna Mourhu. Il n'est pas question que je vous laisse entrer seul dans cette maison! C'est de la folie!

— J'aimerais pour une fois, répliquai-je en essayant de garder mon calme, que vous vous mêliez de ce qui vous regarde. Ce qui va suivre est une affaire de famille. Si vous m'accompagnez, vous risquez de tout gâcher.

— Peuh! D'abord, qui vous dit que votre frère sera là? Et s'il y est, je préfère être proche de vous plutôt que de vous entendre hurler à mon secours.

— Vous êtes une vraie tête de mule! dis-je en haussant le ton. C'est au nom de notre amitié que je vous demande cette faveur! Je dois être seul pour rencontrer mon frère, sinon il ne se montrera pas!

Il suffisait de prononcer le mot amitié ou ami pour que s'opère en Mourhu une transformation immédiate. Il parut songeur un instant, puis il me confia sur un ton nettement plus compréhensif :

— Écoutez, il est inutile de nous disputer. Essayez simplement de comprendre la position dans laquelle je me trouve : à mon âge, je me rends subitement compte que vous êtes mon seul ami. C'est dramatique, non?

— Mais vous avez désormais Myriam, rétorquai-je.

— Ce n'est pas la même chose. Et, en ce qui vous concerne, il est tout à fait normal que je ne veuille pas vous laisser aller seul devant le danger... Néanmoins, fit-il après un moment de silence, puisque c'est au nom de notre amitié que vous me demandez cette faveur, je vous accorde quinze minutes pour mettre les choses au clair avec votre frère; ensuite, je rentre passer les menottes à ce filou.

— Quinze minutes? Vous vous moquez de moi! Vous savez très bien qu'on ne peut pas découper ce qui va suivre par tranches de temps, comme s'il s'agissait d'une simple rencontre sportive. Allons, vous me laisserez le temps qu'il faut.

— Hum...

Le reste du trajet se déroula en silence. J'avais l'impression d'avoir remporté une demi-victoire : je savais désormais que Mourhu me laisserait entrer seul, mais pour combien de temps? Arrivés à destination, je sortis du taxi pour payer le chauffeur tandis que Mourhu, qui s'attardait dans le véhicule, me dévisageait d'un œil réprobateur. J'espérai, l'espace d'un instant, qu'il avait décidé de continuer seul afin de se trouver une chambre d'hôtel. Mais il finit par sortir et je pus difficilement lui cacher ma déception.

— Ah, elle est belle votre amitié! éclata-t-il. Allez-y seul et faites-vous tuer si le cœur vous en dit! Je reste ici et ne mettrai les pieds dans cette maison qu'après-demain! Ça vous va?

Il n'en fit rien, évidemment, et, traversant la grille d'entrée avec moi, il m'accompagna jusqu'au seuil de la porte. À cet instant, je ne savais plus très bien ce qu'il avait décidé de faire ou ce que j'allais faire, moi, pour l'empêcher de me suivre. Mais, comme j'introduisais la clé dans la serrure, il m'arrêta d'un geste de la main et me tendit son revolver.

— Je n'ai pas besoin de ça, lui dis-je.

— Prenez-le, insista-t-il, c'est plus prudent.

— Je n'ai nullement l'intention de tirer sur mon propre frère!

— Il n'est pas un peu fou, votre frère?

Dans le fond, il n'avait pas tout à fait tort.

— Si vous êtes en danger, reprit-il, tirez en l'air. J'accourrai immédiatement.

À contrecœur, je fis glisser l'arme dans une de mes poches. Je tournai la clé, entrai dans la maison et refermai la porte derrière moi. Je décodai le système d'alarme qui se trouvait dans le vestibule, et réalisai tout à coup l'importance des gestes que je posais. Chacun de ces gestes resterait par la suite à jamais gravé dans ma mémoire. Tout d'abord, un frisson me traversa de la nuque aux orteils dès que j'ouvris la porte qui débouchait sur le grand hall. Je ressentis un malaise. C'était comme un vide, qui me fit regretter un instant de ne pouvoir m'appuyer sur une épaule secourable, celle de Mourhu par exemple, bien que je fusse vraiment trop content de m'être débarrassé de lui pour faire le moindre geste en ce sens. Son épaisse silhouette était là toutefois, traversant le vitrail teinté de la porte d'entrée et répandant son ombre sur le carrelage du vestibule comme un lourd reproche : «Pourquoi, semblait me dire cette ombre, ne veux-tu pas que je t'accompagne?» «Mais tout simplement parce que je vais à la rencontre d'un fantôme et que je n'ai pas besoin d'une ombre pour me soutenir», répliquai-je en moi-même.

Dans toutes les pièces, les meubles étaient recouverts de draps de protection et une odeur de vieux, mêlée à une poussière plutôt dense, régnait dans toute la maison. Voilà des jours que personne n'avait mis les pieds ici, et je me rendais compte à quel point j'avais été négligent sur ce point, combien il aurait été facile de charger quelqu'un de venir y donner un petit coup de balai un peu plus souvent et s'assurer, entre autres, du bon fonctionnement du chauffage central. Car l'atmosphère était imprégnée d'un très haut taux d'humidité, lequel devait être à l'origine de cette désagréable odeur de moisi que je flairais parfois à l'entrée de certaines pièces, taux d'humidité qui n'aidait certes pas à protéger l'état des nombreux tapis, boiseries et tableaux qui ornaient la maison. En fait, si la chaudière était la même que celle qu'il y avait au temps de mes parents, si Roschildren n'avait fait que réparer coup sur coup une chaudière qui nous en avait déjà fait voir de toutes les couleurs à l'époque, alors il n'était pas étonnant que cette dernière ait flanché une fois de plus, causant cette fois-ci des dégâts qui seraient peut-être irréparables.

Malgré tout, je parvenais à déceler à travers cette atmosphère lourde et moisie des parfums familiers qui me projetaient dans un ailleurs si lointain sur le plan temporel, qu'il était effrayant de m'en trouver si rapproché matériellement. Je voyais, ou plutôt je découvrais, comme l'adolescent qui regarde son corps se transformer, des parties, voire des scènes entières de mon enfance et de mon adolescence qui semblaient reprendre vie, graduellement, comme je montais l'escalier qui menait à l'étage. Était-ce une sensation plus psychologique que physique? Même l'humidité ambiante paraissait s'estomper pour faire place à une chaleur bienfaisante, et une bonne odeur de cuisine familiale semblait me chatouiller les narines. Or en atteignant le seuil de l'étage, je fis la rencontre brutale de mon propre moi, âgé de douze ans. Arrivant par l'arrière, il doubla mon corps en riant aux éclats et disparut de ma vue en empruntant l'escalier du grenier. Il fut... enfin, je fus immédiatement suivi de Rémy, poursuivant ce moi au pas de course. J'étais médusé... Et je le fus davantage quand je vis Rémy se retourner pour me faire un clin d'œil : «Ça surprend, hein, William?» m'envoya-t-il avant de reprendre sa course. Vraiment, c'en était trop! Les jambes me manquèrent et je tombai sur le plancher; mes mains agrippèrent quelque chose... Comment expliquer cela? C'était une sorte de voile imaginaire qui sembla se déchirer comme je m'écroulais sur le sol. Automatiquement, l'atmosphère redevint lourde et humide, et l'odeur caractéristique du moisi s'engouffra à nouveau dans mes narines.

Cette vision invraisemblable venait de me donner un choc. Jusqu'à maintenant, j'avais avancé avec crainte, me laissant impressionner par les lieux, vivant également la peur que le code que je venais de découvrir avec Mourhu ne fût une fausse piste. Mais là, j'étais furieux. Je me relevai et me dirigeai d'un pas décidé vers l'escalier du grenier.

Malheureusement, j'avais oublié d'apporter avec moi une lampe de poche et une fois rendu au grenier, je dus attendre un moment que mes yeux s'habituent à la noirceur. Oh, pas longtemps, car j'avais remarqué depuis un certain temps que ma vision était plus sensible qu'auparavant à l'obscurité. Puis je la vis : son ombre, plus noire que la noirceur environnante... Elle me faisait penser à la silhouette menaçante d'un rapace nocturne. Face à elle, je me sentais aussi petit qu'un mulot qui vient de sortir de son trou, et l'idée de revenir sur mes pas me traversa l'esprit. J'attendis pourtant d'y voir encore plus clair, histoire d'insérer sans bavure la feuille perforée dans l'ouverture. Malgré moi, je serrais le revolver de Mourhu à travers la poche de mon manteau pour me donner du courage... Le moment était arrivé. Qu'est-ce que j'attendais? Je mis un pied sur la rampe et, d'un bond, je m'agrippai à la lampe. Je me balançai avec elle pendant quelque temps. Puis, une fois immobile, j'insérai la feuille dans l'ouverture. Je me laissai ensuite retomber au sol.

À mon grand désarroi, rien ne se produisit. J'attendis encore quelques secondes et ne voyant aucun changement survenir, je me laissai aller au découragement. Cela dura quelques minutes, pas très longtemps car il me vint subitement à l'esprit que je devais nécessairement allumer la lampe si je désirais qu'il se passe quelque chose.

Je dévalai les marches de l'escalier et poussai le commutateur. Une véritable douche lumineuse m'accueillit comme je remontais. Phénomène normal : le rituel commençait. J'assistai à son déroulement la gorge serrée. Je n'entendis pas la voix, partie du mécanisme qui s'était brisée peu de temps après la mort de Rémy et que je pensais voir réactivée grâce à la feuille perforée. Cette absence me sembla de mauvais augure quant à l'issue du rituel. Une foule de pensées se pressèrent à ce moment-là dans mon esprit, me donnant l'impression bizarre que j'allais devenir fou si jamais rien ne survenait. Enfin, les lumières augmentèrent en intensité, puis elles revinrent à un état de clarté normal. Durant plusieurs secondes, qui me parurent vraiment interminables, rien n'arriva. Subitement, tout s'éteignit... Il s'écoula encore quelques secondes – j'étais effrayé! – puis j'entendis une des quatre portes s'ouvrir et se refermer. Une des quatre portes! Était-ce celle du sud, du nord, de l'ouest ou de l'est? Il m'était impossible de savoir laquelle exactement, car aucune lumière n'avait accompagné l'ouverture de cette porte. J'étais sur mes gardes. Cela ressemblait à du Rémy tout craché. D'une main, j'agrippai fermement la rampe du grenier, tandis que de l'autre, je me surpris à mettre le doigt sur la gâchette du revolver de Mourhu. Un souffle chaud me caressa tout à coup la nuque... Je me retournai en dégainant le revolver. Bien que je ressentisse une forte envie de tirer, je ne le fis pas, me contentant plutôt de fouiller l'espace environnant avec le bout du canon. Il n'y avait rien, cependant je sentais toujours sur ma figure un souffle chaud. J'éclatai.

— Ça suffit! criai-je. Tu m'entends, Rémy? J'en ai assez! Je ne joue plus! Montre-toi!

La lampe devint alors phosphorescente, et un formidable jet de lumière jaillit dans l'escalier. Surpris, je fis un bond de côté et mon épaule heurta la porte ouest, qui s'ouvrit brusquement et me projeta sur le plancher. Les trois autres portes s'ouvrirent simultanément et firent entrer dans la pièce une quantité de lumière si abondante que je fus pendant plusieurs secondes aveuglé. Quand je fus à même de voir à nouveau, les marches de l'escalier du grenier s'étaient repliées vers le haut, fermant complètement l'ouverture dans le plancher. Des centaines de kilomètres de paysages défilaient derrière les quatre portes, phénomène qui ressemblait à la rotation vertigineuse des dessins sur les roulettes d'une machine à sous et qui procurait l'étrange impression que le grenier était en chute libre. Finalement, cette rotation s'arrêta net sur quatre images précises, provoquant la sensation d'un arrêt brusque de la chute — j'en éprouvai un terrible haut-le-cœur.

Lorsque je me relevai, je vis qu'il y avait au nord un paysage de glace; à l'ouest, une prairie verdoyante; au sud, un désert de sable; à l'est, la mer... Il y avait également un vent très fort, presque assourdissant, qui soufflait dans la pièce centrale. Je fis le tour des quatre portes, passai ma tête à travers chaque encadrement, observai le panorama offert par chacune d'elles. J'étais grisé par tant de splendeur et de majesté. Je crois que si j'avais eu des ailes, je me serais immédiatement envolé dans une de ces quatre directions.

Ma peur, vieille compagne de tous les jours, se faisait désormais toute petite devant la beauté des paysages. J'étais en réalité trop heureux pour ressentir la moindre peur, car je n'arrêtais pas de me répéter à moi-même : Tu n'es pas fou! Tu n'es pas fou! Le poids mental que m'enlevait cette simple constatation me procurait une incroyable impression de légèreté, tellement que, comme je l'ai déjà dit, si j'avais eu des ailes, j'aurais vraiment pu m'envoler.

Puis la griserie passa. Il manquait quelqu'un : Rémy. Au fond de moi, il y avait quelque chose qui ressemblait à de la vengeance, quelque chose d'un sentiment à assouvir. Or, depuis plusieurs minutes, rien de nouveau ne survenait. Les quatre portes restaient ouvertes, offrant leurs trésors, comme jadis l'avait fait la caverne magique pour Ali Baba. Et je compris tout à coup qu'il ne viendrait pas, que c'était moi, au contraire, qui allais devoir aller vers lui. J'avais donc un choix à faire, un choix après lequel, de toute évidence, la lampe attendait. Et je sentis que je devais faire vite, que les portes ne demeureraient pas ouvertes ainsi éternellement. Mais la direction à prendre représentait un problème, car selon toute vraisemblance, une seule de ces quatre directions me mènerait à Rémy. Je choisis la mer... Non parce que mon dernier voyage avec Rémy avait eu lieu dans cette direction, mais pour une question pratique : aucune des quatre portes n'était pourvue d'une échelle ou d'un escalier; or le sol de chacun des paysages se trouvait situé à plusieurs mètres du seuil. Et si jamais rien n'avait été prévu pour freiner ma chute, je préférais que ce soit l'eau qui s'en occupe.

Je pris place dans l'encadrement et, étourdi, halluciné, je regardai la mer scintiller comme une émeraude plusieurs mètres plus bas. J'avais le vertige... J'hésitais toujours, guettant la porte du coin de l'œil de peur qu'elle ne se referme sur moi. Franchement, j'aurais donné cher pour avoir un parachute! Enfin, il fallait bien faire quelque chose. Je fermai les yeux et me lançai dans le vide.

Je chutai à une vitesse hallucinante : rien, absolument rien, ne freinait ma chute. J'ouvris les yeux et commençai à m'inquiéter de la position dans laquelle j'atteindrais l'eau. Hélas! je ne voyais rien, d'une part à cause de la friction de l'air, de l'autre à cause de mes vêtements qui me remontaient au visage. C'est par hasard que j'entrai dans l'eau la tête la première. Je faillis me noyer sur-le-champ, car l'effet de la chute, allié à celui de la peur, m'avait amené à garder la bouche grande ouverte.

La mer était plutôt agitée et les vagues me dissimulaient par moments une bonne partie de l'horizon. J'enlevai mes chaussures et me débarrassai du revolver de Mourhu dont le poids nuisait beaucoup au maintien de mon corps à la surface de l'eau. «Saleté de Rémy! pensai-je. Il n'a pu résister au plaisir de me faire une farce stupide!» Je ne m'étais pas noyé, certes, mais je n'étais pas tiré d'embarras pour autant : il n'y avait autour de moi que la mer à perte de vue. Je me questionnai aussitôt sur la pertinence de mon choix. Avais-je seulement choisi la bonne direction? Cette seule pensée me donna des crampes à l'estomac, qui furent redoublées par la crainte de la présence possible de requins. La mer dans laquelle je me trouvais était en effet une mer chaude.

Projeté un instant au sommet d'une vague, j'aperçus tout à coup une voile blanche et nageai dans sa direction, plutôt par réflexe que par conviction. Au bout d'une dizaine de minutes cependant, je n'étais plus qu'à une centaine de mètres de ce qui ressemblait à un gros radeau surmonté d'un mât au bout duquel flottait un pavillon noir arborant la fameuse tête de mort, détail qui ne me fit pas tressaillir outre mesure car je n'apercevais à son bord qu'une seule personne et ne doutais pas un seul instant de son identité. L'embarcation se trouva bientôt, comme par le plus grand des hasards, à croiser ma route, et je n'eus aucune difficulté à me hisser à son bord.

Ce n'était pas Rémy qui était à la barre comme je me l'étais primitivement imaginé, mais un vieux marin dont la peau était si ridée, si basanée qu'elle donnait l'impression d'être rude comme du papier sablé. Une large balafre partait du côté gauche de sa figure, glissait le long de son cou et de son torse, et allait se terminer au nombril, un peu comme si son auteur s'était évertué à lui donner cette forme pour le plaisir de faire ce qu'on appelle une «belle cicatrice». Une petite pipe en bois trouait une large bouche dont les lèvres minces et exsangues, et l'absence évidente de dents – et peut-être même de gencives! –, donnaient à la figure un repli grotesque vers l'intérieur et un menton très saillant qui n'étaient pas sans rappeler Popeye le vrai marin. Les paupières semblaient détachées du reste de la figure, en ce sens qu'elles paraissaient plus molles et plus blanches que le reste de la peau et qu'elles battaient au rythme régulier d'une poupée mécanique. Les bras étaient forts et musculeux, mais les jambes, flasques et molles, pendaient en plusieurs plis graisseux. C'était bizarre, mais j'avais l'impression que cette peau, qui semblait huilée par endroits, avait une texture qui se rapprochait du plastique et même du caoutchouc. Le corps n'était pas très grand, mais extrêmement large et épais. Bref, le personnage avait un aspect irréel : il semblait tout droit sorti d'une bande dessinée!

Le vieux marin n'avait eu aucune réaction hostile en me voyant me hisser à bord. Il s'était contenté de grogner, comme quelqu'un qui, à la veille de faire une manœuvre difficile, est ennuyé par l'arrivée impromptue d'un moustique. Or c'est ainsi que je me sentis après plusieurs minutes d'un dialogue de sourds où chacune de mes questions fut accueillie par des grognements répétés et des gestes de la main qui m'incitaient à me taire et à rester tranquille. Le vieux marin paraissait réellement inquiété par une manœuvre délicate. Avec le vent, le radeau filait à une bonne allure et il n'avait de cesse de guetter l'horizon en face de lui, histoire d'ajuster sa barre de navigation dans une direction qui ne semblait jamais assez satisfaisante à son goût. Je regardai sous la voile pour comprendre ce qui l'agitait ainsi : une île minuscule se profilait droit devant nous. Or il y avait tout lieu de croire que le vieux marin avait peur de la manquer, ce qui, en soi, était parfaitement ridicule puisque le radeau en lui-même paraissait très maniable et qu'il le manœuvrait d'une main de maître. Je commençai donc à douter de l'équilibre mental de cette espèce de Popeye; ses nombreux grognements m'incitaient d'ailleurs à penser que j'étais vraisemblablement en face d'un faible d'esprit. En fait, ne faut-il pas être un peu fou pour arborer l'emblème des pirates alors qu'on se trouve seul au beau milieu de l'océan, à la tête d'une embarcation de fortune?

Le radeau fut un instant secoué, et je compris que nous venions d'échouer sur la berge de l'île. Le vieux marin me regarda fixement, semblant tout à coup se rendre compte de mon existence. Il demeurait immobile à la barre, et j'avoue que je n'aimais pas du tout sa façon de me regarder. Il eut un geste que j'interprétai mal : il lâcha en effet la barre, mais c'était simplement pour se gratter l'oreille, celle d'où partait la balafre. Il y eut alors un phénomène extraordinaire : le vieux marin inséra son pouce à l'intérieur de sa cicatrice – geste qui fut accompagné d'un bruit spongieux très désagréable – et avec l'aide de son autre main, il tira de chaque côté de la balafre, qui s'ouvrit tout d'un coup de l'oreille au nombril, formant une plaie béante de laquelle émergea Rémy!

— Ha, ha! rigola Rémy. Je t'ai bien eu, hein? Je t'ai bien eu!

J'étais encore tout secoué par ce que je venais de voir. C'était invraisemblable. Rémy était là, devant moi, revêtu d'une chemise et d'un pantalon de corsaire, une œillère noire couvrant son œil gauche. Vraiment il était là, tout souriant, tandis qu'à ses pieds reposait cette espèce de vieille peau molle que j'avais prise pour un être humain à part entière. J'ignorais totalement de quelle matière ce déguisement grotesque était fait et je ne tenais pas à le savoir.

— Ouf! s'exclama Rémy. Je commençais à avoir drôlement chaud là-dessous! Qu'est-ce que je ne ferais pas pour te faire rigoler!

J'étais toujours interdit, revenant peu à peu à la réalité. La réalité? C'était en vérité un bien grand mot. Je ne savais plus très bien où j'en étais; je ne savais pas non plus comment agir ou réagir. Devais-je sauter au cou de Rémy ou lui donner une bonne raclée?

— Holà, dit Rémy. Secoue-toi un peu, Wil! Nous avons une île à explorer! Et tu ne devineras jamais ce que j'ai ici, ajouta-t-il en sortant une feuille jaunie de la poche de son pantalon. Mais oui, une carte au trésor!

Rémy sauta à pieds joints sur la berge. Je n'avais aucune envie de jouer aux explorateurs ni aux découvreurs de trésors, mais je pris le parti de ne pas protester pour le moment et de laisser aller les choses, du moins pour un temps. Je débarquai donc du radeau tel que Rémy m'exhortait à le faire.

— Allons, disait-il. Remue-toi un peu!

J'avais bougrement envie de sacrer une bonne paire de claques à ce sale gamin, mais je me retins. Je voulais connaître la suite, si vraiment il y en avait une.

Rémy remit le radeau à l'eau et coinça la barre de navigation. Il sortit d'une petite caisse en bois un boulet de canon assorti d'une longue mèche. Les fameuses bombes de notre enfance, telles qu'on nous les représente encore dans les livres d'enfants! Rémy l'alluma et la déposa au milieu du radeau; puis il fixa solidement la voile et l'embarcation s'éloigna. Une minute plus tard, elle se disloquait dans la mer sous l'effet de l'explosion.

— Ha, ha, ha! dit Rémy. Excellent! Excellent! Nous voilà coincés au beau milieu de l'océan.

L'île sur laquelle nous étions était minuscule. Il y avait au milieu de cette île un cocotier qui était également minuscule. En fait, j'avais les deux pieds sur la réplique exacte de l'île dont j'avais rêvé lors de ma réclusion. La plage était recouverte d'un fin sable blanc, traversé par moments de petites stries rouges, exactement comme dans mon rêve. J'en fis le tour rapidement, en moins de vingt enjambées pour être exact, et je me fis la réflexion qu'elle devait être aussi petite que la planète imaginée par Saint-Exupéry pour le Petit Prince.

Le vent tomba tout d'un coup, et les rayons du soleil devinrent chauds. J'enlevai une bonne partie de mes vêtements et m'étendis sur la plage, agissant exactement comme si Rémy n'existait pas. C'était le moyen que j'avais trouvé pour me venger de lui, pour qu'il arrête son petit jeu, pour que de mon côté je conserve mon calme. Mais son ombre me cacha bientôt le soleil.

— Holà, moussaillon! fit-il. Je vous ordonne de vous lever immédiatement, j'ai besoin de votre aide!

Je ne réagis pas.

— Qu'est-ce que c'est que ces manières, canaille! glapit-il en m'envoyant un coup de pied dans les côtes. Debout! Et que ça saute!

Je me levai d'un bond et me mis au garde-à-vous.

— Excusez-moi, mon capitaine, répondis-je d'une voix piteuse. Je crois que je m'étais assoupi.

— Comment? s'indigna Rémy qui se mit à tourner autour de moi et à me dévisager. Vous avez osé vous endormir pendant votre tour de garde?

La situation était un peu ridicule car le visage de Rémy m'arrivait sous le nez : j'avais bien une tête de plus que lui!

— Pour votre pénitence, continua ce dernier, vous allez me faire le tour de cette île au pas de course jusqu'à ce que je vous dise d'arrêter!

Je m'exécutai.

Au bout d'une dizaine de tours, j'étais essoufflé et je réclamais le droit de m'arrêter.

— Comment oses-tu réclamer une telle faveur, misérable vermisseau! s'écria Rémy. Tu ne t'arrêteras que lorsque ton capitaine te dira de le faire, indigne pourceau!

Je continuai à courir jusqu'à ce que, épuisé, je tombe à genoux.

— Voilà qui est mieux, dit Rémy en s'approchant de moi. Je crois qu'au bout du compte, je réussirai peut-être à faire quelque chose avec vous, moussaillon.

Maintenant, le trésor! fit-il en sortant la carte de sa poche et en se laissant tomber à genoux en face de moi. Vous voyez, nous sommes ici, et le trésor se trouve juste là, à trois mètres à peine du palmier nain.

— Je ne vois pas très bien, mon capitaine, dis-je d'une voix si faible qu'elle semblait frôler l'épuisement total.

— Eh bien, juste là, moussaillon! fit Rémy en me mettant la carte sous le nez.

Je m'emparai de la carte, la déchirai en petits morceaux et envoyai à Rémy un tel coup de poing qu'il roula plusieurs fois sur le sable. Il se releva à demi; son nez saignait.

— Je vous ferai passer par les armes pour une telle offense! rugit-il.

— Sale petit gamin! m'écriai-je en me jetant sur lui et en rivant ses épaules au sol. Tu ne veux pas t'arrêter de jouer, hein? Eh bien, tu vas en prendre pour ton rhume!

Je lui appliquai une retentissante paire de claques. Après quoi il eut l'audace de me regarder avec le sourire. Je remis cela. Au bout de trois ou quatre fois, il n'eut plus l'air de trouver cela aussi drôle. Il tenta même de se dégager, mais je parvins à le maintenir au sol. Ma colère était loin d'être calmée. Je crois qu'il aurait fallu dix hommes pour me déloger. Du coup, je réalisai que la force extra-ordinaire que je prêtais à Rémy devait être surfaite... Eh bien, quoi? Après tout, n'étais-je pas un homme? Et lui n'était resté qu'un sale petit gamin, un adolescent qui faisait à peine ses quinze ans!

Je l'attrapai par le revers de la chemise et le tirai jusqu'au palmier. Là, je défis sa ceinture et m'en servis pour l'attacher solidement à l'arbre. Il grimaça. La ceinture était tellement serrée qu'il avait de la peine à respirer. Je ne m'en montrai pas satisfait pour autant. J'arrachai une partie de sa chemise et lui liai les mains à l'arrière du dos.

— Et voilà le travail! m'exclamai-je en reculant pour le toiser d'un œil satisfait. Si tu t'es laissé faire, c'est tant pis pour toi! Je ne sais pas combien de temps nous allons rester sur cette île, mais je ne suis pas pressé. Je suis un homme patient. Ça fait longtemps que j'attends un moment comme celui-là. Que tu meures étouffé à cet arbre me laisse indifférent. Qu'est-ce que ça peut me faire, hein? Pour moi, ça fait treize ans que tu es mort... Treize ans! Te rends-tu compte? J'ai passé treize ans de ma vie à pleurer quel-qu'un qui n'était même pas mort et qui n'en valait même pas la peine par-dessus le marché! Et tu trouves le moyen de rigoler, toi, et je devrais peut-être me mettre à rigoler avec toi? Pourquoi ces meurtres, Rem? Pourquoi cette fausse mort? Pourquoi toute cette mascarade? POURQUOI?

Le regard de Rémy se fit plus sérieux.

— Je vois que tu n'as pas changé, Wil, répondit-il. Tu poses toujours autant de questions.

Cette réplique me mit hors de moi. Je me ruai sur lui et l'empoi-gnai par les cheveux.

— Je n'ai pas changé, hein? hurlai-je. Eh bien, toi, tu as changé!
Du sale petit gamin dominateur et sadique que tu étais, tu es devenu
un fou meurtrier!

— Meurtrier peut-être, dit calmement Rémy, mais pas fou.

— Pas fou? dis-je en tirant davantage sur sa crinière. Tu es
complètement cinglé, oui!

— Je ne suis pas fou, répéta calmement Rémy, et tu le sais bien.
Je le relâchai.

— Ah, je le sais? Eh bien, figure-toi que tout ce que je sais, c'est
que moi je ne le suis pas. Mais pendant treize ans, j'en ai douté :
pendant treize ans, tu m'en as fait douter!

— C'était nécessaire.

— Nécessaire?

— Oui, prévu par le programme. Enfin, cela faisait partie du jeu.
Et tu étais d'accord avec cela... Disons que nous nous étions mis
d'accord sur cela.

— Qu'est-ce que c'est que cette histoire?

— Le début de la vérité.

— La vérité? relevai-je avec ironie. Comment accorder de la
valeur à un mot de cette nature quand il sort tout droit de la bouche
d'un menteur?

— Tu comprendras mieux quand je t'aurai expliqué.

— Alors vas-y! sifflai-je entre mes dents. Explique!

— Commence donc par me détacher, dit Rémy. Je serai plus à
l'aise pour le faire.

— Il n'en est pas question!

— Que crains-tu? Que je te fasse mal?

— Non, dis-je. Je n'ai pas peur de toi. Je n'ai jamais eu peur que
de moi-même, au fond.

— Alors pourquoi me garder attaché?

— Parce que ça me plaît... Le jeu dominant-dominé, tu connais?

— Bon. Aurais-tu au moins l'obligeance de desserrer la ceinture? Je commence à avoir de la difficulté à respirer.

La requête était légitime, et je m'y employai de bonne grâce.

— Merci, dit Rémy.

— Au fond, tu me déçois... J'aurais pensé que ta force t'aurait permis de te débarrasser facilement d'aussi piètres liens. Mais où sont donc passés tes pouvoirs?

— Je joue le jeu, me répondit simplement Rémy. Et pour le moment, c'est ton imagination qui mène le jeu, pas la mienne.

Cette réponse me dérouta un peu.

— Alors, ces explications? fis-je en changeant de ton.

— Très bien... D'abord, les meurtres. Je les ai tous commis, évidemment, et je ne m'en cache pas. Mais c'était nécessaire et prévu par le programme.

— Quel programme?

— Laisse-moi continuer, tu vas comprendre. Ton père, tante Berthe et l'oncle Roschildren étaient tous trois à la tête d'un réseau de drogue et de prostitution qu'ils dirigeaient clandestinement sous le couvert de leurs activités professionnelles.

— Les sacs de cocaïne dans la commode de tante Berthe?

— Oui, bien que ceux-là, ce soit moi qui les ai mis là, histoire de te mettre sur la piste.

— C'était un indice qui avait son prix. Pourquoi avoir fait toute cette mise en scène?

— Parce que c'est ainsi, dit Rémy. Ça fait partie du jeu. Rien ne doit être facile et chaque mouvement doit avoir sa raison d'être. Exemple : le montant que tu as dû débourser pour acquérir le meuble a contribué à accélérer la faillite de la compagnie.

— Puisque nous parlons de cette vente aux enchères, pourrais-tu me dire comment tu t'y es pris pour sortir de chez Christie's? L'immeuble était entouré de policiers!

— En sortant de la salle des ventes, je me suis immédiatement rendu aux toilettes où j'ai changé de tenue. De Suroh, je suis devenu un jeune garçon, une sorte de gosse de riche, avec veston et cravate. Profitant de l'agitation, je suis sorti par la porte principale en me permettant même de faire une grimace à un des policiers en faction.

— Mais toute cette mise en scène! Je ne comprends pas!

— Ce n'est pas grave pour le moment. J'y reviendrai plus tard. Je désire d'abord te parler du réseau de drogue. Pour nos trois comparses, les antiquités, et en particulier les meubles, étaient un médium idéal pour l'écoulement de la drogue sur les marchés internationaux. Les douaniers n'étaient jamais à l'aise quand il s'agissait de faire l'inspection de ces meubles, qui arrivaient à la douane bien emballés et étiquetés «fragile». Souvent destinés aux musées et considérés comme des trésors nationaux, ils devenaient de fait pratiquement intouchables. En un mot, les fouilles étaient rares, voire superficielles. D'ailleurs, il suffisait qu'un de ces meubles porte le nom de Roschildren pour qu'en Angleterre on s'abstienne la plupart du temps de toute fouille sérieuse, ce nom représentant en lui-même une garantie, un synonyme de fierté nationale. D'énormes quantités de drogues, et parfois du matériel pornographique, ont ainsi été introduits en Angleterre et aux États-Unis.

— Quelles sortes de drogues?

— De la cocaïne, principalement, en provenance des pays sud-américains. Le plus souvent, les meubles provenant d'Europe et destinés au marché américain faisaient escale aux Bermudes, où s'effectuait le chargement; même chose pour les meubles américains destinés au marché européen. C'était là une des tâches principales de tante Berthe. Ce fut d'ailleurs elle qui établit les premiers contacts avec les magnats de la coke sud-américains.

— Les nombreux voyages de tante Berthe aux Bermudes!

— Exactement.

— Et tu t'es aperçu de cela quand tu y es allé?

— Pas vraiment. À cette époque, le trafic ne faisait que débuter. Mais ça faisait un petit bout de temps que j'étais au courant de ce qui se tramait.

— Comment pouvais-tu être au courant de cela, toi?

— Mais parce que je suis au courant de tout ce qui fait partie du jeu, mon cher Wil. À l'opposé, il y a toi, qui n'es au courant de rien.

— Bon Dieu! Qu'est-ce que c'est que ce jeu? m'impatientai-je. Vas-tu parler clairement, enfin?

— Écoute. Je vais tâcher d'en finir avec les meurtres et le réseau de drogue. Ensuite, je t'expliquerai en quoi consiste ce jeu et quel rôle tu y as joué, à ton insu. Car tu avais un rôle.

— En effet, un rôle de marionnette!

— Tu n'y es pas. Tu n'as jamais été la marionnette de personne puisque c'est toi-même qui as choisi ce rôle.

— Eh bien ça, c'est la meilleure!

— Mais je continue. La drogue n'était pas la seule activité à laquelle se livraient nos trois comparses. Tante Berthe s'occupait également d'un réseau de prostitution, formé de prostitués de luxe – de jeunes adolescents et adolescentes plus particulièrement –, qui avait ses assises à Londres et à New York, mais qui étendait ses ramifications jusqu'en Asie centrale. À ce réseau venait se joindre un trafic de matériel pornographique, composé principalement de revues, qui était cette fois-ci géré par ton père, car ce matériel, uniquement américain et destiné aux marchés anglais et européen, passait la douane grâce à l'exportation de diverses chaussures de luxe qui provenaient des usines de ton père. Le plus souvent, on dissimulait le matériel dans le creux des souliers, ou dans le haut des bottes quand il s'agissait des revues. Enfin, l'oncle Roschildren s'occupait quant à lui d'un lucratif marché de faux, en plus d'être lui-même un excellent faussaire.

Rémy s'arrêta, comme pour me laisser le temps de bien assimiler ses paroles.

— Honnêtement, lui dis-je, comment espères-tu me faire croire tout ça?

— Disons qu'il existe quelque chose qui pourrait t'amener à réfléchir sur la véracité de ce que j'avance. Je parle du trésor que nous étions censés trouver ensemble, mais dont tu as si aimablement déchiré la carte. Ce qui ne change rien, remarque, puisque je connais son emplacement par cœur. Mets-toi en face du soleil, dos à l'arbre, fais cinq pas et creuse.

Était-ce une ruse? Le soleil était en train de se coucher, recouvrant l'horizon d'une couleur rouge sang. Je m'installai dos à l'arbre, tournant ainsi le dos à Rémy, ce qui ne me plaisait pas : j'avais l'impression qu'il allait profiter de cet instant pour se détacher. Je fis néanmoins cinq pas et me mis à creuser, jetant à l'occasion de rapides coups d'œil à Rémy, qui restait parfaitement immobile. En moins d'une minute, je retirais du sable un coffret large d'un demi-mètre et haut de dix centimètres. Je revins vers Rémy.

— Il est fermé à clé, lui dis-je.

— La clé est dans la poche gauche de mon pantalon.

Elle y était, effectivement, une petite clé dorée avec deux larges boucles. Je l'introduisis dans la serrure et ouvris le coffret. À l'intérieur, il y avait une grande enveloppe sur laquelle étaient écrits les mots «Testament d'Edgar Roschildren» et une plus petite portant le nom de mon père et la mention «confidentiel».

Je lançai à mon frère un regard interrogateur.

— Évidemment, dit Rémy qui crut deviner chez moi de la déception, ce n'est pas un vrai trésor. C'est plutôt un trésor symbolique.

— Ouais, tu es très fort là-dedans, toi! Horus, le poème, et j'en passe!

— Qu'est-ce que tu attends pour ouvrir ces enveloppes? fit Rémy en ignorant ma dernière remarque.

Je commençai par la plus grande. Il s'agissait effectivement de papiers testamentaires, comme le titre l'indiquait; ils avaient l'air très officiels et je reconnus sans difficulté l'écriture de mon oncle. En parcourant ce document, je fus étonné de constater que la majorité des biens et des actions n'allait pas à moi, mais à mon père et à tante Berthe, mon oncle me laissant tout au plus quelque cinq cent mille dollars, soit au plus de quoi partir un petit commerce. J'ouvris la seconde enveloppe, adressée à mon père et portant la mention «confidentiel». C'était une lettre de recommandations qui ressemblait à celle que le notaire m'avait remise, mais son contenu était fort différent : dans cette lettre, c'était mon père qui se retrouvait à la tête des entreprises Roschildren et il n'était nullement question de déménager le siège social de la compagnie de Londres à New York.

Je regardai Rémy, ses lèvres dessinaient un sourire narquois, et je compris l'incroyable machination dont j'avais été l'objet. En allant chez le notaire, Rémy n'avait pas seulement pris connaissance du numéro du coffre où se trouvait la formule (renseignement qu'il s'était peut-être procuré par un autre moyen, à bien y penser), il avait surtout profité de l'occasion pour remplacer les vrais documents notariés par des faux qui faisaient de moi l'unique héritier de mon oncle.

— Eh oui, reconnut Rémy, comme l'oncle Roschildren, je possède moi aussi des talents de faussaire. Vois-tu, Roschildren t'aimait beaucoup, mais pas au point de laisser la totalité de sa fortune entre des mains inexpérimentées. C'était tout de même un homme prévoyant. Et puis, il fallait quelqu'un pour s'occuper des activités interlopes dont je viens de te parler; elles nécessitaient une personne qui était dans le coup – ton père ou tante Berthe. En éliminant Roschildren et en te plaçant à la tête de la compagnie, j'ai semé la consternation et la panique à travers tout le réseau. De même, en dissimulant pour un temps la formule, j'ai amorcé la faillite de la compagnie, laquelle servait surtout de paravent aux activités du réseau.

— Te rends-tu compte qu'en agissant comme tu l'as fait, tu as mis des centaines d'employés honnêtes dans la rue?

— Une opération de cette envergure ne va pas sans quelques pots cassés, dit Rémy.

— Quelques pots cassés! m'indignai-je. Les meurtres étaient-ils vraiment nécessaires? Était-il nécessaire de faire de moi une marionnette? N'aurait-il pas été plus simple de dénoncer tout ce beau monde à la police?

— Ce n'aurait pas été suffisant. Durant mes treize ans d'absence, le réseau avait pris une ampleur extraordinaire. C'était une mécanique bien huilée qui ne tolérait plus aucune faille. Il était pratiquement impossible d'obtenir des preuves. En fait, on ne s'attaque pas impunément à des personnalités aussi reconnues que ton oncle sans avoir quelque chose de tangible à mettre sous la dent d'un jury. Il n'y avait donc pas à lésiner sur les moyens à prendre, crois-moi. En éliminant les trois têtes dirigeantes, je savais que personne ne serait en mesure de les remplacer efficacement étant donné leur réputation et les appuis personnels dont ils bénéficiaient un peu partout dans le monde, appuis personnels qui seraient difficiles à recréer. Enfin, pour être bien certain que personne ne serait tenté par l'un des trônes laissés vacants, j'ai fait croire à l'intervention d'un groupe rival, semant ainsi la panique chez tous les vassaux du réseau et accélérant par le fait même son démantèlement.

— Tu parles des contrebandiers du Moyen-Orient, qui n'ont jamais existé évidemment!

— Évidemment. Mais il était tout de même important que l'on croie à l'existence de ce groupe rival. Et je dois avouer que l'intervention de l'inspecteur Mourhu m'a été très salutaire dans cette tâche.

Je cherchais la faille. Rémy n'essayait-il pas de me monter une fois de plus un bateau? Les faux documents, je les avais peut-être entre les mains... de faux documents fabriqués expressément par Rémy pour me faire croire à son histoire, alors que les vrais étaient peut-être bel et bien ceux dont j'avais pris connaissance peu de temps après la mort de mon oncle.

Rémy devina mes pensées.

— Allons, dit-il, le déménagement du siège social de la compagnie de Londres à New York est un acte insensé qui devient cependant logique si on l'analyse à la lumière des révélations que je viens de te faire.

L'argument avait du poids. Je devais moi-même reconnaître qu'en lisant la lettre de mon oncle, j'avais trouvé bizarre cette ultime volonté. Au fond, je n'y avais obéi que parce qu'elle répondait à mes attentes. La perte de la formule avait mis les ateliers de Londres en déroute : logiquement, ma place était là-bas, à essayer de redresser la situation avec l'aide des hauts dirigeants de la compagnie; au lieu de cela, je les faisais venir à New York afin de travailler à des plans d'expansion. C'était insensé.

— Tu es un vrai diable, dis-je, et un beau salaud.

— On ne peut pas être un ange quand on a affaire à des crapules.

Jusqu'à maintenant, les révélations de Rémy étaient logiques et chacune de ses actions semblait avoir été faite dans un but précis. Or ça m'agaçait. J'aurais normalement dû être content que Rémy ne soit pas fou; je n'arrivais cependant pas à entériner les moyens qu'il avait mis en œuvre pour parvenir à ses fins, notamment les meurtres et le fait qu'il s'était servi de moi comme d'un pantin.

— Il me semble pourtant qu'une simple dénonciation, murmurai-je.

— Tu remets en question les moyens que j'ai pris pour éliminer le réseau alors que ton père et tante Berthe n'ont pas hésité, eux, devant les moyens à prendre pour se débarrasser de toi.

Cette affirmation me secoua.

— Vois-tu, poursuivit Rémy, la mort de Roschildren et ton arrivée inattendue à la tête de la compagnie ont perturbé le réseau. Papa et tante Berthe se devaient de tenter quelque chose un jour ou l'autre. C'est qu'ils n'ont jamais attribué ton arrivée au hasard ou à un accès de folie de la part de ton oncle. Non, pour eux, il était clair que les papiers testamentaires avaient été trafiqués, mais ils étaient incapables de le prouver, ne disposant d'aucune preuve et essayant de découvrir sans jamais y parvenir la manière dont «tu» t'y étais pris. Car loin de voir en toi une malheureuse victime des circonstances – quelqu'un qui n'avait jamais eu envie d'occuper la place de son oncle –, ils voyaient au contraire en toi le principal artisan de cette machination et attribuaient même tes réticences à de la comédie.

— Comment ont-ils pu penser une telle chose? dis-je, complètement dépassé par la nature de ces affirmations. J'ai toujours été à l'écart des affaires de la famille, je n'ai jamais...

— À ma supposée mort, me coupa Rémy, tu t'es tu, complètement, et tu ne leur as jamais plus parlé. Tu t'es même mis à les détester, leur faisant endosser la responsabilité de ma mort. Quand tu as quitté la famille, tu as choisi l'anonymat, refusé toute approche de leur part. Celui qui se tient ainsi à l'écart devient avec les années quelqu'un de suspect, d'anormal. Peut-être, en effet, préparais-tu une quelconque vengeance, un retour inattendu? C'est du moins ce qu'ils ont pensé en te voyant arriver comme ça, sans crier gare, à la tête de la compagnie. Comment les blâmer de croire une telle chose? Ils étaient déroutés par les événements, et il fallait bien que quelqu'un soit derrière tout ça. Comme tu les détestais, il est normal qu'ils aient même pensé que tu t'étais mis de mèche avec les contrebandiers du Moyen-Orient pour assouvir ta vengeance. Ces années de cloisonnement, d'ailleurs, n'avaient-elles pas contribué à la nourrir et à te rendre fou?

— Papa et tante Berthe ont pensé que j'avais tué Roschildren et que j'allais les tuer à leur tour?

— Bien sûr. Pour eux, il était évident que tu avais payé Witworth pour éliminer Roschildren et que tu t'étais assuré le silence et les services de la police en soudoyant Mourhu. Tout cela, évidemment, ne fut pas découvert ou plutôt imaginé par eux immédiatement. Au début, ton arrivée ne perturba pas trop les activités du réseau, qui continua de fonctionner à peu près normalement. Mais quand, à la suite de la perte de la formule, il devint évident que la compagnie courait au désastre, ton père et tante Berthe décidèrent d'un commun accord de t'éliminer. Mais la mort de ta tante vint compliquer les choses pour ton père qui, plutôt que de paniquer devant la nouvelle tournure des événements, imagina un plan très subtil : un procès. Il a acheté Charlie Macfie, soudoyé grassement Nicoletti et fait tomber dans un piège des plus faciles l'inspecteur Burns, qui ne demandait que cela. Le but de ce procès était de t'envoyer au bagne à vie ou te faire passer pour fou, l'avocat de la couronne jouant constamment sur les deux niveaux.

Tout cela me renversait tellement que je dus m'asseoir dans le sable.

— Et maman dans tout cela?

— Si j'avais procédé à une dénonciation comme tu semblais le suggérer tout à l'heure, il y aurait eu de fortes chances qu'elle ne donne rien ou de fortes chances qu'elle tourne mal. Disons que je n'aurais pas aimé que ta mère soit impliquée dans un acte d'accusation, ce qui n'aurait pas manqué d'arriver puisqu'on se servait parfois des chaussettes fabriquées par ses usines pour transporter de la drogue.

L'avalanche de ces révélations produisait chez moi une sensation de glissement. C'était troublant. Ce n'était pas le monde extérieur qui perdait pied, mais ma propre vérité, ma propre vision des choses, mon moi le plus profond. J'éprouvai le besoin de poser d'autres questions :

— Les... Les confidences familiales dans la supposée lettre de l'oncle, elles sont fausses?

— Pas vraiment, dit Rémy. L'oncle Roschildren t'avait effectivement écrit une lettre dont j'ai conservé une bonne partie du contenu pour donner à mon faux un ton de vérité. Tu comprends, ma priorité était que tu obéisses sans te poser de questions à la volonté de déménager le siège social de la compagnie de Londres à New York.

— Nous sommes donc réellement frères?

— Si tu veux. Disons que l'oncle Roschildren t'a raconté ce qu'il pensait être la vérité, sans plus. C'est néanmoins un peu plus compliqué que cela.

Le crépuscule commençait à tomber. Le soleil se trouva bientôt coupé en deux par la ligne d'horizon. Rémy me demanda de le détacher. Satisfait par les explications qu'il avait fournies jusqu'à maintenant, je le fis.

J'allai m'asseoir dans le sable encore chaud, face au soleil couchant. Rémy vint me rejoindre après s'être rafraîchi un peu.

— D'accord, tout s'explique, dis-je comme il s'assoyait à côté de moi : tu es le héros qui a nettoyé la racaille! Mais le reste, je veux dire la lampe, tes pouvoirs, tes treize ans d'absence?

Rémy avait enlevé son œillère de pirate, et je remarquai que sa pupille avait des reflets orangés qui se mariaient étrangement avec la couleur du soleil et ses miroitements à la surface de la mer.

— Nous abordons le plus délicat, dit-il.

— Ici, je me demande comment tu vas t'y prendre pour me fournir des explications logiques.

— La logique n'a rien à voir avec ce que je vais te confier, fit Rémy d'un ton cassant. La logique, c'est bon pour le monde des humains; ils en ont tant besoin pour se réconforter, pour donner un sens à leur vie. Non, ce qui nous intéresse, nous, c'est le non-sens. Le non-sens est notre logique.

— Qui ça, nous?

— Notre race... Mais je parle surtout ici de toi et moi.

— Tu parles de nous comme faisant partie d'un jeu dont les règles sont absurdes?

— Si tu veux. Nous dirons que dans ce jeu, tu représentes le facteur variationnel, l'imprévisible dont nous devons tenir compte et avec lequel nous avons choisi de jouer. Tu es celui que nous laissons sciemment aller à la déroute, mais dont nous sommes anxieux de connaître et d'analyser les réactions. Tu es, au bout du compte, celui qui se retrouve comme «un chien dans un jeu de quilles».

— Pourrais-tu être plus précis?

— Voici une image : Le principe d'incertitude d'Heisenberg tend à expliquer le fonctionnement de l'atome en figeant son mouvement, sans pour autant être capable de fixer son emplacement exact. Ce principe d'incertitude, c'est un peu toi. Tout au long du jeu, tu as suivi une courbe prévisible, mais de façon situationnelle, tu étais imprévisible, imprévisible puisque tu ne connaissais pas toutes les règles et les facettes du jeu dont je te parle et que tu continues de les ignorer. Et pour cause : tu n'as pas été instruit de ces règles, car l'un des buts du jeu consistait justement à ce que tu les ignores.

— Ce que tu essaies de me dire, c'est que j'avais à jouer un rôle difficile. Mais j'aimerais que tu sois plus clair, que tu répondes de façon précise à mes questions. Par exemple, quelle est donc cette race dont tu parles?

— D'abord, nous ne sommes pas humains. Nous avons leur apparence évidemment mais en vérité nous sommes des êtres d'imagination, des êtres capables de fabriquer des corps à notre mesure ou tout simplement d'en investir lors de naissances humaines. Nous ne savons pas d'où nous venons, qui nous a créés, et cela ne nous intéresse pas : nous n'avons développé aucun goût relié à la recherche de nos origines; nous aimons le mystère... Nous aimons également le plaisir sous toutes ses formes et nous aimons plus particulièrement jouer.

— Nous sommes des extra-terrestres?

— Le terme n'est pas bon, fit Rémy, car nous vivons sur la Terre, ou plutôt avec la Terre. Habitant en quelque sorte une dimension mitoyenne, qui pourrait fort bien s'apparenter à un monde imaginaire, nous jouissons d'une certaine invisibilité. En fait, nous nous servons des humains et de leur structure à profit, et cela sans qu'ils le sachent, bien que certains s'en doutent. Parfois, des incidents se produisent... On parlera alors de phénomènes inexpliqués.

— Nous sommes au bas mot des parasites!

— Lutins, gnomes, fantômes, farfadets et autres sottises conviendraient mieux. Lassés du rôle de voyeur des événements terrestres, nous avons inventé LE JEU. Jeu de vie et de mort qui comporte des risques, mais des risques calculés. Dans ce jeu, nous ne respectons aucune logique, sinon celle du jeu... qui suit pour sa part une apparente logique humaine. D'un point de vue humain, le pourquoi du jeu apparaîtrait inévitablement comme un non-sens, tel qu'il t'apparaît sans doute en ce moment.

— En effet, dis-je. Mais pour être un peu plus concret : qu'est-ce que vient faire la lampe dans tout ça?

— C'est la folle du logis, dit Rémy, l'incarnation matérielle du non-sens dans le monde logique des humains. Elle représente un outil polyvalent et symbolique, une sorte de point de focalisation pour les êtres d'imagination que nous sommes. Exactement comme le moine qui médite dirige toute son attention sur la flamme d'une chandelle afin de faire le vide dans son esprit, nous nous en servons comme d'un amplificateur d'énergie créatrice, uniquement stimulée par notre imagination ou, si tu veux, notre volonté.

— Une sorte d'amplificateur cérébral, qui fonctionne un peu comme un ordinateur.

— Mieux : un concentré d'énergie que nous stimulons et qui nous stimule, quelque chose de notre propre matière, d'une matière apprivoisée.

— C'est donc vivant?

— Si on veut. Vois-tu, au cours des siècles, notre race a appris à se servir de la presque totalité de ce que les humains nomment l'inconscient. Nous dirons donc que la lampe représente un inconscient X qui possède en lui toutes les données d'un problème Y – ici, je tiens à te préciser que la lampe n'est pas l'inconscient en question, mais le point de mire qui permet de rentrer en contact avec lui. Or les données du problème Y sont, dans le cas qui nous occupe, les données d'un jeu fort compliqué, programmé à l'avance et qui pourrait s'apparenter à ce que les humains appellent la destinée... Cette destinée concerne certains individus regroupés en des lieux géographiques très précis. Or, nous sommes ces individus. Chacun d'entre nous possède une partie des données et joue le jeu à partir de ces données. Chacun d'entre nous avant de s'incarner sur terre laisse sous forme d'énergie cervicale une partie inconsciente de lui-même pour former ce que l'on pourrait appeler le supra-inconscient... qui est en vérité un organe supra-conscient avec lequel nous conservons une sorte de lien. Ce lien est d'ordre énergétique, mais pas exactement cérébral, pour éviter la fuite ou l'accès indésiré des données entre cet organe et les participants, ce qui pourrait avoir des conséquences fâcheuses sur le déroulement du jeu.

— Au fond, nous sommes des machines! Des machines programmées d'avance!

— Non, dit Rémy, surtout pas. Une machine ne pense pas; elle ne ressent pas les émotions, alors que toi...

— Alors que moi je suis complètement mêlé, oui! On dirait que tu fais exprès pour embrouiller les choses.

— C'est pourtant simple. Nous agissons un peu comme si nous montions une pièce de théâtre. Nous formons un groupe pour élaborer un scénario, puis nous envoyons une partie de nous-même sur terre comme on envoie un acteur sur scène.

— Et quel est le but de tout ça?

— L'acquisition de nouvelles expériences et de nouvelles connaissances dans des situations variées. Nous agrandissons ainsi notre niveau de conscience, notre niveau de conscience à l'état brut. Enfin, il y a aussi le plaisir de jouer, celui de jouer avec des facteurs inconnus, entre autres choses.

— Je ne vois vraiment pas ce qu'il y a de plaisant dans tout ça! fis-je avec humeur. D'autant plus que tu sembles dire que je fais partie de votre joyeuse bande de cinglés, et cela sous-entend que j'étais, avant qu'on n'efface certaines données de ma mémoire, d'accord avec tout ce que tu viens de me raconter. Autrement dit, j'étais d'accord pour jouer avec la vie des êtres humains et pour tuer, une tuerie qui s'apparente étrangement à un plaisir d'après ce que je comprends.

— Tu ne comprends pas, justement. Les humains ne sont pas touchés par nos jeux : nous sommes les propres victimes de nos manigances : Roschildren, tante Berthe et ton père font tous les trois partie du jeu, tous appartiennent à notre race.

— Et ils aiment ça? Ils aiment se faire tuer?

— Tu n'y es pas. Ils sont comme toi, ils ignorent tout des règles du jeu. Ils mènent la vie d'un être humain normal, du moins le pensent-ils. C'est qu'ils n'ont en mémoire qu'une partie du scénario, comme je viens de te l'expliquer, le reste ayant été effacé volontairement, c'est-à-dire suivant les règles du jeu et leur propre volonté, ce qui, une fois sur terre, représente un drame, car ils ne sont plus en mesure de comprendre ce qui leur arrive, d'où l'intérêt de l'expérience. Tout au long de leur vie, qui va de la naissance à la mort d'un être humain normal, ces individus seront animés par ce qu'ils croient être leurs goûts, leur instinct ou simplement leur intuition, alors qu'ils ne font que répondre à certaines données du programme. Cela n'en fait pas pour autant de purs automates, car ils seront confrontés à des situations où ils auront à effectuer des choix. Grâce à un calcul mental élaboré, nous sommes capables de prévoir avant le début du jeu la majorité de ces choix, mais non leur totalité. Ainsi, chaque choix effectué par un participant de préférence à un autre amènera le jeu dans des directions qui risquent de se recouper ou au contraire de s'éloigner, si bien qu'il est finalement difficile de prévoir avec une complète exactitude la fin d'un jeu. Pour éviter de trop grandes surprises, il existe parmi les participants un individu qui a toutes les cartes en main : c'est le gardien du jeu, son arbitre; il est parfois amené à jouer un rôle important.

— Tu es ce gardien.

— Oui. Le contact perpétuel que j'entretiens avec le supra-conscient me donne ce que tu appelles mes pouvoirs. En fait, je manipule une énergie qui n'est pas la mienne mais bien celle, rassemblée en un point précis appelé la lampe, de tous les participants du jeu. Cette énergie créatrice réalise matériellement tout ce que je peux imaginer. Par exemple, ce monde dans lequel nous sommes est un produit de mon imagination.

— Il n'est pas réel?

— Au contraire. Je n'ai pas dit qu'il était imaginaire, mais qu'il était un produit de l'imagination. Ce monde, si j'en émets le désir, m'obéit au doigt et à l'œil grâce au lien qui existe entre moi et le supra-conscient – que j'appellerai la lampe à partir de maintenant. Je veux un peu plus de vent, histoire de nous caresser les cheveux, je l'imagine et en voilà.

Il y eut un léger coup de vent et mes cheveux virevoltèrent dans les airs.

— Néanmoins, reprit Rémy, je ne contrôle pas consciemment chaque parcelle de ce monde. Une fois créé, c'est la lampe qui contrôle son intégralité et s'occupe de l'animer. Tout comme l'être humain laisse à son inconscient le soin de s'occuper des fonctions vitales primaires de son corps, je laisse à la lampe le soin des fonctions vitales primaires de ce monde, des tiennes, des miennes et de celles de tous les participants du jeu. L'énergie qui anime la lampe est essentiellement positive, mais, si elle est mal manipulée, elle peut devenir négative. C'est ce qui s'est produit avec la créature qui s'est échappée de la porte sud. En fait, quand je demande ou ordonne quelque chose à la lampe, le message que je lui envoie doit être pur, c'est-à-dire exempt d'ambiguïté, de peur ou de contradiction. Mais là, la lampe a confondu un message qui venait de moi avec une peur irrationnelle émanant de toi. Car il se produit parfois des fuites ou des interférences qui entraînent un mauvais courant cérébral dans le lien énergétique qui nous unit à elle. C'est une chose qui devient possible uniquement quand on se trouve près de la lampe.

— J'aimerais revenir au jeu. Tu prétends que les humains ne sont pas directement touchés par nos jeux, mais ils le sont indirectement : le réseau de drogue, de prostitution, le matériel pornographique...

— Je n'ai jamais prétendu que nous étions des anges. Les participants sont invités à occuper différentes positions au sein de la vie terrestre. Nos intérêts, liés à un amour de la connaissance, de l'expérience et du jeu, sont purement égoïstes. Nous sommes loin d'être des humanistes chevronnés, notre but n'est pas de détériorer ou d'améliorer la condition de la Terre. Nous nous servons d'elle un point c'est tout, nous nous en servons telle qu'elle se présente à une époque donnée, en essayant de perturber le moins possible ses activités et surtout sa propre évolution. Nous jouons des rôles ou occupons des positions qui, s'ils n'étaient pas tenus par nous, le seraient par d'autres gens... humains, cette fois. Je crois être en mesure d'affirmer que nous faisons au bout du compte autant de mal que de bien, selon les situations terrestres qui se présentent. Si un jour la Terre évolue vers une société plus juste et plus équilibrée, il nous appartiendra de nous adapter à cette évolution ou de partir.

— Pour aller où?

— Sur une autre planète, instable de préférence.

— Que se passe-t-il quand un des participants du jeu meurt ou se fait tuer, comme ce fut le cas?

— Tout ce qui constituait cervicalement l'individu retourne sous forme énergétique au supra-conscient et après que cet individu lui a transmis ses données expériencielles, il attend le retour de tous les participants du jeu avant de retrouver sa complète identité.

— Ça ne risque pas d'être long entre la mort de l'un et celle de l'autre?

— Le temps terrestre semble long quand on occupe un corps terrestre, mais une fois de retour à l'intérieur de ce magma d'énergie qu'est le supra-conscient, le temps terrestre s'écoule rapidement. Pour comprendre cette différenciation dans l'écoulement du temps, prenons l'exemple d'un insecte : son cœur bat beaucoup plus rapidement que celui d'un homme; comparativement à l'homme, il vivra donc en accéléré et mourra plus vite. Pour nous, le temps de l'insecte représente celui de l'être humain, tandis que le temps de l'homme représente celui de notre monde.

— Si la lampe était détruite ou venait à disparaître, que se passerait-il?

— Le jeu s'arrêterait... Mais il est peu probable que la lampe vienne à disparaître. Ce n'est qu'une des multiples formes que le supra-conscient peut adopter pour les buts du jeu.

— La lampe ne vient donc pas du Triangle des Bermudes, ce n'est pas une ancienne barre de navigation?

Rémy esquissa un sourire.

— C'est un pur produit de notre imagination, dit-il. Elle sert de relais au supra-conscient, point.

— Néanmoins, elle existait avant notre arrivée dans la maison.

— Installée là par quelqu'un de notre espèce.

— Le vieux Gilmord?

— Oui.

Je m'arrêtai. Je ne sais pas pourquoi, mais je n'arrivais pas à être convaincu par tout ce que me disait Rémy. Peut-être y avait-il encore en moi un fond de méfiance... On aurait dit qu'il me cachait quelque chose.

— Malgré tout ce que tu viens de me dire, dis-je, mon rôle à l'intérieur du jeu ne m'apparaît pas clairement.

— Tu avais un rôle difficile, Wil, très difficile même, car contrairement aux autres, tu ne suivais aucun scénario. Tu étais seul face à toi-même, face au doute et au questionnement – les seules données véritables à t'avoir été inculquées. Au bout du compte, tu étais celui qui devait trouver par lui-même le secret de ses origines et j'étais, moi, le protagoniste qui devait t'aider dans cette tâche en t'en disant le moins possible. En vérité, Wil, nous sommes les deux principaux protagonistes de ce jeu. Voilà pourquoi nous sommes si proches l'un de l'autre, voilà pourquoi tu as eu si mal quand je suis parti.

— Justement, pourquoi es-tu parti à treize ans?

— C'était prévu ainsi par le programme. Mon départ devait, entre autres choses, produire chez toi une déchirure; elle était jugée nécessaire pour aviver le questionnement et te donner les bases d'un certain type de connaissance : le manque.

Le soleil venait de s'engloutir dans la mer, mais on voyait encore de petits nuages roses qui s'attardaient un peu partout dans le ciel. Le crépuscule nous enveloppait lentement. J'avais de la difficulté à imaginer que ce monde était un simple produit de l'imagination de Rémy et qu'il en contrôlait pratiquement chaque parcelle.

— Une question me trotte derrière la tête depuis un petit bout de temps, dis-je. Lorsque j'ai appris la nouvelle de ta mort, je sortais d'un état comateux. Ai-je rêvé tout ce qui est arrivé à ce moment-là?

— Tu n'as pas rêvé. Avant de disparaître, je voulais te faire voir les galions disparus dans le Triangle des Bermudes, car c'est dans cette couche de l'histoire que s'est déroulé notre dernier jeu. Malheureusement, quelque chose a mal tourné; il s'est produit une sorte de court-circuit temporel et tu as été entraîné dans le passé. Ce n'était pas prévu et j'ai eu beaucoup de difficulté à te sortir de là. Je voulais une sortie théâtrale pour ma disparition, eh bien, j'ai été servi.

Ces paroles me laissèrent songeur. J'avais toujours l'impression que Rémy ne me disait pas tout.

— Si tout ce que tu m'as dit est vrai, Rémy, pourquoi est-ce que je n'arrive pas à te croire complètement? Peux-tu me dire pourquoi la seule chose que je ressens en ce moment, c'est un énorme vide à l'intérieur de moi?

La voix de Rémy se fit très douce.

— Ta réaction est normale, Wil. Au fond, elle prouve combien le programme d'effacement est efficace. Cela va se corriger quand tu seras mis en contact avec la lampe, autrement dit avec ton autre moi. Ce qui ne saurait tarder.

Le crépuscule venait de se résorber pour faire place à une nuit dont l'obscurité se trouvait adoucie par la présence d'une gigantesque pleine lune. Rémy, qui était toujours assis à côté de moi, me fit tout à coup face. Ses yeux avaient cette couleur étrange dont j'ai parlé déjà, une couleur qui avait quelque chose de phosphorescent et qui donnait à ses yeux une qualité animale. J'étais inquiet, et j'avais froid.

— Qu'est-ce qui va se passer? demandai-je.

— Tu vas voir...

Un phénomène extraordinaire se produisit : le soleil, qui venait tout juste de se coucher, se leva tout d'un bloc, juste derrière Rémy, nimbant son corps d'un anneau de lumière. Il s'élevait lentement, mais à une vitesse prodigieuse par rapport à la normalité. Il fut bientôt au-dessus de la tête de Rémy, et je vis tout à coup au sommet de cette tête deux magnifiques cornes; elles encadrèrent le soleil, semblèrent un instant le maintenir prisonnier. Était-ce une illusion d'optique? Tout semblait grossi, éclaté. Je dus fermer les yeux, le soleil m'aveuglait trop. Quand je les ouvris à nouveau, les deux cornes avaient disparu, et le soleil poursuivait sa course folle dans l'azur, comme un ballon gonflé à l'hélium qui vient d'être lâché par la main d'un gamin. Il se dirigeait droit sur la lune qui, malgré la clarté du jour, était bien visible dans le ciel et ressemblait à une énorme perle qui roule doucement sur le voile bleuté du firmament. Car elle aussi se dirigeait vers le soleil. Et les deux astres se croisèrent, et l'éclipse qui se produisit fut d'une telle magnificence que je me mis à pleurer. Je me tournai vers Rémy. Je voulais partager avec lui ce que je ressentais, mais son corps n'avait plus de contour, il était comme embrasé; la seule caracté-ristique humaine toujours visible était ses yeux, rouges comme du magma en fusion. Et dès que mon regard croisa le sien, cette matière en fusion me brûla les yeux et se répandit dans mon corps comme une coulée de lave. Je m'embrasai à mon tour et devins une véritable boule de feu. Je ne ressentais pourtant aucune dou-leur. J'étais bien... très bien. Je me sentais même léger, tellement léger que je quittai le sol et commençai une lente ascension qui sembla me mener au centre de ce petit univers créé par Rémy et avec lequel je me sentais maintenant en pleine communion. Cet univers était formé de particules intelligentes qui évoluaient en-semble dans une harmonie parfaite, et cette matière pensante, c'était... MOI! Et je compris alors qui j'étais : Rémy s'était joué de moi, une fois de plus. Mais comment lui en vouloir puisque j'étais Rémy! Tous deux nous ne formions qu'une seule et même entité! Une entité sans cesse divisée, éparpillée, rassemblée, car cela représentait l'EXPÉRIENCE, la souffrance ultime et éternelle que de tout temps elle était amenée à vivre sous de multiples formes. Et je sus alors le nom de la race à laquelle j'appartenais, celle dont Rémy n'avait pas osé prononcer le nom de peur de me troubler avant notre réunification : j'étais un démon. Un agent du Diable chargé de fustiger tous ceux et celles qui ne respectaient pas le Pacte, dans ce cas-ci : Roschildren, tante Berthe et mon propre père. Une entité qui avait besoin non seulement de la souffrance des autres mais de sa propre souffrance pour survivre; une entité qui aimait par-dessus tout JOUER et qui poussait le jeu jusqu'à se jouer d'elle-même; une entité qui, malgré tout ce divertissement et ce travestissement, était tournée vers l'EXPÉ-RIENCE et la CONNAISSANCE. Disciple du Diable, bien sûr! Mais pas du Diable discrédité par ceux qui proclament tout haut qu'il faut se tourner vers Dieu par crainte de tomber dans les forces du Mal. Non! Pour nous, démons, se tourner vers Dieu revenait à se tourner vers l'ignorance, le refoulement et la crainte; pour les autres, la vie toute faite, béate et neurasthénique du Paradis! Pour nous, les richesses expériencielles de la vie et le cycle infernal de la mort terrestres sous toutes leurs formes. Et pour connaître tout cela, nul besoin de faire preuve d'une dévotion ridicule et sim-plette. Non, il suffisait tout simplement d'aimer la vie et de JOUER LE JEU.

Et le jeu n'était pas fini, enfin ce que Rémy appelait le jeu et qui était, il fallait bien le comprendre, le cycle universel de la vie et de la mort... Il me restait une chose à faire et je devais retourner sur terre pour la faire, bien que je n'en éprouvasse aucune envie. Mais cette fois il n'y aurait pas de coupure, pas de doute, pas d'angoisse : j'apporterais avec moi toutes les parcelles de ma propre vérité. Seulement, cette connaissance entière de ma personne ne serait que temporaire, car je devrais, dans un avenir plus ou moins rapproché, vivre encore la division de ma personnalité, le doute et l'angoisse humaine : j'étais soumis éternellement à ce cycle sans fin! Quand viendraient exactement le prochain jeu, la prochaine coupure, la prochaine expérience? Je l'ignorais, et c'était mieux ainsi.

Je me mis à tourner sur moi-même, entraînant avec moi toute la matière environnante, déformant tout, mélangeant tout, ce tout devenant une pâte homogène aux couleurs bizarres, extravagantes, mais non désagréables qui venait se fondre en moi et me nourrir. Et je devins le Centre, le nombril d'un corps universel où tout ce qui était moi venait se jeter en moi comme dans le gouffre d'un énorme maelström. Bientôt, plus rien ne vint. Le moment était arrivé.

Je sautai à l'intérieur du vide créé par ma propre personne. Il y eut une sensation de froid intense – c'était ni plus ni moins comme retourner un gant – puis je me retrouvai dans l'escalier du grenier dont je déboulai les marches une à une. Lorsque je fus sur pieds, de puissants jets lumineux s'échappèrent de la lampe et enflammèrent tout le grenier. La déflagration qui s'ensuivit me projeta à l'autre bout du couloir.

J'éprouvai de la difficulté à me relever, mais Mourhu arriva sur ces entrefaites. Il m'aida à sortir de la maison.

— Que s'est-il passé? me demanda-t-il. Que s'est-il passé?

À l'extérieur, des curieux commençaient à s'amasser devant la grille tandis qu'on entendait rugir dans les rues avoisinantes les sirènes des pompiers. Nous fendîmes en silence la masse des curieux et trouvâmes refuge dans un petit café, à quelques pâtés de maisons plus loin.

J'étais gelé... Je n'avais pratiquement pas de vêtements sur le dos (j'en avais enlevé la majeure partie sur l'île) et Mourhu, en bon Samaritain, m'avait mis son imperméable sur les épaules. Mais ce n'était pas suffisant, et pour me réchauffer davantage, je buvais à grandes gorgées le café brûlant que venait de nous apporter le serveur. Je gardais le silence. Mourhu me regardait en gardant le silence également. Mais on voyait tout de suite que ça l'ennuyait, qu'il avait hâte que je me mette à table. S'il avait eu une lampe à portée de la main, il me l'aurait plantée devant la figure en me disant : «Parle!»

Ma tasse de café terminée, je lorgnai celle de Mourhu, qui s'en aperçut et la glissa devant moi. Je la vidai d'un trait en me brûlant la gorge. Peu importe, j'avais maintenant plus chaud.

— Que s'est-il passé? laissa enfin tomber Mourhu.

Il avait pris un ton dur; il voulait me signifier que c'était la dernière fois qu'il me posait cette question et qu'il attendait de moi une réponse immédiate.

— Je n'ai pas envie d'en parler, répondis-je.

— Avez-vous rencontré votre frère? poursuivit-il malgré ma réponse, en montrant cette fois une véritable pointe d'agacement.

— Oui.

— Que lui est-il arrivé?

— Il est resté là-bas.

— Vous voulez dire qu'il est mort?

— Oui.

— Brûlé?

— Oui.

Il y eut un silence, nullement troublant, à travers lequel je devinai que Mourhu n'était pas vraiment déçu par la tournure des événements. Savoir mon frère mort semblait le soulager d'un grand poids, bien qu'on sentait qu'il aurait aimé être là pour constater son décès de visu et avoir le plaisir d'écraser ses dernières cendres avec ses talons.

— Qu'allez-vous faire maintenant? me demanda-t-il.

— J'ai l'intention d'entrer dans un monastère.

Mourhu éclata d'un rire gras.

— Moine? Ha, ha, ha! Elle est bien bonne!

Puis, voyant que je restais de glace :

— Voyons, ce n'est pas sérieux?

— Au contraire, répondis-je d'un ton brutal.

— Mais, mais... fit Mourhu, désarçonné par ma réponse. Pourquoi?

— J'ai besoin d'être seul et de faire le point.

— Mais encore?

— Je suis complètement ruiné et je ne vois pas d'autres moyens de m'en sortir.

— Ce n'est pas une raison...

— ...suffisante pour moi, si! Vous voyez cette maison en train de brûler, là-bas?

D'où nous étions, on apercevait par une des vitres du café les flammes de l'incendie.

— Eh bien, poursuivis-je, figurez-vous que je n'ai même pas renouvelé les assurances de ladite maison.

— Vous n'avez pas... Mais vous êtes fou!

— Vous l'avez dit!

— Voyons... Excusez-moi, balbutia Mourhu. Ce n'est pas ce que j'ai voulu dire. Enfin, votre faillite, cette histoire d'assurances, ce ne sont pas des raisons pour tout laisser tomber. Je vais vous aider, moi, vous allez voir. J'ai quelques économies et à deux, nous...

Je l'interrompis, lui fis remarquer qu'il avait désormais quelqu'un dans sa vie, quelqu'un à qui cet argent serait sûrement beaucoup plus profitable qu'à moi. Il protesta :

— Je n'ai pas l'intention de vous laisser tomber!

— Moi si!

Je me levai et me dirigeai vers la sortie. Je me retournai en entendant Mourhu se lever.

— Je m'en vais seul! lui dis-je.

— Mais qu'est-ce qui vous prend? s'indigna Mourhu. Vous oubliez que nous sommes amis. Vous ne pouvez pas partir comme ça!

— Comment voulez-vous que je parte?

— Eh bien, je ne sais pas moi, répondit Mourhu, décontenancé. Nous pourrions peut-être nous serrer la main?

J'allai serrer la main de Mourhu d'un geste machinal. Puis je revins vers la sortie. Mourhu semblait ému.

— Cette histoire de moine, ce n'est pas sérieux quand même?

— Tout à fait.

— Laissez-moi une adresse, au moins, s'entêtait Mourhu. On ne part pas comme ça!

— Je ne sais même pas où je vais exactement.

— Alors dites-moi que vous allez m'écrire, supplia-t-il. Dites-moi au moins quelque chose, nom de nom!

Il avait les larmes aux yeux. Il faisait pitié à voir. Vraiment, je n'aurais jamais cru que Mourhu puisse faire pitié un jour, et de le voir dans cet état m'écœura un peu. Moi-même, avec le peu de vêtements que j'avais sur le dos, je faisais pitié, j'avais l'air d'un clochard; mais, comment dire, cette misère était extérieure tandis que Mourhu, avec ses larmes au bord des yeux, projetait l'image d'une misère intérieure. Au fond, Mourhu était un homme vide qui avait besoin d'être empli.

— J'y réfléchirai, dis-je.

Je sortis du café. Je me sentais enfin libre, libre de moi-même et des autres... L'humain fait un bien grand cas du mot «liberté» pour la simple raison qu'elle restera toujours pour lui quelque chose d'inaccessible. Quant à moi, j'en faisais l'expérience pour la première fois de cette vie. Une expérience qui ne durerait pas longtemps mais dont je tenterais de vivre au maximum le côté éphémère. J'eus un dernier regard en direction de la maison : une épaisse fumée noire s'élevait au-dessus des toits et d'énormes flammes semblaient vouloir lécher la voûte du ciel.

Je marchai plein nord.

ÉPILOGUE

William m'a écrit. Je suis resté plus d'un an sans avoir de ses nouvelles, période pendant laquelle j'ai pris ma retraite et me suis marié avec Myriam. Un beau jour, j'ai reçu à mon appartement le manuscrit que vous venez de lire. William m'affirmait dans une courte lettre qu'il avait le sentiment d'avoir accompli grâce à ce manuscrit quelque chose d'utile pour la première fois de sa vie. Il m'en confiait l'entière responsabilité, soit trouver un éditeur et m'occuper des droits d'auteur. Si le livre rapportait de l'argent, il ne voulait aucun sou, prétextant qu'il était heureux où il se trouvait et que je ne devais chercher sous aucun prétexte à le revoir. Du manuscrit, je n'ai retranché aucune ligne, bien que l'envie de le faire me soit venue à plusieurs endroits – certains détails me concernant, par exemple, ont été nettement exagérés! Enfin, je n'ai rien touché en mémoire de notre «amitié», mais je tiens néanmoins à vous faire part dans cet épilogue de certains événements qui vous aideront peut-être à vous faire une meilleure opinion des faits.

Je voudrais tout d'abord vous parler de la fameuse lampe. Après l'incendie, je me suis rendu sur le site pour constater l'étendue des dégâts. C'était un beau gâchis. La maison, complètement rasée par les flammes, n'était plus qu'une ruine fumante, ruine au milieu de laquelle j'aperçus cependant la fameuse lampe. Malgré la chaleur qui s'était dégagée pendant plusieurs heures du brasier, seul son revêtement semblait avoir souffert! Cette vision hallucinante me procura des frissons. Je constatai toutefois qu'il était en réalité difficile de se faire une idée précise de son état puisqu'il faisait nuit. Comble de malchance, la pile de la lampe de poche que j'avais apportée avec moi n'avait presque plus de jus et il m'était impossible de me rendre à côté de la lampe pour l'examiner de près : elle reposait en effet sur une espèce d'îlot formé d'un enchevêtrement de poutrelles qui baignaient au centre des fondations devenues une véritable piscine remplie d'eau noirâtre. La perspective de prendre un bain dans une eau pareille ne m'enchantait guère et je pris le parti de remettre mes investigations à plus tard. J'étais décidé à revenir avec une camionnette et de l'équipement pour m'emparer de la lampe et la rapporter avec moi à New York. Mais en arrivant sur les lieux le lendemain matin, elle avait disparu. Je fis le tour des maisons du voisinage et c'est un vieil homme en train de promener son chien qui me renseigna : deux chiffonniers venus visiter le site environ une heure avant mon arrivée s'étaient emparés, «après bien des acrobaties», me souligna le vieillard, de quelque chose de massif qu'ils avaient jeté lourdement dans la boîte de leur camion.

Je n'ai jamais retrouvé le camion en question et mes recherches au sujet de la lampe sont demeurées sans lendemain. En ce moment, elle se trouve peut-être au-dessus d'une table de cuisine grotesque en compagnie de gens grotesques, tout juste bonne à éclairer madame Bigoudis en train de servir des œufs-bacon à monsieur Grosse-bedaine... Cette vision me donne la nausée. Je ne peux m'empêcher de penser que si j'étais arrivé plus tôt... Parfois j'imagine que la lampe a été acquise par quelqu'un de bien qui l'a mise en évidence dans son salon. Alors, je suis plus heureux. D'autres fois, je pense que c'est William qui a payé les deux chiffonniers en question pour récupérer sa lampe et qu'il l'a cachée en un lieu où jamais personne ne la retrouvera. Alors, je me rembrunis. Je repense à toute cette sale histoire et je deviens comme fou. Je me mets à imaginer des choses. J'imagine par exemple que Rémy n'a jamais existé, ou qu'il est réellement mort dans l'accident d'avion relaté par William, et que c'est justement William le véritable auteur des meurtres racontés dans ce livre. Certains faits peuvent m'amener à le penser...

Pas longtemps avant de recevoir le manuscrit de William, Myriam attira mon attention sur une photographie qui paraissait dans un journal à sensation – littérature dont Myriam est friande et, je dois l'admettre, moi aussi. La photographie en question montrait un jeune garçon âgé d'environ quatorze ans; en dessous, dans un mince entrefilet, on expliquait que le jeune, âgé en réalité de seize ans, avait fui son foyer dans l'espoir de devenir comédien professionnel à New York. Les parents offraient une récompense à quiconque pouvait leur fournir des renseignements au sujet de leur fils, disparu depuis maintenant deux ans. Myriam m'avoua que c'était la troisième fois qu'elle tombait sur cette photographie en deux semaines et que, chaque fois qu'elle tombait dessus, elle avait l'impression que ce visage ne lui était pas étranger. Et pour cause : le jeune disparu ressemblait comme deux gouttes d'eau au jeune orphelin qui devait être adopté par les parents de William, autrement dit à Rémy. J'avais bien en mémoire la photo de famille sur laquelle William avait dessiné au crayon des cheveux pour me montrer la ressemblance du jeune orphelin avec Suroh, mais je me rappelai que je possédais une autre photo que j'avais subtilisée (car je la trouvais jolie et voulais la donner à William) lors de ma première visite à la maison de l'oncle Roschildren. Elle représentait Rémy et William. Or, c'est en comparant cette photo avec celle du jeune disparu que Myriam et moi nous rendîmes compte à quel point sa ressemblance avec le jeune orphelin, alias Rémy, était frappante.

La rencontre de ces deux faits pourra paraître insignifiante à plusieurs, quant à moi, après trente ans de métier, elle me sembla par trop incroyable pour être le fait d'une simple coïncidence. Grâce à mes contacts toujours récents avec les services de police, je n'eus aucune difficulté à en apprendre davantage sur cette disparition. J'obtins le numéro de téléphone des parents et leur demandai de m'envoyer plusieurs photos de leur fils. J'allai jusqu'à leur rendre visite – c'était dans une ferme reculée du Wisconsin. Puis je fis le tour des troupes de théâtre de New York et des plateaux d'auditions. Je rencontrai des comédiens, des metteurs en scène, etc. J'arrivai à quelques résultats, qui étaient en tout cas plus significatifs que ceux auxquels était arrivé l'inspecteur qui s'était jusqu'à maintenant occupé de l'affaire. J'appris que le jeune, qui se prénommait Teddy, avait roulé sa bosse un peu partout, qu'il avait réussi à décrocher de menus contrats (des travaux ménagers et de l'aide aux décors surtout), mais aussi parfois de petits rôles. Il était très doué, d'après ce que l'on me disait, mais aussi très pressé. Il voyait grand : cinéma, télévision, etc. Il quémandait à droite et à gauche, était hébergé par l'un, nourri par l'autre. On n'avait jamais songé à le rapporter à la police? Jamais. Ce n'était pas le premier gamin qui courait les rues de New York; en outre, celui-là, il était doué, et surtout très déterminé – qualité indispensable si on veut réussir dans ce métier-là. Et puis, il était rusé et se méfiait tout le temps de la police, qu'il savait à sa recherche. Pendant près de huit mois, on pouvait ainsi suivre sa trace. Puis, du jour au lendemain, plus rien. Durant tout ce temps, il n'avait envoyé que deux cartes postales à ses parents. L'une pour leur dire que tout allait bien; l'autre, pour leur dire qu'il avait rencontré un type un peu bizarre, mais très chic, qui lui avait offert un job épatant – c'était tout juste avant qu'on perde sa trace.

Ce type un peu bizarre mais très chic, confie Teddy dans sa carte postale, lui disait qu'il ressemblait à son frère qui était mort à l'âge de quinze ans. C'est surtout à partir de ce dernier détail que je me mis à voir tous les événements racontés dans ce livre sous un autre angle, que je me mis à voir en William un véritable paranoïaque (il en a le comportement), doublé d'un psychopathe meurtrier et d'un schizophrène génial.

Partant de ce principe, imaginons qu'un jour William – cet être asocial, plein d'aigreur et de retenue, qui en veut à toute sa famille de la mort accidentelle de son frère – fasse par le plus grand des hasards la rencontre du jeune disparu dont nous venons de parler. Troublé par l'incroyable ressemblance qui existe entre ce jeune et son défunt frère, William l'invite chez lui et décide de le prendre sous sa protection. Rien de plus facile : le jeune est affamé et a besoin d'argent. William lui fournit argent et nourriture et, peu à peu, un lien se crée, on se trouve des affinités. Les deux n'ont par exemple aucun scrupule et sont décidés à arriver dans la vie, à devenir riches. Or William a un plan en marche qui va rapporter gros, et il va avoir besoin du jeune pour le poursuivre. En fait, le jeune vient de lui donner des idées pour la suite de ce plan. Moyennant une somme coquette, il propose à Teddy de travailler pour lui. Il aura plusieurs tâches à faire, dont jouer un rôle – celui du jeune orphelin destiné à être adopté par ses parents, car il sait que le jeune produira sur eux le même effet qu'il a produit sur lui. William – qui lit des livres d'hypnose, suit les phénomènes paranormaux, rêve de devenir aussi fort que son frère qu'il a idéalisé, aime se travestir en femme (Suroh) – a déjà tué Roschildren en montant d'un bout à l'autre l'histoire incroyable de la Vénus de Milo et en hypnotisant Witworth. Il est à cette date très sûr de lui et surtout très fier de ce qu'il a réalisé; il a depuis longtemps hypnotisé le notaire de l'oncle Roschildren pour trafiquer les papiers testamentaires. Il attend maintenant qu'on découvre le corps de son oncle et qu'on l'installe à la tête de la compagnie. Car il est ambitieux, il désire faire de l'argent, je l'ai dit : mais il veut également se venger. Voilà pourquoi, une fois à la tête de la compagnie, il dissimulera lui-même la formule et, par sa mauvaise gestion, la mènera tout droit à la faillite. Il décidera de se débarrasser de sa tante par les moyens que l'on connaît (il suffit de remplacer Rémy par William). Malheureusement, ça tournera mal, mais je le tirerai de là. Après le procès, William se débarrassera de ses parents avec l'aide de Teddy qui joue le rôle de l'orphelin ressemblant à son défunt frère. C'est tout de même William qui, déguisé en Suroh, tuera son père. Le jeune, qui n'a sans doute jamais bougé du bureau, ne fait que lui fournir un alibi. Le reste : le réveil, la sixième symphonie, etc., n'étant que de la poudre aux yeux! Pourquoi agir ainsi? D'abord, n'oublions pas que nous sommes en présence d'un fou qui aime s'amuser; ensuite ce fou a un inspecteur sur les talons. Eh oui! Je suis bien sympathique, mais néanmoins soupçonneux – ce qui n'apparaît pas dans le livre. Ces soupçons, je les avais déjà avant d'aller à Londres pour enquêter sur la mort de l'oncle, un voyage qui devait rendre William inquiet. Il avait sans doute peur que je découvre quelque chose. C'est la raison pour laquelle il ne veut pas venir à Londres avec moi (il n'aurait pas eu ainsi une complète liberté d'action) et qu'il décide plutôt de me suivre à distance en empruntant son déguisement favori, celui de Suroh. Et, pendant que nous sommes tous les deux à Londres, le jeune, qui, à ce moment-là, habite déjà chez William, reçoit mes lettres et les réexpédie poste express à William qui se trouve dans un hôtel quelconque de Londres. William me répond comme s'il était à New York. Il met sa lettre dans une première enveloppe sur laquelle il a inscrit mon adresse à Londres, puis met le tout dans une seconde enveloppe qu'il envoie chez lui, à New

York, par courrier express. En recevant cette enveloppe, le jeune l'ouvre, prend la première enveloppe et l'expédie à Londres. Cela expliquerait pourquoi je n'ai reçu qu'une seule lettre de William, et par courrier express de surcroît. Cette combine sous-entend inévitablement que la jeune femme qui m'a hypnotisé au bar était William. À ce moment-là, comment se fait-il que je ne l'aie pas reconnu? Eh bien, disons que je n'ai jamais vu William déguisé en femme, je ne sais donc pas ce que ça peut donner. Néanmoins je sais que la chose est possible parce qu'il a les traits fins. Je sais aussi qu'il est possible de déguiser sa voix avec de la pratique et qu'une paire de lunettes fumées vous rend souvent méconnaissable. Ajoutons à cela que je ne me serais jamais attendu à ce qu'il se retrouve devant moi au bar The Lamb. Maintenant, si William voulait récupérer le supposé morceau de la Vénus de Milo, c'est sans doute qu'il ne voulait pas qu'un éventuel test au carbone quatorze révèle la machination. Et s'il m'a envoyé de l'argent pour que je récupère la bande magnétique sur laquelle était enregistrée notre conversation, c'est qu'il savait qu'il n'y avait rien de compromettant pour lui (rapport à son identité) sur ladite cassette... Sinon je n'aurais jamais rien reçu. Évidemment, William a discrédité Morrisson car il avait peur que le valet ne m'apprenne quelque chose de compromettant. Pour les mêmes raisons, William déposera une plainte au Yard pour que l'entrée de la maison de son oncle me soit interdite. Reste la volatilisation des lampes et des quatre portes en ébène. Comment William s'y serait-il pris? Je pense que là, le Yard et moi avons manqué d'imagination. William possédait déjà le code de la maison grâce aux papiers notariés qu'il avait volés. Rien de plus facile que d'y entrer donc. Il enlève les portes du grenier, nettoie le filet des vis et replace ces vis dans les charnières. Pour les lampes, rien de plus facile : William ramasse toute la poussière à l'aide d'un aspirateur et la redistribue uniformément derrière lui en prenant soin d'enlever, après chaque portion d'un demi-mètre et une fois la poussière retombée, chacune des lampes. L'explication est simplette? Peut-être, mais je n'en continue pas moins sur ma lancée. Pourquoi agir ainsi? Je l'ai dit tantôt : William est un psychopathe qui s'amuse. Néanmoins, il n'agit pas de façon insensée : cette façon d'agir va donner à la disparition un caractère mystérieux, surnaturel, qui va favoriser la suite de son plan. De cette manière, en effet, l'inspecteur incrédule que je suis gobera plus facilement la résurrection de Rémy. J'en arrive maintenant à la vente aux enchères. Déguisé en Suroh, Teddy fait un alibi convaincant pour William, un William qui tente une fois de plus de brouiller les pistes car ma présence continuelle à ses côtés l'inquiète : il se demande sans doute jusqu'où ira ma crédulité.

Et les supposées métamorphoses que William a subies lors de sa réclusion? J'étais bien là pour les constater de visu lorsqu'il est venu à mon appartement. Mais il est possible de changer son teint, la couleur de ses yeux et de se grandir de quelques centimètres de bien des façons (fausses semelles, lentilles cornéennes colorées, etc., accessoires de comédiens qu'on peut se procurer facilement quand on a un peu d'argent). Ajoutons à toute cette histoire un trou de dix millions de dollars constaté par Alec Jefferson en faisant le bilan de la faillite de la compagnie Roschildren (prouvant ainsi qu'on ne s'est pas donné tout ce mal pour rien) et ce que je viens de dire a bien du sens. Peut-être qu'en cherchant un peu, on pourrait même retrouver nos deux comparses en train de se faire chauffer la couenne au soleil d'un quelconque pays du Sud, les Bermudes par exemple. À moins que – et c'est plus horrible mais néanmoins possible – William ne se soit débarrassé de son jeune complice une fois les derniers services rendus. Peut-être, dans ce cas, retrouve-ra-t-on un jour les restes du jeune Teddy, direction nord par rapport aux autres victimes?

Au fond, ce roman ne représente-t-il pas une formidable boutade envoyée par William à la face du monde : «Regardez combien je suis fort! Regardez combien j'ai réussi à vous berner et combien je vous berne encore!» De plus, un tel roman ne représente-t-il pas un moyen efficace de se soulager quand on ne se sent pas la conscience tranquille? Si William affirme à la fin de son livre qu'il est un démon, ce n'est sûrement pas sans raison, c'est à mon avis parce qu'il se sait coupable et qu'il tente par tous les moyens de se déculpabiliser. L'aveu n'est-il pas là, en fait, dans les toutes dernières pages du manuscrit, quand il affirme que son frère et lui ne font qu'un? Or, si William est Rémy, et si Rémy a tué, c'est donc qu'inévitablement William a tué aussi. Et Suroh, il y aurait bien des choses à dire sur Suroh : les lettres du dieu Horus placées à l'envers, l'image négative de William, Rémy, son reflet, etc. Dans la mythologie égyptienne, Horus est un dieu vengeur. Il se bat continuellement contre son oncle Seth, homosexuel qui a tué son père et qui tente sans cesse de le déposséder. Ce n'est donc pas étonnant que William l'ait pris comme symbole. Les psychopathes éprouvent souvent le besoin de justifier leurs actes. Et Suroh lui sert ici à la fois de symbole et de prétexte. Souvenez-vous de ces histoires étranges que Rémy raconte à son frère, une, entre autres, dans le chapitre deux, où il affirme à William que son père n'est pas son vrai père, que son véritable père a été tué par Roschildren alors qu'ils étaient tout petits, qu'il l'a remplacé par un imposteur et que leur mère ne s'est aperçue de rien. Enfin, je ne m'étendrai pas sur toutes les suppositions psychologiques auxquelles mes hypothèses pourraient donner cours. Je laisse ce soin aux lecteurs psychiatres, s'il y en a. Je me réserve tout de même cette question dont la réponse restera sans doute toujours un mystère : William agissait-il en ayant conscience qu'il était lui-même quand il tuait ou croyait-il qu'il était tout bonnement son frère?

Enfin, tout cela, chers lecteurs, c'est bien beau, mais ce sont des mots. Je n'ai aucune preuve tangible à vous apporter. Je ne fais qu'émettre des hypothèses, et le policier que je suis se doit avant tout de fonctionner à partir de faits concrets. Tout ce que je sais, quand nous parlons de faits concrets, c'est qu'il y a bel et bien eu trois meurtres. Quant au reste... Eh bien, c'est à vous d'essayer de vous faire une opinion. Car il se peut que William ait écrit la vérité et que je ne sois qu'un pauvre incrédule. Certes, mes hypothèses ont du sens, mais elles n'expliquent pas tout. Par exemple, la mystérieuse disparition des lampes et des quatre portes mériterait une explication un peu moins loufoque que celle que j'ai avancée plus haut. Mais que voulez-vous? J'ai de la difficulté à me faire à toute cette métaphysique. Il y a en moi un vieux fond d'incrédulité qui se refuse à plier; il faut croire également que la possibilité d'avoir été berné par William me rend amer; il faut croire aussi que son mutisme me nargue et que la perte de la lampe me fout le cafard. Qu'est-ce que j'en sais? Par moments, je ne sais plus très bien où j'en suis, je trouve mes hypothèses tout aussi incroyables que les événements rapportés par William. En vérité, la chose la plus tangible que m'ait laissée cette histoire, c'est le doute. Et, en rentrant sous mes draps le soir, je me pose souvent ces deux questions : Qui es-tu, Mourhu? Et : Y a-t-il une chose, seulement une chose au monde dont tu sois vraiment sûr?

Sincèrement,
Mourhu

TABLE DES MATIÈRES

Achevé d'imprimer
en août 1993 sur les presses
des Ateliers Graphiques Marc Veilleux Inc.
Cap-Saint-Ignace (Québec).